JE ME VENGERAI

Jean-François Nahmias est un collaborateur fidèle de Pierre Bellemare pour ses récits d'histoires, notamment *Issue fatale*, *Instinct mortel* ou *Les Génies de l'arnaque*.
On lui doit aussi, toujours avec Pierre Bellemare, *L'Enfant criminel*, *Quand la justice perd la tête*, *Survivront-ils ?*
Il est par ailleurs auteur de romans historiques : *L'Illusion cathare* et *La Nuit mérovingienne*.

Paru dans Le Livre de Poche :

P. Bellemare
C'EST ARRIVÉ UN JOUR (2 vol.)
SUSPENS (4 vol.)
L'ANNÉE CRIMINELLE (4 vol.)
LES AMANTS DIABOLIQUES

P. Bellemare et J. Antoine
LES DOSSIERS D'INTERPOL (2 vol.)
LES AVENTURIERS
HISTOIRES VRAIES (5 vol.)
DOSSIERS SECRETS (2 vol.)
LES ASSASSINS SONT PARMI NOUS (2 vol.)
LES DOSSIERS INCROYABLES
LES NOUVEAUX DOSSIERS INCROYABLES
QUAND LES FEMMES TUENT

P. Bellemare et M.-T. Cuny
MARQUÉS PAR LA GLOIRE

P. Bellemare et J.-M. Épinoux
ILS ONT VU L'AU-DELÀ

P. Bellemare et J.-F. Nahmias
LES GRANDS CRIMES DE L'HISTOIRE (2 vol.)
LES TUEURS DIABOLIQUES (2 vol.)
L'ENFANT CRIMINEL

P. Bellemare, J.-M. Épinoux et J.-F. Nahmias
LES GÉNIES DE L'ARNAQUE
INSTINCT MORTEL (2 vol.)
L'EMPREINTE DE LA BÊTE

P. Bellemare, M.-T. Cuny, J.-M. Épinoux, J.-F. Nahmias
INSTANT CRUCIAL
INSTINCT MORTEL (2 vol.)
ISSUE FATALE

P. Bellemare, J.-M. Épinoux, R. Morand
POSSESSION

**P. Bellemare, J.-M. Épinoux, F. Ferrand,
J.-F. Nahmias, T. de Villiers**
LE CARREFOUR DES ANGOISSES
JOURNÉES D'ENFER

PIERRE BELLEMARE
JEAN-FRANÇOIS NAHMIAS

Je me vengerai

40 rancunes mortelles

Documentation Gaëtane Barben

ALBIN MICHEL

© Editions Albin Michel S.A., 2001.

AVANT-PROPOS

Il y avait vingt-cinq ans de cela... Elle était une jeune anesthésiste, lui un professeur reconnu. Elle l'admirait, lui la désirait. La pulsion avait été plus forte que le respect, il l'avait violée. Elle avait donné sa démission, fui Paris et retrouvé un semblant d'équilibre à Bordeaux, dans une maternité.

Elle était aujourd'hui médecin-chef à l'hôpital de Montauban et n'avait jamais oublié. Le hasard, ou peut-être la fatalité, amena au service des urgences un grand blessé de la route, c'était le professeur. Il avait 76 ans, elle 51. Rupture de la colonne vertébrale, il était tétraplégique avec de grandes difficultés pour s'exprimer.

Un matin dans une chambre, ils furent seuls face à face. Il lui fit comprendre qu'il ne voulait plus vivre et qu'elle pouvait abréger son cauchemar. C'est à cet instant qu'elle décida de sa vengeance.

Depuis, grâce à elle, il vit avec toutes les assistances techniques que la médecine a pu inventer. Elle ne manque jamais une visite pour se régaler du désespoir qu'elle lit dans son regard.

Ainsi va la vengeance, sentiment pervers et infect qui ronge le genre humain... car aucun de nous n'y échappe, et pour une cause futile ou forte, nous avons tous eu un jour cette pensée : je me vengerai.

Pierre BELLEMARE

LA MAISON D'ABATTAGE

Elle est jolie, Delphine Doucet, et elle paraît beaucoup plus que ses dix-huit ans. Quand elle est quelque part, on ne peut pas faire autrement que de la remarquer : c'est bien simple, elle rayonne ! C'est sans doute son abondante et magnifique chevelure blonde qui lui donne cette présence, ainsi que ses grands yeux marron au regard prenant, envoûtant. Quant au reste de sa personne, il est à l'avenant : elle est bien faite, saine, comme la fille de la campagne qu'elle est.

Mais pour l'instant, Delphine Doucet ne rayonne pas du tout. Elle erre comme une âme en peine sur les quais de la gare d'Orsay, terminus du chemin de fer Paris-Orléans. Orléans, c'est de là qu'elle vient, ou plus précisément du village de Vennery tout proche. Comme tant d'autres, au milieu des années vingt, elle est montée dans la capitale pour travailler. Il y avait trop de bouches à nourrir et pas assez de travail à la maison et, comme une fille du village, Germaine Buisson, était partie l'année d'avant pour Paris, elle lui a écrit. Germaine Buisson a répondu qu'elle connaissait une place de bonne et qu'elle irait l'accueillir à la gare.

Seulement, voilà, Germaine n'est pas là. Et, après avoir attendu plus d'une heure, Delphine Doucet se retrouve toute bête, en dépit de sa magnifique chevelure blonde. Sa valise à la main, elle se sent abandonnée, désemparée, dans l'immense ville dont elle ne connaît rien, et ses grands yeux marron ne sont pas loin de pleurer...

– Puis-je vous aider, mademoiselle ?

Delphine sursaute. Un homme d'une trentaine d'années se tient devant elle, souriant. Elle ne sait que faire. Sa mère lui a bien recommandé de ne jamais adresser la parole à des inconnus. À Paris, une jeune provinciale comme elle est une proie toute trouvée pour les pires individus. Mais d'autre part, elle est totalement perdue et, si on ne l'aide pas, elle ne sait pas ce qu'elle va devenir. Elle se jette à l'eau.

– C'est-à-dire, une amie devait venir me chercher et elle n'est pas venue...

– Eh bien, nous allons retrouver votre amie. Le mieux est d'examiner calmement la situation ensemble. Si j'osais, je vous inviterais à déjeuner.

Là encore, Delphine Doucet sait qu'elle ne devrait pas. Mais l'homme est si prévenant, si chaleureux. Si beau aussi... Il est tout à fait son genre : des cheveux très noirs, soigneusement plaqués sur les tempes, la peau mate, le regard intense. Il ressemble... oui, il ressemble tout à fait à Tino Rossi, son idole ! D'ailleurs, il lui a semblé qu'il avait un accent un peu chantant, ensoleillé. Et, tandis qu'il a pris galamment sa valise et qu'elle lui emboîte le pas vers le restaurant, elle lui demande carrément :

– Êtes-vous corse ?

Devant une question aussi directe, l'homme ne peut s'empêcher de rire, ce qui permet à Delphine de découvrir qu'il a des dents aussi éclatantes que celles de son chanteur préféré.

– Parfaitement, mademoiselle ! Vous êtes très physionomiste... Mais je ne me suis pas présenté : Sauveur Santucci. Et vous-même, vous venez de moins loin que la Corse, j'imagine.

– Oh, oui ! De Vennery, près d'Orléans. Je m'appelle Doucet, Delphine Doucet...

Et voilà ! La profession du Corse si obligeant n'est pas bien difficile à deviner. Delphine aurait dû écouter sa maman. Si elle était perdue, c'était à un sergent de ville qu'elle devait s'adresser, pas à un inconnu. Elle est tombée dans le piège qui guette les oies blanches de son espèce et elle n'en réchappera pas.

Si la suite est bien celle qu'on attend, elle est pourtant un peu différente. Elle est, en effet, infiniment plus terrible que tout ce qu'on peut imaginer.

Deux ans ont passé. Delphine Doucet, la jolie Orléanaise, ne sera jamais bonne à tout faire à Paris. Après avoir filé pendant un mois le parfait amour avec elle, Sauveur Santucci a laissé tomber le masque. Il s'est révélé pour ce qu'il était : un des souteneurs les plus notoires de la capitale. Si elle se mettait gentiment au travail, il ne lui arriverait rien, si elle faisait des histoires, on la dresserait à coups de nerf de bœuf et de brûlures de cigarettes sur les seins.

Delphine Doucet a accepté. Elle n'avait pas le moyen de faire autrement. Et les choses se sont beaucoup mieux passées qu'elle n'aurait pu craindre. Sauveur Santucci ne l'a pas mise sur le trottoir. En homme d'expérience qu'il était, il a tout de suite jugé qu'elle pouvait faire mieux que de racoler. Delphine Doucet avait quelque chose d'exceptionnel, du tempérament, de la classe. Cela ne se voyait pas encore, parce qu'elle était une paysanne mal dégrossie, mais en s'y prenant bien, elle pourrait aller loin.

Et il a dépensé des fortunes pour elle. Ce n'était pas par sentiment, ce n'était rien d'autre qu'un investissement, mais pour la jeune femme, cela a presque pris des allures de conte de fées. Elle s'est retrouvée habillée par les grands couturiers, portant sur elle les parfums et les produits de beauté les plus chers. Il lui a même fait apprendre à conduire !

C'est ainsi que Delphine est devenue une prostituée de luxe. Elle opère lors de parties fines, dans les salons privés des restaurants ou bien à domicile, dans des appartements de plus en plus huppés, et ses tarifs ne cessent de grimper. Bien sûr, de cet argent, elle ne touche pas un centime. Elle donne tout à Sauveur Santucci, qui se contente de l'entretenir.

Mais quand elle compare son sort à celui des autres filles, elle ne peut s'empêcher de se dire qu'elle a de la chance. Sauveur ne la bat pas, ne l'injurie pas, il lui parle correctement. Ses clients ne sont ni sales ni grossiers. Bref, dans le monde à part des prostituées, elle n'est pas loin d'occuper le haut de l'échelle...

Pourtant, alors que tout semble s'arranger d'une manière presque acceptable pour elle, son destin va changer brutalement.

Ce soir-là, Sauveur Santucci joue au poker avec un de ses collègues, Riton Bel-Œil, ainsi surnommé parce qu'il est borgne, non à la suite d'une blessure de guerre, comme tant d'autres à cette époque, mais d'une rixe. D'habitude, le jeu n'est qu'un passe-temps pour Santucci, il n'y a jamais laissé des fortunes. Mais ce soir-là, on ne sait trop pourquoi, peut-être parce qu'il a bu, il s'acharne. Il s'est déjà laissé plumer par son adversaire et il continue. Il est sur un gros coup. Il est sûr de se refaire. Seulement, il n'a plus de quoi miser.

– Tu accepterais une de mes filles comme enjeu ?

– Ça dépend. Dis toujours...

Sauveur Santucci hésite un instant et lance :

– Delphine Doucet, ma meilleure gagneuse. Qu'est-ce que tu en dis ?

– D'accord.

Et l'instant d'après, à cause d'un carré de valets contre un carré de rois, la vie de Delphine bascule...

Le lendemain, Sauveur Santucci doit annoncer la nouvelle à sa protégée. Il est dégrisé et pas du tout fier de lui. C'est sans doute pour cette raison qu'il se montre particulièrement brutal avec elle. Il passe sur elle la colère qu'il a contre lui-même.

– Fais tes valises ! Tu ne travailles plus avec moi. On va venir te chercher.

– Sauveur, ce n'est pas possible !

– Si, c'est possible. À partir de maintenant, ton mec, c'est Riton Bel-Œil.

– Mais pourquoi ?

– C'est une affaire d'hommes. Cela ne te regarde pas.

– Sauveur, je t'en supplie...

– Quoi, tu discutes ? J'ai toujours été bien trop faible avec toi. Mais je vais t'apprendre la vie !...

Et, quelque temps plus tard, lorsqu'un des hommes de Riton se présente pour l'emmener, on aurait bien du mal à reconnaître Delphine Doucet, cette créature au charme rayonnant. Dans sa rage de la perdre, dans sa fureur contre sa sottise et son égarement, Sauveur Santucci lui a fait subir un véritable passage à tabac. Elle est couverte de bleus et d'écorchures et ses yeux, ses magnifiques yeux marron au regard envoûtant, disparaissent derrière deux énormes poches noires. Ils sont si fermés et tuméfiés qu'elle a du mal à pleurer.

Riton Bel-Œil fait grise mine en la découvrant. C'est ça, la meilleure gagneuse de Santucci ? Cette épave, ce débris ? Bien sûr, elle a pris pas mal de coups et elle doit être un peu mieux au naturel, mais le Corse l'a roulé... De toute manière, la prostitution de luxe, ce n'est pas son truc. Lui, c'est la quantité qui le fait vivre. Il a des centaines de filles, à Paris, à Marseille et en Afrique du Nord.

Il s'adresse à Delphine, qui renifle, la tête basse.

– J'ai quelque chose pour toi : tenancière à Alger. Tu pars tout de suite...

Et, peu après, Delphine Doucet quitte Paris par une autre gare que celle de son arrivée : la gare de Lyon, direction Marseille où elle prendra le bateau. Le même homme qui était venu la chercher l'accompagne. Tout le trajet en train s'effectue en silence. Elle essaie de ne pas se laisser aller au désespoir. Après tout, tenancière de maison, ce n'est pas si mal, et puis à Alger, il y a le soleil, les palmiers, elle va voir un pays qu'elle ne connaît pas et la mer, dont elle rêve depuis si longtemps...

À Marseille, l'homme de Riton prend en charge huit autres filles et elles font la traversée toutes ensemble, dans les plus mauvaises cabines, à fond de cale. Leur accompagnateur, lui, est en seconde, mais il les surveille de près. Les filles sont jeunes et juste sorties de leur province, comme elle-même il y a peu. Elles lui disent qu'elles sont destinées au trottoir. Delphine évite de leur révéler qu'elle-même sera tenancière, pour ne pas leur faire de peine.

Et c'est l'arrivée à Alger. Delphine Doucet n'a pas le temps d'admirer le ciel bleu, le soleil et les palmiers. Un camion bâché les attend, ses compagnes et elle. Elles y sont jetées sans le moindre égard et il démarre pour une destination inconnue. Les deux hommes qui les ont prises en charge, un métropolitain taillé en armoire à glace et un Arabe, ne leur ont strictement adressé aucune parole.

Le camion roule longtemps, sur des routes défoncées et dans une atmosphère de plus en plus brûlante. En plus du malaise dû à la chaleur, Delphine sent progressivement l'angoisse l'envahir. Riton Bel-Œil n'avait-il pas parlé d'Alger ? Alors pourquoi n'y est-on pas resté ? Et puis, elle devait être tenancière. Or, elle est exactement traitée comme les autres filles. Qu'est-ce que cela signifie ? Où l'emmène-t-on ? Que veut-on faire d'elle ?

Le camion s'arrête à Tiaret, une ville misérable à la

lisière nord du Sahara, dont la principale activité est liée aux garnisons qu'elle abrite. Qui dit soldats, dit filles de joie, et c'est l'une d'elles que Delphine va devenir. Quand elle le comprend, elle est saisie d'horreur, mais ce n'est rien, absolument rien, à côté de ce qu'elle va découvrir.

La maison close que Riton Bel-Œil vient d'ouvrir et pour laquelle il a recruté des pensionnaires se situe à l'écart de la ville, en bordure d'une piste qui conduit au désert. C'est une baraque en terre battue, dont toutes les fenêtres sont munies de barreaux. Cela ressemble à une prison, mais malheureusement pour Delphine et ses camarades, ce n'est pas une prison. C'est bien pire : c'est une maison d'abattage.

Ce qu'on nomme à l'époque « maison d'abattage » désigne les bordels du plus bas étage, ceux que ne fréquentent que les simples soldats et encore, les plus démunis d'entre eux, ceux qui ne disposent que de sommes dérisoires, parce qu'ils ont joué leur solde aux cartes ou qu'ils la dépensent à boire... Delphine et les autres sont accueillies par la tenancière des lieux, une Noire énorme, qui tient à la main une lourde canne. Elle est entourée de deux Algériens tout maigres, qui doivent faire la moitié de son volume.

– Je m'appelle Marissa, mais vous devrez m'appeler « Madame ». Voilà comment ça va se passer ici : vous allez faire trente clients par jour, pas un de moins. Vous n'aurez pas le droit de vous reposer avant. Pour celles qui n'auraient pas compris...

Elle brandit sa canne grosse comme un gourdin.

– J'ai ça à leur disposition... Maintenant, je vais vous montrer vos chambres.

Delphine Doucet est encore sous le coup des paroles de la tenancière, mais quand elle découvre sa « chambre », elle se sent glacée d'horreur, malgré la chaleur d'étuve qui règne dans la pièce. Ce n'est pas une chambre, c'est une cellule de prison. Les murs et le sol sont en terre battue et le seul mobilier est constitué d'un lit métallique. Il n'y a rien d'autre, pas une armoire, pas une table de nuit, pas une chaise. Derrière une porte ouverte, elle peut apercevoir un minuscule cabinet de toilette, comprenant des WC à la turque et une douche faite d'une pomme d'arrosoir reliée à un bidon... Delphine est tellement accablée qu'elle est au-delà de la révolte. Marissa se tient devant elle. Elle lui demande seulement, montrant sa valise :

– Où vais-je mettre mes affaires ?

Un grand coup de canne dans l'estomac lui coupe le souffle.

– Tu dois dire « Madame » quand tu me parles... Les vêtements et produits de toilette sont fournis par la maison. Les objets personnels sont confisqués.

Et, joignant le geste à la parole, elle part, avec sa valise sous le bras. Après quoi, elle ferme la porte à clé derrière elle. Car les pensionnaires de la maison d'abattage sont bel et bien prisonnières et ce qui commence pour elles à partir de cet instant ne peut être comparé qu'à ce qui se passe dans les bagnes les plus impitoyables.

Le pire, ce sont les hommes, trente par jour, ainsi que l'exige le règlement. Il s'agit des soldats du 6e régiment de tirailleurs algériens cantonnés à Tiaret. Trente, pas un de moins ! Marissa, « Madame », est intraitable. Elle tient les comptes pour chacune de ses filles et ne les laisse pas se reposer avant. Elle fait également régner la terreur. Pour la moindre protestation, le moindre écart quelconque, c'est le bâton.

Toute sortie est interdite, même à l'intérieur de la maison, car les pensionnaires ne doivent pas se rencontrer. Et elles n'ont, bien sûr, pas le droit de recevoir ou d'envoyer aucun courrier. Elles sont totalement coupées du monde... À partir du moment où la porte de sa chambre s'est refermée pour la première fois sur elle, Delphine n'a plus eu d'autre univers. Le ciel, le beau ciel bleu d'Algérie, elle n'en aperçoit qu'un bout derrière ses barreaux. C'est la seule vision qu'elle ait de l'extérieur. Sa fenêtre est trop haute pour qu'elle puisse découvrir un être humain, un animal, un arbre...

Elle est bien nourrie, comme ses camarades, c'est la seule chose qu'on ne puisse pas reprocher à la maison d'abattage. Mais il ne s'agit pas d'humanité et encore moins de générosité, c'est purement intéressé. Les Arabes aiment les femmes bien en chair et il n'est pas question que les pensionnaires perdent leurs formes. Voilà pourquoi Delphine et les autres reçoivent une nourriture abondante, mais infecte, principalement à base de riz et de semoule, sans sauce, trop peu ou trop salée, selon l'humeur du cuisinier.

Dans ces conditions, il est bien difficile d'échapper au désespoir. Au bout d'un an, deux filles se suicident et il y a quatre autres tentatives. Pour essayer de les éviter, car c'est une perte financière importante, les pensionnaires n'ont droit ni aux couteaux ni aux fourchettes en fer, mais seulement à des cuillers et des fourchettes en bois. De même, elles n'ont pas de ciseaux : c'est Marissa qui leur coupe les cheveux et les ongles. Mais, bien sûr, il est impossible de les empêcher de se pendre avec leurs bas ou de s'ouvrir les veines avec les ressorts du lit.

Delphine Doucet, elle, ne pense pas au suicide. C'est la seule à ne pas céder au désespoir et la raison de la force qui est en elle n'est autre que la haine ! Elle veut se venger de celui à cause duquel elle est ici, du responsable de ce cauchemar, alors qu'elle n'avait rien fait pour le mériter, alors qu'elle avait toujours été obéissante et soumise.

L'image de Sauveur Santucci est sans cesse devant ses yeux : Sauveur l'abordant tout sourire sur le quai de la gare d'Orsay, Sauveur devenu une bête fauve, la saoulant de coups, l'écume à la bouche, et elle se fait un serment : elle tuera cet homme !

Bien sûr, cela semble fou. Il faudrait d'abord qu'elle puisse sortir et elle ne voit ni quand ni comment cela serait possible, mais elle se raccroche de toutes ses forces à cet espoir : tuer Santucci ! Non, elle lui ne fera pas le cadeau de se suicider, ce qui le mettrait définitivement à l'abri de sa vengeance. Elle vivra tant qu'elle pourra, elle vivra pour le tuer !...

La maison d'abattage de Tiaret est une maison close déclarée et, en tant que telle, soumise aux obligations sanitaires. Toutes les semaines, les pensionnaires doivent subir une visite médicale. Pendant deux ans, c'est le même médecin qui s'en charge, un docteur de Tiaret, une espèce d'ours, rouge de teint, visiblement alcoolique, avec lequel il est impossible d'échanger une seule parole. Mais il est brusquement remplacé par un médecin militaire.

Le sous-lieutenant Michel Lavergne effectue son service militaire en Algérie. Il vient tout juste d'obtenir son doctorat. Il a sensiblement le même âge que les pensionnaires de la maison. C'est un blondinet plutôt frêle ; il a l'air timide derrière ses lunettes et même un peu naïf.

Dès qu'elle le voit, Delphine Doucet comprend qu'il est sa seule chance. Lui seul peut la sortir d'ici et, pour cela, elle n'a qu'un moyen : le séduire. Elle savait autrefois tourner la tête aux hommes, il faut qu'elle y parvienne de nouveau. Elle doit rayonner avec le petit docteur, comme elle savait si bien le faire avant.

Mais comment ? Sa magnifique chevelure blonde n'est plus qu'un souvenir, ses cheveux sont devenus tout ternes et cassants et ils ont été massacrés par les ciseaux de Marissa ; sa peau, au teint de lait, est desséchée par les vents sahariens. Mais il lui reste ses yeux, les yeux sont la seule partie du corps qui ne change pas quoi qu'il arrive, ils sont toujours aussi grands et beaux : elle doit faire en sorte qu'ils retrouvent leur regard d'avant, prenant et envoûtant.

Alors, Delphine Doucet tente de tout exprimer dans le regard qu'elle lance au docteur, elle tente de provoquer son intérêt, sa pitié et son désir tout à la fois... Et cela réussit ! Il la regarde à son tour différemment, plus comme une professionnelle auprès de laquelle il doit accomplir une corvée, mais comme une femme. Il lui demande avec douceur :

– Qu'est-ce qui vous a conduite ici ?
– Le malheur...

Le lien est établi : ils se parlent et, les fois suivantes, ils continuent. Oh, pas longuement, car c'est interdit, Marissa n'est jamais loin et elle est toujours aussi vigilante. Mais visite hebdomadaire après visite hebdomadaire, Delphine lui raconte tout, à commencer par la vie à la maison d'abattage, les trente hommes par jour.

Michel Lavergne est horrifié et il l'est tout autant quand il apprend le destin de la malheureuse, la manière dont elle est tombée dans le piège du Corse en arrivant à Paris, puis la trahison de ce dernier, cet incroyable châtiment qu'il lui a infligé, alors qu'elle ne lui avait rien fait. Il est visiblement de plus en plus épris, à tel point qu'il lui déclare un jour :

– Je te sauverai !

Et il lui explique ses intentions. Par des camarades qui connaissent les mœurs régnant dans ce genre de maison, il a appris qu'il était possible d'acheter la liberté d'une pensionnaire. Or, sa famille est riche et a toujours été généreuse avec lui. Il aura l'argent nécessaire.

Mais Michel Lavergne ne s'en tient pas là. Ce qu'il veut c'est plus que sa liberté, c'est elle, tout simplement ! Il est réellement tombé amoureux fou. Il lui dit avec flamme :

– J'ai encore un an de service à faire. Dans un an, je te rachète et nous rentrons ensemble.

Delphine tente de le dissuader. Après ce qu'elle a vécu, elle est indigne de lui. De plus, sa famille n'acceptera jamais une union avec une fille comme elle... Mais rien n'y fait, Michel Lavergne est dévoré de passion. Il veut l'épouser, il veut qu'ils aient des enfants, qu'ils vieillissent ensemble. Alors, Delphine Doucet cesse de protester. Elle capitule...

Si elle se refusait à lui, ce n'était pas parce que Michel Lavergne lui déplaisait. Il est doux, intelligent, honnête. De plus, devenir femme de médecin en venant d'où elle vient aurait été un sort inespéré, miraculeux. Non, elle agissait ainsi par honnêteté. Car ce qu'elle veut, ce qu'elle fera dès qu'elle sera retournée en France, c'est tuer Sauveur Santucci. Elle en a trop rêvé dans la maison d'abattage, sous l'étreinte des trente hommes par jour. Elle a trop souffert à cause de lui. Tant pis pour le sous-lieutenant : sa vengeance passe avant son bonheur !

Et ce qu'elle n'avait jamais cru possible arrive : trois ans après son arrivée dans la maison d'abattage de Tiaret, elle en sort au bras de Michel Lavergne, sous le regard respectueux de Marissa, qui tient entre ses mains l'argent de la transaction.

Ensuite, c'est le chemin du retour vers Alger, non dans un camion où elle était parquée comme du bétail, mais en voiture, auprès de Michel. C'est le bateau en sens inverse et en première classe, c'est le train de Marseille jusqu'à Paris...

C'est là qu'elle passe à l'action. Elle sait que ce qu'elle va faire est malhonnête, odieux même, mais elle n'hésite pas. Elle ira jusqu'au bout dans le projet qui est le sien et elle n'a pas le choix des moyens... Alors que Michel est allé aux toilettes, elle ouvre sa valise, la fouille. Elle y trouve une somme importante et la met dans son sac à main, un sac qu'il lui a offert.

Il y a justement à cet instant un ralentissement dû à des travaux sur la voie. Elle ouvre la portière, saute et se retrouve à terre sans mal.

Un mois a passé, un mois pendant lequel Delphine Doucet, qui s'est installée dans un hôtel à Paris, a mis à profit l'argent volé pour faire ses préparatifs. Elle a d'abord changé sa physionomie. Elle s'est teinte en brune et elle s'est coiffée court, les cheveux rabattus sur les tempes, à la mode de ce début des années trente.

Ensuite, elle a engagé un détective privé pour retrouver Sauveur Santucci. Celui-ci n'a eu aucun mal à y parvenir. Santucci est aussi prospère que lors du départ de Delphine. Il possède plusieurs maisons de passe, des maisons de rendez-vous et un strip-tease-dancing très en vogue à Pigalle, le Charleston.

Il reste encore un dernier point à régler pour Delphine Doucet : l'arme du crime. Cela lui coûte cher, mais moyennant une somme importante, le même détective privé lui procure un revolver de petit calibre, suffisant pour ne laisser aucune chance à sa victime de près. Elle lui a dit qu'elle craignait une agression de Santucci et de ses hommes et il a fait semblant de la croire.

Elle peut maintenant passer au dernier acte. Il a lieu au Charleston, la boîte de nuit de Sauveur où, ainsi que le détective le lui a appris, il se trouve toujours en début de soirée. Quant au scénario, elle l'a mis au point minutieusement.

Elle y arrive habillée avec un luxe voyant : une robe du soir, un long collier de fausses perles, comme c'est la mode. Tout le reste de ce qu'elle a volé à Michel Lavergne y est passé et elle n'a plus un centime. Mais il est vrai que, maintenant, elle n'aura plus besoin d'argent... Le portier se précipite pour lui ouvrir et le maître d'hôtel est tout aussi empressé pour la placer.

Le Charleston est un endroit huppé où des tables sont disposées autour d'une scène qui fait également piste de danse. Delphine Doucet s'assied et commande une bouteille de champagne. Le maître d'hôtel s'incline respectueusement.

– Vous attendez quelqu'un, madame ?

Delphine sort de son sac à main un long fume-cigarette doré.

– Non, je suis seule...

Le maître d'hôtel s'empresse d'aller rapporter la nouvelle à Sauveur Santucci, qui se tenait dans l'arrière-salle.

– Patron, il y a une cliente toute seule !

Santucci sursaute. Une femme qui vient seule au strip-tease, c'est la première fois que cela arrive.

– Quel genre ?

– Très chic, femme du monde. À mon avis, c'est une lesbienne...

Sauveur Santucci est aussi de cet avis. En ce début des années trente, certaines femmes s'émancipent ostensiblement. Sans doute, en plus de voir des femmes nues, l'inconnue en cherche-t-elle une pour passer la nuit. Mais cela devrait pouvoir se faire. Il voit une ou deux de ses protégées qui pourraient s'en charger... De toute façon, il doit faire la connaissance de cette extraordinaire cliente. Il rajuste sa cravate et se passe les mains sur les tempes pour s'assurer que ses cheveux sont impeccablement coiffés.

– J'y vais !

L'instant d'après, il arrive dans la salle et va s'incliner devant elle.

– Sauveur Santucci pour vous servir, madame. Je suis le patron de cet établissement.

Delphine a un violent pincement au cœur... Il n'a pas changé ! Il lui sourit de ses dents éclatantes, il la fixe de son regard intense. Il est toujours aussi beau, il ressemble toujours autant à Tino Rossi... Il continue à la fixer en conservant son sourire. Il n'a pas eu la moindre réaction : il ne l'a pas reconnue. Elle repose son sac à main et tire une longue bouffée de sa cigarette.

— Asseyez-vous.

Santucci obéit.

— Sachez bien, madame, que quels que soient vos désirs, nous sommes là pour les satisfaire, je dis bien quels qu'ils soient...

Comme Delphine Doucet savoure cet instant ! Il est là, servile, à ses pieds... Mais c'est trop bref, hélas. L'orchestre se met à jouer, elle se lève.

— Faites-moi danser.

Subjugué, Santucci se lève à son tour et ils se retrouvent sur la piste... Le cœur de Delphine bat à tout rompre. C'est le moment, le moment qu'elle a tant attendu !

— Tu ne m'as pas reconnue, Sauveur...

Ce dernier a un violent sursaut.

— Qui... êtes-vous ?

— Delphine Doucet, la gare d'Orsay, Riton Bel-Œil, tu te souviens ? Sais-tu où il m'a conduite, Riton ? Dans une maison d'abattage. J'y suis restée trois ans...

Sauveur Santucci recule légèrement et Delphine, qui tient son sac à la main devant elle, découvre une chose extraordinaire : il a peur ! De la sueur est apparue sur son front, il tremble légèrement. Il aurait certainement envie de prendre les jambes à son cou, mais il ne le fait pas. Les clients sont tout autour d'eux et sa fierté le lui interdit, sa fierté de mâle, de Corse, de maquereau ! Non, Sauveur ne fuira pas et c'est bien ainsi...

— J'en suis pourtant sortie et c'est grâce à toi !... Pourquoi est-ce que tu me regardes comme ça ? Tu n'as pas l'air de me croire.

— Delphine, je t'assure, je ne voulais pas...

— Je suis restée en vie pour te tuer. Trente hommes par jour, Sauveur...

Jouant le tout pour le tout, il s'est jeté sur elle, mais elle s'y attendait. Sa main, dans son sac, est crispée sur la détente du revolver et elle fait feu à travers la peau de crocodile. Il s'écroule, une balle en plein cœur.

Le procès de Delphine Doucet, qui a lieu un an plus tard, attire le Tout-Paris. On s'écrase dans la salle d'assises pour voir celle dont le calvaire a ému l'opinion. Et, dès qu'elle apparaît dans le box, la sensation est plus grande encore... Delphine Doucet a retrouvé l'allure qu'elle avait avant le drame. Sa chevelure, qui a de nouveau sa teinte blonde naturelle, est ample et magnifique, toute sa personne dégage un charme rayonnant.

L'assistance lui est tout acquise et l'émotion est à son comble lorsque son avocat raconte en détail la vie dans une maison d'abattage. Chacun peut alors voir distinctement que les deux femmes qui font partie du jury sont au bord des larmes.

L'émotion est tout aussi grande quand Michel Lavergne vient déposer à la barre des témoins. L'ancien sous-lieutenant, devenu un médecin établi dans la capitale, vient, lui aussi, parler en termes particulièrement impressionnants de la maison d'abattage. Mais ses propos les plus remarqués concernent l'accusée. Il dit son courage, sa détermination presque héroïque, qui lui a permis de s'en sortir. Il affirme hautement qu'il ne lui en veut pas pour le vol de son argent, que ses sentiments à son égard n'ont pas changé et il conclut :

– Je l'attendrai, mesdames et messieurs les jurés. Si vous la condamnez à dix ans, je l'attendrai dix ans, mais je n'aurai pas d'autre femme, mes enfants n'auront pas d'autre mère, je le jure !

Alors, spontanément, toute l'assistance éclate en bravos...

Faut-il préciser que les jurés n'ont pas condamné

Delphine Doucet à dix ans de prison ? Au contraire, à l'issue d'une rapide délibération, elle est acquittée au milieu des ovations. Et, peu de temps après, lors d'une cérémonie tout aussi émouvante que son procès, elle devient Mme Lavergne, épouse d'un médecin issu d'une des plus honorables familles parisiennes. Le destin, après avoir été si cruel avec elle, avait fini par lui sourire.

Mais le moins qu'on puisse dire, c'est qu'elle y était pour beaucoup.

NITOCRIS LA VENGERESSE

Nitocris s'étire paresseusement. Elle s'était endormie sur l'amoncellement de coussins de soie qui lui sert de lit de repos, au son des harpes de ses esclaves nubiennes. Elle jette un regard las sur sa chambre du palais de Memphis et pousse un soupir. Elle s'ennuie. La vie d'une princesse est terriblement monotone. Son existence ne commence vraiment qu'avec le mariage, mais pour l'instant, il n'est pas question de mariage.

Nitocris a chaud, aussi. Les étés sont brûlants en Égypte et elle éprouve le besoin de se baigner. Elle pourrait se plonger dans une des piscines du palais, mais elle préfère aller jusqu'au Nil. Elle aime le fleuve, avec son animation, les barques des pêcheurs, les felouques transportant leurs marchandises, le va-et-vient des promeneurs... Elle se met en marche, escortée de ses suivantes, qui emportent dans des coffrets les baumes, les onguents, les embrocations et les fards, dont elle s'enduira le corps, au sortir de sa baignade.

Nitocris avance à petits pas gracieux de ses pieds menus chaussés de sandales d'or. Elle ne peut s'empêcher d'admirer leur éclat à la lumière. Ce sont de pures merveilles ! Le bottier royal les lui a apportées ce matin, c'est la première fois qu'elle les met et elle n'en a jamais eu d'aussi belles.

Le trajet qui la sépare du fleuve est des plus agréables. Afin de protéger les habitants du palais des intempéries ou des rayons trop vifs du soleil, il est entièrement recouvert par un portique. Celui-ci est richement décoré : le sol est pavé de marbre aux diverses couleurs, les colonnes sont ornées de peintures, des statues se dressent de place en place. L'art égyptien brille de tous ses feux, en cette année 2183 av. J.-C. Rien dans le monde ne peut lui être comparé...

Tout en cheminant jusqu'au Nil, Nitocris repense aux débuts si privilégiés de son existence. Elle est la fille du dernier pharaon, Pépi II, qui vient juste de mourir. Celui-ci a eu un règne interminable, inimaginable même : quatre-vingt-quatorze ans ! Monté sur le trône à l'âge de six ans, il s'est éteint centenaire. Bien sûr, Nitocris est loin d'être sa seule fille. Elles sont des dizaines. Certaines, nées quand Pépi était jeune homme, ont l'âge d'être ses grand-mères ou sont mortes depuis longtemps.

Nitocris, elle, n'a que seize ans, mais la nature n'a pas attendu pour la parer de tous ses charmes : un visage adorable, d'un ovale régulier, de beaux cheveux brillants et souples, des yeux en amande parfaitement dessinés, un corps admirablement proportionné. Et ce n'est pas tout. Il suffit de la regarder avec un peu d'attention pour se rendre compte qu'elle est autre chose qu'une jolie poupée. Elle a le regard vif et volontaire, elle est intelligente et elle sait ce qu'elle veut. Nitocris a tous les atouts pour affronter l'existence.

Le Nil est là. S'étant assurée que personne ne pouvait la voir, la jeune princesse se débarrasse de ses sandales d'or d'un gracieux geste du pied, puis fait glisser, avec tout autant de grâce, sa robe de lin blanc et orangé, ne gardant sur elle que son collier en lapis-lazuli. Elle attend que ses suivantes, ainsi que leur charge leur en fait obligation, soient entrées dans le fleuve afin d'écarter les crocodiles, puis elle y pénètre à son tour.

C'est alors qu'elle pousse un cri. Une forme noire

est apparue dans le ciel, elle décrit un large cercle au-dessus d'elle et fond sur le sol comme une pierre. C'est un aigle d'une taille prodigieuse ! Instinctivement, elle se protège le visage de ses bras, mais ce n'est pas à elle qu'il en veut. Il se laisse tomber sur la rive et, l'instant d'après, s'envole, tenant dans ses serres un objet brillant. Sa sandale, il a pris sa sandale d'or ! Nitocris pousse un cri de dépit, de colère, de rage, et se met à pleurer...

À quelques heures de marche de là, dans son palais de Gizeh, le jeune pharaon Mentesouphis remue de sombres pensées. Il était le fils favori de Pépi, qui l'a désigné pour lui succéder, mais il se demande s'il ne s'agit pas là d'un cadeau empoisonné. Il se sent si jeune – il n'a que seize ans lui aussi –, si mal préparé pour une tâche aussi écrasante ! Et surtout, la situation politique est mauvaise, elle n'est même pas loin d'être catastrophique.

Durant la majeure partie de son règne, Pépi II a été un grand souverain. Il a gouverné avec fermeté et sagesse, il a agrandi le pays en direction du sud, grâce à des campagnes victorieuses contre les Nubiens. Seulement, il a trop longtemps vécu et c'est là tout le drame. Aux approches de la vieillesse, ses facultés ont diminué et, pendant les trente dernières années de son règne, il n'a pratiquement plus rien fait. Il a laissé les grands seigneurs du royaume et les prêtres diriger le pays. Alors, accepteront-ils de lui rendre le pouvoir, à lui, Mentesouphis, qui manque si cruellement d'autorité et d'expérience ?

Le jeune pharaon pousse un soupir en contemplant le spectacle qui s'offre à ses yeux. Son palais est juste en face des pyramides de Khéops, Khéphren et Mykérinos et leur silhouette immense se dresse devant lui, témoignage de la grandeur des pharaons qui l'ont précédé. Tout cela est bien écrasant pour ses jeunes épaules.

Il se tourne vers celui qui l'accompagne, le vieux scribe Phaten, l'homme le plus sage d'Égypte, qui a été son précepteur et sur lequel il compte pour le guider dans l'épreuve qui est la sienne. Soudain, celui-ci pousse un cri.

– Regarde, Seigneur !

Il vient de se passer quelque chose d'étrange. Un aigle immense a lâché quelque chose de brillant, quelques centaines de pas devant eux, là-bas, dans la direction des pyramides... Intrigués, les deux hommes se rendent dans cette direction et, peu après, Mentesouphis ramasse une sandale d'or, toute brillante dans le soleil. Il se tourne vers le scribe.

– À qui peut-elle bien appartenir ?

– Un tel travail, une telle richesse de matériaux sont dignes du plus haut rang. C'est sûrement la sandale d'une de tes sœurs.

– Quelle élégance ! Quelle petitesse de pied !

– Je le trouve aussi, pharaon. Et je pense que si elle n'est pas mariée, tu dois l'épouser. Ce présage ne peut venir que de Râ lui-même...

– Tu as raison, Phaten ! Je vais la faire rechercher immédiatement.

Peu après, une nuée de serviteurs se répand dans les divers palais royaux de Gizeh et de Memphis, à la recherche de la victime du larcin de l'aigle. Ils ont ordre de la conduire auprès de Mentesouphis, qui a juré de l'épouser. Telle est, en effet, la coutume des pharaons. Ils se marient de préférence avec leurs sœurs, afin de manifester, en transgressant la plus sacrée des lois humaines, leur condition divine...

Découvrir Nitocris, qui a raconté à tout son entourage la disparition extraordinaire de sa sandale, n'est pas bien difficile et, le jour même, elle se retrouve devant Mentesouphis. Celui-ci était décidé à en faire sa femme pour obéir à l'oracle des dieux, mais quand il la voit, il est tout simplement ébloui. C'est elle dont il rêvait depuis toujours, c'est la femme de sa vie !

Elle, de son côté, est transportée. Et ce n'est pas seulement parce que c'est le pharaon. Elle n'a jamais vu un si beau jeune homme. Mentesouphis est sa réplique en masculin. Il possède tous les canons de la beauté égyptienne, avec ses cheveux très noirs, sa peau mate, ses épaules larges et sa taille étroite. Malgré leur parenté, ils ne s'étaient jamais vus, les nombreux descendants de Pépi ayant été élevés dans des palais parfois très éloignés.

Maintenant qu'ils sont face à face, ils restent tous les deux immobiles, frappés par un coup de foudre réciproque. À la fin, Mentesouphis demande presque timidement :

– Comment t'appelles-tu ?
– Nitocris.
– Veux-tu m'épouser, Nitocris ?
– Jamais je ne voudrais d'un autre mari que toi...

Une semaine plus tard, les noces du pharaon Mentesouphis et de Nitocris sont célébrées en grande pompe. Les réjouissances durent dix jours d'affilée, au milieu de la liesse générale. Enfin, presque générale, car les puissants qui s'étaient partagés le pouvoir du temps de Pépi voient cette union d'un très mauvais œil. Elle signifie que la dynastie va se perpétuer. De plus, on dit que Nitocris a du caractère, alors que Mentesouphis passait pour faible et hésitant. Pour que les choses continuent comme avant, il va leur falloir agir vite.

Pendant un mois, la situation reste calme. Mais ce calme est celui qui précède la tempête et cette tempête, deux hommes sont en train de la préparer : Sahouré, le grand prêtre de Râ, et Sendji, le seigneur de la Porte Éléphantine, dont le palais fortifié commande toute la région de la Première Cataracte. Ce sont les deux plus puissants personnages du pays, ceux qui ont été les véritables maîtres de l'Égypte durant le règne de Pépi II.

Sahouré et Sendji se sont donné rendez-vous en grand secret dans le temple de Râ, à Héliopolis. Sahouré a la tête rasée des prêtres, le visage aigu, les mains longues et fines ; Sendji, un colosse à la peau très brune, porte sur la poitrine un grand pectoral d'or et d'émail, qui proclame sa puissance et sa richesse. Ce dernier s'adresse à son complice.

– Tu es sûr que personne ne peut nous entendre ?

– Certain. J'ai fait fermer les portes. Nous sommes seuls.

– Alors, c'est maintenant qu'il faut prendre nos décisions. Mentesouphis ne doit pas vivre plus longtemps. Il s'enhardit de jour en jour, bientôt il serait capable de se dresser contre nous. Faisons-le massacrer par le peuple lors de sa prochaine apparition publique.

– Est-ce que le peuple aura cette audace ?

– Les meneurs que je paie connaissent leur travail.

– Je vais faire courir le bruit par les prêtres qu'une famine est proche, cela pourra toujours être utile...

Les deux hommes gardent un moment le silence et puis Sahouré hoche sa tête rasée :

– Et Nitocris ?

– J'allais y venir. J'aimerais qu'elle soit épargnée.

– Pourquoi ?

– Nous pourrions la laisser sur le trône. Une fois le temps du deuil passé, je lui proposerais de m'épouser. Ce serait moins brutal et moins risqué que de les éliminer tous les deux pour prendre leur place.

Sahouré a un léger sourire.

– Et aussi Nitocris te plaît ? Avoue-le !

– Je l'avoue...

– Alors, nous ferons comme tu dis. Pharaon doit

présider les fêtes d'Anubis à la prochaine lune. C'est l'occasion rêvée !

– Je serai prêt...

Et, sans en ajouter davantage, les deux conspirateurs quittent le temple de Râ.

Leur forfait s'accomplit exactement selon leur plan, au jour et à l'heure prévus. Il est d'autant plus affreux pour Nitocris qu'elle en est le témoin. Mentesouphis la quitte pour se rendre à cette cérémonie que, selon l'étiquette, il doit présider seul, mais elle décide de le suivre des yeux depuis la terrasse du palais.

À peine a-t-il franchi les portes qu'une foule surgie de toutes parts se jette sur lui avec des cris sauvages. C'est un massacre abominable. Le jeune homme est renversé, piétiné, déchiqueté ; en quelques instants, il ne reste de lui qu'un amas sanglant. Puis les émeutiers se retirent, sans chercher à pénétrer dans le palais.

Nitocris s'attendait à être massacrée à son tour, mais elle est très surprise de voir, dans les heures qui suivent, tous les dignitaires de l'empire, Sahouré et Sendji en tête, lui faire respectueusement allégeance. Son désespoir est tel que la mort lui aurait été indifférente, mais puisqu'elle vit et qu'elle semble même destinée à régner, elle accepte son destin. Elle fait faire des funérailles grandioses à Mentesouphis. Dans son cercueil, à côté de sa momie, elle veille à ce qu'on place une des deux sandales d'or, grâce auxquelles ils s'étaient rencontrés.

C'est tout de suite après la cérémonie que se produit l'autre événement qui va bouleverser sa vie. Alors qu'elle traverse seule un des couloirs du palais, une voix s'élève de derrière une tenture.

– Ne bouge pas, reine. Regarde par la fenêtre, comme si tu contemplais le paysage.

– Qui es-tu ?

– Mineptah, un prêtre de Râ. J'ai surpris une conversation dans le temple d'Héliopolis, entre Sendji et Sahouré. J'étais enfermé à l'intérieur sans qu'ils le sachent. J'aurais dû parler et je n'ai rien dit. Je veux soulager ma conscience...

Et Mineptah raconte tout : le complot contre Mentesouphis et les intentions de Sendji à son égard. Nitocris écoute sans un mot et, lorsqu'il s'est tu, elle se remet en marche, sans rien ajouter d'autre.

Le prêtre s'attendait à ce qu'elle sévisse contre les deux comploteurs, mais il a la surprise de constater que Nitocris n'en fait rien. Elle se sépare même du vieux scribe Phaten, que son mari avait pour conseiller, et elle gouverne avec l'ancien entourage de Pépi et, en premier lieu, avec Sendji et Sahouré. Elle gouverne d'ailleurs fort bien, alliant sagesse et énergie. Elle veille à l'approvisionnement de la population : elle fait construire un barrage sur le Nil, afin d'irriguer les terres alentour. Elle entreprend aussi des travaux de prestige, elle agrandit le palais d'une immense salle souterraine où on donnera des fêtes magnifiques.

Sahouré et Sendji, fidèles à leur tactique, ne font rien pour la contrecarrer. Bien au contraire, ils veillent à sa popularité auprès de ses sujets et le calme le plus parfait règne dans tout le pays...

Un an se passe ainsi et Sendji, jugeant qu'il a respecté un délai convenable, décide de faire ses propositions à la souveraine. Il est d'autant plus confiant qu'elle lui a toujours manifesté la plus grande amabilité et même, lui a-t-il semblé, une certaine amitié... S'étant revêtu de ses plus riches habits, il vient la trouver, alors qu'elle rêve seule au bord du Nil, comme elle en a l'habitude.

— Le moment est venu pour moi de te parler, Nitocris.

La pharaonne ne manifeste nulle réticence. Elle lui sourit, au contraire, fort aimablement.

— Je t'écoute, Sendji.
— Tu ne peux pas continuer à gouverner seule. Et d'autre part, Mentesouphis n'a pas eu le temps de te donner d'enfant. Il te faudrait prendre un époux.
— Tu as peut-être raison. Mais lequel ?
— Je veux bien être celui-là.
— Toi ?

Il n'y a pas de réprobation dans l'exclamation de la reine, simplement un rien de surprise. Elle sourit toujours... Le seigneur de la Porte Éléphantine, maître de la région de la Première Cataracte, lui prend vivement le bras.

— Je suis fou de toi, Nitocris ! J'en perds le sommeil et le goût des choses. Accepte et je suis le plus heureux des hommes !
— Il faut que je réfléchisse. Accorde-moi un an encore.
— C'est beaucoup trop long ! C'est beaucoup plus que le deuil ordinaire.
— Je sais. Mais j'aimais profondément Mentesouphis et il faut que la vision terrible de sa mort ait le temps de s'effacer.
— Nitocris...
— Je ne t'ai pas dit non, Sendji. Fais preuve de patience et tu auras la récompense que tu mérites...

Un an a encore passé jusqu'à ce jour où va se produire un événement qu'attend toute la cour : l'inauguration de la nouvelle salle du palais à laquelle on travaille sans relâche depuis le début du règne.

Les invités qui s'y pressent sont éblouis. Nitocris a su renouer avec l'éclat des anciens pharaons, ceux qui avaient construit les pyramides. La salle est une merveille. On y descend par un escalier de marbre vert, recouvert de tapis précieux. Le sol est constitué d'une mosaïque représentant les bords du Nil. Les murs sont décorés de fresques sur lesquelles des Égyptiens du peuple sont figurés en train de se livrer à leurs occupations quotidiennes.

Ces scènes familières sortent de l'ordinaire. Jusque-là, on représentait dans de telles occasions des dieux et des déesses ou des cortèges de défunts. Mais cette nouveauté est appréciée de tout le monde. Voilà qui est gai, qui change du temps du vieux Pépi ! Nitocris est décidément douée de toutes les qualités.

Nitocris elle-même n'est pas là pour l'instant. Elle a fait dire qu'elle arriverait un peu plus tard. En attendant, les invités rient et s'amusent entre eux. Il y a là toute la cour, c'est-à-dire les anciens conseillers de Pépi, qui sont maintenant ceux de Nitocris. Il ne manque que peu de monde : les suivantes de la reine qui, curieusement, ne sont pas là et quelques familiers de Mentesouphis, comme le vieux scribe Phaten.

Parmi tous les convives, Sendji est sans doute le plus fébrile. Il y a exactement un an, il faisait sa déclaration à Nitocris et celle-ci lui avait fixé ce délai pour lui donner sa réponse. Intérieurement, il exulte. Le doute n'est pas possible : si elle a organisé cette fête grandiose, c'est pour annoncer leurs noces avec le plus d'éclat possible. Cette salle de cérémonies, dont elle a entrepris la construction depuis le début de son règne, était destinée à accueillir l'annonce de ce grand événement !

Un gong résonne, faisant taire toutes les conversations et, l'instant d'après, Nitocris apparaît en haut des marches. Elle est en grand apparat, couronne en tête, collier pharaonique au cou, tenant dans chacune de ses mains croisées sur sa poitrine le sceptre et le fouet de justice.

— Écoutez tous et écoute surtout, toi, Sendji !

Le seigneur de la Porte Éléphantine se dirige avec un sourire en direction de l'escalier de marbre vert. Nitocris l'arrête d'un geste.

– Il y a un an, tu m'as fait une proposition. Tu m'as demandé ma réponse. La voici !

Elle lève le fouet de justice, et il se produit alors quelque chose de prodigieux : le mur de la salle s'ouvre et une immense cataracte en jaillit. Les convives n'ont pas le temps de faire un geste. Ils sont bousculés, assommés, écrasés par d'énormes paquets d'eau. Des cris d'horreur s'élèvent, bientôt étouffés par les flots.

Nitocris sourit sauvagement, en contemplant le spectacle de mort qui se déroule sous ses pieds. Telle était la raison du barrage qu'elle avait fait construire sur le Nil. Jamais il n'avait été destiné à irriguer les champs avoisinants, il n'avait d'autre utilité que de noyer ses ennemis dans cette salle, dont elle avait entrepris la construction en même temps...

À présent, plus aucune plainte ne se fait entendre dans la pièce inondée. En revanche, l'eau continue de monter et menace de l'atteindre. Elle arrive deux marches en dessous d'elle. Elle fait alors un autre geste de son fouet de justice et, instantanément, le flot s'arrête de couler...

Sous les pieds de Nitocris, c'est un spectacle de désolation et d'horreur. Les corps flottent en tous sens, mêlés aux victuailles, aux couronnes de fleurs et aux débris divers... Elle s'adresse au scribe Phaten, qui se tient derrière elle, le seul qui, depuis le début, avait partagé avec elle le secret de sa terrible vengeance.

– Tu feras vider la salle et jeter les cadavres aux chacals du désert, pour que leurs âmes errent désespérément pour l'éternité.

Phaten acquiesce d'un mouvement de tête et Nitocris se retire. Quand il viendra, un peu plus tard, lui rendre compte de sa mission, il la trouvera morte dans sa chambre. Elle s'est empoisonnée. Dans sa main droite, elle tient, serrée, la deuxième sandale d'or.

Telle fut la fin de Nitocris, qui n'avait régné que pour se venger. Elle avait fait semblant de gouverner comme un souverain ordinaire, pour la grandeur de son royaume et le bien de ses sujets, mais de tout cela, elle se moquait. Elle n'attendait qu'une chose : que soient terminés le barrage sur le Nil et la salle souterraine, piège mortel où elle allait faire périr ses ennemis. Et quand ce fut fait, Nitocris la vengeresse, n'ayant plus rien à faire sur cette terre, a choisi de disparaître.

On était en 2181 avant notre ère. Et le plus extraordinaire, c'est que Nitocris a entraîné dans sa chute l'institution pharaonique elle-même. Sa mort, coïncidant avec celle de tous les hauts dignitaires égyptiens, a marqué la fin de l'Ancien Empire. Une longue période de troubles et de guerres civiles s'en est suivie et a duré plus de cent ans, jusqu'à l'avènement du Moyen Empire, qui allait consacrer la renaissance du pays.

C'est ainsi que, sans le vouloir, Nitocris la vengeresse a pris place à jamais dans l'histoire.

LE CARNAVAL

Amelia da Silva, déguisée en Pierrot, se laisse griser par la chaleur et la musique assourdissante de la samba. Car il fait un temps radieux, ce 2 février 1976, premier jour du carnaval de Rio de Janeiro. Comme les autres Brésiliennes, Amelia da Silva ne manquerait pour rien au monde un carnaval. Avec, pour elle, une raison supplémentaire. Elle appartient à la plus haute société du pays. Son mariage avec Candido da Silva, un important planteur de café, lui a apporté une fortune. Mais Candido s'est tué dans son avion personnel tandis qu'il parcourait ses immenses domaines. Depuis, c'est elle qui a l'usufruit de cet empire dont héritera à sa majorité leur fils Arnaldo. Avant son mariage, elle était d'un milieu modeste. Sous son déguisement, elle peut se mêler au peuple et goûter aux joies simples qui ont été celles de son enfance. Voilà pourquoi Amelia da Silva aime le carnaval. Pendant quelques jours de folie, elle cesse d'être la richissime veuve da Silva pour redevenir une femme comme les autres.

Sous son habit de Pierrot et son loup noir, Amelia da Silva passe inaperçue. Personne ne peut deviner à quel point elle est belle. À quarante ans, avec ses yeux verts, ses longs cheveux noirs, sa peau un peu mate et son corps élancé, elle est vraiment superbe. Mais personne ne fait attention à elle dans ce tourbillon qu'est le carnaval...

À ses côtés, une petite silhouette sautille de joie. C'est Arnaldo, qu'elle emmène pour la première fois avec elle, pour ses dix ans. Il est tout à fait adorable, déguisé en lapin.

– Cela te plaît, Arnaldo ?

Arnaldo da Silva bat des mains au son de la musique.

– Oh oui, maman !

Et il rit de toutes ses dents. Qui se douterait, en le voyant s'amuser comme tous les gamins de Rio, qu'il est l'héritier d'une des plus grandes fortunes du Brésil ?

Et pourtant, quelqu'un le sait sans doute... Tout au spectacle, Amelia da Silva ne fait pas attention à son fils. Elle ne voit pas un personnage costumé en Mickey qui s'approche de lui et qui reste immobile, attendant quelque chose. Un orchestre de samba passe devant eux... Le son des cuivres et des timbales est assourdissant... Le personnage déguisé en Mickey se précipite sur Arnaldo, qui pousse un cri couvert par la musique... Amelia se retourne un instant trop tard. Elle crie, elle se met à courir. Mais Arnaldo, emporté par son ravisseur, disparaît dans la foule des danseurs. Elle a beau essayer de se frayer un chemin, donner des coups de pied, des coups de poing, il n'y a rien à faire... Elle reste seule, seule au milieu d'une foule qui chante et qui rit.

C'est le début d'une histoire à la fois terrifiante et merveilleuse où il est question de vengeance, mais aussi d'amour maternel.

8 février 1976. Une semaine a passé. Le carnaval de Rio en est à son dernier jour. Dans les rues, c'est l'apothéose des chants et des danses. Mais à l'écart de la ville, dans sa luxueuse villa, Amelia da Silva n'a pas le cœur à rire. Voilà six jours qu'Arnaldo a été enlevé

et il n'y a toujours aucune nouvelle de lui. Pas une lettre, pas un coup de téléphone, rien.

Devant elle, se tient le commissaire Luis Carneiro. Le commissaire Carneiro est le responsable du quartier de Copacabana, où a eu lieu l'enlèvement. Comme chaque année, c'est à la période du carnaval qu'il a le plus de travail. Les meurtres et les viols se comptent par dizaines, les vols et les rixes par centaines. Pourtant, en raison de la gravité des faits et de la personnalité de la victime, il a tout abandonné pour s'occuper de l'enquête, laissant le reste des tâches de police à ses adjoints.

La quarantaine, très brun, fine moustache, le commissaire Luis Carneiro contemple cette femme superbe que l'angoisse a ravagée. Amelia da Silva se tord les mains de désespoir.

– Ils l'ont tué, monsieur le commissaire !

– Mais non, madame, mais non ! Si c'était le cas, nous aurions retrouvé son corps. La police cherche partout dans l'État de Rio et même dans tout le Brésil, et elle n'a rien découvert.

– Alors, pourquoi le ravisseur ne m'appelle-t-il pas ? Je suis prête à payer n'importe quelle rançon. Répondez-moi : pourquoi ce silence ?

Luis Carneiro est grave. Malgré ses propos apaisants, l'affaire ne lui plaît pas du tout... Tout de suite après l'enlèvement, il avait évidemment pensé, étant donné la fortune de Mme da Silva, à un rapt crapuleux. Mais une semaine après, il faut bien se rendre à l'évidence : aucune demande de rançon. Alors, un crime de sadique, dont Arnaldo aurait été victime par hasard, indépendamment de la situation sociale de sa mère ? Ainsi qu'il vient de le dire, il n'y croit pas. Vu l'importance des moyens mis en œuvre, le corps aurait été retrouvé. Il reste une dernière solution, et elle est loin d'être rassurante : la vengeance...

– Je pense que vous avez un ennemi, madame. Peut-être quelqu'un de très proche, peut-être dans votre famille.

Amelia da Silva regarde le policier de ses grands yeux verts.

– C'est horrible !

– Je crains que la vérité ne soit pas très belle, madame.

– Mais pourquoi ? Je n'ai jamais fait de mal à personne.

– Vous, non, votre mari peut-être.

Des ennemis, Candido da Silva en avait effectivement plus d'un. Bien qu'il se soit tué à trente-cinq ans dans son avion, le mari d'Amelia avait, au cours de sa brève existence, accumulé les jalousies et les haines. Les jalousies car une réussite aussi éclatante que la sienne suscite toujours des envieux, les haines car, pour arriver à ses fins, il ne reculait guère devant les moyens. S'il était un tendre père et un charmant époux, il se montrait au contraire dans sa vie professionnelle dur et même impitoyable.

C'est dire qu'en examinant la vie de l'industriel disparu, le commissaire Carneiro a l'embarras du choix... Il s'intéresse d'abord aux petits planteurs qui ont fait faillite à cause de la concurrence de Candido da Silva. Ils sont légion, mais après vérification, aucun d'eux ne peut être suspecté. Le commissaire passe alors aux clients de da Silva. Certains d'entre eux ont été gravement lésés par des transactions à la limite de la légalité. Mais encore une fois, aucun résultat.

Tout cela est long... Les jours, puis les semaines passent. Nous sommes au début de mars 1976. Luis Carneiro est sûr désormais qu'il est sur la bonne voie. Aucune demande de rançon n'a eu lieu, et maintenant, il n'y en aura plus. C'est bien par vengeance que le petit Arnaldo a été enlevé. Son sort inspire évidemment, dans ces conditions, les plus graves inquiétudes.

C'est ce que pense également Amelia, qui est de jour en jour plus désespérée.

Le commissaire Carneiro se tourne alors vers les employés de da Silva. Car il était peut-être encore plus féroce comme patron que comme concurrent ou fournisseur. Un événement retient particulièrement son attention. Six ans plus tôt, en février 1970, une grève avait éclaté parmi les ouvriers agricoles de ses plantations. Pour maintenir l'ordre sur ses domaines, da Silva employait une milice privée. Il n'a pas hésité à réprimer le mouvement dans le sang en faisant tirer sur les grévistes. Il y a eu trois morts mais il n'a pas été inquiété, étant donné ses puissants appuis...

Cristobal Dias, vingt-sept ans, était employé à la plantation à cette époque-là. Il a même été un des responsables du mouvement. Ce qui fait que le commissaire s'intéresse spécialement à lui, c'est qu'il habite Rio et que son frère a été une des trois victimes de la fusillade. En enquêtant dans le bidonville sordide qu'il habite, Luis Carneiro apprend en outre un détail capital : pour le carnaval, Cristobal Dias s'était déguisé en Mickey !

C'est dire que lorsqu'il va l'interroger dans la cabane où il vit, en compagnie d'une nombreuse famille, le commissaire est pratiquement sûr de son fait. Aussi, il préfère attaquer directement.

— Pourquoi as-tu fait cela, Cristobal ?

Cristobal Dias regarde le policier sans crainte. C'est un magnifique métis, tout en muscles, à la peau brune et aux cheveux bouclés. Il découvre des dents éclatantes.

— Fait quoi ?

— T'en prendre à un enfant ! Ce qu'avait fait Candido da Silva était ignoble. Je comprends que tu aies eu envie de te venger. Mais pas sur un enfant !

Cristobal Dias garde le silence, mais le commissaire sait qu'il va parler. Il y a dans ses yeux une telle expression de haine et de défi qu'il va libérer sa conscience.

— Miguel aussi était un enfant ! Il avait quinze ans...

Le commissaire Carneiro sait qui était Miguel Dias : le frère de Cristobal, tué par la milice. Il agrippe le ravisseur par l'épaule :

— Qu'as-tu fait du petit ?

À sa surprise et à son indignation, l'autre se met à éclater de rire.

— Ce que j'en ai fait ? Vous me demandez ce que j'en ai fait ?...

Révolté, le policier va frapper, mais Cristobal Dias se dégage.

— Non, ce n'est pas ce que vous pensez. Je ne l'ai pas tué. Je ne suis pas un assassin. Mais je crois que je lui ai fait pire...

Le commissaire Carneiro se tait, redoutant ce qu'il va entendre.

— Vous savez ce qui se passe en Amazonie, commissaire ?

— De quoi veux-tu parler ?

— Vous le savez sûrement puisque vous êtes policier... Vous avez entendu parler de ces mines où l'on fait travailler des esclaves.

Luis Carneiro sent sa gorge se nouer... Effectivement, il a lu des rapports dans ce sens. Il existerait, dans les endroits les plus inaccessibles de la forêt amazonienne, des sortes de camps d'esclaves, formés en majeure partie d'Indiens mais aussi de quelques individus enlevés et dirigés par des trafiquants internationaux. Jusqu'à présent, la police n'a rien pu faire contre eux...

— Tu as osé !

— Oui ! J'ai attendu longtemps avant de pouvoir rencontrer un de ces trafiquants. J'y suis arrivé enfin l'année dernière. Vous pourrez m'interroger tant que vous voudrez, je ne vous dirai pas son nom. Je lui ai dit d'attendre le carnaval, qu'il aurait un garçon vigoureux en bonne santé... Voilà, vous savez tout. Le jour même de l'enlèvement, le petit da Silva est parti pour l'Amazonie et je ne sais pas où, ni moi ni personne !

Le policier regarde avec effarement l'homme qui vient de lui faire cet incroyable aveu... Cristobal Dias a un sourire à la fois méchant et triste.

– Le gosse de riche, il sait enfin ce que c'est le travail ! En ce moment, il peine comme une bête. Et il peinera tellement qu'il en mourra. Miguel est vengé !

Le commissaire Carneiro revoit cette photo que lui avait montrée Amelia da Silva : un petit bonhomme adorable dans son déguisement de lapin. Il revoit aussi une autre photo qu'il a eue en main : celle du reportage sur la fusillade à la plantation da Silva. Il contemple cet homme qui le fixe calmement de son regard noir. Il n'y a rien à dire devant cette histoire de violence et de haine qui dépasse le quotidien et semble venir tout droit de la mythologie...

Mais la stupeur du policier est plus totale encore lorsque, après avoir révélé l'atroce vérité à Amelia da Silva, il l'entend répliquer avec un calme inimaginable :

– Je vais chercher Arnaldo. Où qu'il soit, vivant ou mort, je le retrouverai.

En bateau à moteur, Amelia da Silva remonte le cours du rio Negro, affluent de l'Amazone. Voilà déjà trois jours qu'elle a quitté Manaos. Il faudra peut-être encore une semaine pour arriver à Icala, la dernière ville. Après, au propre comme au figuré, c'est la jungle.

La région où se rend Amelia da Silva, à la frontière entre le Brésil et la Colombie, est la plus sauvage de l'Amazonie ; mais elle n'a aucune hésitation, car selon les meilleurs renseignements dont dispose la police brésilienne, c'est là que se trouve son fils.

Pour le retrouver, Amelia da Silva a employé tous les moyens que lui permettait son immense fortune. Elle s'est entourée des meilleurs spécialistes de cette région du Brésil. Il y a même un explorateur américain qu'elle a fait venir tout exprès à prix d'or. Les autorités brésiliennes ont mis à sa disposition une escorte de vingt soldats. Si elle l'avait voulu, Amelia aurait pu obtenir plus, de même qu'elle aurait pu se faire accompagner d'une milice armée. Mais elle a pensé qu'une trop grande troupe risquerait d'effrayer les populations. Car ce qu'il faut, c'est que les gens parlent. Et pour cela, elle fait confiance à l'atout dont elle dispose : l'argent. Elle emporte un petit trésor en billets de banque. En y mettant le prix, les langues se délieront...

À l'avant de sa barque à moteur, Amelia garde le silence. Dans son battle-dress kaki, avec son visage rongé par les moustiques, il serait bien difficile de reconnaître l'élégante et richissime veuve de Candido da Silva. Dans son esprit, une seule pensée : son fils Arnaldo, qui est en train de souffrir et peut-être de mourir, dans cette chaleur moite infernale qui l'environne actuellement.

Elle n'éprouve pas de haine contre ce Cristobal Dias qui s'est vengé d'une manière aussi atroce. Dans un sens, elle le comprend. Elle est un peu faite comme lui. Elle aussi vient du peuple, elle aussi a un caractère entier et farouche. Cristobal Dias a fait ce qu'il estimait devoir faire pour venger son frère. La suite est une affaire entre lui et la justice. Cela ne la regarde pas.

Maintenant, c'est à elle de faire son devoir : retrouver Arnaldo, même au bout du monde. Et c'est précisément au bout du monde qu'elle doit aller !

Les jours passent... À Icala, les langues restent muettes. À une exception, heureusement. Un vieux chasseur d'oiseaux de paradis, qui les vend empaillés à des trafiquants, accepte de parler moyennant une forte somme. Mais pour sa sécurité, il refuse de rester dans la ville. Il demande à partir avec eux.

— Oui, un enfant blanc, il y a six mois, avec un autre Blanc. Je les ai vus. Ils ont poursuivi vers l'ouest, vers la frontière colombienne...

Le vieux chasseur d'oiseaux prend la tête de la colonne, aux côtés d'Amelia da Silva. Les guides indigènes sont terrorisés. Il a fallu leur promettre des sommes considérables pour qu'ils continuent à avancer. D'après eux, en effet, les Indiens de cette région sont hostiles. Ils tuent tous ceux qui s'y aventurent. Sans doute n'est-ce pas une coïncidence. Le camp d'esclaves ne doit pas être loin et les trafiquants ont dû payer les tribus environnantes pour qu'elles éliminent les étrangers.

Mais de cela, Amelia da Silva n'a pas peur. Son guide improvisé non plus. Le vieil homme connaît admirablement la forêt et ses occupants.

— Les Indiens ne tireront pas à cause des militaires. Ils savent que ce serait trop grave.

— Et les trafiquants ?

— Eux non plus, pour la même raison. Si nous découvrons leur camp, ils s'enfuiront en laissant là les esclaves. Le tout est de tomber dessus.

— Et il y a des chances ?

— Dans la forêt, une sur mille... Une sur cent, peut-être.

Mais il faut croire que la chance était avec Amelia da Silva. Quelques jours plus tard, le 24 novembre 1976, leur petite troupe débouchait par hasard sur une mine d'or admirablement cachée dans la végétation environnante. Dans ce véritable enfer, une centaine d'enfants et d'hommes, vêtus seulement d'un pagne et certains dans un état d'épuisement effrayant, travaillaient quinze heures par jour pour extraire les pépites. Comme l'avait annoncé le vieux chasseur d'oiseaux, les trafiquants n'étaient plus là. Mais qu'importait à Amelia da Silva. Arnaldo, lui, était là et en vie. Elle a eu du mal à le reconnaître dans l'état où il était, mais les médecins spécialistes de la dénutrition et des maladies équatoriales dont elle s'était entourée l'ont aussitôt soigné, de même que ses compagnons.

À Rio de Janeiro, le commissaire Luis Carneiro était là pour les accueillir tous deux à la descente de l'avion. En les voyant, il leur a déclaré :

– Ce sera mon plus beau souvenir de carnaval !

LE VENGEUR DES ESPRITS

À l'époque où commence cette histoire, en 1949, le pays où elle se déroule et qui a pris tant de noms par la suite s'appelle encore le Congo belge.

Avec la colonisation, les autorités ont développé quelques secteurs, les mines du Katanga par exemple où, dans des conditions très dures, les Noirs extraient pour le compte des Blancs de prodigieuses richesses en métaux précieux et non ferreux. Il y a aussi les beaux immeubles de Léopoldville et d'Elisabethville, mais à part cela, et l'expression a ici toute sa signification, c'est la jungle...

Poto-Poto est au cœur de la jungle, précisément, dans la province du Katanga. En 1949, il présente l'aspect de tous les villages indigènes : des cases traditionnelles en terre battue, avec des toits de paille. Bien que proche des puissantes installations minières, Poto-Poto est resté à l'écart du monde moderne. On y cultive, selon les méthodes ancestrales, le manioc, la noix de coco et le caoutchouc. Le sous-sol ne contient rien d'intéressant. Aussi les routes sont passées plus loin et la civilisation avec.

À Poto-Poto, les traditions sont encore intactes ou presque. C'est le pays des « négresses à plateau », ces disques que les femmes se mettent dans les lèvres et qui leur font une espèce de bec de canard. Cela n'a jamais été, d'ailleurs, un ornement pour les indigènes.

C'est à partir du XVIᵉ siècle que les femmes ont commencé à se mettre des plateaux pour échapper aux marchands d'esclaves qui parcouraient la région. Car les Noirs, tout comme les Blancs, ont toujours trouvé les plateaux affreux, hideux. Mais ils ont préféré enlaidir leurs compagnes, plutôt que de les perdre.

À Poto-Poto, en 1949, la nature est encore redoutable. C'est un danger, un adversaire contre lequel il faut lutter. À cette époque, il n'est pas question de protéger les lions ou les autres bêtes sauvages : ce sont encore les ennemis permanents des hommes. Dans les rivières, il y a des crocodiles qui font des victimes chaque année, tout comme les serpents, les insectes, la mouche tsé-tsé ou le moustique du paludisme. Oui, la vie, ou plutôt la survie, est difficile à Poto-Poto en 1949.

Pourtant, en cette année, le chef du village, Tenke, est content : sa récolte à lui a été bonne, ses bêtes se portent bien, et il décide d'avoir une femme supplémentaire. Car la polygamie existe à Poto-Poto, comme dans toute l'Afrique centrale. Les hommes les plus riches ont plusieurs femmes, les autres n'en ont pas, c'est ainsi.

Or, depuis longtemps, Tenke a remarqué la petite Olipa. Il l'a vue grandir. Maintenant, elle est pubère, elle a douze ans, et bien qu'il en ait environ soixante, Tenke pense qu'elle pourrait très bien partager sa case avec ses autres femmes.

Selon la coutume, il envoie alors aux parents d'Olipa un tissu blanc qui signifie une demande en mariage. Bien entendu, les parents acceptent, et l'accord se fait : Olipa épousera le chef l'année suivante, Tenke fera présent à sa nouvelle belle-famille de deux vaches et de divers cadeaux.

Olipa est la plus jeune de trois sœurs. La sœur aînée, Mbaya, est mariée à un beau guerrier courageux et habile à la chasse, mais brutal. Il s'appelle Kisheta. Quant à sa seconde sœur, Nosa, elle vit en concubinage avec Sampala, qui, dans le village, n'a vraiment pas la réputation d'un homme comme les autres.

Sampala est une figure pittoresque. C'est un être à la fois irritant et charmant. Un bel athlète toujours souriant, d'un sourire à la fois triomphant et enfantin. C'est aussi un paresseux, presque un parasite. Il ne va jamais à la chasse avec les hommes du village. Lui, il préfère la pêche. C'est une activité plus tranquille et qui lui permet de ramener, chaque jour chez lui, de quoi manger.

De plus, Sampala a réussi, à force d'astuce, un petit miracle : il n'a pas d'existence légale. À chaque recensement, à chaque visite des autorités coloniales, il s'est toujours arrangé pour être ailleurs : dans la forêt, dans des cachettes connues de lui seul près de la rivière. Bien entendu les habitants du village n'ont rien dit. Ce qui fait que le Congo belge ne le connaît pas. Sampala ne paie pas d'impôt, il ne risque pas de faire son service militaire. Dans ce village éloigné de toute civilisation, Sampala est encore plus à l'écart que les autres : il n'existe pas.

Pour l'instant, Sampala vit dans sa case, avec Nosa sa concubine, et le couple, à la demande des parents, héberge la plus jeune sœur, Olipa, qui vient de se fiancer avec le chef Tenke.

Nosa et Sampala se disputent souvent. Dans une petite case au milieu de la forêt vierge, les scènes de ménage ne sont guère différentes de ce qu'elles sont partout ailleurs. Nosa se plaint de n'être qu'une concubine.

— Bien sûr, tu ne veux pas m'épouser, pour cela il faudrait que tu fasses des cadeaux à mes parents. Mais Sampala n'a rien, parce que Sampala est un paresseux, il n'est pas comme les autres hommes du village. Tu dors, tu vas à la pêche, c'est tout ce que tu sais faire à part tourner autour des filles. J'ai honte de toi !

Nosa menace de quitter Sampala, de se trouver un vrai mari comme sa sœur Olipa, qui a de la chance, elle, qui va épouser le chef.

Sampala réplique brutalement et Nosa s'enfuit en larmes chez ses parents. La petite Olipa a assisté sans rien dire à la scène. Et l'inévitable se produit.

Sampala d'abord est tout à sa colère. Puis il se rend compte de la présence d'Olipa à ses côtés. Ils sont seuls dans la case et c'est la nuit, la nuit africaine avec ses bruits et ses rumeurs. Sampala est un beau garçon, très porté sur les femmes. La petite Olipa est si jolie, et c'est la fiancée du chef : au charme de la conquête s'ajoute celui de l'interdit. Olipa ne dit pas non...

Pourtant, l'interdit est bien réel et il est terrible. Dans la plupart des tribus d'Afrique centrale, et en particulier à Poto-Poto, la loi, une loi non écrite qui vient du fond des âges mais qui n'en a que plus de force, punit de mort celui qui a des relations sexuelles avec deux sœurs, ce qui est considéré comme un inceste. C'est un crime très grave qui met en péril tout l'équilibre de la tribu, c'est une tache, une flétrissure qui atteint le groupe tout entier, en un mot c'est un tabou.

Or, le tabou, c'est ce qu'il ne faut pas faire sous peine de provoquer la colère des Ancêtres, de réveiller les morts qui vont se mettre à poursuivre les vivants. Et quand un tabou est violé, il n'y a qu'un châtiment : la mise à mort du coupable. C'est ce que demandent les Esprits offensés, c'est la seule manière de sauver le corps social des calamités qui ne vont pas manquer de s'abattre : la sécheresse et les mauvaises récoltes, la famine, les incendies, les épidémies, les guerres.

Tout cela, Sampala le sait. Mais sans doute l'a-t-il oublié dans ce moment d'égarement. Peut-être Sampala ne croit-il pas trop aux Esprits, aux coutumes et aux lois ancestrales. Sampala est peut-être un simple d'esprit ou, pourquoi pas, un libre penseur. Quoi qu'il en soit, il a tort.

Tenke est un chef redoutable, très jaloux de son autorité. Quand il apprend ce qu'a fait Sampala, il réagit à la fois en chef de village et en futur époux d'Olipa. En tant que chef, il doit faire respecter la loi des Ancêtres ; en tant qu'offensé il n'a qu'une idée : se venger.

Tenke pourrait convoquer le conseil du village pour juger Sampala. Il l'aurait sans doute fait s'il ne s'agissait pas d'Olipa. Mais il ne veut pas exposer aux yeux de tous son infortune personnelle et compromettre son prestige de chef. Aussi, il se décide pour un moyen plus discret et plus efficace. Il appelle dans sa case son futur beau-frère, le mari de Mbaya : Kisheta.

– Kisheta, tu sais que Sampala a offensé la loi ?
– Je sais.
– Eh bien, tu vas être le vengeur des Esprits.

Kisheta ne répond pas... On appelle, à Poto-Poto, « vengeur des Esprits » celui qui se charge de tuer le coupable au nom de la tribu. C'est le chef qui le désigne, mais l'homme pressenti a toujours le droit de refuser. Et c'est ce que fait Kisheta. Il refuse : il a peur de Sampala.

Alors Tenke argumente. Il lui montre comme c'est facile. D'abord Sampala n'existe pas légalement ; s'il disparaît, jamais les Blancs ne s'en rendront compte. Et Tenke propose à Kisheta mille francs pour le meurtre. Il s'agit, bien entendu, de mille francs belges de l'époque. C'est une somme difficile à évaluer, disons par comparaison que c'est ce que gagnait par mois un ouvrier dans les mines du Katanga toutes proches.

Kisheta secoue la tête. Tout cela est secondaire, il lui manque l'essentiel :

– Est-ce que le chef me donnera un charme ?

– Oui, tu auras un charme et l'esprit de Sampala ne pourra rien contre toi.

Dès cet instant, en effet, tout est dit. Pendant des semaines, Kisheta traque son gibier. Il ne le quitte pas des yeux ; il ne quitte pas non plus ses deux instruments indispensables : un gourdin, et surtout le fameux charme, une décoction d'écorces appelée « Mulumbwe » dont il devra s'enduire sitôt le crime accompli.

Enfin le moment arrive... C'est l'après-midi, Sampala est comme d'habitude à la pêche au bord de la rivière. Les hommes du village sont partis depuis plusieurs jours à la chasse aux éléphants ; quant aux femmes, elles sont à la récolte du caoutchouc.

Kisheta s'approche sans bruit derrière Sampala. Il tient à la main son gourdin. Un coup sec sur la tête, une poussée pour le faire basculer dans la rivière et c'est fini. Plusieurs longues formes noires se glissent sans bruit vers l'endroit où est tombé le corps. L'eau s'agite, quelques bulles, quelques remous, puis une traînée rouge qui remonte à la surface : les crocodiles ont de quoi manger.

Alors Kisheta ouvre le petit pot de terre. Il se tourne vers la rivière :

– Esprit de Sampala, regarde, j'ai le charme de Tenke.

Et, du sommet du crâne jusqu'à la plante des pieds, il s'enduit du liquide huileux à la senteur amère, le liquide magique qui doit le protéger de sa victime.

Le lendemain, quand les guerriers rentrent au village, Kisheta va dans la case du chef. Il dit simplement :

– J'ai tué Sampala.

Tenke va chercher son neveu car la coutume exige que pour toutes les affaires importantes, il y ait un témoin. Kisheta répète qu'il a bien accompli sa mission et Tenke lui remet les mille francs. Les trois hommes fument une cigarette en silence. L'affaire est réglée, les Esprits sont vengés et Tenke aussi...

À Poto-Poto, tout le monde remarque, bien entendu, la disparition de Sampala. Mais personne ne dit rien. D'abord parce que c'est peut-être vrai qu'il a été mangé par les crocodiles et ensuite parce que, même s'il a été assassiné, c'est de sa faute, il a violé le tabou. Que les esprits se soient vengés eux-mêmes ou que Tenke ait désigné un vengeur, c'est pareil. Les habitants du village sont soulagés, la menace de mauvaises récoltes, de famine, de fièvres s'éloigne. La mort de Sampala a apaisé les Esprits des morts.

Bien entendu, les autorités coloniales, les quelques gendarmes belges qui passent de temps en temps à Poto-Poto, n'entendent jamais parler de rien.

Et pourtant on va reparler du meurtre de Sampala. Pour une raison qui semble n'avoir aucun rapport avec ce qui précède mais qui, dans la mentalité des habitants du village, se comprend très bien, Kisheta tombe malade.

Dans la case du couple, Mbaya est de plus en plus inquiète, Kisheta a la fièvre, la mauvaise fièvre, celle qui vient des morts. Cloué sur sa natte, il transpire, il grelotte. Les herbes ne font rien, la fièvre augmente.

Kisheta n'y tient plus, il appelle le sorcier et lui dit tout :

– J'ai tué Sampala et Sampala est dans mon corps, j'ai le mauvais esprit. Tenke m'avait donné un charme mais le charme du chef est mauvais. Je veux un vrai charme. Je veux le charme du sorcier.

Le sorcier passe ses mains sur le corps brûlant. Il hoche la tête :

– Tu as raison Kisheta, l'esprit de Sampala est en

toi. Je peux le faire partir si tu me donnes un fusil et deux mille francs.

La purification de Kisheta a lieu devant tous les habitants du village. Le sorcier a revêtu ses ornements de cérémonie : tout son corps est peint de peintures rituelles et il porte sur la tête une coiffe en plumes d'aigle. Le sorcier parle :

– Je vais purifier Kisheta qui a tué Sampala.

Cette fois tout se passe au grand jour, car la maladie de Kisheta est la preuve que le charme n'a pas joué son rôle. L'esprit de Sampala est revenu dans le village et il est à présent une menace pour tous. N'importe lequel des habitants de Poto-Poto peut, demain, tomber malade de la même fièvre.

Les hommes et les femmes forment un cercle, et tout le monde se met à danser. Au milieu, il y a une peau de crocodile sur laquelle le sorcier demande à Kisheta de danser lui aussi, autant que le lui permet sa fièvre. Kisheta transpire, il sue à grosses gouttes ; sa sueur ruisselle et imprègne la peau de crocodile. Alors, sur un signe du sorcier, la danse s'arrête. Le sorcier brandit la peau toute mouillée et dit :

– L'esprit de Sampala a quitté Kisheta. Il est passé dans la sueur et il est revenu dans le crocodile.

Puis le sorcier sort une décoction d'herbes, encore une, et asperge les pieds de Kisheta en disant :

– Maintenant tu peux marcher sur notre mère la terre.

Ensuite tout le village se rend en procession à la rivière. La peau de crocodile est ficelée autour d'une grosse pierre et le sorcier la jette à l'eau.

L'esprit de Sampala ne hantera plus le village, il est retourné définitivement parmi les crocodiles. Et d'ailleurs, Kisheta guérit.

Malheureusement Kisheta commet une négligence qui va lui coûter cher : il oublie de payer au sorcier les deux mille francs qu'il lui doit pour la purification.

Il y a alors de fréquentes et violentes disputes entre les deux hommes, si bien que les gendarmes l'apprennent, font une enquête et découvrent sans mal la vérité. Car le sorcier parle, il raconte qu'il a purifié Kisheta qui a tué Sampala.

– Mais qui est Sampala ? demandent les gendarmes, qui consultent en vain leur liste des habitants du village.

Et les gendarmes apprennent en même temps l'existence de Sampala et sa mort.

Kisheta et Tenke sont arrêtés et conduits au tribunal provincial pour y être jugés.

On peut se demander quelle valeur peut avoir un tel jugement. Bien sûr, il y a eu crime. Mais la justice des Blancs peut-elle vraiment comprendre ce qui s'est passé à Poto-Poto ? En tout cas, le tribunal ne s'embarrasse pas d'états d'âme. Constatant qu'il y a eu meurtre et préméditation, les juges condamnent Tenke et Kisheta à la peine prévue par la loi belge : la servitude pénale à perpétuité.

La servitude, c'est-à-dire l'esclavage. Car, à cette époque, on condamne à l'esclavage dans ce qu'on appelle les colonies. Bien sûr, il ne s'agit ni plus ni moins que des travaux forcés, mais pour les Noirs, on ne s'embarrasse pas de formules, on appelle les choses par leur nom.

Tenke et Kisheta font appel et, après un second jugement qui a lieu en 1954, leurs peines sont réduites. Celle de Kisheta est ramenée à quinze ans de la fameuse servitude ; on a fini par reconnaître qu'il avait subi profondément l'influence de son chef de tribu. Quant à Tenke, en raison de son âge – il a alors soixante-cinq ans –, sa peine n'est plus que de vingt ans.

Ainsi s'est terminée l'affaire du vengeur des Esprits de Poto-Poto. Quant à Tenke et Kisheta, nul ne sait ce qu'ils sont devenus. Après avoir brièvement laissé leurs noms dans les archives judiciaires, ils ont disparu à jamais, tout comme l'époque à laquelle ils appartenaient, une époque révolue, celle de Tintin, celle des sorciers et de leur magie, celle des missionnaires. Mais celle qui l'a remplacée n'a malheureusement pas été plus souriante et leur infortuné pays n'en a pas terminé avec ses souffrances.

LE NOURRISSEUR DE PUNAISES

Alfred Matthews est le commissaire du quartier nord-est de Bombay depuis déjà un an et demi. Ce matin du 13 octobre 1936, il est en train de prendre son petit déjeuner chez lui, avant de se rendre à son bureau.

Alfred Matthews savoure ce moment béni qui, pour lui, est le meilleur de la journée : le porridge, les toasts accompagnés de marmelade d'orange, tout cela lui rappelle le pays. Car il ne se plaît pas aux Indes. À trente-cinq ans, il a accepté ce poste en dehors de la métropole car il représentait pour lui des possibilités d'avancement, mais à présent, il le regrette amèrement.

Vraiment, Alfred Matthews se sent dépaysé. Les Indes ne sont pas faites pour lui. Il a bien tenté, dans son appartement, de recréer un cadre typiquement anglais, avec des meubles anglais, des gravures anglaises et sa bibliothèque qu'il a fait suivre de Londres.

Mais tout cela ne saurait faire illusion. Il y a d'abord le climat. Où est-il ce temps si merveilleusement égal de l'île britannique où il pleut régulièrement pendant toute l'année ? Ici, ce sont six mois de sécheresse et six mois de déluge à la mousson.

Et puis, surtout, il y a les gens. Ces Indiens incompréhensibles avec leur religion compliquée et leurs coutumes si déroutantes... Enfin, il faut bien se faire une raison. Si les choses étaient aussi parfaites aux Indes qu'en Angleterre, ce ne serait pas une colonie britannique.

Alfred Matthews, qui s'apprêtait à déguster son troisième toast à la marmelade, arrête son geste... On vient de sonner. Qui cela peut-il bien être ? Il n'a pas l'habitude d'être dérangé à cette heure-ci. Il va ouvrir. C'est Tilak Singh, son adjoint indien. Il lui a été jusqu'ici très précieux pour l'aider à se retrouver dans le comportement bizarre des indigènes.

Le commissaire le regarde d'un air interrogatif et quelque peu réprobateur. C'est la première fois qu'il se permet de venir le trouver chez lui. Tilak Singh a l'air surexcité.

– Monsieur le commissaire, c'est très important. Rama Muragat a été retrouvé mort tout à l'heure. C'est sans doute un crime !

Alfred Matthews fronce les sourcils. Rama Muragat, l'armateur, est une des plus grosses fortunes de la ville. Effectivement, c'est très important... Son adjoint continue l'exposé de la situation.

– Nous avons un suspect, monsieur le commissaire : Borah Dagot. C'était le nourrisseur de punaises de la victime. Il est en fuite.

Alfred Matthews a un sourire las. Pourquoi a-t-il quitté son cher vieux pays où les criminels sont des gens comme tout le monde : valet de chambre, secrétaire, vagabond ou bandit, tout simplement ?

– Pardon... Vous avez bien dit « nourrisseur de punaises » ?

Tilak Singh répond comme s'il énonçait une évidence.

– Rama Muragat était brahmane, monsieur le commissaire.

Le commissaire se passe lentement la main sur le front. Ben voyons ! Rama Muragat était brahmane : cela explique tout. Il était brahmane, donc il avait nécessairement besoin d'un nourrisseur de punaises. C'est l'évidence même ! Il essaye néanmoins de garder son sang-froid.

— Et l'arme du crime ?

Tilak Singh, son adjoint, semble tout excité.

— Un tik polonga.

Le commissaire s'est laissé tomber dans son fauteuil. Bien sûr, il aurait dû se douter qu'un nourrisseur de punaises n'allait pas se servir d'un couteau de cuisine, d'un fusil de chasse ou d'un nerf de bœuf. Un nourrisseur de punaises ne peut utiliser qu'un tik polonga... Quitte à avoir l'air affreusement ignorant, il se décide quand même à poser la question.

— Je suis navré, Tilak, mais qu'est-ce que c'est qu'un... tik polonga ?

L'adjoint a l'air franchement surpris de la question.

— Mais, c'est une espèce de vipère, monsieur le commissaire.

Le commissaire Matthews se sert une grande tasse de thé et la vide d'un trait. Avant de commencer son enquête, il sent qu'il a vraiment besoin d'un remontant.

C'est la veille au soir que tout a commencé. Le 12 octobre 1936, Borah Dagot, le nourrisseur de punaises de Son Excellence Rama Muragat, le riche armateur, était couché immobile sur le lit de son maître.

C'est en cela uniquement que consiste son travail : rester allongé pendant trois heures sur le lit du maître avant que celui-ci ne vienne se coucher. Car Rama Muragat appartient à la caste des brahmanes, la plus élevée du pays. Or, la loi brahmanique est très stricte. Non seulement un brahmane n'a le droit de tuer aucun animal, même le plus nuisible, mais aucun animal ne doit être tué dans sa maison, sous peine du plus horrible sacrilège.

Voilà pourquoi le somptueux palais de Rama Muragat, dans le quartier le plus chic de Bombay, est envahi de toutes sortes de bêtes que personne ne peut chasser. Voilà pourquoi, en particulier, sa chambre est infestée de punaises. Et c'est lui, Borah Dagot, qui est chargé de se faire piquer à la place du maître. Après l'avoir bien dévoré pendant trois heures, les insectes sont repus et ils laissent tranquille le nouvel arrivant quand il se couche à son tour...

Cela fait un temps interminable que Borah Dagot sent le fourmillement sur son corps et les piqûres irritantes sur ses jambes, ses épaules et son dos. De temps en temps, il se redresse et, au milieu de son visage brun très maigre, ses yeux noirs lancent un éclair fiévreux.

Il contemple avec dégoût ses membres tachés de sang. Oui, il déteste sa fonction de nourrisseur de punaises, un travail indigne, un travail d'esclave. Mais il n'a pas le choix. Il sait très bien qu'il est un privilégié, que lui, au moins, il a de quoi manger alors que les autres meurent de faim.

Borah Dagot se rallonge. Allons, au travail ! Il faut que ces charmantes petites bestioles aient une véritable indigestion quand l'autre rentrera... Oui, Borah Dagot hait son maître. Mais ce n'est pas pour le supplice qu'il lui fait endurer quotidiennement depuis des années. C'est pour une autre raison beaucoup plus grave.

Il est onze heures du soir. La porte de l'immense chambre à coucher s'ouvre. C'est lui, c'est Rama Muragat. L'homme n'a pas un regard pour son serviteur couché sur le lit. Il est gros et gras, il a la peau luisante, la mine satisfaite. Visiblement, il a passé une bonne soirée. De la main, il fait un geste vers le lit, en agitant ses bagues.

– Borah, va me chercher Siki.

Borah Dagot se lève péniblement en massant son corps douloureux. Il y a un instant de détresse dans son regard noir. Et il sort sans dire un mot.

Pourtant, tout de suite après, il frappe à la porte. Il doit avoir conscience de sa folle témérité, car il a l'air terrorisé. Il baisse la tête et hésite avant de parler.

– Seigneur, je sais que je dois vous obéir, mais...

Rama Muragat écarquille les yeux, comme s'il venait d'entendre la chose la plus extraordinaire de sa vie, et puis il explose.

– Hors d'ici ! Obéis ou je te chasse !

Quelques minutes plus tard, le serviteur revient, tenant par la main une jeune femme. Il lui lance un regard un peu triste et il quitte la chambre en refermant la porte.

Borah Dagot s'est retiré chez lui : une cabane en terre battue dans un coin de jardin du palais. Non, il ne peut pas trouver le sommeil : Siki, sa femme, est en ce moment dans les bras du maître. Cela aussi fait partie de ses obligations envers lui. Et si un jour il proteste, c'est la rue, et la mort.

De temps en temps, Borah Dagot regarde au fond de la cabane, à même le sol, un panier d'osier qui remue légèrement et quand Siki, sa femme, revient, deux heures après l'avoir quitté, il s'en va sans dire un mot, son panier sous le bras. Tant pis pour les conséquences, il n'en peut plus ! L'ignoble Rama Muragat doit payer pour tout ce qu'il a fait...

C'est le lendemain matin qu'une femme de chambre a trouvé Rama Muragat mort dans son lit. À côté de sa tête, il y avait une forme noire : une vipère tik polonga lovée sagement sur l'oreiller.

Comme, bien sûr, il n'était pas question de la tuer, il a fallu faire appel à un charmeur de serpents pour la capturer et l'enfermer dans un panier. C'est après seulement qu'on a prévenu le commissaire Alfred Matthews...

Le commissaire qui est en train de faire route vers la maison du riche armateur, en compagnie de son adjoint

Tilak Singh dont il sent qu'il va avoir énormément besoin.

Arrivé dans le palais de l'armateur Rama Muragat, le commissaire Matthews se met en devoir d'interroger le personnel. Ce n'est pas facile car tout le monde parle en même temps.

Avec beaucoup de peine, aidé par son adjoint, il parvient à rétablir le calme. Il choisit d'interroger l'intendant du palais qui semble plus pondéré que les autres et qui parle un anglais correct. Il désigne le panier d'osier posé sur un guéridon à côté du lit de la victime.

— Ce tik... enfin, cette vipère, comment est-elle venue ici, en pleine ville ?

L'intendant lui répond d'un ton très calme :

— C'est celle de Borah Dagot. Il l'avait avec lui dans sa cabane.

Le commissaire hoche la tête. Évidemment, il aurait dû se douter que le nourrisseur de punaises avait choisi ce charmant animal d'agrément. Chez lui, à Londres, il avait un petit caniche. Ici, les gens préfèrent la compagnie d'un serpent mortel. C'est une affaire de goût...

Dans un ultime effort pour se retrouver sur un terrain rationnel, le commissaire pose quand même la question.

— Et puis-je savoir pourquoi il élevait cet animal ?

La réponse de l'intendant est aussi nette que la précédente :

— Parce que c'était l'âme de son père.

Cette fois, Alfred Matthews abandonne. Il laisse son adjoint continuer l'interrogatoire. Après une longue discussion avec l'intendant dans la langue du pays, celui-ci lui résume la question :

— C'est lorsque Borah Dagot a perdu son père. Après la cérémonie de crémation, cette vipère est sortie des cendres du bûcher. C'était l'âme du disparu. Alors, il l'a recueillie et il l'a nourrie pour que son père soit en repos.

Alfred Matthews hoche la tête :

– Je veux bien. Et ce Borah Dagot, où est-il à présent ?

– Il a disparu depuis ce matin.

Le commissaire se détend un peu. Enfin, il va pouvoir dire quelque chose de sensé. Donner un ordre, un ordre tout bête, comme le font tous les policiers du monde :

– Eh bien, retrouvez-le. Quadrillez la ville. Il n'a pas pu aller bien loin !

Non, il n'a pas pu aller loin, le nourrisseur de punaises famélique à la peau couverte de piqûres. Le soir même, il est arrêté, errant dans une rue de Bombay, et conduit dans le bureau du commissaire.

Alfred Matthews a un mouvement de recul devant son effrayant aspect physique. Cela non plus, il ne s'y fera jamais. En faisant traduire par son adjoint, il questionne le suspect.

– Donc, vous éleviez cette vipère... Non, non, ne me dites pas pourquoi, je suis au courant. Et, la nuit dernière, elle a quitté votre cabane pour aller dans la chambre de votre maître ?

Le pauvre homme secoue la tête.

– Oui, sahib.

– À ce moment-là, vous dormiez avec votre femme ?

– Oui, sahib.

– Alors, comment expliquez-vous qu'elle ne vous ait pas mordu, ni vous ni elle ?

– Parce que c'était l'âme de mon père, sahib.

– Mais ensuite, elle a été mordre directement votre maître.

– Bien sûr. Parce que c'était l'âme de mon père...

Le commissaire se prend la tête dans les mains et

pousse un gros soupir. Mais Borah Dagot continue tranquillement ses explications :

– Le tik polonga savait que cet homme nous faisait souffrir, ma femme et moi. Il savait que cet homme était mauvais. Alors, la nuit dernière, il a quitté son panier pour le tuer.

Et le commissaire a beau faire, Borah Dagot s'en tient obstinément à sa version. Lui, il n'a rien fait. C'est l'âme de son père qui s'est manifestée, sous la forme de la vipère, pour le venger.

Alors, Alfred Matthews décide un interrogatoire serré de tout le personnel du palais. Mais, au bout de quelques jours, il est complètement découragé. À chaque fois qu'il pose la question : « D'après vous, qui a tué votre maître ? » Il reçoit invariablement la même réponse, prononcée d'un ton pénétré : « C'est le père de Borah Dagot, sahib... »

Le commissaire tourne en rond. Il sent une nostalgie immense l'envahir. Où sont les criminels classiques qu'on rencontre sous les latitudes civilisées ? Il préférerait avoir en face de lui une bande de gangsters chevronnés, des durs de durs à qui il faut arracher chaque parole, plutôt que ces gens polis qui vous répètent avec un sourire exaspérant : « C'est le père de Borah Dagot, sahib... »

C'est alors que son adjoint, Tilak Singh, lui vient enfin en aide.

– Écoutez, commissaire, je crois que nous n'arriverons à rien par les moyens traditionnels. Si vous me laissez faire, je pense que je peux faire avouer Borah Dagot. Évidemment ce ne sera peut-être pas – comment dirais-je ? – très orthodoxe.

Alfred Matthews est trop heureux de la proposition et donne carte blanche à son adjoint.

Alors, Tilak Singh va chercher la vipère, qui est restée au palais et que, bien sûr, personne ne peut tuer, prend le panier d'osier sous le bras et entre dans la cellule du prisonnier.

Borah Dagot a un sursaut en le voyant. L'adjoint du commissaire va droit au but.

– Écoute-moi bien, Borah, je vais ouvrir le panier. Si tu as dit la vérité, le tik polonga ne te mordra pas et c'est moi qui mourrai. Mais si tu as menti, l'âme de ton père sera irritée et c'est sur toi qu'ira la vipère. Et toi, non seulement tu mourras, mais ton âme sera punie parce que tu es un menteur et un assassin.

Borah Dagot agite la tête d'un air horrifié.

– Non. N'ouvre pas le panier, j'avoue. C'est moi qui ai tué Rama Muragat. Il était si dur, si méchant. Les punaises, je les supportais, mais ma femme, je n'ai pas pu. Quand elle est rentrée, la nuit, j'ai attendu qu'elle s'endorme. J'ai pris le panier et je l'ai ouvert dans la chambre du maître.

Borah Dagot a été condamné à dix ans de prison. Seule la séparation d'avec sa femme lui a été pénible. Car au moins, là-bas, il était nourri décemment et puis, dans sa cellule, il a pu, enfin, se livrer avec un plaisir rageur, une joie sauvage, à son occupation favorite : la chasse aux punaises !

LA TÊTE DE VEAU

— Mademoiselle Legrand, venez, je vous prie !

Le directeur de la succursale de la Banque séquanaise de crédit, rue de Clichy à Paris, vient de passer la tête par la porte de son bureau pour lancer cette injonction d'une voix peu aimable. L'intéressée, une jeune femme de vingt-cinq ans environ, s'empresse de quitter le comptoir derrière lequel elle se trouvait, pour se rendre dans le bureau de son chef.

Elle n'est pas désagréable à regarder, elle est même tout à fait charmante, si on aime le genre poupée : elle a des cheveux blonds très frisés, un nez en trompette, elle est très maquillée, avec les yeux soulignés de noir et de violet et les lèvres peintes d'un rouge tirant sur le rose. Elle parcourt l'espace qui la sépare du bureau à tout petits pas, sur ses chaussures à hauts talons. Une fois qu'elle est entrée, son directeur referme la porte derrière elle et lui désigne un objet de grandes dimensions posé sur son bureau :

— Qu'est-ce que c'est que ça ?

— Un colis, monsieur le directeur.

— Je vois bien que c'est un colis. Je vous demande ce qu'il y a dedans.

— Mais pourquoi est-ce que je le saurais ?

— Parce qu'il vous est adressé. Et vous savez qu'il est interdit au personnel de se faire écrire à la banque. Alors, prenez votre paquet et ne recommencez plus !

– Mais ce n'est pas mon paquet.
– Gisèle Legrand, ce n'est pas votre nom ?
– Oui, mais je n'attends rien. Je n'ai demandé à personne de m'envoyer quelque chose ici. C'est incompréhensible !...

Du coup, l'attitude du directeur change. Sa colère fait place à un trouble mêlé d'inquiétude. Il faut préciser que nous sommes en septembre 1986 et que Paris connaît alors une vague d'attentats à la bombe meurtriers ; le dernier, rue de Rennes, a fait sept victimes et de très nombreux blessés...

– Il a été expédié de Colombes. Vous ne connaissez personne là-bas ?

Instinctivement, Gisèle Legrand recule vers la porte.
– Absolument pas !

Le directeur réagit sans perdre de temps. Il prend son téléphone et appelle la police...

Un quart d'heure plus tard, c'est l'alerte à la bombe dans toute son ampleur. Non seulement la banque a été évacuée, mais par précaution supplémentaire, l'immeuble aussi. La rue de Clichy est interdite à la circulation, barrée par des voitures de pompiers. Les caméras de télévision sont là ; il y a les actualités régionales, nationales et même plusieurs télévisions étrangères.

Tandis que l'équipe de déminage, avec appareil de détection, chien et robot désintégrateur, est partie faire son travail, au premier rang des badauds, contenus par un cordon de policiers, Gisèle Legrand monopolise l'attention générale. Ses collègues, très excités, multiplient les questions :

– Tu as une idée de celui qui a pu faire cela ?
– Tu connais un Iranien, un Palestinien ?

À tous, Gisèle Legrand répond qu'elle ne sait rien, ne comprend rien... Elle est dans un état d'esprit partagé. Elle est assez flattée de se voir ainsi mise en vedette, mais elle est inquiète aussi des conséquences que cela pourrait avoir et, surtout, elle a peur. Car, s'il s'agit bien d'une bombe, on a voulu la tuer. Certes, pas elle toute seule, les terroristes frappent de manière aveugle les populations innocentes, mais tout de même, c'est bien elle la première visée, c'est son nom et pas un autre qu'a écrit le mystérieux expéditeur de Colombes. Alors, elle se pose la même interrogation que tous les autres : « Qui ? »

Comme toujours en pareil cas, l'attente est interminable. On redoute à chaque instant d'entendre une explosion secouer la banque, mais rien ne se produit et on voit enfin ressortir les démineurs. Ils sont au nombre de quatre, l'un d'eux tient le paquet ouvert et ils ont une réaction absolument inattendue : ils rient !

L'instant d'après, ils sont devant les badauds. Celui qui tient le paquet s'adresse au directeur de la banque.

– C'est l'attitude du chien qui nous a alertés. Quand il s'est approché du colis, il a remué la queue. Cela ne correspondait à rien et c'était la première fois. Alors on a décidé de ne pas le détruire et de l'ouvrir...

Il tend le colis afin que chacun puisse en voir le contenu et le rire qui avait secoué les démineurs gagne toute l'assistance. À l'intérieur, il y a une tête de veau, comme on peut en voir à la devanture des charcutiers ! Mais pas n'importe quelle tête de veau. L'expéditeur inconnu s'est ingénié à la faire ressembler à Gisèle Legrand : elle est affublée d'une perruque blonde aux cheveux très frisés, ses yeux clos sont bordés de noir et de violet, les joues sont fardées et les lèvres badigeonnées d'un rouge tirant sur le rose...

À cette vision, la jeune femme éclate en sanglots, tandis que ses collègues ne parviennent pas à faire cesser leur hilarité, de même, d'ailleurs, que les cameramen des télévisions, qui se sont mis à filmer la scène. Un homme s'approche de Gisèle Legrand. À la différence des autres, il n'a pas l'air du tout amusé ; il affiche même une mine particulièrement sévère.

– Commissaire Bernardi. Veuillez me suivre.
– Mais je n'ai rien fait !
– J'ai des questions à vous poser.

Et l'instant d'après, Gisèle disparaît avec le policier, dans une voiture, sirène hurlante...

Au commissariat, elle tente de se justifier.
– Je n'y suis pour rien. C'est une farce qu'on a voulu me faire, une plaisanterie de mauvais goût.

Mais le commissaire n'a pas du tout l'air de prendre la chose à la légère.
– Croyez-vous ? L'alerte a mobilisé des dizaines d'agents, les pompiers, le déminage. Cela ressemble tout à fait à une diversion pour frapper ailleurs au même moment... Avez-vous vos papiers d'identité ?

Gisèle Legrand se rend compte qu'elle se trouve, effectivement, dans une situation très ennuyeuse. Un interrogatoire en règle commence. Le commissaire s'intéresse particulièrement à sa vie privée. Elle vit maritalement depuis trois mois et elle doit bientôt se marier. L'élu de son cœur se nomme Gérald Marchand et il est lui aussi employé de banque. Elle doit répondre à un flot de questions à son sujet.

– A-t-il des liens avec les pays du Proche-Orient ?
– Pas du tout. Il est français.
– Quelles sont ses opinions politiques ?
– Aucune. Il n'a jamais fait de politique.
– Qu'en savez-vous ? Depuis combien de temps le connaissez-vous ?
– Un an.
– Que faisait-il avant ? Que savez-vous de son passé ?

Et ainsi de suite... Ce n'est qu'en milieu d'après-midi que Gisèle Legrand peut enfin quitter le commissariat. Elle croise d'ailleurs en partant son fiancé

Gérald, que les agents ont été chercher à son travail pour qu'il réponde lui aussi à leurs questions.

Quand elle arrive à sa banque, elle espère pouvoir enfin souffler un peu, après toutes les émotions que lui a réservées cette journée. Malheureusement pour elle, le pire est à venir... À peine a-t-elle franchi le seuil que, depuis son bureau, le directeur lui lance de nouveau la phrase fatidique, par laquelle tout avait commencé :

– Mademoiselle Legrand, venez, je vous prie !

C'est toute tremblante qu'elle se rend pour la seconde fois dans son bureau. Et elle a raison de trembler. Le visage de son directeur est glacial.

– Mademoiselle Legrand, je dois vous signifier votre renvoi pour faute grave.

Totalement abasourdie, elle ne peut que balbutier :

– Mais qu'est-ce que j'ai fait ?

– Vous me le demandez ? Vous avez couvert notre établissement de ridicule. À cause de vous, nous sommes la risée de la France entière et même de l'étranger. Il paraît qu'une télévision japonaise a fait un reportage !

Gisèle Legrand a l'impression de vivre un cauchemar. Son directeur s'anime de plus en plus.

– La direction générale m'a appelé. J'ai reçu un blâme. Ma carrière est compromise par votre faute. Alors, prenez vos affaires et filez ! La mesure prend effet immédiatement.

– Mais je n'y suis pour rien... Ce n'est pas moi qui me suis moquée de la banque, c'est quelqu'un qui a voulu se moquer de moi. Je ne suis pas coupable, je suis une victime...

– Je ne veux pas le savoir... Vous nous attaquerez aux prud'hommes si vous voulez. Pour l'instant, partez !

Et Gisèle se retrouve, par un bel après-midi de septembre, les bras ballants, rue de Clichy, devant la succursale de la Banque séquanaise de crédit. Elle ne comprend pas ce qui lui arrive, elle ne sait plus quoi faire, elle se sent complètement perdue. Alors, elle se met à pleurer...

Des larmes, elle ne cesse d'en verser dans les jours et les semaines qui suivent. Cette journée terrible l'a totalement anéantie. Plaider contre son ancien employeur, aller aux prud'hommes, elle n'y songe pas un instant, elle n'a pas assez de combativité. D'ailleurs, ce n'est pas dans sa nature, ce n'est pas une battante, elle est plutôt molle de caractère.

Elle se retrouve au chômage, avec tout ce que cela signifie en cette période de crise et de récession. Partout, on n'entend parler que de licenciements, dans la banque en particulier. Gisèle envoie ses curriculum vitae, répond aux petites annonces, mais elle est sans illusions : elle n'est pas près de retrouver un emploi.

Et cela ne va pas en s'arrangeant, bien au contraire. Sa vie privée ne tarde pas à éprouver le contrecoup des événements. Le fait d'être au chômage aigrit son humeur. Elle se met à devenir irritable vis-à-vis de Gérald, des disputes commencent à éclater entre eux. Il lui reproche de moins bien tenir son intérieur et de négliger la cuisine, alors qu'elle n'a que cela à faire.

Bien qu'il ne le lui dise pas, il lui reproche certainement aussi l'affaire du colis. La police a cru longtemps à une manœuvre de diversion en relation avec le terrorisme, il a dû répondre à plusieurs interrogatoires, on a fouillé dans son passé, épreuves qui lui ont été très pénibles. De plus, pour lui aussi, l'affaire a eu des conséquences à sa banque. Ses supérieurs ne lui ont pas fait de reproches à proprement parler, mais il a bien vu qu'ils étaient agacés ; tout cela l'a certainement desservi.

Pour toutes ces raisons, le climat ne tarde pas à se dégrader entre eux et, au bout de trois mois, c'est la rupture. Après avoir perdu son emploi, Gisèle Legrand perd son compagnon. Elle est maintenant tout à fait seule.

Son humeur s'assombrit et elle finit par plonger dans la dépression. Et ce qui la marque le plus, ce n'est ni le chômage ni la solitude, c'est ce colis maudit, c'est la tête de veau ! C'est elle qui hante ses pensées, qui l'empêche de dormir et, quand elle y parvient enfin, qui la rejoint sous forme de cauchemar et qui la fait se réveiller en hurlant.

La tête de veau est devenue pour elle le masque du démon. Elle est l'image même de la méchanceté et de la haine. Cette imitation qu'on a voulu faire d'elle n'avait pour but que de blesser, de faire mal et elle est atteinte jusqu'au fond d'elle-même. Et ce n'est pas tout. La tête de veau signifie aussi que la personne la connaît. Elle connaît la couleur de ses cheveux, de son maquillage, de son rouge à lèvres. Mais alors, qui est-ce ?

Cette question, combien de fois Gisèle Legrand se l'est-elle posée à elle-même et l'a-t-elle posée aux autres ? Gérald, son compagnon, a, dès le début, refusé de chercher avec elle. Cette histoire l'avait trop éprouvé, il ne voulait plus en entendre parler. Ses amis et connaissances ont commencé à participer à ses recherches, et puis ils se sont lassés devant ce qui devenait une idée fixe. Alors, Gisèle a continué seule à prononcer le mot fatidique : « Qui ?... Qui ?... »

Elle a cessé de se poser la question un jour de juin 1987. Elle a cessé de se poser toutes les questions, elle a tout cessé : elle s'est suicidée à l'aide des médicaments qu'elle prenait pour sa dépression. Lorsqu'on l'a retrouvée, on aurait eu bien du mal à reconnaître celle qu'on avait voulu cruellement caricaturer. Ses cheveux étaient ternes et tout raides, son visage, qu'elle ne maquillait plus depuis longtemps, était marqué de rides.

L'épilogue de cette histoire a eu lieu quelques jours plus tard, lors de l'enterrement de la malheureuse. Ses amis étaient venus nombreux, émus par cette issue tragique, et ils ont eu la surprise de découvrir une jeune femme qu'ils ne connaissaient pas au moment de l'inhumation. Elle était dans un état indescriptible, secouée de sanglots et de tremblements nerveux. Une fois la cérémonie terminée, ils l'ont interrogée et elle leur a fait cette déclaration qui, en d'autres circonstances, aurait prêté à rire :

– La tête de veau, c'est moi !

Alors, d'une voix entrecoupée de sanglots, elle a tout avoué... Elle était la petite amie de Gérald Marchand, lorsqu'il l'a abandonnée pour Gisèle. Elle ne l'a pas admis et elle a décidé de se venger. Attention, elle ne voulait pas une véritable vengeance, au vitriol, au revolver ou au poison, non, quelque chose d'inoffensif mais, s'est-elle dit, de vache !

« Vache » : c'est cette expression qui lui a dicté sa trouvaille. Sa réalisation a été bien plus facile qu'elle ne l'aurait imaginé. Elle savait où habitaient Gérald et Gisèle. Elle s'est mise en faction devant l'immeuble et elle a suivi sa rivale jusqu'à son travail. Elle savait à quoi elle ressemblait et l'adresse de sa banque, elle n'avait plus, maintenant, qu'à se rendre chez le charcutier...

Devant les amis de Gisèle Legrand, la jeune femme redouble de sanglots, en plein milieu du cimetière.

– Ce que je voulais, c'était la rendre ridicule, je vous le jure ! Je voulais que ses collègues se moquent d'elle, c'est tout. Je n'avais pas pensé au terrorisme, je ne savais pas qu'elle allait se faire renvoyer pour cela. Je ne voulais pas ce qui est arrivé, je ne voulais pas !...

Mais déjà les regards se détournent d'elle et, sans lui adresser une parole, les amis de la disparue la laissent seule dans le cimetière, seule avec ses remords. Avec, aussi, la plus étrange des destinées : même si elle ne l'avait pas voulu, elle avait bel et bien tué sa rivale et pour cela, elle avait employé l'arme du crime la plus déconcertante et la plus inédite qu'on puisse imaginer, une tête de veau !

LA BALLADE DE GUILHEM
ET DE MARGUERITE

Jourdaine de Cabestain a bien du mal à joindre les deux bouts en cet an de grâce 1180. Malgré sa particule, indiquant une petite noblesse, sa demeure tient plus de la ferme que du château. Elle est bâtie à l'extérieur de Lorbières, un bourg du Roussillon. Tout autour s'étendent quelques dizaines d'arpents de vigne dont elle tire un vin, heureusement très estimé, qu'elle peut vendre à bon prix sur les marchés de la région. Mais la production est mince et elle suffit à peine pour les faire vivre, elle et ses deux fils, Arnaud et Guilhem.

Jourdaine est seule pour exploiter le domaine. Son mari est mort quelques années auparavant d'une fièvre et, si son aîné Arnaud l'aide de son mieux, son cadet Guilhem ne lui est guère utile. Ce n'est pas qu'il soit bon à rien, bien au contraire. Il est doué de mille qualités, mais qui, malheureusement, n'ont aucun rapport avec les soins de la vigne et les travaux des champs en général.

À seize ans, Guilhem de Cabestain est un charmant adolescent, sur lequel se retournent en cachette toutes les filles de Lorbières. Il faut dire qu'il a tout pour lui, avec ses yeux bleus, ses cheveux blonds bouclés et son nez un peu retroussé, qui ajoute à son charme une note impertinente. Mais son physique n'est pas le seul don que lui ait fait la nature, bien loin de là ! Dès qu'il a su lire, Guilhem s'est passionné pour les récits de toute sorte, les romans de chevalerie principalement. Puis il s'est essayé à écrire lui-même et il s'est tout de suite découvert un joli talent de rimeur.

Comment, s'est demandé longtemps Jourdaine sa mère, garder un tel oiseau en cage ? Car, bien entendu, il dépérissait d'ennui dans le domaine familial ; il réclamait à grands cris d'aller de par le monde. Avec résignation, Jourdaine de Cabestain s'est résolue à se séparer de lui. Sa place n'était pas avec elle, mais auprès d'un seigneur en tant que page. Bien sûr, il ne l'aiderait plus à la vigne, mais peu doué comme il l'était, il n'était pas d'un grand secours et cela ferait une bouche de moins à nourrir.

Jourdaine de Cabestain a présenté son fils au plus grand seigneur de la région, leur suzerain Raymond de Castel-Roussillon, qui a accepté sans difficulté de le prendre parmi sa suite. Guilhem en a été transporté de joie et Jourdaine aurait dû s'en réjouir elle aussi. Les Castel-Roussillon étaient riches ; au château, Guilhem ne manquerait de rien, alors que chez elle il ne mangeait pas toujours à sa faim.

Mais voilà, il y avait la réputation de leur suzerain. On le disait violent, orgueilleux et dur. Il avait pour habitude de rudoyer son entourage ; plusieurs pages, appartenant comme Guilhem à la petite noblesse des environs, s'étaient plaints. Malgré la différence de condition, un scandale n'avait pas été loin d'éclater. C'est la raison pour laquelle, en quittant Guilhem, Jourdaine ne peut s'empêcher de pousser un gros soupir.

– Sois prudent, Guilhem !
– Que veux-tu qu'il m'arrive ?
– Je ne sais pas... Ne provoque pas sa colère. Reste à ta place...

Guilhem de Cabestain ne comprend pas grand-chose aux avertissements de sa mère. Il se contente de lui adresser, de toutes ses dents blanches, un des sourires irrésistibles dont il a le secret et, tout en prenant le chemin du château, il improvise un air sur sa viole. La vie est belle, l'avenir est beau et, pour peu qu'une femme soit bientôt au rendez-vous, il sera le plus heureux des hommes !

Au château, rien ne vient confirmer les craintes de Jourdaine : Raymond de Castel-Roussillon se comporte sans brutalité avec Guilhem, mais les espoirs du jeune homme sont tout aussi déçus. Il espérait découvrir une société raffinée, dans laquelle il brillerait par les dons de son esprit et, au lieu de cela, il se retrouve dans une sorte de caserne.

Raymond de Castel-Roussillon, un homme au physique grossier et à la carrure d'athlète, a des mœurs de soudard. Il partage sa vie entre l'entraînement aux armes, la chasse et les ripailles. Chez ceux dont il s'entoure, il n'apprécie que les qualités sportives et, en fait de mots d'esprit et de ballades gracieuses, on n'entend à sa cour que des plaisanteries grasses et des chansons paillardes.

Dans un tel environnement, le chétif et délicat Guilhem de Cabestain finit par dépérir. Il a horreur de la chasse, plus encore des armes, et la grossièreté de ses compagnons le dégoûte. Au bout de deux ans, il en vient même à regretter le travail à la vigne et songe sérieusement à retourner chez lui. Lorsque, soudain, se produit le miracle...

Raymond de Castel-Roussillon, de son côté, n'a jamais eu que mépris pour ce jeune homme de constitution souffreteuse, aux mains trop fines et à la sensibilité de fillette. Lui aussi envisage de le renvoyer d'où il vient, lorsque sa femme Marguerite, qui a appris les talents de troubadour de Guilhem, le réclame auprès d'elle. Posséder un troubadour dans son entourage fait alors partie des obligations sociales des grandes dames, mais Raymond le lui a toujours refusé. C'est qu'il est jaloux, d'une jalousie féroce, maladive, et il n'est pas question pour lui d'accepter une présence masculine auprès de sa femme. Pourtant, cette fois, il finit par céder. D'abord parce que Marguerite a beaucoup insisté et sans doute aussi juge-t-il que Guilhem, avec son comportement de fille, est inoffensif...

À dix-huit ans, Guilhem de Cabestain voit donc son rêve se réaliser. Finis les levers à l'aube, les courses épuisantes dans les forêts, les combats simulés avec des armes en bois où il avait toujours le dessous et dont il ressortait couvert de bleus. Marguerite de Castel-Roussillon a pour elle toute une aile du château, qu'elle a su décorer avec un goût exquis : des tapisseries, des soieries, des tapis de l'Orient lointain. Elle a une cour personnelle de jeunes filles de toute la noblesse de la région. Dans ce milieu féminin, il s'épanouit tout de suite. Guilhem a toujours été plus à l'aise avec les femmes qu'avec les hommes. Et puis, surtout, il y a la châtelaine elle-même !

Dès la première fois où il l'a vue, Marguerite de Castel-Roussillon l'a ébloui. Elle avait vraiment tout de la grande dame : une élégance sans pareille, un port de reine. Jusqu'à présent, il ne l'avait aperçue que de loin, elle était un peu comme une apparition, avec ses longs cheveux blonds, son corps parfait, sa peau de lait. C'était un personnage inaccessible, comme les fées des romans ou les saintes des vitraux.

Et voilà que l'impossible s'est produit, que le rêve est devenu réalité. Il est en face de la châtelaine, il lui parle, elle lui parle. Marguerite a une belle voix, un rien dolente, sans doute, imagine-t-il, parce que son mari la rend malheureuse.

Et ce qui devait arriver arrive : Guilhem tombe éperdument amoureux de Marguerite. Cet amour lui donne une frénésie de composition. Il se met à écrire, pour le plus grand plaisir de la châtelaine, des chansons toutes plus belles les unes que les autres, célébrant son impossible amour. Il les interprète pour elle, s'accompagnant artistiquement de sa viole : « Depuis qu'Adam cueillit sur l'arbre fatal la pomme qui cause les malheurs du genre humain, le souffle de Dieu n'a point animé une si parfaite créature. Toutes les formes de son corps sont d'une proportion et d'une élégance ravissantes. Il offre une blancheur, une délicatesse et un éclat qui le disputent à l'améthyste. La beauté de ma Dame est si grande que je m'attriste en pensant que je ne mérite point qu'elle s'occupe de mes hommages. »

Bien entendu, Marguerite de Castel-Roussillon multiplie les questions pour savoir quelle est l'élue de son troubadour. Mais Guilhem de Cabestain est bien trop timide pour en faire l'aveu. Bien trop prudent, aussi. Il imagine bien que, s'il révélait la vérité, la châtelaine outragée le renverrait sur-le-champ. Ce serait le retour à la vigne, la fin du paradis sur terre. Alors, il se tait. Il raconte qu'en fait il n'est amoureux de personne. Cette dame qu'il chante n'existe pas...

Il se tait jusqu'au jour où Marguerite de Castel-Roussillon décide de franchir le pas. Car, contrairement à ce qu'il imagine, son amour est partagé. Elle aussi est follement éprise. Guilhem est celui qu'elle attend. Il est aussi cultivé que Raymond est grossier, aussi prévenant qu'il est brutal. Elle n'en peut plus de ce mari qui la bat et qui la délaisse pour courir après les servantes. Elle veut être chantée, courtisée, ce que Guilhem sait faire mieux que quiconque, et elle n'attend qu'un mot de lui pour tomber dans ses bras. Alors, quand elle comprend que ce mot ne viendra pas, elle décide de le prononcer à sa place.

La scène a lieu alors que, comme ils en ont pris l'habitude, ils se promènent ensemble sur le chemin de ronde. Ils sont seuls, sans la cour féminine qui entoure Marguerite. Guilhem de Cabestain a sa viole en bandoulière. Il se tient à distance respectueuse de l'élue de son cœur. Celle-ci lui demande brusquement :

— Pourquoi ne me chantez-vous pas dans vos poèmes ? Suis-je moins attirante que cette dame imaginaire ?

Surpris par la question, Guilhem de Cabestain se trouble, bafouille. Il finit par déclarer :

— Vous n'êtes pas moins attirante, madame.
— Alors qu'attendez-vous pour le faire ?

Il baisse la tête et garde le silence. Elle sourit.

— Mais peut-être le faites-vous déjà. Peut-être cette dame n'est-elle pas si imaginaire que vous le dites. Peut-être même se trouve-t-elle devant vous...

Cette fois, le malheureux troubadour perd définitivement contenance. Il rougit, il blêmit et finit par avouer son amour à la châtelaine, en implorant son pardon.

Mais il n'est pas au bout de ses émotions, car il croit tout simplement mourir quand Marguerite de Castel-Roussillon lui réplique :

— Qu'ai-je à vous pardonner, puisque je vous aime autant que vous m'aimez ?...

Cet aveu marque la naissance d'une passion intense, bouleversante. En apparence, rien n'est changé. Guilhem de Cabestain continue à célébrer dans ses vers une mystérieuse inconnue qu'il prétend l'incarnation abstraite de la Femme.

Mais malgré les précautions qu'ils prennent tous deux, certains regards, certaines expressions du visage qui leur échappent les trahissent et des bruits commencent à circuler au château.

Ceux-ci finissent par remonter aux oreilles de Raymond de Castel-Roussillon, qui, comme tous les maris trompés, est le dernier à s'être aperçu de quelque chose. Bien entendu, il se refuse à y croire. Sa femme avec Guilhem, ce gamin efféminé, c'est tout bonnement inimaginable ! Mais sa jalousie n'en est que plus grande. Si la chose était vraie, ce serait un tel affront que seule une mort atroce pourrait le venger... Mais avant, il doit savoir la vérité. Il faut que le troubadour parle et il parlera coûte que coûte !

Le matin suivant, il l'emmène à la chasse. Ce n'était pas arrivé depuis des mois, exactement depuis le jour où il avait quitté sa compagnie pour celle de Marguerite. Tout en chevauchant aux côtés de son suzerain, Guilhem n'en mène pas large. Il pressent que cette invitation insolite cache quelque chose. Et il tressaille des pieds à la tête lorsqu'il l'entend lui demander, après un court échange de banalités :

– Quelle est cette dame que tu chantes ?

Guilhem de Cabestain commence par dire qu'elle n'existe pas, que c'est une invention poétique, mais Raymond de Castel-Roussillon l'interrompt d'une voix terrible :

– Ne me raconte pas de sornettes ! À ton âge, on aime des femmes en chair et en os. Si tu persistes à te taire, j'en conclurai qu'il s'agit de ma femme !...

L'esprit de Guilhem se met à tourner à toute allure. Il a compris que sa vie est en train de se jouer. Raymond de Castel-Roussillon le regarde depuis son cheval, tenant à la main sa lance, avec laquelle il est capable de transpercer un cerf ou un sanglier. S'il ne dit pas un nom dans l'instant qui suit, il a la certitude qu'il connaîtra le sort du gibier.

Seulement, quel nom inventer ? Si c'est celui d'une servante, d'une paysanne ou même d'une des jeunes filles nobles qui composent la cour de Marguerite, Raymond de Castel-Roussillon risque de ne pas le croire. S'il s'agit d'un amour licite, ordinaire, pourquoi aurait-il fait tant de mystère ? Non, il ne peut s'agir que d'une dame de haute condition. D'autant que l'amour courtois s'adresse le plus souvent à une dame prestigieuse, comme, dans le roman de la Table Ronde, Lancelot et la reine Gueniève...

– Alors, ce nom ?

Guilhem voit son seigneur lancer vers lui un regard noir et ses phalanges se serrer sur sa lance. Il se croit perdu et c'est alors qu'il est traversé d'une illumination. Il s'écrie précipitamment :

– C'est dame Agnès !

Raymond de Castel-Roussillon ouvre des yeux ronds.

– Agnès... ? Tu veux dire Agnès de Puyvalade ?
– Oui.
– Mais comment est-ce possible ?
– C'est arrivé quand elle séjournait au château... Un coup de foudre. Nous n'avons rien pu faire. C'est mal, je sais. Pardonnez-moi !

Mais au lieu de se mettre en colère, Raymond de Castel-Roussillon se met à éclater d'un rire interminable, répétant au milieu de son hilarité :

– Ma belle-sœur ! Ma belle-sœur !...

Agnès de Puyvalade est, en effet, la sœur de Marguerite. Elle a épousé Robert de Puyvalade, qui habite un château voisin, et, les deux sœurs étant très liées, elle se rend fréquemment à Castel-Roussillon. Le châtelain s'arrête enfin de rire.

– Ainsi donc, mon beau-frère est cocu ?

Guilhem de Cabestain baisse la tête, en prenant un air contrit.

– Hélas !

Mais son interlocuteur reprend son air soupçonneux.

– Et qui me dit que c'est la vérité ?
– Pourquoi vous mentirais-je ?
– Pour me cacher qu'en réalité, tu aimes ma femme...

Raymond reste un instant silencieux, tandis que le jeune homme sent de nouveau la terreur l'envahir, et il conclut tout à coup :

– Le mieux est de l'interroger elle-même. Puyvalade n'est pas loin, allons-y !
– Tout de suite ?

– Tout de suite !

Guilhem n'ose rien répliquer, de peur d'augmenter les soupçons du terrible maître de Castel-Roussillon, et il le suit, plus mort que vif, jusqu'au château de Puyvalade...

Les deux cavaliers ne tardent pas à franchir son pont-levis. Agnès est seule ; son mari est en tournée d'inspection sur leurs terres. Elle accueille avec surprise mais courtoisie son beau-frère et le page qui l'accompagne. Raymond de Castel-Roussillon coupe court à ses politesses. Il lui demande brutalement, au mépris de toute galanterie, en lui désignant le jeune homme :

– Alors, c'est lui votre amant ?

Agnès de Puyvalade a un violent sursaut et s'apprête à répliquer de manière scandalisée, mais au même instant, elle surprend le regard suppliant de Guilhem. Elle a l'esprit vif et elle comprend tout...

Car elle est au courant des amours de Marguerite. C'est la confidente de sa sœur, qui ne lui a rien caché, et elle sait aussi de quoi est capable son terrible beau-frère. Elle comprend que ce dernier a des soupçons et que, pour les détourner, le troubadour a prétendu que c'était elle la dame de son cœur.

Agnès de Puyvalade décide de jouer le jeu et elle le fait à la perfection. Elle rougit, se trouble et finit par avouer une chaste inclination pour Guilhem, mais d'un ton qui laisse penser que leurs relations sont bien différentes...

En sortant de cette entrevue, Raymond de Castel-Roussillon est aux anges. Il trouve l'affaire tout à fait plaisante ! Il n'a pas la moindre compassion pour son beau-frère Robert, qui se trouve pourtant dans une situation qu'il n'aurait jamais lui-même supportée. Au contraire, il adresse une grande bourrade dans le dos du troubadour.

— Tu me plais, Guilhem ! Tu es plus dégourdi que je ne pensais et je vais même t'aider. Tu vas pouvoir te donner du bon temps avec ta belle...

De son côté, dès le retour de son mari, Agnès de Puyvalade le met au courant de la situation. Ce dernier est immédiatement d'accord avec elle pour jouer la comédie. Il déteste Raymond de Castel-Roussillon, auquel il ne ressemble pas le moins du monde, et toute sa sympathie va au troubadour.

Aussi lorsque, le lendemain matin, Raymond de Castel-Roussillon lui propose de passer toute la journée avec lui à la chasse, il accepte avec empressement. Lorsqu'ils rentrent le soir, ils trouvent tous deux Agnès pétillante de bonheur. Au souper, elle ne peut s'empêcher d'adresser de temps en temps un regard alangui à Guilhem. Cette fois Raymond de Castel-Roussillon n'a plus aucun doute : sa belle-sœur et le troubadour sont bien amants. Lorsqu'il repart pour son château, il est de meilleure humeur qu'il ne l'a jamais été.

Bien entendu, son premier soin, en retrouvant sa femme, est de lui raconter toute l'histoire. Si Agnès de Puyvalade a des dons de comédienne, Marguerite de Castel-Roussillon n'a rien à lui envier dans ce domaine, car elle entend tout le récit sans se départir de son calme, l'air à la fois amusé et un peu choqué de l'inconduite de sa sœur.

Mais quand elle se retrouve seule à seul avec Guilhem, c'est tout autre chose : pas un instant elle n'a mis en cause la véracité des faits et elle est folle furieuse. À la trahison sans nom de Guilhem, s'ajoute celle d'Agnès, qu'elle aimait tendrement et à qui elle confiait tous ses secrets. Elle fait une scène épouvantable au troubadour. Elle crie, elle tempête, elle injurie, elle menace !

Face à une telle fureur, celui-ci a bien du mal à se faire entendre. Il a beau raconter l'interrogatoire à la chasse, le danger de mort dans lequel il se serait trouvé s'il n'avait inventé ce mensonge, elle se refuse à le croire. C'est que Marguerite, elle aussi, est jalouse, tout autant, à sa manière, que son mari et la jalousie lui fait perdre la tête. À la fin, elle s'écrie :

– Il n'y a qu'un seul moyen pour que je vous croie. Écrivez-moi un poème où vous citerez nos deux noms.

– Mais c'est terriblement dangereux.

– Je l'exige ! Sinon, tout est fini entre nous...

Guilhem de Cabestain argumente de son mieux, mais il n'y a rien à faire, il ne parvient pas à la fléchir. Alors, le désespoir dans l'âme, avec la certitude qu'il va y perdre la vie, il s'exécute. Il revient peu après avec un poème intitulé « Ballade de Guilhem et de Marguerite », qui se termine par ces vers : « Je vous livre mon cœur, je prends le vôtre, qui me fera vivre et si je meurs, vous habiterez en moi dans les ténèbres du tombeau. »

Marguerite de Castel-Roussillon est transportée de bonheur. Elle lui déclare que c'est le plus beau poème qu'il ait écrit et qu'elle le gardera en permanence avec elle. Et, joignant le geste à la parole, elle glisse le feuillet dans son décolleté...

Guilhem de Cabestain aurait envie de lui dire que c'est une folie de plus. Maintenant qu'elle a la preuve qu'elle voulait, elle devrait, au contraire, la détruire. En agissant ainsi, elle lui fait courir et elle court elle-même un risque mortel. Mais il se tait. Il aime trop Marguerite pour aller contre sa volonté et puis, il a la sensation que ce qui se passe obéit à la volonté du destin. Il doit s'y plier quoi qu'il arrive...

Les sombres pressentiments de Guilhem ne sont, hélas, que trop fondés ! Rien ne se produit pendant les six mois qui suivent. C'est au contraire la plus parfaite harmonie au château. Marguerite et lui filent le parfait amour. Elle n'a plus aucun soupçon et Raymond a perdu les siens aussi. Pour donner le change, Agnès de Puyvalade se rend à plusieurs reprises à Castel-Roussillon et de prétendues rencontres secrètes sont organisées avec Guilhem. À tel point que les gens du château changent d'avis. Ils sont persuadés de s'être trompés et que la maîtresse du troubadour n'est pas Marguerite, mais Agnès...

Pourquoi faut-il qu'un soir, au souper, Marguerite de Castel-Roussillon fasse un geste maladroit qui dénude un instant son décolleté et laisse apparaître le poème ? Elle s'en rend compte aussitôt et rajuste sa robe. Le feuillet n'a été visible qu'un instant, mais c'est trop tard, son mari l'a vu.

Avec beaucoup de sang-froid, pourtant, Raymond de Castel-Roussillon ne manifeste pas la moindre surprise. Il faut surtout que Marguerite ne se doute de rien, sinon elle risquerait de faire disparaître le papier compromettant. Et celle-ci, effectivement, ne le fait pas disparaître. Puisque son mari n'a pas eu de réaction, c'est qu'il n'a rien vu. Elle garde le poème, elle y tient trop, autant qu'à sa vie...

La suite est un jeu d'enfant pour le jaloux. La nuit, une fois sa femme endormie, il fouille dans son meuble de toilette. Le feuillet est là et il lit : « Ballade de Guilhem et de Marguerite ». Encore une fois, Raymond de Castel-Roussillon fait preuve d'un calme étonnant. Marguerite est paisiblement endormie dans le lit ; sa respiration soulève avec régularité sa poitrine. Il pourrait se jeter sur elle et la rouer de coups, voire l'étrangler... Mais non. Il ne se vengera pas d'une manière aussi douce. Il va faire ce qu'il avait imaginé la première fois, lorsqu'il avait emmené le troubadour à la chasse. Et il va y retourner dès demain avec lui...

En se retrouvant, au petit matin, en train de chevaucher en compagnie de son seigneur, Guilhem de Cabestain a la sensation que la fin est arrivée. Quand il l'a invité à la chasse, pour la première fois depuis l'interrogatoire, Raymond de Castel-Roussillon l'a pourtant abordé avec son plus aimable sourire, mais cela l'a glacé plus encore. Maintenant, il chevauche à ses côtés, parfaitement silencieux. Il ne lui a pas adressé un seul mot depuis qu'ils sont partis. Guilhem a la certitude que son rival sait tout et qu'il va mourir, mais il ne regrette rien. Ce qu'il a vécu était si beau, si merveilleux...

Quand le châtelain lève sa lance dans sa direction, il n'esquisse pas un geste pour fuir ou se défendre. Il est comme les petites bêtes qui restent fascinées devant leur prédateur et attendent leur sort sans bouger. D'ailleurs, qu'aurait-il pu faire contre un homme comme Raymond de Castel-Roussillon ? Il prononce un seul mot : « Marguerite ! » Et il s'écroule, mort. La lance lui a traversé le cou de part en part...

En rentrant de la chasse, le sire de Castel-Roussillon porte au cuisinier du château un morceau de viande qu'il présente comme le cœur d'un jeune cerf et lui demande de l'accommoder avec ses meilleures épices, pour un repas qu'il va prendre en tête à tête avec sa femme.

Le soir, ils mangent tous deux de bon appétit le ragoût confectionné pour eux. Marguerite y fait honneur et Raymond en reprend plusieurs fois. La dernière bouchée avalée, il lui demande du ton le plus naturel :

– Avez-vous aimé le plat qu'on vient de vous servir ?

– Mais oui. C'était très bon.

Le châtelain éclate de rire.

– Il est normal que vous ayez aimé mort ce que vous avez aimé vivant !

Marguerite se lève. Elle est blême. Elle ne comprend pas, elle ne veut pas comprendre...

– Que voulez-vous dire ?

– Que vous venez de manger le cœur de celui que vous aimiez, le cœur de votre troubadour. Voulez-vous que je vous récite la « Ballade de Guilhem et de Marguerite » ?

Marguerite de Castel-Roussillon a un grand cri. Elle reste un instant immobile, pétrifiée, et puis elle lui lance :

– Vous m'avez donné un mets si délectable que jamais plus je ne mangerai !

Raymond se précipite, mais elle est plus vive que lui. Elle a déjà ouvert la fenêtre et, l'instant d'après, son corps brisé gît sur les pavés de la cour, un étage plus bas.

Par la suite, Raymond de Castel-Roussillon fait tout pour cacher son crime. Il prétend que sa femme est tombée accidentellement et que Guilhem de Cabestain a été dévoré par un ours, au cours de la chasse. Mais malgré la peur qu'il inspire, les langues se délient. Le cuisinier, en particulier, parle de ce cœur qui aurait fort bien pu être un cœur humain.

Les choses auraient pu toutefois en rester là, s'il n'y avait eu Agnès de Puyvalade. Elle est sûre que cette histoire de cœur mangé est vraie et, en compagnie de son mari, elle va trouver son suzerain, Alphonse II d'Aragon, pour demander vengeance.

Une enquête est ordonnée, qui révèle toute la vérité. Sommé de se rendre à la cour d'Alphonse II pour y être jugé, Raymond de Castel-Roussillon refuse et s'enferme dans son château. Il n'échappera pourtant pas à son sort. Le roi d'Aragon lève une armée, Castel-Roussillon est pris et le criminel mis à mort.

Les corps de Marguerite et de Guilhem de Cabestain sont alors exhumés, puis ensevelis dans le même tombeau dans l'enceinte d'une église de Perpignan. Sur la pierre, on grave le dernier vers de la « Ballade de Guilhem et de Marguerite » : « Si je meurs, vous habiterez en moi dans les ténèbres du tombeau. »

Tel est l'épilogue des tragiques amours de la châtelaine et du troubadour. Pendant des siècles, leur tombe est restée un lieu de pèlerinage où allaient prier les amants contrariés. Pétrarque et Boccace ont chanté leur histoire, faisant d'eux le symbole de l'amour éternel. Le geste horrible du sire de Castel-Roussillon n'aura servi qu'à les rendre immortels.

LES DEUX RETRAITÉS

L'histoire commence par une existence banale au possible, celle de Jean-Claude Renard. Aussi loin qu'on remonte dans sa vie, il n'y a rien de spécial à dire à son sujet. À l'école, il n'est ni bon ni mauvais, il ne se fait pas de camarades, pas d'ennemis non plus ; ses professeurs ne le remarquent pas davantage : il est appliqué, consciencieux, mais terne.

Il n'y a que son physique qui le distingue un peu des autres, pas dans le bon sens, malheureusement. Il est le plus petit de sa classe et tout rondouillard. Avec l'adolescence, on pourrait espérer que cela change, mais cela ne change pas : Jean-Claude Renard reste pour la vie entière un petit gros.

Cette disgrâce le complexe. Et comme sa conversation n'a aucun charme pour la faire oublier, il est timide au possible avec les filles. Alors, il reste chez ses parents, qui habitent un pavillon en location à Douarnenez. Il sera célibataire, en attendant, les années passant, de devenir un vieux garçon.

Ses parents sont fonctionnaires et il suit tout naturellement leurs traces. Il travaille à la poste, dans le bureau près de chez lui. Pas au guichet où, avec le contact du public, il aurait une petite chance de sortir de sa grisaille ; non, dans un bureau exigu, occupé à d'obscures tâches administratives. Là, comme à l'école, il ne se fait ni ami ni ennemi ; il est transparent...

Il a soixante ans quand ses parents meurent à peu de distance l'un de l'autre. Le propriétaire du pavillon qu'ils ont loué toute leur vie désire le reprendre et Jean-Claude doit se loger ailleurs. Puisque c'est ainsi, il décide de mettre aussi un terme à sa vie professionnelle. Il demande sa retraite anticipée. Son départ passe totalement inaperçu. Il ne reçoit de ses anciens collègues aucune manifestation amicale d'aucune sorte et c'est ainsi qu'il s'installe aux Écureuils.

La résidence des Écureuils n'a rien d'un grand ensemble où règne la délinquance. C'est, au contraire, un endroit calme et bien fréquenté. La moyenne d'âge est assez élevée, les rapports de voisinage sont excellents. Depuis que ces immeubles ont été construits, une dizaine d'années plus tôt, il n'y a jamais eu le moindre problème.

C'est peut-être ce calme qui agit sur Jean-Claude Renard comme un détonateur. À peine arrivé, il se sent pris d'une agressivité qu'il n'avait jamais éprouvée jusque-là. Il a envie de tout bouleverser, de tout casser. Ces gens sont tranquilles et polis, eh bien lui, il ne le sera pas ! Il va leur faire payer, à tous autant qu'ils sont, sa vie de médiocrité et d'insignifiance.

Dans l'escalier, dans l'ascenseur, sur le parking, chacun s'empresse au-devant de lui pour faire sa connaissance. Qui avec un sourire, qui avec une main tendue :

– Bonjour, cher monsieur. Bienvenue aux Écureuils !

– Qu'est-ce qui vous a donné la bonne idée de vous installer ici ?

Mais Jean-Claude Renard reste muet comme une carpe, haussant les épaules en réponse aux sourires, enfonçant les mains dans ses poches en réponse aux mains tendues. Chez ses voisins, c'est la surprise, l'incompréhension. « En voilà, un malotru ! », « Il n'est pas bien, celui-là ! » commente-t-on dans son dos. Et puis, bien vite, on prend le parti de l'ignorer. Comme lui, les autres locataires ne le saluent plus, comme lui, ils détournent la tête à son passage.

Le calme revient aux Écureuils, la bonne entente se réinstalle, avec, en plus, un étranger auquel on finit par ne plus prêter attention. Jean-Claude Renard retrouve la situation qui a été la sienne depuis toujours : il est invisible, inexistant. Alors, l'ancien fonctionnaire franchit un pas de plus. Puisqu'ils l'ignorent, il va se rappeler à leur bon souvenir ! Puisque les Écureuils sont redevenus aussi silencieux qu'une maison de repos, ils vont l'entendre !

Il prend l'habitude de faire ronfler le moteur de sa voiture sur le parking de l'immeuble. Le jour, pas la nuit, sinon il se ferait embarquer pour tapage nocturne... Bien entendu, les voisins viennent se plaindre, mais lui, le timide, le froussard, tient tête et crie plus fort encore :

– Ce n'est pas bientôt fini, ce vacarme ?
– Cela durera le temps que cela durera ! Si vous n'êtes pas content, vous n'avez qu'à déménager !

Et pas question de l'impressionner. Face aux jeunes, aux costauds, avec son 1,60 mètre, il se met à rouler les mécaniques. Le plus extraordinaire, c'est que cela marche : ils battent en retraite. Jean-Claude Renard triomphe, il exulte. Pour la première fois de sa vie, il existe !

Et c'est alors que Michel Rosny arrive à son tour aux Écureuils...

Michel Rosny, soixante-deux ans, est également à la retraite. Lui n'était pas fonctionnaire, il était agent commercial dans une grosse société. Il a de l'aisance, de la classe. Aussi grand et mince que Jean-Claude est petit et rondouillard, il ne manque pas de charme, avec ses cheveux argentés bien fournis.

La raison de sa venue aux Écureuils est d'ordre conjugal. Après vingt ans de mariage, sa femme vient de le quitter. Mais il n'en est nullement aigri. Il a tourné la page. C'est du passé. Et pour entamer une nouvelle vie, le mieux était de changer d'air. C'est ainsi qu'il a opté pour les Écureuils où, paraît-il, le confort et l'ambiance sont excellents.

Et là, il est unanimement adopté et apprécié. Il parle avec tout le monde, il tient la porte de l'ascenseur aux dames. Il se permet même un brin de cour à la veuve du quatrième...

Enfin, « unanimement adopté » n'est pas exact. Il y a une exception : Jean-Claude Renard est aussitôt follement jaloux de cet homme de son âge, aussi bien fait de sa personne qu'il est disgracieux, aussi populaire dans l'immeuble qu'il est lui-même détesté... D'autant qu'à leur première altercation à propos du bruit de la voiture, Michel Rosny ne s'est pas laissé impressionner. Jean-Claude lui a lancé sa réplique habituelle :

– Vous n'êtes pas content, alors déménagez !

Michel Rosny a haussé les épaules.

– Si cela continue, c'est vous qui allez déménager.

– Comment cela ?

– Les emmerdeurs, on les expulse...

« Emmerdeur », il a osé le traiter d'emmerdeur ! Et avec le plus grand calme, en plus, avec le sourire. Il était sûr de lui, presque arrogant. Jean-Claude Renard a bien senti qu'avec le nouveau retraité, il n'aurait servi à rien de rouler les mécaniques. S'il cherchait l'affrontement, ce serait lui qui aurait le dessous.

Alors, Jean-Claude Renard s'aigrit encore davantage et, puisqu'il ne peut pas s'en prendre à celui qu'il déteste, il s'attaque à plus faible que lui. Il fait d'une retraitée de quatre-vingts ans, la plus vieille dame de l'immeuble, son souffre-douleur. Il vient tambouriner contre sa porte, il l'appelle au téléphone la nuit, il l'injurie quand il la rencontre :

– Vieille folle, vous êtes bonne pour l'asile !

Les mois passent. L'ancien fonctionnaire est de plus en plus agité. Il semble même perdre progressivement la raison. Toutes les nuits ou presque, il arpente la cage d'escalier, torse nu, avec une lampe électrique, cherchant on ne sait quoi dans les recoins, puis il va s'installer dans sa voiture où il prend l'habitude de dormir.

En tout cas, fou ou pas fou, il a pleinement atteint son but. Tout le monde le considère comme un malade dangereux. On l'évite, on cesse de lui faire la moindre réflexion. On tremble devant lui. Il peut être satisfait. Il est devenu à la fois la vedette et la terreur des Écureuils...

Mais non : il y a quelque chose qui l'empêche d'être satisfait, ou plutôt quelqu'un. Michel Rosny, lui, ne l'évite pas, Michel Rosny, lui, ne se gêne pas pour lui dire ce qu'il pense, sans la moindre retenue, sans la moindre crainte :

– Vous ne nous emmerderez plus longtemps. Les gens comme vous, on les expulse !

Et Michel Rosny ne parle pas à la légère. À son initiative, une pétition circule aux Écureuils pour demander le départ de Jean-Claude Renard. S'il n'y avait pas le second retraité, si gentil et si rassurant, les gens n'oseraient peut-être pas signer. Ils auraient trop peur des représailles du fou. Mais avec Michel Rosny, ils se sentent en sécurité, alors ils se décident...

C'est par une froide soirée de janvier que Jean-Claude Renard trouve dans sa boîte aux lettres son avis d'expulsion de la résidence. Il n'a pas besoin qu'on lui dise qui en est le responsable ; d'ailleurs, ce dernier ne s'en est jamais caché. Et dès lors, Renard n'a qu'une idée, un projet en tête : se venger.

Il passe à l'action exactement un mois plus tard. Au matin, il se poste dans le hall d'entrée, derrière les boîtes aux lettres, là même où il a trouvé l'avis fatidique. Il serre contre lui son fusil de chasse. Il sait que Michel Rosny va acheter son journal à huit heures, dès l'ouverture de la papeterie. Mais Michel Rosny ne lira jamais son journal. C'est lui, au contraire, qui sera dans le journal, à la rubrique des faits divers.

La porte de l'ascenseur s'ouvre. La silhouette grande, mince et élégante de l'autre retraité apparaît. Jean-Claude Renard tire une seule balle en pleine tête, puis saute dans sa voiture, à bord de laquelle il disparaît, dans un ronflement de moteur que les habitants des Écureuils ne connaissent que trop bien.

La chasse à l'homme s'organise dans Douarnenez et sa région. Et là, la police commet une erreur. Elle perquisitionne dans l'appartement du meurtrier et fait une fouille rapide dans l'immeuble. Elle poste aussi des agents en faction à la résidence, car les habitants sont en proie à la terreur. Chacun croit voir à tout instant Jean-Claude Renard apparaître dans la cage d'escalier, torse nu, avec son fusil de chasse à la place de sa torche électrique.

C'est pourtant d'une autre manière que ce dernier a décidé de parachever sa vengeance. Car, contrairement à ce que pensaient les policiers, le meurtre de Michel Rosny n'en était que le premier acte. Le second se produit la nuit suivante. Une bombe à retardement, qu'il avait confectionnée et dissimulée près de la chaudière du chauffage central, explose. L'engin est de faible puissance et ne provoque qu'un début d'incendie vite maîtrisé, mais dans le climat de panique qui règne aux Écureuils, une bousculade a lieu dans l'escalier et fait une victime, la vieille dame de quatre-vingts ans, dont Jean-Claude Renard avait fait son souffre-douleur.

Quant à Renard lui-même, il était déjà mort à ce moment-là. Il s'est suicidé en se tirant une balle de son fusil et son corps a été retrouvé peu après dans un bois.

Cette fois, tout était bien fini. Le retraité minable, le petit gros vieux garçon, était parvenu à faire parler de lui. Il avait sa photo et son nom dans les journaux. Il avait quitté la vie, non pas en beauté – il en aurait été bien incapable –, mais si on peut employer l'expression, « en laideur ». Et c'était exactement cela qu'il voulait.

LE SECRET DE LOUIS-JOSEPH

Un sacré chic type, Louis-Joseph Barrow ! C'est ce que pensent tous ses collègues de l'usine Chrysler de Detroit, où il est employé comme manutentionnaire. Son travail est extrêmement dur : il consiste à décharger des camions amenant des plaques d'acier destinées au plancher des automobiles. Vu leur poids et leurs dimensions, on ne peut les porter que sur le dos et, généralement, au bout de six mois, à raison de dix heures par jour et cinquante heures par semaine, les plus résistants renoncent, la colonne vertébrale en marmelade.

Ce n'est pas le cas de Louis-Joseph Barrow, qui non seulement vient de passer un an complet à ce poste, mais qui n'hésite pas à aider ses collègues quand ils lui demandent un coup de main. Plus d'une fois, lorsqu'un autre manutentionnaire s'arrêtait hors d'haleine ou fléchissait sous la charge, il prenait sa plaque sur son dos et continuait ainsi, sans effort apparent, malgré le double poids. Dans ces conditions, on comprend aisément la popularité de Louis-Joseph à son travail...

Il faut dire que la nature a été généreuse avec lui, question physique. Ce magnifique Noir de dix-sept ans pèse cent kilos pour 1,85 mètre. Il n'y a pas un atome de graisse dans son anatomie, toute en pectoraux, en biceps, en triceps et en muscles de toutes sortes. Malgré ses mensurations imposantes, il est souple et élancé et son sourire éclatant lui donne quelque chose de carnassier. Bref, bien que son caractère soit toujours doux et égal, il a tout d'une bête de combat et c'est d'ailleurs le surnom que lui ont donné ses collègues : « Panthère noire ».

Ses collègues qui, au début de cette année 1932, sont contraints de se passer de ses services. Car le contremaître de Louis-Joseph, Mike Lester, a fini par remarquer le manège et cela lui a donné une idée. Alors que le jeune homme est à son travail, il l'interpelle.

— Eh toi, viens donc un peu !

Mike Lester est blanc, bien entendu, comme tous ceux qui ont une responsabilité quelconque à l'usine. Parmi ses collègues, qui ne sont pourtant pas des tendres, il se distingue par son absence de scrupules et sa brutalité... Le jeune Noir va déposer sa plaque d'acier à sa place, en début de chaîne de montage, et va trouver son chef.

— Qu'est-ce qu'il y a, monsieur ? Quelque chose ne va pas ?

— Non. C'est bien, au contraire. Mais on va améliorer ça encore un peu. Tout à l'heure, j'ai vu que tu portais la charge d'un autre en plus de la tienne.

— Il souffrait du dos. J'ai voulu lui rendre service. Il n'y a pas de mal à ça.

— Qui te le reproche ? Mais comme je vois que cela ne te pose pas de problème, maintenant, à chaque voyage, au lieu d'une plaque, tu en prendras deux...

Et, depuis ce moment-là, Louis-Joseph Barrow effectue le travail de deux ouvriers. Pour le même salaire évidemment. Du coup, les autres manutentionnaires doivent renoncer à l'aide providentielle de « Panthère noire », car trois plaques, malgré toutes ses qualités athlétiques, il ne peut tout de même pas. Quant à lui, il s'adapte à la nouvelle situation. Réclamer, se révolter n'est pas dans son caractère. Il est calme et fataliste. De plus, en cette année 1932, c'est la grande crise aux États-Unis. Il n'est pas facile de trouver du travail, surtout pour un Noir. Alors, il doit s'estimer heureux de son sort et se taire...

Louis-Joseph n'est pas le seul Barrow à travailler à l'usine Chrysler de Detroit. Son père George y était bien avant lui, puisque cela fait trente-cinq ans qu'il est employé sur la chaîne de peinture. Il fait même partie de l'équipe d'origine. Il était déjà là lorsque Chrysler n'était qu'un petit atelier artisanal, qui ne produisait pas une voiture par jour.

George Barrow n'a pas la même mentalité que son fils. Quand il était plus jeune, il a fait de la politique, du syndicalisme. Il militait pour les droits des Noirs, l'égalité sociale. Avec l'âge, il s'est fait moins actif, mais ses opinions n'ont pas changé et quand son fils lui apprend l'initiative du contremaître, il est révolté.

– Ce n'est pas juste ! Tu travailles double, tu devrais gagner double.

Louis-Joseph a un sourire et un haussement de ses puissantes épaules.

– C'est comme ça, papa. C'est la vie. Il faut, au contraire, remercier le bon Dieu de m'avoir fait deux fois plus fort que les autres...

Mais George Barrow ne l'entend pas ainsi.

– Non. Je vais parler à ton contremaître. Je suis dans l'usine depuis le début. J'y ai passé toute ma vie. Il m'écoutera...

Le lendemain, après le travail, George Barrow va donc trouver Mike Lester. Celui-ci n'est pas seulement brutal avec les ouvriers, il est carrément raciste. D'ailleurs, bien qu'il s'agisse d'une société secrète, il ne fait pas mystère de son appartenance au Ku Klux Klan.

Il toise le vieil employé, qui l'aborde pourtant de manière polie, avec un sourire respectueux, la casquette à la main.

– Qu'est-ce que tu me veux, mal blanchi ?

George Barrow ignore l'injure et expose aussi calmement qu'il peut le motif de sa démarche. Il est dans l'usine depuis sa création. Il est le père de Louis-Joseph Barrow, à qui on a demandé de travailler le double des autres. Sans gagner deux fois plus, il serait juste qu'il ait une augmentation. Son interlocuteur l'interrompt avec un sourire mauvais.

— Et alors, qu'est-ce que tu veux dire ? Qu'on roule ton sale bâtard ?

George Barrow se met à trembler. Serrant de toutes ses forces sa casquette, il réplique avec indignation :

— Je vous interdis de m'insulter ! Mon fils n'est pas un bâtard...

Il ne peut en dire plus. À toute volée, l'autre lui a envoyé son poing dans la mâchoire. Il s'écroule, la bouche en sang.

Alors surgit un ouragan : c'est Louis-Joseph, qui avait assisté de loin à l'entrevue. Il se précipite sur le contremaître, qui blêmit, devient livide, se décompose. Le jeune Noir est certainement capable de tuer un homme d'un seul coup de poing et c'est ce qu'il a l'intention de faire ! Mais son père s'est relevé et lui retient le bras.

— Arrête ! Tu ne peux pas frapper un Blanc. Tu irais en prison ou, même, tu risquerais de te faire lyncher. Il faut s'en aller. Partons !

Le père a raison, Louis-Joseph le sait bien. Dans un énorme effort de volonté, le jeune homme retient son poing brandi. En voyant son changement d'attitude, Mike Lester retrouve toute son arrogance.

— Ah, voilà que vous êtes raisonnables. Tant mieux pour vous. C'est ça, vous pouvez partir et définitivement, même ! Vous êtes virés tous les deux.

C'est ainsi que le père et le fils Barrow se retrouvent sans travail, l'un pour avoir travaillé double, l'autre pour avoir osé le dire. Ils cherchent un nouvel emploi. Ils font le tour des usines de Detroit et de la région où on embauche du personnel. Mais chaque fois la réponse est la même. Dès qu'ils prononcent leurs noms, les visages se ferment.

– Non. Il n'y a rien pour vous. Le poste est déjà pris.

La loi américaine interdit aux patrons de se communiquer la liste des ouvriers renvoyés pour mauvais esprit, rébellion ou syndicalisme. Mais Louis-Joseph et son père savent bien qu'une telle liste existe et que leur nom y figure. Cela veut dire que jamais ils ne retrouveront du travail.

Alors, Louis-Joseph Barrow se met à changer. Le garçon tranquille qu'il était, le colosse placide qui prenait tout du bon côté, devient un révolté. Il a découvert brusquement l'injustice et la haine. Un Blanc a le droit de frapper un Noir et pas l'inverse. Pourquoi ? Il faut que cela change, il faut faire quelque chose !... Louis-Joseph est jeune, sans formation. Il n'a été à l'école que pour apprendre à lire et à écrire et sa révolte, généreuse mais irréfléchie, l'amène aux frontières de la délinquance. Il se met à fréquenter des gens douteux, qui ont des liens avec la pègre de Detroit. La « Panthère noire » se dispose à devenir un fauve véritable...

Et c'est alors que se produit le grand tournant de son existence. Cela se passe dans un bar des bas-fonds de la ville, un bar clandestin, bien sûr, car nous sommes en pleine prohibition. Louis-Joseph Barrow a beaucoup bu et il récite son éternelle rengaine à son voisin de table. C'est un vieux Noir aux cheveux tout blancs, un saxophoniste de jazz, qui joue ici et là, pour un verre de whisky frelaté. Quand le jeune homme a terminé, il se met à sourire, découvrant plusieurs dents manquantes sur le devant.

– Alors, ton problème, fiston, si je comprends bien, c'est de taper sur un Blanc, tout ça parce que tu veux venger ton père ?

Louis-Joseph Barrow serre ses poings puissants.

– Tu comprends bien, grand-père ! Et comme ce n'est pas possible dans cette société pourrie, je vais passer de l'autre côté. Je vais rentrer dans l'illégalité, dans un gang !

Le vieux jazzman secoue sa tête chenue.

– Je ne te le conseille pas. Les gangs, ce ne sont pas des coups qu'ils envoient sur les Blancs, ce sont des balles et ils en reçoivent tout autant. Ce n'est pas la solution.

– Tu en connais une autre ?

– Bien sûr, fiston... Tu as tort de dire que la société ne permet pas aux Noirs de taper sur les Blancs. C'est tout à fait possible et il y en a même qu'on paye pour ça !

Le vieil homme avale une rasade de son mauvais whisky.

– J'ai vu ça pas plus tard qu'hier, fiston. Un Noir qui a démoli un Blanc, qui l'a mis en bouillie et devant tout le monde, encore ! Et non seulement on ne l'a pas lynché, non seulement on ne l'a pas arrêté, mais pour le récompenser, on lui a fait cadeau de trente dollars !

– Tu es saoul ou tu te moques de moi...

– Je suis sérieux comme un pape. C'était un combat de boxe... Avec les muscles que tu as, tu n'as pas à hésiter. Fais-toi boxeur. Tu passeras toute ta vie à casser la gueule aux Blancs et les autres Blancs t'admireront, ils t'acclameront, tu seras leur idole !

Jamais Louis-Joseph Barrow ne reverra le vieux jazzman, qui a joué pour lui le rôle d'un magicien. Il tentera à plusieurs reprises de le retrouver en retournant dans le tripot clandestin, en interrogeant les habitants du quartier. Peine perdue : il semble avoir disparu peu de temps après cette conversation. Sans doute était-il mort, de vieillesse, de mauvais alcool, d'une balle perdue, d'une rixe quelconque. La vie ne valait pas cher dans les banlieues noires des années trente.

Toujours est-il que l'idée géniale du vieil homme décide du destin de Louis-Joseph. Le jour même, il se rend dans une salle de boxe. Et là, comme par miracle, tout change. Ce n'est plus l'éternel refus qu'on lui opposait partout : « On n'embauche pas. On n'a rien pour vous... » La boxe est un milieu à part, certes dur, impitoyable, mais où les préjugés raciaux n'ont pas cours. Le patron, en apercevant Louis-Joseph, a une réaction qui stupéfie ce dernier : il lui sourit !

– Oui. Ça pourrait se faire... Tu as le physique qui convient. Quel âge as-tu ?

– Dix-huit ans.

– C'est le bon âge pour commencer. Je te prends. Sparring-partner, à cinq dollars par semaine. C'est d'accord ?

Bien sûr que Louis-Joseph Barrow est d'accord ! Mais pour le reste, il doit attendre. La boxe véritable, ce sera pour plus tard, et encore, s'il est vraiment doué pour cela. Pour l'instant, son rôle consiste essentiellement à servir de punching-ball aux autres.

Pendant des mois, il reçoit des coups sans avoir le droit d'en donner. La première fois, il est envoyé directement au tapis, mais au fil des jours, il apprend à encaisser et à esquiver. Très vite, malgré ses cent kilos, il se révèle d'une agilité extraordinaire. Son jeu de jambes est excellent et, par un léger mouvement du buste ou de la tête, il évite presque tous les coups.

Mais s'il apprend la technique de la boxe, Louis-Joseph s'endurcit plus encore moralement. Presque tous ses adversaires sont des Blancs et chaque coup qu'il reçoit sans pouvoir le rendre renforce sa détermination et son acharnement. Un jour, il pourra frapper à son tour et, ce jour-là, tout ce qui est contenu en lui depuis trop longtemps éclatera !

Ce jour arrive en 1934. Louis-Joseph Barrow est désormais un sparring-partner recherché. Les meilleurs boxeurs demandent à s'entraîner avec lui. Tim Bowley est de ceux-là. C'est un Blanc et d'un bon niveau national.

Après un match d'entraînement où Louis-Joseph s'est montré particulièrement brillant, Tim lui frappe sur l'épaule.

— Dis donc, tu n'es pas mauvais, tu sais ? Qu'est-ce que tu dirais d'un vrai match ? Je mets cinquante dollars sur la table. Si tu gagnes, ils sont à toi. Si tu perds, tu ne me dois rien.

Ne sachant que faire, Louis-Joseph se retourne vers le directeur de la salle. Celui-ci l'encourage.

— Vas-y ! Puisque c'est Tim qui te le demande...

C'est le premier match de Louis-Joseph Barrow qui commence enfin. En montant sur le ring, des images reviennent devant ses yeux : son père, la casquette à la main, tremblant sous l'insulte, son père gisant par terre, le visage en sang. Au coup de gong, il marche sur son adversaire. Il a l'impression de l'entendre prononcer ces paroles qu'il n'a jamais oubliées : « Mal blanchi ! Bâtard ! »

Tim Bowley recule. Il a lu dans son regard. Il a compris. Il regrette son pari. Il a le même sentiment d'effroi que le contremaître. Mais il est trop tard. Le père de Louis-Joseph n'est pas là pour le retenir. Personne ne peut l'empêcher de frapper sur un Blanc. Il en a le droit. On le lui a même demandé. Alors, pour la première fois de sa vie, Louis-Joseph Barrow frappe. Il frappe et frappe encore !

Après moins d'une minute de combat, on doit emmener Tim Bowley à l'hôpital. Mais dans la salle, un homme quitte son siège. C'est l'un des plus grands managers américains. Il fait systématiquement les rings d'entraînement et les gymnases pour repérer l'oiseau rare, l'inconnu qui sera l'étoile de demain... Avant même que Louis-Joseph ait retiré ses gants, il est à ses côtés sur le ring. Il lui sourit derrière son cigare.

— C'est bien, petit. Tu as le physique, la technique

et tu as la hargne, la haine. Si tu signes avec moi, tu feras une grande carrière. Comment tu t'appelles ?

— Louis-Joseph Barrow.

— Mauvais, ça. C'est beaucoup trop long. Il te faut un nom plus court, un nom qui sonne, qui claque... Tiens, en prenant tes deux premiers prénoms, cela fait Joe Louis... Alors, tu me donnes ta réponse, Joe Louis ?...

Le 22 juin 1937, à Chicago, Joe Louis est devenu champion du monde des poids lourds, en battant James Braddock par KO à la huitième reprise. Par la suite, il a défendu vingt-huit fois victorieusement son titre. Il ne l'a perdu qu'en 1950, après être resté invaincu pendant dix-sept ans. De l'avis des spécialistes, il fait partie des trois ou quatre plus grands boxeurs de tous les temps.

Si Joe Louis a pu faire une telle carrière, c'est évidemment grâce à des qualités physiques et techniques exceptionnelles, mais c'était aussi parce qu'il avait un secret : chaque fois qu'il rencontrait un adversaire, il revoyait un homme à terre, un vieil homme humilié et ensanglanté pour avoir osé demander justice. Alors, il se battait non seulement pour un titre ou de l'argent, mais pour la dignité de sa race, c'est-à-dire pour celle de tous les hommes.

Chaque combat de Joe Louis était, non une vengeance, mais un engagement, une forme de témoignage. Et, lorsqu'il s'est éteint, en 1981, sans doute est-il mort en paix. Car il s'était battu pour la bonne cause, et bien battu !

LE CARNET D'ALIBIS

L'inspecteur Lasse Runeborg pénètre, accompagné de deux agents, dans l'hôtel du Roi Gustav à Stockholm. Il est sept heures du matin, ce 6 avril 1960, et le jour vient de se lever. L'aube, c'est le moment où dans tous les pays du monde, du moins ceux qui respectent les lois de la démocratie, on peut procéder aux arrestations, et c'est bien une arrestation que s'apprête à faire l'inspecteur Lasse Runeborg. Il s'adresse au réceptionniste en exhibant sa carte professionnelle.
– Mlle Uta Skovde ?
– Chambre 216.
– Avez-vous le double de la clé ?

L'employé de l'hôtel le lui tend, très impressionné, et le trio de policiers gagne rapidement le deuxième étage où se situe la chambre 216. L'inspecteur ouvre la porte à l'aide de la clé, sans frapper. La chambre est plongée dans l'obscurité. Il tourne l'interrupteur et la lumière se fait dans la pièce. Dans le lit, une jeune femme, réveillée en sursaut, se dresse vivement. Elle doit avoir vingt-cinq ans et elle incarne parfaitement l'idéal de la beauté nordique. Elle est blonde aux yeux bleus et sa chemise de nuit transparente ne cache rien de ses formes sculpturales. Elle ressemble à s'y méprendre à Anita Ekberg, une actrice très en vogue.

Mais l'inspecteur Lasse Runeborg est totalement

insensible à ses charmes. Il lance d'une voix forte et même violente :

— Police ! Où est l'enfant ?

Uta Skovde, encore mal tirée de son sommeil, contemple un moment ces hommes qui viennent de faire irruption dans sa chambre. Puis, elle hoche la tête et fait cette réplique déconcertante :

— Ah ! C'est un enfant, cette fois ?...
— Qu'est-ce que vous voulez dire ?
— Je suppose que vous allez me demander de vous suivre.
— Évidemment. Vous êtes en état d'arrestation.
— Alors je vous expliquerai tout... Fouillez et vous verrez qu'il n'y a pas d'enfant ici. Ensuite, si vous voulez bien me permettre de m'habiller...

Il n'y a effectivement aucun enfant, ni dans la chambre ni dans la salle de bains attenante. L'inspecteur et ses hommes se retirent pour permettre à la jeune femme de passer ses vêtements. Quelques minutes plus tard, celle-ci revient, tenant à la main un carnet bleu de grandes dimensions. L'inspecteur le désigne d'un geste.

— Qu'est-ce que c'est ?
— La réponse à vos questions. Vous verrez...

Un quart d'heure plus tard, Lasse Runeborg interroge la suspecte dans son bureau, au commissariat central de Stockholm. Les faits sont particulièrement graves : il s'agit de l'enlèvement du petit Lars Mellerud, fils d'industriels milliardaires.

L'affaire, qui remonte à trois jours, cause une immense émotion dans le pays. Les témoignages sont formels : c'est une femme blonde qui a abordé l'enfant à la sortie de son école et qui l'a conduit jusqu'à une voiture où des complices l'attendaient. Or, deux dénonciations anonymes, un coup de téléphone et une lettre dactylographiée, ont accusé formellement Uta Skovde. Et la piste a l'air d'autant plus sérieuse que, renseignements pris, Uta Skovde, habitant Malmö, est venue trois jours plus tôt à Stockholm, ville où a eu lieu l'enlèvement. L'inspecteur Lasse Runeborg, un des nombreux policiers sur l'affaire, a été chargé de son arrestation.

Mais depuis qu'il a rencontré la jeune femme, ce dernier est beaucoup moins sûr de lui. Son comportement est totalement imprévu et le déstabilise passablement : son assurance, son absence de surprise dans des circonstances aussi graves, les propos mystérieux qu'elle a tenus, tout cela est vraiment étrange... Mais il est là pour faire son travail et c'est sur son ton le plus professionnel qu'il explique l'affaire à Uta et résume les soupçons qui pèsent sur elle. Celle-ci l'écoute toujours avec le même calme. Quand il a terminé, elle lui demande seulement :

– Pour quel moment voulez-vous mon alibi ?

De plus en plus ébahi, le policier répond quand même à la question.

– Le 3 avril, entre 10 et 16 heures.

Uta Skovde ouvre son grand carnet bleu.

– Le 3 avril, c'est le jour où je suis venue à Stockholm... Nous y voici... À 9 h 15, j'ai pris un taxi pour aller de chez moi à la gare de Malmö. Voici sa fiche, sur laquelle je lui ai fait inscrire l'heure. J'ai pris le train de 10 h 03, voici le billet ; sur la marque du contrôle, on voit la date et l'heure. Le train est arrivé à Stockholm avec un quart d'heure de retard, à 14 h 58 ; je me suis fait faire un mot par un employé de la gare. Ensuite, j'ai pris un taxi et il m'a établi lui aussi une fiche. Je suis arrivée à mon hôtel, comme vous pouvez le voir, à 15 h 30. Malheureusement, je n'ai pas d'alibi avant 17 heures, heure à laquelle j'ai été prendre un thé, comme l'indique le ticket de la caisse enregistreuse. Je suis restée dans ma chambre à me reposer. J'espère que ce ne sera pas trop grave.

Elle lui tend le carnet.

— Si vous voulez vérifier...

L'inspecteur Lasse Runeborg le prend en main, les yeux ronds, et commence à le feuilleter.

— Mais qu'est-ce que cela ?

— Je l'appelle mon « carnet d'alibis ». Toute ma vie y figure heure par heure depuis un an.

Lasse Runeborg tourne les pages les unes après les autres. C'est ahurissant ! Ce ne sont que billets d'autobus, de train, fiches de taxis, notes de cafés, de restaurants, attestations en tous genres, le tout recouvert de cachets, de tampons, de signatures, certifiant l'heure et la date... Depuis un an, où qu'elle aille, quoi qu'elle fasse, la jeune femme en conserve la justification dans ce carnet.

Celle-ci pousse un soupir.

— Il n'y a que les nuits où je ne peux pas justifier de mon emploi du temps. Je vis seule. Je tremble d'être accusée de quelque chose qui s'est passé la nuit. Mais jusqu'à présent, il ne l'a pas fait...

— Qui cela « il » ?

— Il ou elle, je n'en sais rien, car il peut très bien s'agir d'une femme... Cela a commencé il y a deux ans. J'ai été arrêtée pour un vol à l'étalage commis par une blonde, après une dénonciation anonyme. On m'a relâchée, faute de preuves. Ensuite, cela a été un accident de la route, avec délit de fuite : toujours une dénonciation anonyme. Par chance, on a retrouvé la vraie coupable. La fois d'après, c'était un hold-up. En fait, il s'agissait d'hommes portant des perruques blondes : ils ont été arrêtés. C'était il y a un an. C'est depuis ce moment que je tiens mon carnet d'alibis. Et j'ai bien fait ; il y a eu deux autres fausses accusations depuis.

Elle fait la grimace.

— Mais cette fois, l'enlèvement du petit Lars, cela va beaucoup plus loin. C'était un coup de téléphone ou une lettre ?

— Les deux, mademoiselle. Je suis comme vous : je pense que cela va trop loin. Mes collègues de Malmö n'ont pas fait d'enquête sur la persécution dont vous êtes l'objet ?

— Si, bien sûr. J'ai porté plainte. Mais ils n'ont rien trouvé. Je pense qu'ils ne se sont pas donné beaucoup de mal...

— Et vous, vous n'avez pas une idée ? Cela fait penser à une vengeance personnelle. Il n'y a pas un homme avec lequel vous auriez rompu ou alors une rivale jalouse ?

— J'ai rompu, effectivement, il y a deux ans, avec mon compagnon. Mais cela s'est passé d'un commun accord. D'ailleurs, il a quelqu'un, maintenant. Quant à une femme jalouse, je ne vois pas.

— Et dans votre travail ? Quel métier faites-vous ?

— Institutrice. Je n'ai aucun problème avec mes collègues ou les parents d'élèves.

L'inspecteur hoche la tête.

— Il va sans dire que vous êtes hors de cause pour le petit Lars. Pourquoi êtes-vous à Stockholm ?

— Je suis en vacances. Les vacances scolaires...

— Eh bien, j'espère que cette affaire d'enlèvement va être bientôt résolue. Si c'est le cas, je m'occuperai de votre problème et j'espère en venir à bout avant la fin de vos vacances.

Après quoi, l'inspecteur Lasse Runeborg raccompagne galamment la jeune femme. C'est la première fois qu'il propose de s'occuper d'une affaire qui ne le concerne pas. C'est sans doute parce qu'elle sort vraiment du commun : une persécution aussi extraordinaire, cela ne se rencontre pas tous les jours. Mais sans doute aussi le physique d'Uta Skovde n'est-il pas étranger à l'intérêt qu'il lui porte. De plus, il sait qu'elle vit seule, ce qui est son cas également. Alors, de là à imaginer qu'il lui procurerait volontiers un alibi pour ses nuits...

Quoi qu'il en soit, le rapt du petit Lars Mellerud se termine de manière heureuse quarante-huit heures plus tard et Lasse Runeborg se met en devoir d'accomplir sa promesse. Il faut dire qu'il possède un indice de taille : la dénonciation dactylographiée anonyme. Or, une machine à écrire a des caractéristiques qui la font reconnaître sans discussion possible.

Il se trouve qu'il a d'excellents rapports avec un des experts du laboratoire de la PJ de Stockholm. Il lui demande comme un service personnel d'examiner la lettre et la réponse de ce dernier ne tarde pas : c'est un modèle portatif de marque Olympia, fabriqué entre 1945 et 1948, et la personne ne tapait qu'avec un seul doigt.

Il s'agit donc d'une machine à écrire personnelle et non de celle d'un bureau. De plus, le modèle est ancien et l'auteur anonyme ne sait pas s'en servir. Tout cela fait penser à une personne solitaire, renfermée. Quant au mobile, l'inspecteur est de plus en plus certain qu'il est d'ordre amoureux. Une fille superbe comme Uta Skovde a fort bien pu sans s'en rendre compte susciter une passion sans espoir. L'homme sait très bien qu'il ne l'aura jamais à lui et se venge de cette manière de ce qu'il considère comme une injustice...

Peu après, il a devant lui Uta Skovde, qu'il a priée de passer à son bureau. Il lui fait part de ses résultats et lui expose ses conclusions.

– Cherchez dans votre entourage un homme qui serait amoureux de vous sans jamais avoir osé vous le dire.

– S'il ne m'a rien dit, comment pourrais-je le savoir ?

— Certains regards, un trouble dans le comportement, dans la façon de parler...

Uta Skovde plisse un moment son joli front, et puis elle a une exclamation.

— Non, pas lui ! Ce serait ridicule.

— Justement. C'est quelqu'un qui se sent ridicule par rapport à vous, qui en souffre énormément et qui veut vous faire souffrir aussi. À qui pensez-vous ?

— Sven Hansson, un de mes collègues instituteurs. J'avais l'air, effectivement, de l'intimider beaucoup, je le faisais même rougir. Mais cela n'a pas de sens ! Il est tout petit, il fait deux bonnes têtes de moins que moi. D'ailleurs, il n'est plus là. Il a demandé sa mutation dans une autre école de la ville.

— Parce que vous voir quotidiennement était devenu un supplice pour lui. Je suppose que la première dénonciation a coïncidé avec son départ.

— Mais vous avez raison ! C'était tout de suite après.

— Eh bien, je crois que nous venons de faire un grand pas. Je vais transmettre le dossier à mes collègues de Malmö. Avec tout cela, cela m'étonnerait beaucoup qu'ils ne fassent pas une perquisition chez lui pour voir s'il n'aurait pas une machine portative Olympia, modèle 1945-1948...

C'est exactement ce qui est arrivé. Sven Hansson, qui vivait chez sa vieille mère, avait bien, dans un placard, la machine incriminée. Son mobile était exactement celui qu'avait deviné l'inspecteur. Il aimait comme un fou Uta Skovde et il en voulait à la nature, à la terre entière de les avoir faits si différents, elle si resplendissante, lui si misérable. Alors, il s'est vengé de cette manière.

Sven Hansson a été condamné à cinq ans de prison pour diffamation et outrage à la justice. L'histoire ne dit pas si, touchée et reconnaissante de l'intervention de l'inspecteur, la belle Uta lui a accordé une place dans sa vie, le temps d'une liaison ou davantage. Il est vrai que son existence, désormais, lui appartenait, qu'elle avait rangé pour toujours son carnet d'alibis et qu'elle n'avait plus à justifier de son emploi du temps. Ni le jour ni la nuit.

VENGEANCE ATOMIQUE

Qui ne connaît la Cogema, le centre de retraitement des déchets radioactifs de La Hague, au nord de la presqu'île du Contentin, qui apparaît régulièrement sur le devant de l'actualité ? C'est là, dans ce milieu qui reste mystérieux pour le grand public, que tout commence...

Gérard Lefèvre est chef d'équipe à la Cogema, et ce 22 novembre 1979, il rentre comme chaque jour de son travail. Il a un assez long trajet à faire en voiture pour rejoindre son domicile, un pavillon de la banlieue résidentielle de Cherbourg. Son travail est délicat et dangereux et c'est peut-être en raison de la fatigue accumulée qu'il ne fait pas preuve de tous ses réflexes lorsqu'un camion roulant pleins phares surgit devant lui.

C'est peut-être aussi en raison de l'état de sa voiture ; elle est vieille, les freins et les amortisseurs sont usés, il y a longtemps qu'il songe à la changer. Toujours est-il qu'il donne un coup de volant brusque, qu'il dérape sur la chaussée mouillée et se retrouve dans le talus.

En maugréant, Gérard Lefèvre sort sous la pluie pour examiner les dégâts. Le fossé du bas-côté n'est pas profond, cinquante centimètres tout au plus, mais sa voiture est tombée on ne peut plus malencontreusement sur une grosse pierre, qui a endommagé l'avant et peut-être même faussé l'essieu. Il va lui falloir faire marche arrière pour se dégager et rentrer tant que bien que mal à la maison. Quant à la voiture, il se demandait quand il allait en changer, maintenant il n'a plus le choix.

En prenant le volant, tout trempé et les souliers couverts de boue, Gérard Lefèvre étouffe un juron et lance :

– C'est bien ma veine !

C'est bien sa veine, effectivement, mais c'est plus tard qu'il mesurera à quel point.

Quatre mois ont passé et il y a longtemps que Gérard Lefèvre ne pense plus à l'accident du 22 novembre, pas plus qu'à sa voiture... Comme il l'avait prévu, il s'est traîné jusque chez lui avec son véhicule endommagé et, dès le lendemain, il s'est occupé d'acheter une nouvelle voiture.

Mais il n'a pas envoyé l'ancienne à la casse. Il se trouve qu'il a parmi ses amis un ferrailleur et il lui a demandé s'il ne pourrait pas mettre sa voiture dans sa décharge. Après tout, on ne sait jamais, il aura peut-être une pièce détachée quelconque à récupérer...

L'accident, la voiture abandonnée dans un coin : sans ces deux événements fortuits, rien ne se serait produit ; il n'en manque plus qu'un troisième pour que l'histoire de Gérard Lefèvre aille jusqu'à son terme : l'anniversaire de son fils...

– Papa, j'ai envie de recevoir mes amis pour mon anniversaire.

– Mais c'est une très bonne idée !

– Je peux te demander quelque chose ? On va manquer de sièges. Alors, j'avais pensé à la banquette de ta vieille voiture.

Bien entendu, Gérard Lefèvre n'y voit pas d'objection : c'est même précisément pour cela qu'il l'a mise de côté. Peu après, la banquette est chez lui, mais son fils vient vers lui avec un sac noir.

– Tu as dû oublier cela. C'était sous ton siège. Je me demande ce que cela peut bien être...

Son fils ouvre le sac, Gérard Lefèvre s'approche pour en examiner le contenu et pousse un cri d'horreur.

– Lâche ça tout de suite !
– Mais...
– Lâche ça !

Interloqué, le fils Lefèvre lâche le sac, qui tombe sur le sol avec un bruit métallique.

– Mais qu'est-ce que c'est ?
– Des queusots, voilà ce que c'est !

À son fils qui l'ignore, Gérard Lefèvre explique que les queusots sont des bouchons d'aluminium servant à obturer les conteneurs où on place les barreaux d'uranium. Ils sont eux-mêmes contaminés par la radioactivité et il s'en dégage une irradiation mortelle. On les manipule à l'aide de robots, à travers une vitre blindée.

– Et tu dis que tu as trouvé cela sous mon siège ?
– Oui. Le siège du conducteur...

Gérard Lefèvre est livide.

– Alors, c'est... qu'on a voulu me tuer ! Et si je n'avais pas eu mon accident, je ne sais pas ce qui serait arrivé...

Peu après, c'est le branle-bas de combat à la PJ de Cherbourg. Le côté sensationnel de cette tentative de meurtre ainsi que son côté sensible, car tout ce qui touche au nucléaire est à prendre avec attention, mobilisent les autorités.

– Vous connaissez-vous des ennemis, monsieur Lefèvre ?
– Non...
– Avez-vous reçu des menaces d'une organisation quelconque, écologiste par exemple ?

– Absolument pas.
– Et dans votre travail ?
– Non plus. C'est vrai qu'on dit quelquefois que je suis un peu dur avec mon équipe, mais de là à imaginer...
– Et combien de personnes pouvaient avoir accès aux queusots ?
– Ceux qui s'occupent des barres d'uranium. Environ quatre-vingts personnes.
– Dont les membres de votre équipe ?
– Oui...

Tandis que les policiers commencent leur enquête, Gérard Lefèvre se rend sans plus attendre au centre de La Hague pour y subir des examens. C'est ce qu'il y a de plus urgent, en effet. Son accident lui a évité de continuer à être irradié, mais depuis combien de temps l'était-il ? Quand la main criminelle a-t-elle placé ses queusots sous son siège ?

Le résultat est heureusement rassurant. Il n'y a pas de trace d'une contamination dangereuse. Il reste donc à poursuivre les investigations. Les enquêteurs se penchent sur son passé en espérant y découvrir un indice, mais il n'y a pas grand-chose à dire. Issu d'un milieu modeste, Gérard Lefèvre a débuté à la Cogema en 1965, quand cette dernière s'est installée à La Hague, et il a gravi les échelons professionnels un à un. Marié, deux enfants, il a une vie privée sans histoire.

Il y a, en revanche, des éléments plus intéressants dans sa vie professionnelle. Il apparaît vite que Gérard Lefèvre n'était pas aimé de tout le monde, au sein de son équipe en particulier. L'entente était loin d'être excellente. Gérard Lefèvre, très exigeant avec lui-même, l'était aussi avec les autres. Et, en plus, il avait une manie : il ne fume pas et déteste qu'on fume. Il avait déjà fait des remarques à des employés qui fumaient en dehors du travail, ce qui, bien sûr, ne le regardait pas. Et ceux-ci l'avaient très mal pris. Évidemment, le mobile semble un peu léger pour un crime, mais les suspects sont quatre-vingts, pas un de plus : ceux qui avaient accès aux queusots.

Car une intervention de l'extérieur est exclue. Le centre de retraitement est gardé comme une forteresse, principalement les ateliers. De plus, seul un spécialiste pouvait s'emparer des queusots. Il faut revêtir une combinaison anti-radiations et manœuvrer une longue perche pour les dévisser sous l'eau du bassin dans lequel ils sont immergés, un travail hautement qualifié et très dangereux, qui ne s'improvise pas.

Les policiers interrogent sans relâche leurs suspects. Il y a deux possibilités : ou une vengeance personnelle contre Gérard Lefèvre ou un acte de type terroriste. Dans ce dernier cas, le coupable se serait fait embaucher à la Cogema uniquement dans ce but. Il faut donc fouiller le passé de chacun d'eux à la recherche d'une activité politique quelconque.

Mais toutes ces recherches ne donnent rien, pas plus que l'interrogatoire de ceux qui avaient eu des mots avec Gérard Lefèvre... L'enquête piétine et elle n'aurait sans doute jamais abouti si, le 8 mai 1980, au cours d'une audition de routine, le coupable n'avait subitement craqué.

Cela faisait plusieurs fois déjà que les policiers avaient entendu Gilbert Barrier, un garçon de vingt-sept ans, qui travaille sous les ordres de Gérard Lefèvre. Ils ne l'avaient jamais suspecté, car, au dire même de Lefèvre, c'était celui avec qui il s'entendait le mieux. Il le citait en exemple aux autres quand quelque chose n'allait pas.

Et pourtant, c'est bien lui qui a commis cet acte insensé et cela, pour un motif dérisoire... Alors qu'on lui pose une question anodine pour vérifier un détail, Barrier s'effondre brusquement.

– C'est moi. Arrêtez-moi !

L'enquêteur n'en revient pas.

– Vous ? Mais vous vous entendiez très bien avec la victime.

– C'est vrai, mais je ne supportais plus le climat tendu qui régnait dans l'équipe... Je n'ai pas voulu le tuer, je vous le jure, mais seulement l'irradier, pour qu'il soit obligé de changer de service !...

Et Gilbert Barrier fait le récit de son acte, qui est conforme en tous points à ce qu'on imaginait :

– Une nuit où j'étais de service et Lefèvre aussi, j'ai réussi à tromper la surveillance de mes collègues. J'ai mis ma combinaison anti-radiations, j'ai pris une gaffe et je me suis emparé de trois queusots et les ai placés sous le siège de la voiture. J'avais remarqué que Lefèvre ne la fermait jamais à clé...

Gilbert Barrier est inculpé de tentative de meurtre et emprisonné... Pourtant, au cours de l'instruction, le juge se convainc que, conformément à ce qu'il ne cesse d'affirmer, il n'avait pas l'intention de tuer et l'affaire ne va pas aux assises, mais en correctionnelle.

Il est remis en liberté après dix mois de détention préventive et c'est libre qu'il se présente devant la justice, le 31 mars 1981. Il est poursuivi pour vol et administration d'une substance nuisible à la santé.

L'avocat de la partie civile met l'accent sur les dommages subis par la victime.

– À côté des dangers physiques réels qu'il encourt, Gérard Lefèvre a subi un préjudice grave. Son état psychosomatique s'est détérioré. Désormais, il vit dans l'inquiétude.

À l'issue des débats, Gilbert Barrier est condamné à deux ans de prison, dont quinze mois avec sursis. Sa peine étant couverte par la préventive, il ne retournera pas sous les verrous. Le premier criminel atomique est libre.

LA PLUS HORRIBLE DES VENDETTAS

— Affaire suivante !

Dans la salle bondée du tribunal de grande instance de Toulon, le juge s'éponge le visage avec son mouchoir, ce 4 décembre 1964. Ces petits procès, c'est la corvée ! Il jette un coup d'œil au dossier : port d'arme prohibée, pas de casier... Ce sera la confiscation et une amende.

Le juge relève la tête. L'homme s'est installé à la barre. Il se tient timidement en tortillant son béret dans les mains. Il doit avoir la trentaine. Il a un physique méditerranéen typique : yeux noirs, cheveux bruns bouclés, petite moustache.

— Vos nom, prénom et qualité.

À la barre, l'homme fait un sourire gêné et écarte les mains en s'exprimant avec volubilité en italien. Allons bon, c'est complet ! Il ne parle pas français. Il faut appeler le secrétaire du greffe qui a quelques notions d'italien. C'est par son intermédiaire qu'a lieu l'interrogatoire. Rocco Casaldo, trente ans, marié, trois enfants, né à Drosi, en Calabre, est installé en France depuis le mois de septembre dernier. Il habite la banlieue de Toulon et il est maçon.

— Lors d'un contrôle de police, vous avez été trouvé en possession d'un revolver. Vous ne saviez pas que c'était défendu ?

– Si, je le savais, mais j'en avais besoin pour me défendre.

Le juge hoche la tête, il en sait assez. Un maçon n'a généralement pas grand-chose à craindre des cambrioleurs.

– Casaldo, le tribunal vous condamne à cinq cents francs d'amende et ordonne la confiscation de l'arme. L'audience est levée.

À la barre, l'homme brusquement a pâli. Il murmure quelque chose en italien, se signe et se retire, l'air anéanti. Pour un peu, on aurait dit qu'il venait de s'entendre condamner à mort.

Oui, une condamnation à mort, c'est bien de cela qu'il s'agit... Tandis que Rocco Casaldo rentre chez lui en autobus, des images reviennent devant ses yeux, celles d'un paysage ensoleillé, accablé de soleil : Drosi, son village natal dans l'Aspromonte, la pointe de la Calabre.

C'est là que tout a commencé, un jour de l'été 1962. Pourquoi Domenico, son frère aîné, marié et père de sept enfants, a-t-il jeté les yeux sur la jeune Rosa Busoni au sortir du village ? La petite venait d'avoir seize ans. Il lui a tourné un compliment banal, du genre :

– Oh, Rosa, comme tu as grandi ! Tu vas commencer à plaire aux hommes, à présent.

Et, avant de reprendre son chemin, il lui a lancé un sourire. Voilà. C'est tout. Mais c'était trop, beaucoup trop. C'était impardonnable !

Le jour même, Rosa a écrit à son frère, Salvatore Busoni, qui était sur un chantier en Corse. Quand il est revenu, un mois plus tard, Salvatore est allé trouver Domenico. Deux phrases ont suffi.

– Rosa m'a tout raconté. Demain matin, dans le chemin du cimetière...

Rocco Casaldo, dans l'autobus bondé qui le ramène dans sa banlieue de Toulon, se souvient, se souviendra toujours de ce matin-là. C'était le 3 septembre 1962... À six heures, il a accompagné son frère Domenico dans le petit chemin creux qui conduit au cimetière. Les deux autres étaient déjà là. Aux côtés de Salvatore Busoni, il a reconnu l'oncle de celui-ci, Martino.

Martino s'est écarté à leur approche et lui-même s'est écarté. Salvatore Busoni et son frère se sont retrouvés seuls dans le chemin. Il y a eu deux coups de feu presque en même temps. Pas tout à fait cependant. C'est son frère qui a tiré le premier. En face, il a vu son adversaire tournoyer sur lui-même et appuyer sur la gâchette en s'écroulant.

Le duel d'honneur s'était passé dans les règles. Il venait de s'achever, comme souvent, par la mort d'un des combattants. Et c'est alors que le drame s'est joué. Le témoin de la victime, Martino Busoni, est brusquement devenu fou. Il a sorti un pistolet et s'est mis à tirer sur eux, au mépris des coutumes ancestrales. Rocco a vu son frère s'abattre, tout surpris, une balle dans le front et lui-même n'a dû son salut qu'à la fuite...

À partir de ce moment, a commencé la plus horrible des vendettas, une vendetta qui ne respectait rien, une vendetta comme on n'en avait jamais vu ! Après son geste, Martino Busoni a pris le maquis. Les carabiniers se sont mis à sa recherche sans trop de conviction. Ils ont minimisé la gravité de la situation. Ils ne croyaient pas à une menace réelle contre la famille Casaldo. D'ailleurs, celle-ci n'y croyait pas non plus.

Et pourtant, il y a eu la suite. Il y a eu cette terrible veille de Noël, ce 24 décembre 1962. Ce jour-là, dans la maison des Casaldo, Maria, Natalina et Carmella, les trois sœurs cadettes de Rocco, étaient à leurs travaux de couture. Elles n'ont pas vu le visage qui les épiait à la fenêtre. Martino Busoni a fait feu en même temps de son fusil à canon scié et de son revolver, provoquant un horrible carnage : les trois sœurs ont été tuées sur le coup.

Désormais, Rocco et tous les autres membres de la famille Casaldo ne se sont plus promenés qu'armés et en groupe. Mais que peut-on contre quelqu'un qui est décidé à tuer au mépris de sa vie ?

Début 1963, c'est un oncle et un cousin de Rocco qui ont été tués au bord de la route. Ils revenaient d'une noce et, pendant un moment, ils s'étaient laissés aller. Une négligence qui leur a été fatale...

Et le 5 juin 1963 a éclaté le coup de tonnerre. Au volant de sa voiture, le chef de la famille, le vieux Beppo Casaldo, a été tué en compagnie d'un ami. On a retrouvé sa Fiat criblée de balles, des balles tirées par un fusil à canon scié.

Cette fois, ce fut la panique dans la famille Casaldo et, chez les carabiniers, le branle-bas de combat. Jusque-là, ils considéraient Martino Busoni comme un dangereux hors-la-loi. Mais maintenant, ils savaient qu'ils avaient affaire à une bête enragée. Des renforts ont été envoyés à Drosi. Les autorités sont parvenues à convaincre les vingt-deux Casaldo restants de se regrouper dans une maison qu'on avait aménagée pour eux un peu à l'écart du village. Il aurait mieux valu dire un fortin, un blockhaus. Sur la terrasse et les balcons étaient installées des mitrailleuses, dans le jardin, des agents patrouillaient avec des chiens.

Dans les rues de Drosi et dans toute la région, des affiches officielles promettaient une récompense de cinq millions de lires à qui aiderait à la capture de Martino Busoni. Mais les villageois secouaient la tête en les lisant : la vie vaut bien autre chose que cinq millions de lires. Quant aux Casaldo, on considérait leur sort avec fatalisme. La police ne pourrait pas toujours être derrière eux. Un jour, une femme se trouverait seule au marché, un enfant rentrerait seul de l'école et alors...

Rocco Casaldo descend de son bus. Il a encore un quart d'heure de marche avant d'arriver chez lui. Un quart d'heure dans des rues désertes, bordées de terrains vagues. Oui, il a été un lâche. Mais s'il a fait cela, c'était pour sa femme Lucia, pour ses trois enfants, et aussi pour celui qui va venir, car Lucia est enceinte.

Au mois de septembre dernier, après un an de vie de bête traquée dans le fortin que les habitants de Drosi avaient surnommé la « maison des condamnés à mort », Rocco a brusquement craqué. Il a décidé de partir à l'étranger, pour la France. Arrivé à Toulon, il a eu la chance de trouver un emploi sur un chantier dirigé par un Italien. Et puis, il a loué une petite maison en banlieue qu'il a retapée lui-même. Quelques mois ont passé. Il avait fini par oublier Martino Busoni et sa vengeance implacable quand, coup sur coup, deux événements sont venus le rappeler à la réalité.

Le premier, c'était un télégramme. Il était signé de sa mère et disait simplement : « Busoni a quitté le pays. Il est en route vers la France. Garde-toi, imbécile. »

Oui, « imbécile »... Malgré tout, dans le fortin, Martino Busoni avait peu de chances d'abattre un Casaldo. Mais en France, c'était différent. Il s'était mis à sa merci. Le meurtrier pouvait prendre tout son temps pour les épier et les abattre quand il le voudrait, lui, sa femme et ses enfants.

Pendant plusieurs jours, Rocco a serré sur lui, comme une ultime protection, le revolver Beretta 7,65 que lui avait remis en partant le commissaire de Drosi. Et puis, il y a eu ce stupide contrôle de police dans un bar. La confiscation de l'arme et, tout à l'heure, au palais de justice, sa condamnation...

Rocco Casaldo arrive en vue de sa maison. Cette

maison qu'il avait aménagée avec tant de soin, en pensant que c'était son refuge et celui des siens... Imbécile, imbécile ! Maintenant, c'est elle, la « maison des condamnés à mort ».

En entrant, il met sa femme au courant en quelques mots. Le revolver, on ne le lui rendra pas. Il a été condamné. Il n'y a plus rien à faire contre Martino Busoni.

Lucia se retient de pleurer. Il faut agir vite et penser à tout, sinon ils sont perdus. Il faut mettre le buffet contre la porte d'entrée et l'armoire devant la fenêtre de leur chambre. Les volets de bois ne seraient pas une protection suffisante contre les balles. Quant aux enfants, on va transporter leurs lits dans la cave, là au moins, ils seront en sûreté.

Mais une fois seuls, les enfants couchés, Rocco et sa femme sont bien obligés de considérer la situation en face... Demain, qui protégera les enfants quand ils iront à l'école et quand ils en reviendront ? Qui protégera Lucia quand elle ira faire ses courses ? Et qui protégera Rocco au sommet de son échafaudage, alors qu'il offre une cible bien visible de n'importe quelle rue en bas ?

Bien sûr, Rocco aurait dû expliquer la situation au juge, lui raconter la vengeance de Martino. Lui dire que c'est le commissaire italien lui-même qui lui avait donné son revolver. Bien sûr, il devrait aller trouver la police, tout lui expliquer, demander sa protection. Mais que faire quand on ne parle pas un mot de la langue du pays, quand on se sent et qu'on est réellement un étranger ?

Rocco Casaldo se prend la tête dans les mains. Il n'aura même pas droit au sort de son père, de son frère, de ses oncles et de ses cousins abattus par Martino Busoni : il ne mourra pas sur la terre natale, il va être tué, peut-être avec sa femme et ses enfants, loin de tout. Jamais il ne reverra l'Aspromonte et ses oliviers.

La dernière image qu'il emportera de cette terre, c'est celle d'une banlieue de Toulon.

La nuit s'est écoulée... Le matin vient à peine de se lever lorsqu'on sonne à la porte. Rocco, qui était en train de se raser, sursaute et se coupe la joue. Il attend un moment, mais on insiste : les coups de sonnette redoublent. Alors, lentement, il se dirige vers le vestibule avec son rasoir à la main. Une arme dérisoire, il le sait, contre le fusil à canon scié et le revolver de Busoni.

Le dos collé contre le mur, tournant la tête vers la porte, Rocco demande :
– Qui est là ?
De l'autre côté, une voix forte répond :
– Police. Ouvrez-nous.

Rocco se sent pâlir. Cette fois, c'est la fin. Car l'homme a parlé en italien et la police française ne s'exprime pas en italien, surtout pas avec l'accent calabrais...

À l'extérieur, on a dû comprendre sa réaction, car la voix reprend.
– Ouvrez-nous, Casaldo. C'est le lieutenant Bozzi de la brigade de Reggio di Calabria qui vous parle. J'ai été envoyé pour prêter main forte à nos collègues français. Ouvrez, c'est fini. Busoni a été arrêté en franchissant la frontière...

Il a fallu quand même que les policiers passent leurs cartes officielles sous la porte pour que Rocco consente à leur ouvrir.

Rocco Casaldo a attendu que sa femme ait accouché de leur quatrième enfant pour rentrer à Drosi et il s'est réinstallé dans la grande maison, débarrassée de ses mitrailleuses aux balcons et des chiens policiers dans le jardin.

Dans quelques dizaines d'années, seuls les vieux du

village sauront qu'elle s'est appelée un jour la « maison des condamnés à mort ». La plus horrible des vendettas était enfin terminée.

MÉDÉE

Seule dans le grand salon de sa villa, au bord d'un étang calme entouré de saules pleureurs, Marie-Hélène a ouvert un livre de grec. Elle aime bien le grec, et puis c'est son métier : c'est ce qu'elle enseigne, avec le français et le latin, dans un lycée d'Orléans, à des secondes et à des premières. Elle doit préparer son cours de lundi et c'est déjà dimanche.

Marie-Hélène a besoin de se changer les idées, de se calmer. Elle ne s'est pas encore remise de la dispute qu'elle a eue avec Costas. Costas, c'est son mari, enfin son ancien mari. Elle l'a épousé il y a six ans, parce qu'il était beau, parce qu'il était grec et qu'elle a succombé à son charme méditerranéen. Mais elle a eu tort. Tout n'est pas physique dans la vie et, passés les premiers élans, elle a dû reconnaître qu'ils n'avaient pas grand-chose à faire ensemble.

Costas Stavrou était plongeur dans un restaurant quand elle l'a rencontré, lors d'un bal du 14 juillet, et tout s'est fait si vite, trop vite... Elle s'est retrouvée enceinte. Ils ont décidé de garder l'enfant et de se marier. Ce fut une fille, Jeanina, qui a maintenant cinq ans, et deux ans plus tard leur est venu un garçon, Christian.

Non, cela ne pouvait pas durer bien longtemps entre Costas Stavrou et elle. Il y avait d'abord la différence sociale : lui habitait une chambre de bonne à Orléans, elle, ses parents lui avaient déjà offert cette jolie maison individuelle dans un lotissement non loin de la ville, au bord d'un étang. Et il y avait aussi la différence culturelle. Elle était agrégée de lettres, enseignante, lui savait juste parler le français et pas du tout l'écrire.

Alors, elle a préféré mettre fin à une aventure sans issue : elle a demandé le divorce. Mais Costas ne s'est pas montré du tout du même avis. Lui, il l'aimait toujours et il le lui a dit. Il s'est accroché tant qu'il a pu. Entre eux, les disputes ont été de plus en plus violentes, il l'a frappée, il l'a menacée de mort.

Mais l'altercation la plus terrible a eu lieu la veille, samedi, lorsqu'il est venu chercher les enfants. La séparation a été, en effet, prononcée il y a deux mois : c'est elle qui a la garde de Jeanina et Christian, mais ils sont avec leur père un week-end sur deux.

Lorsqu'il est arrivé dans la villa, Costas n'a pas été violent, bien au contraire. Il voulait à tout prix reprendre la vie commune, qu'ils se remettent en ménage ne serait-ce qu'un moment, qu'ils tentent un nouvel et dernier essai. Il s'est fait tendre, il s'est fait humble, il s'est fait suppliant. Mais devant son refus définitif, il a explosé. Il s'est mis à crier, il a tenté de la frapper, il a cassé des bibelots et de la vaisselle. Enfin, il s'est calmé, mais cela a été peut-être pire encore. Il l'a regardée fixement, longuement, avec une expression de haine inimaginable. Marie-Hélène ne pensait pas qu'une telle intensité dans ce sentiment était possible. Enfin, il lui a dit :

– Je me vengerai !

Et il est monté dans sa voiture, en compagnie de Jeanina et Christian, qui avaient assisté, terrorisés, à la scène...

Marie-Hélène se force à reprendre ses esprits. Il est six heures du soir, Costas ne va pas tarder à revenir avec les enfants. La perspective de le revoir lui est plus que désagréable, elle la met même terriblement mal à l'aise, mais elle doit se dominer et, pour cela, le mieux est de préparer son cours de grec.

Marie-Hélène fait chaque semaine à ses élèves un petit exposé sur un sujet tiré de la mythologie. Lequel va-t-elle choisir ? Elle feuillette l'ouvrage qu'elle possède et, malgré elle, son regard tombe sur l'histoire de Médée. Elle connaît bien cette légende et son évocation la fait frissonner malgré elle. Elle sent qu'elle ne devrait pas, mais elle ne peut s'empêcher de lire les lignes qu'elle a sous les yeux : « Quand Jason arriva en Colchide, pour conquérir la Toison d'or, il se heurta au roi Æétès, gardien du trésor. Mais il reçut le secours de Médée, la fille du roi, qui était tombée amoureuse de lui. Médée était magicienne et elle lui donna un baume dont il devait s'enduire le corps pour se protéger des flammes du dragon qui veillait sur la Toison. C'est ainsi que Jason put s'emparer du précieux trophée. En reconnaissance de son aide, Jason épousa Médée. Ils s'enfuirent, pour échapper à la colère d'Æétès, et se réfugièrent à Corinthe où ils donnèrent le jour à deux fils, Phérès et Merméros. Mais au bout de quelques années de mariage, Jason abandonna Médée pour Créüse, la fille de Créon, roi de Corinthe. Répudiée et bafouée, Médée médita alors une vengeance terrible. Elle offrit à Créüse une tunique qui brûla le corps de la jeune femme et incendia le palais, puis elle égorgea ses propres enfants. Après ces crimes, elle s'enfuit à Athènes et épousa le roi Égée, dont elle eut un fils... »

Marie-Hélène arrête là sa lecture... Il faut qu'elle chasse les idées qui lui tournent dans la tête. Tout cela, ce sont des histoires, des contes, des fables. Il ne faut pas qu'elle repense au regard de Costas, aux derniers mots que lui a lancés Costas : « Je me vengerai ! »

Il faut qu'elle cesse de revoir la dernière image qu'elle a de lui, montant dans sa voiture, en compagnie de ses enfants. Il faut qu'elle arrête de se dire qu'il est grec et que coule dans ses veines le même sang que celui de Médée. Tout cela n'a pas de sens ! N'empêche, il est sept heures et il n'est toujours pas là, Jeanina et Christian ne sont pas là. Mais quand vont-ils arriver ?...

Le soir tombe, lorsque le téléphone sonne. Il est déjà très tard, pas loin de dix heures : nous sommes en mai et les jours sont très longs. Marie-Hélène se précipite, en pensant : « Ils ont eu un accident ! » Elle décroche. C'est Costas. Elle l'entend crier dans le récepteur :

– Je me suis vengé !

Puis, il se calme d'un coup et poursuit d'une voix égale, comme s'il énonçait la plus naturelle des choses :

– J'ai tué nos enfants.

La nuit est tombée. Les gendarmes sont nombreux autour de Marie-Hélène, dans le salon de la villa où ils ont installé leur PC. Costas Stavrou a raccroché tout de suite après avoir prononcé sa phrase. Il n'a donné aucune indication du lieu où il aurait commis son crime. Des patrouilles ont été envoyées dans la région, avec son signalement et celui des enfants, mais le mieux serait qu'il rappelle. Un dispositif permettant de connaître rapidement l'origine de la communication a été installé sur le téléphone de Marie-Hélène.

En attendant, l'adjudant-chef Legrand, qui a pris la direction des opérations, essaye de rassurer la jeune femme.

– Il a voulu vous faire peur. Il n'aurait jamais fait une chose pareille.

Mais Marie-Hélène ne veut rien entendre. Elle est dans un état second, elle tremble de tous ses membres.

– Il l'a fait, j'en suis sûre. C'était écrit dans ses yeux ! Et puis, il est grec...

Le téléphone sonne. Elle se précipite. L'adjudant-chef lui rappelle les consignes :

– Faites-le parler le plus longtemps possible, que nous ayons le temps de le localiser...

C'est bien lui. Il s'exprime d'une voix étrange, lointaine !

– Marie-Hélène, j'aimais nos enfants. Je souffre, mais je sais que tu souffres plus que moi et je l'ai fait pour cela.

– Où sont-ils ?

– Pourquoi veux-tu le savoir ? Je les ai enterrés. Ils sont bien là où ils sont. Adieu !

Et sur ces mots, il raccroche... Tandis que la jeune femme s'effondre en sanglots, le spécialiste de France Télécom présent sur place parvient à localiser l'appel. Il provient d'une cabine téléphonique, située en bordure d'une route, près d'un gros bourg de l'Orne.

Les gendarmes de ce département sont immédiatement alertés et, bien qu'on soit encore en pleine nuit, les recherches s'organisent. La cabine est rapidement repérée. Elle se situe en pleine forêt, ce qui n'est évidemment pas une circonstance rassurante. Quelques investigations sont tentées sur les lieux, mais elles n'aboutissent pas, en raison de l'obscurité. Pour l'instant, tous les efforts sont concentrés sur l'interception de Costas Stavrou. Des barrages sont installés un peu partout, mais ils ne donnent rien.

Le lendemain matin, une battue est mise en place, avec des moyens considérables et, cette fois, elle aboutit très vite. En fin de matinée, la voiture de Costas Stavrou est retrouvée dans une petite clairière. Il est à l'intérieur, au milieu d'une mare de sang : il s'est ouvert les veines. On tente de le questionner, mais en vain : il est dans le coma. Il est emmené en ambulance. Il décédera peu après, sans avoir repris connaissance, avant son arrivée à l'hôpital.

Les recherches reprennent avec plus d'intensité encore. Tous les environs sont explorés mètre par mètre. À présent, on craint le pire et c'est, hélas, le pire qui se produit. Un chien se met en arrêt devant une portion de terre fraîchement remuée et, peu après, on exhume le corps de Jeanina. La fillette a l'air de dormir, mais elle porte des traces profondes autour du cou.

Dès lors, c'est la rage au cœur que les recherches se poursuivent. On s'attend à chaque instant à faire la seconde tragique découverte. Et pourtant, lorsqu'un gendarme écarte un buisson, il voit une petite forme blottie sur elle-même. C'est Christian, le petit frère. Il est vivant, il vient vers lui et il lui dit :

– Tu me prêtes ton sifflet ?...

Sur son cou sont visibles les mêmes traces que sur celui de sa sœur. Son père avait tenté de l'étrangler, après Jeanina, mais sans qu'on sache pourquoi, il avait fini par y renoncer.

Tel est le terrible fait divers qui s'est passé en France, il y a peu de temps. Un homme n'a pas hésité à renouveler l'acte de Médée, meurtrière de ses propres enfants pour se venger d'avoir été délaissée. Quelques années ont passé mais ni le petit Christian ni sa mère Marie-Hélène n'oublieront ce qu'ils ont vécu, et ni l'un ni l'autre ne s'en remettront jamais.

L'ENCRE N'ÉTAIT PAS SÈCHE

À quoi tiennent la vie, la mort ? À si peu de chose parfois ! À un résultat de football, par exemple, à un ballon qui rentre ou non au fond des filets... Si l'Italie n'avait pas marqué contre la Suisse, en ce jour de novembre 1991, rien ne serait peut-être arrivé. Mais l'Italie a marqué et le destin d'Ercole Trapani a basculé, entraînant avec lui tout un cortège de deuils et de douleurs.

Ercole Trapani naît en 1955, à Mineo, un petit village de Sicile près de Catane. La famille à laquelle il appartient est pauvre et prolifique, ce qui n'a rien que de banal dans l'environnement qui est le sien. Dès qu'il est en âge de travailler, il rêve de s'expatrier pour connaître des conditions de vie meilleures, ce qui, encore une fois, est tout à fait commun. Mais le jeune Ercole va choisir une direction qui, elle, n'est pas courante : la Suisse.

Ce n'est pas que la Suisse manque d'attraits, mais le pays ne s'est jamais volontiers ouvert à l'immigration. N'y entre pas qui veut. Ercole Trapani a pourtant de la suite dans les idées. Il a décidé que ce serait la Suisse et ce sera la Suisse ! Il travaille dur pendant plusieurs années dans son village, il accepte les travaux les plus pénibles aux champs, sur les chantiers et, en

1977, il réunit tout l'argent qu'il a mis de côté pour ce long et coûteux voyage. Il part pour la patrie des Helvètes avec un visa de tourisme en poche. Celui-ci est valable trois mois, mais il est débrouillard et il se dit qu'avec un peu de chance, il parviendra bien à rester.

Ercole Trapani se rend bien entendu au Tessin, dans la partie italophone du pays, tout au sud, autour du lac de Lugano et du lac Majeur. Et là, il fait des pieds et des mains pour trouver un emploi. Contrairement à beaucoup d'autres, il ne reçoit pas un mauvais accueil. C'est vrai qu'il inspire spontanément la confiance ; il est travailleur, dégourdi, cela saute tout de suite aux yeux.

Aussi, ses efforts finissent par être récompensés : il trouve un emploi. Oh, ce n'est pas le Pérou. Il est engagé comme apprenti chez un boucher de Salicetta, sur le lac de Lugano. Le travail est ingrat, mal payé et l'embauche est à l'essai, même si elle lui donne droit à un permis de séjour d'un an.

Ce n'est pas le Pérou, mais c'est la Suisse, et Ercole Trapani est aux anges ! D'autant que ce n'est pas n'importe quelle Suisse, c'est le Tessin. Ici, tout le monde parle italien, porte un nom italien, le journal local s'appelle le *Corriere del Ticino*. La frontière est à deux pas, Genève et Zurich semblent des villes étrangères, alors que Turin et Milan sont tout près.

Oui, c'est l'Italie, mais une Italie où le franc suisse aurait remplacé la lire, les grosses Mercedes les petites Fiat, la prospérité et la sécurité la gêne et la débrouille... Ercole Trapani se sent définitivement chez lui, il a trouvé son point d'attache, son paradis. Dès lors, il multiplie les efforts pour rester et même pour progresser. À la boucherie, il donne entièrement satisfaction, le patron ne tarde pas à le faire travailler comme un employé qualifié et non plus comme un apprenti. Mais son ambition n'est pas de faire carrière dans la boucherie. Chaque jour, après son travail, il va suivre des cours du soir dans une école de commerce à Lugano et, trois ans plus tard, il décroche son diplôme.

C'est avec regret que son patron le voit partir. Mais il est content pour lui, car Ercole Trapani accomplit un véritable bond dans l'échelle sociale et le mérite bien. Il devient, en effet, gérant de supérette. Et là, encore une fois, son esprit d'initiative, son travail acharné font merveille. Il se met à gagner beaucoup d'argent, assez pour s'acheter, en s'endettant considérablement, une villa cossue sur les bords du lac de Lugano.

En 1983, il quitte la supérette pour le poste, encore plus rémunérateur, de représentant pour une importante entreprise agro-alimentaire. Et la même année, il épouse Silvia Lovati, une ravissante Suissesse appartenant à la meilleure bourgeoisie ticinoise. Il possède maintenant, outre sa villa au bord du lac, deux voitures, une Mercedes et une Range-Rover. Il y a juste six ans qu'il est arrivé dans le pays et son ascension est tout bonnement prodigieuse !

Pourtant, ses désirs ne sont pas entièrement satisfaits. Ce qu'il veut, c'est devenir un vrai Suisse. Pour cela, il fait une demande de naturalisation auprès des autorités, demande qui a de bonnes chances d'aboutir puisqu'il est marié à une citoyenne helvétique. Mais il y a plus encore. Ce qu'il veut, ce qu'il désire ardemment du fond de lui-même, c'est être intégré, être un vrai Suisse, que rien ne distingue des habitants de vieille souche.

Alors, Ercole Trapani entreprend de s'assimiler totalement, de faire disparaître tous les détails qui le différencient encore des autres. Il le fait avec le même sérieux, avec la même application systématique qu'il a déployés depuis qu'il est arrivé ici. Il commence par une initiative spectaculaire : il se fait teindre en blond. Mais il ne s'en tient pas là. Il se force à ne plus parler avec les mains, il prend des cours chez un orthophoniste pour perdre son accent sicilien, aussi reconnaissable pour un Italien du Nord que l'accent marseillais pour un Français du Nord. Ce n'est pas tout. Il veille à éliminer ce qui, dans son comportement de tous les jours, trahit son origine italienne. La conduite automobile, par exemple... À force de volonté, il parvient à se discipliner, il ne klaxonne plus en ville, il ne déboîte plus sans mettre sa flèche, il ne zigzague plus entre les files, il met sa ceinture de sécurité.

D'ailleurs, chaque fois qu'il est avec elle, il fait conduire sa femme Silvia. Et, assis à ses côtés, tandis qu'il la regarde rouler à petite vitesse, il a enfin l'espoir que ce qu'il souhaite si ardemment soit sur le point d'arriver. Est-ce qu'il ressemble à un Sicilien, ce jeune homme blond, ce cadre supérieur véhiculé par sa femme, au volant d'une Mercedes dernier modèle ? Non, assurément, non ! Les Siciliens blonds, c'est rare, mais cela existe. Les Siciliens qui roulent en Mercedes, c'est un peu moins rare, surtout dans la mafia, mais cela existe aussi. Mais des Siciliens laissant le volant à leur femme, renonçant à leur droit, à leur privilège de mâle, cela n'existe pas ou presque !

Pour faire bonne mesure, Ercole Trapani fait alors l'acquisition d'un cheval de course. Ne sachant pas s'en occuper, lui qui, dans son village natal, ne fréquentait que les chèvres et les moutons, il engage un lad pour s'occuper de lui. Tout cela lui coûte très cher, mais fait bien, fait « suisse », et il espère qu'il va enfin être admis définitivement par ceux qui l'entourent.

Mais pour la première fois, les résultats ne sont pas ceux qu'il escomptait. Il a beau faire, il se rend bien compte que les Suisses font toujours la différence entre leurs vrais compatriotes et les nouveaux venus... Un jour, il apprend qu'ils ont l'habitude de dire en parlant de ceux qui, comme lui, font tous leurs efforts pour s'assimiler sans y parvenir : « Ceux-là, leur signature est trop fraîche, l'encre n'est pas sèche. »

« L'encre n'est pas sèche » : cette formule fait mal à Ercole Trapani, car il est sûr qu'on la répète à son sujet. C'est ce que doivent dire dans son dos tous les notables des environs et pas seulement les notables, tous les authentiques citoyens helvétiques, jusqu'au dernier cantonnier municipal, qui ont ce privilège qu'il n'a pas : leur nationalité.

Jour après jour, semaine après semaine, mois après mois, Ercole Trapani sent davantage qu'il se heurte à une barrière invisible, il sent que, malgré les sourires et les paroles aimables, il est tenu à l'écart. Par exemple, l'adjoint au maire de Salicetta, chargé des naturalisations, auprès duquel il multiplie les amabilités, ses voisins, qu'il invite souvent dans des réceptions luxueuses, et tous ces gens en place auxquels il fait des courbettes, tous lui disent de manière muette, mais péremptoire, qu'il n'est pas suisse, qu'il n'est pas des leurs. Il a beau être blond comme les blés, parler comme un Italien du Nord, conduire comme un sénateur, il n'est encore qu'un Sicilien. L'encre n'est pas sèche !

Quand séchera-t-elle, cette maudite encre ?... Ercole Trapani ne cesse de poser la question à Silvia, sa femme. Celle-ci, en bonne Suissesse, l'incite à la patience : cela viendra, il suffit d'attendre. Mais Ercole n'a pas cette sagesse. Chaque jour, il s'irrite davantage. Tous ces gens-là, même ceux qui sont situés bien plus bas que lui sur l'échelle sociale, ne le considèrent dans le fond que comme un immigré. Et il en souffre de plus en plus...

Et c'est alors qu'a lieu le fameux match entre la Suisse et l'Italie, et que se produit la catastrophe. Ce jour-là, Ercole Trapani a été chargé par son patron de sortir dans Lugano d'importants clients de Zurich. Il s'agit de leur faire faire la tournée des grands ducs, dans l'espoir qu'ils signeront le gros contrat qui est en négociation avec eux.

À 19 heures, il va les prendre à leur hôtel. Mais il les trouve au salon en train de regarder la télévision. Le match Suisse-Italie se termine et ils désirent finir de le regarder avant de le rejoindre. Ercole s'installe donc à leurs côtés et il regarde lui aussi...

Cela fait très longtemps qu'il n'a pas regardé le foot. Il n'a pas le temps, sa femme n'aime pas cela et puis la télé suisse ne retransmet que les matchs des clubs nationaux, qui ne sont guère brillants. Ah, ce n'est pas comme autrefois, en Sicile ! Là, il ne manquait aucun match à la télé. Et, un dimanche sur deux, il se rendait à Catane pour soutenir l'équipe locale, dont il était un supporter acharné.

Les deux équipes sont à égalité à cinq minutes de la fin : zéro-zéro. C'est un résultat inespéré pour les Suisses et catastrophique pour l'Italie, car il s'agit d'un match qualificatif pour la coupe du monde et ses chances se trouvent gravement compromises... Ercole Trapani se met à suivre les images avec passion. Il serre les poings, il shoote dans un ballon imaginaire.

Et soudain, sur une passe lumineuse, l'attaquant italien reçoit la balle, s'engage face au gardien, tire et...

– But !... But !...

Ercole Trapani vient de bondir de son siège en hurlant, au milieu du salon de l'hôtel. Il lève les bras au ciel avec un rire triomphal. Qu'est-ce qu'ils croyaient, ces Suisses ? La Squadra Azzura a gagné, comme toujours !... Son regard tombe alors sur ses clients zurichois qui, immobiles sur leur siège, le dévisagent avec une mine glaciale. Il se fige.

– Excusez-moi. Je...

– Vous êtes italien. Nous avions compris...

Le contrat n'a pas été signé et le patron d'Ercole Trapani, qui avait été mis au courant de l'incident, lui a adressé un blâme... À partir de là, toute la belle mécanique s'est enrayée. Ercole, dont la confiance en soi était la principale qualité, se met à douter de lui-même. Non, il n'obtiendra jamais sa naturalisation. On a beau lui dire, à la mairie, que les démarches sont en bonne voie, ce sont des mensonges, tout le monde lui ment !

Il se met à répéter à sa femme qu'on le persécute parce qu'il est italien. Celle-ci essaye de le réconforter, mais rien n'y fait. Il se laisse aller, il baisse les bras. Il décide brusquement de mettre un terme à tous les efforts qu'il avait entrepris et qui ne serviront à rien. Il va chez le coiffeur pour se faire enlever sa teinture. Il redevient brun, il se rase moins souvent et sa peau retrouve les teintes bleutées qui sont celles d'un vrai Sicilien.

Et puis, un beau jour, sur une remarque de son patron, il démissionne... Il se retrouve au chômage et ne recherche pas d'autre travail. Dès lors, malgré les efforts de Silvia qui le supplie de se faire soigner, il tombe dans une dépression profonde, répétant à longueur de journée, avec un ricanement sinistre :

– L'encre n'était pas sèche !...

Brusquement, début mars 1992, il se rend à Zurich. Malgré les questions de sa femme, il ne veut donner aucune explication à ce voyage. En fait, il veut se procurer une mitraillette. Auprès de qui ? Comment a-t-il appris la manière d'obtenir cette arme ? On ne le saura jamais.

Mais de toute façon, il est trop tard. Tout a déjà basculé dans son esprit et, dès son retour, il passe à l'acte. Il va se venger de tous ces gens qu'il rend responsables de sa déchéance, de tous ces gens qu'il hait, après avoir tant voulu leur ressembler. Ah, il n'est qu'un Italien ! Eh bien, ils vont voir, tous, qu'ils ne se sont pas trompés, qu'il est un vrai Sicilien, qui sait venger son honneur dans le sang !

Et, au volant de sa grosse Mercedes, Ercole Trapani part pour une randonnée de mort... Le premier objectif sur sa liste est l'adjoint au maire chargé des naturalisations, une naturalisation qu'il n'obtiendra jamais ! C'est l'employé de mairie lui-même qui lui ouvre : il le blesse grièvement d'une rafale. Ensuite, c'est le député de la circonscription, qu'il a souvent invité chez lui et qui lui a toujours semblé particulièrement méprisant. Mais sa luxueuse villa est vide. Il n'insiste pas. Il continue sa randonnée et revient pratiquement chez lui, car ses victimes suivantes ne sont autres que ses voisins, ses charmants voisins qui dissimulaient leur mépris sous leurs sourires, qui n'avaient même pas le courage de lui dire ce qu'ils pensaient de lui...

Il est 19 h 45 et tout le monde est en train de dîner quand il sonne. Ils ne sont pas moins de dix autour de la table. La mitraillette crache ses rafales et c'est un véritable carnage. Le couple, leur fille et un de leurs amis sont tués et il y a quatre blessés graves.

Des personnes accourent, alertées par le bruit. Ils n'ont pas compris ce qui s'est passé et viennent porter secours. L'arme crépite et les couche au sol... Ercole Trapani ne s'attarde pas. Il remonte dans sa Mercedes et file à toute allure vers sa prochaine cible, car l'alerte doit être donnée. Il s'agit de son ancien patron. Lui aussi doit payer ! C'est sa femme qui lui ouvre, il tire quand même... Il est 21 heures et, alors que toute la police des environs est aux trousses d'un tueur fou, il s'arrête devant un commissariat de Lugano. Il descend de sa voiture et dit calmement au planton :

– Je suis celui que vous cherchez. L'arme est dans le coffre.

Ainsi s'est terminée la tragique équipée d'Ercole Trapani. Elle a fait six morts et dix blessés. Interrogé, celui-ci a gardé obstinément le silence. Et il le gardera jusqu'au bout, car, le lendemain de son incarcération, on le retrouvera pendu dans sa cellule avec ses draps.

Sa famille a obtenu que son corps soit rapatrié et il a été enterré dans le petit cimetière de Mineo. Ercole Trapani a retrouvé pour toujours sa Sicile natale d'où il n'aurait jamais dû partir. L'entreprise qu'il avait tentée était au-dessus de ses forces. La Suisse était trop loin, et, malgré les apparences, trop différente. Il fallait oublier à jamais la Suisse. Là-bas, l'encre n'était pas sèche. Le sang non plus.

LA FONTAINE SANGLANTE

Petracorvo, dans les montagnes siciliennes, est un village charmant. Le cadre agreste, avec ses prairies où paissent les moutons et le village lui-même, en pente, groupé autour de son église Renaissance, ont quelque chose de bucolique et d'artistique tout à la fois.

Quant à ses habitants, comme bien souvent, ils sont divisés en deux clans. C'est le dimanche matin qu'on peut savoir auquel chacun appartient : il y a ceux qui vont à la messe et ceux qui n'y vont pas. Il y a ceux qui, autour du maire communiste Guido Negroni, restent chez eux ou s'attablent ostensiblement au café et ceux qui, avec la famille Alfieri et l'opposition démocrate-chrétienne, se pressent dans l'église Renaissance, revêtus de leurs plus beaux habits.

Voilà, dira-t-on, qui est à la fois pas très original et bien sympathique. Comment imaginer une situation plus typiquement italienne ? On s'attend à voir surgir les silhouettes de Fernandel et Gino Cervi et, après de vigoureuses empoignades, à voir tout le monde se réconcilier autour d'un plat de pâtes et d'une bouteille de chianti.

Oui mais voilà, si nous sommes bien en Italie, nous sommes en Sicile et la situation n'y est pas tout à fait la même que sur le continent. Dans la grande île et à Petracorvo, en tout cas, les mentalités sont restées farouches et les oppositions irréductibles. Ce qui divise

142

les Negroni et les Alfieri n'est pas de nature politique, même si les Negroni sont plutôt modestes et si les Alfieri habitent une grande bâtisse pompeusement appelée « le Palais ».

Non, la politique n'est qu'un prétexte. Les deux familles sont ennemies, tout simplement, et opposées par une vendetta qui dure depuis des générations. On prétend même qu'elle remonte au Moyen Âge. En tout cas, personne ne pourrait dire, pas même les intéressés, quelle en a été la cause, qui a commis le premier crime et de quel crime il s'agit.

Quoi qu'il en soit, depuis des temps immémoriaux, chaque rejeton mâle des Negroni et des Alfieri est soumis dès l'enfance à un impitoyable conditionnement : il devra un jour ou l'autre laver dans le sang l'honneur du clan. Et, à partir de l'âge de seize ans, les Alfieri comme les Negroni se promènent armés. L'autorité a bien essayé d'intervenir, mais à chaque fois, les deux ennemis ont fait front commun contre les carabiniers et la situation est devenue explosive. Comme on le voit, on est loin de Peppone et de Don Camillo !

Ce jour-là, une chaude journée d'août 1980, le maire Guido Negroni est à son jardin en train d'arroser, lorsque, brusquement, le jet du tuyau s'essouffle, devient un filet ridicule et cesse tout à fait. Il pousse un juron... Il arrive qu'en été, la source qui alimente Petracorvo donne des signes d'assèchement. Dans ce cas, un dispositif automatique coupe l'eau pour tout le village, pendant une heure ou deux, le temps que le niveau redevienne suffisant.

Guido Negroni est vivement contrarié. Il ne lui reste qu'une solution : aller s'approvisionner à la fontaine. L'ennui, c'est qu'elle se situe tout au bout du village, juste devant le Palais, le repère de l'ennemi. Guido Negroni évite autant qu'il peut d'aller dans ces parages, mais avec cette chaleur, sans arrosage, ses tomates vont périr. Alors, il se décide. Il va dans la maison chercher un revolver, qu'il glisse à sa ceinture, et, un arrosoir dans chaque main, il part vers la fontaine...

Le maire de Petracorvo évite de le laisser paraître, mais il n'en mène pas large. Avec les mains occupées, malgré son arme, il est à la merci d'un tireur embusqué. Il lui tarde d'être rentré chez lui. Il essaie pourtant de se rassurer en se disant en lui-même : « Ils n'oseront pas... »

Eh si, ils osent ! Il arrive devant la fontaine lorsqu'une détonation éclate. Touché en pleine poitrine, il tourbillonne sur lui-même. Il n'est pas encore au sol qu'un second coup de feu l'atteint à la tête. Ce sont des balles de gros calibre, celles dont on se sert pour les sangliers. Il s'effondre, accompagné du fracas métallique de ses arrosoirs. Il a un trou énorme à la place du cœur et une partie de la face emportée. Il n'a certainement pas souffert.

Les carabiniers sont sur place quelques minutes plus tard. Le premier soin de leur chef, le lieutenant Orlando Graziani, n'est pas de rechercher des témoins pour commencer son enquête, mais de demander des renforts en prévision de la réaction des Negroni. Il appelle Palerme et là, il faut croire qu'on connaît la situation de Petracorvo et qu'on la prend au sérieux, car ce sont des moyens considérables qui sont expédiés : une cinquantaine d'hommes, avec un engin blindé, de ceux qui interviennent normalement dans les manifestations. Et, au cas où des troubles éclateraient avant, un hélicoptère est envoyé pour survoler le village.

Ce luxe de précautions n'est pas inutile, car, pendant quelques heures, Petracorvo ressemble à une poudrière. Les Negroni et leur camp se sont groupés près de la fontaine autour d'Erminia, la veuve, qui pousse des cris déchirants. Des pierres sont lancées en direction du mur d'enceinte du Palais tout proche.

Le lieutenant Orlando Graziani et ses hommes n'en mènent pas large. Pour l'instant, ce sont des pierres, mais bientôt ce seront peut-être des balles. Il faut repousser et calmer les membres du clan Negroni ; il faut les empêcher aussi de s'emparer du corps, car ils veulent à toute force l'emporter pour une veillée funèbre et refusent d'admettre qu'il doit être autopsié pour l'enquête. Mais bien entendu, il faut dans le même temps agir avec tact et modération ; on ne peut traiter comme des criminels ces gens qui viennent d'être frappés par le malheur...

L'arrivée de l'hélicoptère, au lieu de calmer les esprits, met la tension à son comble. Il y a un coup de feu tiré dans sa direction, le premier. Le drame peut éclater à tout instant... Il n'éclate pourtant pas et l'arrivée des renforts avec l'engin blindé, coïncidant avec la tombée de la nuit, met fin à l'agitation. L'attroupement se disperse. Le corps du maire est conduit à Palerme pour autopsie. Le lieutenant Graziani pousse un immense soupir de soulagement, mais il se rend bien compte que l'explosion n'est que partie remise...

C'est dans ces conditions que débute son enquête sur ce que les journaux italiens, qui s'intéressent de près à l'affaire, ont appelé « la fontaine sanglante ». Tout commence d'une manière somme toute habituelle en Sicile : personne n'a rien vu. Dans le cas présent, pourtant, le lieutenant aurait tendance à croire que c'est la vérité. Il a examiné les lieux : le meurtrier s'était caché dans un buisson, en face de la fontaine ; il y était pratiquement invisible.

Le scénario du meurtre peut, selon lui, se reconstituer ainsi. Lorsqu'il constate qu'il n'a plus d'eau à son robinet, le criminel comprend qu'elle a été coupée dans tout le village. Il se dit que le maire pourrait fort bien venir s'approvisionner à la fontaine. Il prend son arme et va l'attendre dans cette cachette. Un guet-apens aussi simple qu'implacable !...

Les résultats de l'autopsie, qui arrivent peu après, n'apportent rien de bien nouveau. Guido Negroni a été tué par un fusil de chasse de gros calibre. Les balles portent sur elles les traces caractéristiques du canon, mais retrouver l'arme ne sera pas facile. Tous les habitants de Petracorvo ou presque en possèdent une de ce type et on peut parier que celle qui a tiré a disparu.

En tout cas, avec la fin de l'autopsie, le corps est restitué à la famille et l'enterrement va pouvoir avoir lieu. C'est le moment que redoute le plus le lieutenant... Il a demandé aux Alfieri de ne pas rester au village ce jour-là, mais évidemment, ils ont refusé. Alors, il n'a plus d'autre solution que de faire protéger le Palais par les forces de l'ordre. Le véhicule blindé prend place devant la grille et il y a des carabiniers tout le long du mur d'enceinte, avec casque, gilet pare-balles et mitraillette au côté.

Ces mesures dissuasives sont suffisantes pour éviter le drame et, dès le lendemain, Orlando Graziani peut en venir à la partie la plus délicate de son enquête : l'interrogatoire de la famille Alfieri...

Il craignait de trouver porte close. Mais non, le clan adverse ne souhaite pas défier l'autorité. Lorsqu'il sonne à la grille, celle-ci s'ouvre et il pénètre dans la propriété. Le Palais est une bâtisse à trois étages, peu harmonieuse, une sorte de grand cube aux murs de couleur ocre, qui aurait plutôt des allures de caserne ou de centre de colonies de vacances.

Toute la famille Alfieri est là sur le perron, les hommes, les femmes, les enfants, immobiles, regardant s'avancer le représentant de l'ordre. Une haute silhouette couronnée de blanc se détache du groupe... Le lieutenant Orlando Graziani reconnaît Giuseppe Alfieri, le patriarche, le chef du clan. Celui-ci lui désigne des sièges autour d'une table de jardin. Le lieutenant n'est pas surpris qu'il ne le fasse pas entrer dans la maison. À moins d'un mandat de perquisition en règle, il sait qu'il ne pénétrera jamais chez les Alfieri. Mais il sait aussi qu'il n'y trouverait rien.

Il s'assied à la place désignée. Là encore, il ne s'attend à aucun résultat. Il a fait cette démarche parce qu'elle est nécessaire, surtout vis-à-vis des Negroni, mais Giuseppe Alfieri ne va tout de même pas lui avouer la culpabilité des siens... Et, effectivement, après s'être assis à son tour, le noble vieillard lui déclare sobrement :

– Ce n'est pas nous.

Il a une voix de basse profonde et bien timbrée. Le lieutenant Graziani lui demande alors, parce que c'est son devoir :

– Si ce n'est pas vous, qui est-ce ?
– C'est chez eux qu'il faut chercher. Dans leur famille.
– Pardon ?
– Ils ont fait cela pour que le crime retombe sur nous. C'est une provocation.
– Vous voulez dire qu'un de ses fils ou un de ses neveux a tué Guido Negroni uniquement pour qu'on vous accuse ?

Giuseppe Alfieri approuve, en hochant longuement sa tête chenue, et conclut de sa voix sépulcrale :

– Ces gens-là sont capables de tout !

Orlando Graziani n'en apprendra pas plus du côté du clan Alfieri et il doit reprendre son enquête où elle en était, c'est-à-dire à zéro... Le temps presse d'autant plus que la tension monte chez les Negroni et que les autorités de Palerme lui font savoir qu'elles ne pourront pas laisser beaucoup plus longtemps à Petracorvo les troupes de renfort, qui coûtent une fortune au contribuable.

Le lieutenant se rend bien compte que, s'il veut éviter un drame, il doit trouver au plus vite. Et c'est alors que son enquête s'oriente soudain dans une tout autre direction, et cela pour la plus inattendue des raisons : une considération météorologique.

Le chef des carabiniers repense soudain aux deux journées qui ont précédé le meurtre. Si c'était la canicule au moment du crime, les deux jours d'avant, il avait plu. Or, cela change tout. Dans ces conditions, jamais la source n'a pu se trouver à sec. On a, au contraire, coupé volontairement l'eau du village afin d'attirer le maire à la fontaine. Le guet-apens est bien plus machiavélique qu'il ne l'avait imaginé !

Seulement, est-il possible de couper l'eau du village et comment ? Le lieutenant n'en sait strictement rien et il va se renseigner auprès de l'ancien adjoint de Guido Negroni, devenu maire après son décès, sans toutefois lui faire part de ses soupçons. Ce dernier est un peu surpris de la question, mais le renseigne néanmoins.

– Oui, c'est possible. Il y a une clé pour arrêter la source, en cas de réparation ou d'entretien.

– Et, cette clé, qui la possède ?

– Il y en a deux. Le maire en avait une chez lui et l'autre, c'est Giambattista Calvo, l'employé chargé de l'arrosage, qui l'a.

Le lieutenant remercie et s'en va, en proie à une vive émotion... « Le maire en avait une chez lui » : est-ce que le vieux Giuseppe Alfieri aurait raison ? Est-ce que sa monstrueuse hypothèse serait la bonne ? Orlando Graziani imagine un des fils ou des neveux Negroni allant prendre la clé en secret, coupant la source, puis allant se cacher près de la fontaine pour abattre son père ou son oncle. Ce serait proprement terrifiant !

Mais pour l'instant, Orlando Graziani préfère suivre la piste de l'autre clé, celle de Giambattista Calvo, l'arroseur municipal. D'autant qu'un fait troublant lui revient en mémoire. Un différend avait opposé les deux hommes. Giambattista Calvo, qui avait quelques économies, voulait ouvrir une station-service à Petracorvo. Pour cela, il lui fallait une autorisation municipale, mais Guido Negroni, sans qu'on sache pourquoi, la lui avait refusée.

Cela remontait à un peu plus d'un an et, depuis, l'affaire semblait oubliée. Mais si elle ne l'avait pas été ? Si l'arroseur municipal n'avait jamais admis ce qu'il considérait comme une injustice et avait voulu se venger ?

Eh oui, se venger ! On se trouverait en présence d'une vengeance et non d'une vendetta. Une vengeance, c'est-à-dire un acte personnel, individuel, et non lié à l'appartenance à un clan ; un acte opposé, même, aux clans, puisque Giambattista Calvo fait partie de celui des Negroni...

C'est, en tout cas, avec cette idée en tête que le lieutenant se rend chez lui, accompagné de plusieurs de ses hommes. Calvo habite une petite maison un peu à l'écart du village, pas très loin du Palais Alfieri et de la fontaine sanglante. Le chef des carabiniers décide de frapper d'entrée un grand coup.

– Calvo, je sais que c'est vous ! Vous qui avez coupé la source pour attirer votre victime à la fontaine. Où est votre fusil, que nous l'examinions ? Ne me dites pas que vous n'en avez pas, je vous ai vu une fois à la chasse avec.

L'employé municipal perd contenance devant cette attaque brutale.

– Je l'ai... perdu.

– Mais non, vous ne l'avez pas perdu, vous l'avez caché. Je parierais que vous l'avez enterré dans le jardin. Nous allons fouiller...

Cette fois, Giambattista Calvo capitule. Il baisse la tête et passe des aveux complets.

Ainsi s'est terminée l'affaire de la fontaine sanglante, qui pouvait se résumer en une phrase : c'était une vengeance, pas une vendetta. Mais de l'une à l'autre, il n'y a qu'un pas. Toute vendetta commence par une vengeance. L'acte qui est à l'origine de tout, celui qui va faire s'entretuer deux familles pendant des décennies, est un acte individuel, personnel. Alors, pourquoi ne pas imaginer qu'à la suite de ce crime, un troisième clan se soit constitué à Petracorvo ?

Et l'hypothèse n'est pas si absurde que cela. Il y avait foule au moment de l'arrestation de Giambattista Calvo. Chacun a pu voir alors Erminia, la veuve Negroni, s'approcher de Lucrezia, femme de Giambattista, et lui déclarer :

— J'espère que la justice fera son travail, sinon, nous nous en chargerons nous-mêmes !

Ce à quoi Lucrezia a répondu :

— Je ne te le conseille pas, Erminia. On sait se défendre chez les Calvo !

« BON POUR UN MEURTRE »

— Casilda Fernandez, passagère du vol Air-France 4818, à destination de New York, est priée de se présenter porte 2, pour un embarquement immédiat...

Nous sommes le 21 juin 1976. C'est la troisième fois que l'hôtesse lance cet appel dans son micro, de cette voix à la fois suave et impersonnelle qu'on n'entend que dans les aéroports. Cette invitation est suivie d'une longue attente, tout aussi infructueuse que les précédentes. Personne ne se présente porte 2.

L'hôtesse repose son combiné et s'adresse à une collègue, qui se trouve à ses côtés.

— Mais qu'est-ce qu'elle peut bien faire ?...

Ce qu'elle fait ? Plus rien du tout, malheureusement pour elle ! Au même moment, dans les toilettes de l'aéroport, une jeune femme ouvre la porte d'un des WC et recule en poussant un cri d'horreur. Une brune d'une trentaine d'années est assise sur le siège. Il y a du sang partout. Elle porte de multiples blessures au cou et à la poitrine. Mais le plus terrible, ce sont ses yeux, d'une magnifique et rare couleur verte. La morte est figée le dos au mur et ils sont grands ouverts, face à l'arrivant, exprimant une peur hallucinée.

Le commissaire Max Pellerin, responsable de l'aéroport d'Orly, est sur place dans les minutes qui suivent.

Il en a vu d'autres. Il considère la victime d'une manière professionnelle. C'est un crime violent, l'acte d'un sadique, d'un fou, d'un drogué en manque, ou bien encore une vengeance. Il remarque aussi l'élégance des vêtements : un tailleur du meilleur goût, provenant sans doute d'un grand couturier ; la personne n'était pas n'importe qui.

Qui elle était, il va sans doute le savoir, car il découvre son sac à main un peu plus loin, dans une flaque de sang... Il contient des papiers d'identité au nom de Casilda Fernandez, trente ans, de nationalité colombienne, domiciliée à New York. À côté figure une carte d'embarquement pour le vol Air-France 4818 et de l'argent liquide en francs et en dollars. Ce dernier point est important, car il exclut l'hypothèse d'un drogué en manque et, d'une manière générale, celle d'un crime crapuleux.

Le commissaire Pellerin examine encore les lieux, mais n'y trouve pas d'indice supplémentaire. Il y a sûrement des empreintes, mais cela, l'identité judiciaire s'en chargera plus tard. Pour l'instant, il quitte les toilettes de l'aéroport pour se mettre au travail.

Septembre 1976. Trois mois ont passé et, depuis, l'enquête piétine.

Il n'y a aucun indice. Les empreintes relevées dans les toilettes appartenaient toutes à des femmes, qui se sont présentées spontanément et ont été mises hors de cause. La victime, Casilda Fernandez, était la femme du consul de Colombie à New York. Riche et fréquentant la haute société américaine, elle faisait de fréquents voyages à Paris pour acheter des articles de luxe et assister aux collections des grands couturiers.

Le commissaire a pensé à une affaire de drogue. Les pays en cause, la France, lieu du meurtre, la Colombie, dont la victime était ressortissante et les États-Unis où elle résidait, étant tous trois, à des titres divers, liés à de nombreuses affaires de ce genre.

En 1976, la French Connection a été démantelée, mais il reste encore des ateliers clandestins où on raffine l'héroïne ; la Colombie est le principal pays de production et les États-Unis de consommation. Si on ajoute que les aéroports servent souvent de plaque tournante, on conçoit que la piste soit plus que sérieuse. Seulement, il faut pour cela admettre que la riche et belle Casilda était mêlée à un trafic, hypothèse dont ni sa famille ni les milieux diplomatiques colombiens ne veulent entendre parler. Chaque fois qu'il en est question, on frôle l'incident.

Une affaire d'espionnage n'est pas à écarter non plus, quoique les choses semblent moins évidentes. En cette année 1976, la scène internationale est dominée par l'affrontement Est-Ouest et les trois pays cités appartiennent au camp occidental. Malgré tout, on ne sait jamais...

Pourtant, le commissaire Max Pellerin ne croit ni à l'une ni à l'autre de ces hypothèses et cela, en raison de l'acharnement du meurtrier. Les trafiquants ne règlent pas leurs comptes de cette manière et les espions moins encore... Non, il s'agit très vraisemblablement de l'acte d'un individu isolé.

Alors, Casilda Fernandez a-t-elle été tuée par quelqu'un qui lui en voulait personnellement ? Le commissaire a exploré sa vie privée, mais là encore, le résultat a été décevant.

Fille de milliardaires, elle avait épousé un diplomate en vue, qui venait d'être nommé consul à New York. Ils avaient deux enfants. Ensemble, ils menaient une vie aisée et brillante. Il ne semble pas qu'il y ait eu un seul nuage dans le couple ; pas d'amant dans sa vie, pas de maîtresse pour le mari. Bref, son existence était lisse au possible et tout semblait lui sourire, jusqu'à ce que le destin en décide autrement...

Dans ces conditions, la seule hypothèse restante est celle d'un déséquilibré. Casilda Fernandez a été tuée par hasard, parce qu'elle a croisé son chemin. Il peut s'agir d'un acte sans raison particulière et, dans ce cas, il sera bien difficile de retrouver l'individu, mais il se peut aussi qu'une particularité de la victime ait déclenché son geste. Et le commissaire a pensé tout naturellement à ses extraordinaires yeux verts.

Les déséquilibrés étant souvent des tueurs en série, il a fait rechercher dans les archives les affaires criminelles des cinq dernières années où la victime aurait eu les yeux verts. Peine perdue : rien.

Telle est la situation trois mois après les faits... Il semble que toutes les pistes soient épuisées. Par acquit de conscience, pourtant, parce qu'il n'abandonne jamais, Max Pellerin a demandé qu'on poursuive les recherches : il a chargé un de ses hommes de regarder dans les affaires plus anciennes. Mais il n'en attend rien : un meurtrier en série qui met autant de temps pour récidiver, cela n'existe pas...

C'est pourquoi il est très surpris de voir revenir son subordonné avec le sourire. Il tient à la main une liasse de photocopies.

– J'ai peut-être trouvé ! Lisez plutôt...

Le commissaire prend la feuille qu'il lui tend et sursaute. L'article, daté d'avril 1969, s'intitule : « L'étudiante aux yeux verts ».

« À la faculté des lettres, elle faisait l'admiration de tous pour ses admirables yeux verts. Hier, on l'a retrouvée poignardée dans sa résidence étudiante. Un jeune homme, avec lequel elle s'était récemment disputée, est actuellement interrogé... »

Et le commissaire poursuit sa lecture, qui est fort longue, car l'affaire s'étend sur pas moins de sept ans... Carole Alberti, une jeune fille d'origine italienne, venait d'avoir une altercation avec un de ses camarades étudiants, Jérôme Rancier, qui était amoureux d'elle. Ne partageant pas ses sentiments, elle l'avait sèchement remis à sa place et, quelques heures plus tard, elle était assassinée.

Bien que Jérôme Rancier ait protesté avec énergie de son innocence, il a été inculpé. Il est passé en jugement et a été condamné à vingt ans de prison. Mais l'affaire ne s'arrête pas là. Tout récemment, début 1976, un déséquilibré, arrêté pour une autre affaire, a passé des aveux complets pour le meurtre. Lui aussi, à l'époque, était étudiant et amoureux de la jeune fille. Il s'était rendu dans sa chambre, avait tenté d'abuser d'elle et, devant sa résistance, l'avait tuée. Arrêté, il attend son jugement. Quant à Jérôme Rancier, il a été immédiatement libéré, après avoir été emprisonné à tort pendant sept ans...

Le commissaire Max Pellerin hoche la tête. Cette fois, enfin, il tient quelque chose ! Il y a peut-être un lien entre les deux meurtres, même s'il ne voit pas exactement lequel. Il comprend aussi pourquoi l'affaire avait échappé à ses recherches précédentes. Les articles récents, ceux de l'année 1976, après les aveux du véritable meurtrier, ne font pas mention des yeux de la victime. Seuls ceux de 1969 parlent de leur couleur verte... Quoi qu'il en soit, il doit mettre la main sur ce Jérôme Rancier.

Deux jours plus tard, ce dernier se trouve devant lui. Il est très grand, très maigre. Il a dépassé la trentaine, mais ses traits ont gardé un aspect enfantin. Il y a en lui quelque chose de maladif et de mélancolique, ce qui s'explique aisément quand on pense qu'il vient de faire sept ans de prison pour un crime qu'il n'a pas commis... Le commissaire Max Pellerin a alors une intuition, qui ne s'appuie sur aucun fait précis, mais qui lui dicte son attitude dans l'interrogatoire qui va suivre : c'est lui. Il lui va falloir du doigté, de la psychologie, mais si tout va bien, il devrait l'amener à avouer... Jérôme Rancier se récrie :

– Puis-je savoir pourquoi je suis ici ?

– Casilda Fernandez avait les yeux verts. Ce n'est pas commun. Et la jeune femme pour laquelle vous avez été condamné aussi.

– C'est tout ?

– C'est tout...

Et le commissaire Pellerin parle et fait parler son interlocuteur : de l'étudiante dont il était amoureux, de ses années de prison, du désespoir qui a été le sien pendant tout ce temps. Cela dure très longtemps, des heures. Au détour d'une phrase, Jérôme Rancier finit par dire qu'il a été quelquefois à Orly, pas le jour du meurtre, bien sûr, mais que cela lui est arrivé...

Et puis, soudain, il craque. Il hausse les épaules, avec un air fataliste.

– Ce n'est pas la peine d'aller plus loin. C'est moi... J'ai agi par vengeance.

Le commissaire pousse intérieurement un immense soupir de satisfaction ; pourtant, ce dernier mot l'intrigue. Il n'a pas trouvé trace du jeune homme dans l'existence de Casilda Fernandez.

– Vous connaissiez la victime ?

– Non. La pauvre n'y est pour rien. J'ai lu sa vie dans les journaux. Elle avait l'air de quelqu'un de bien. Ce n'est pas d'elle que je me suis vengé, c'est de la société.

– Je ne comprends pas...

– J'ai fait sept ans de prison pour un meurtre que je n'avais pas commis. Alors, en sortant, je me suis dit que j'avais le droit de commettre un meurtre à mon tour... Pour la victime, il fallait qu'elle ressemble le plus possible à celle que je n'avais pas tuée. Comme cela, tout rentrerait dans l'ordre !

Le commissaire écarquille les yeux devant ce mobile extraordinaire.

— Vous voulez dire que vous vous sentiez possesseur d'un crédit de meurtre ?

— Exactement. D'ailleurs, je m'étais fait un « bon pour un meurtre ». Je le gardais toujours sur moi, avec mon couteau, en attendant de rencontrer une femme aux yeux verts. Cela s'est produit à Orly. J'étais venu accompagner un ami. Vous savez le reste...

— Et ce « bon pour un meurtre », qu'est-il devenu ?

— Je l'ai brûlé en rentrant chez moi. Je l'avais utilisé. Je n'y avais plus droit...

Cette logique peu commune n'était pas celle d'un être normal. C'est du moins ce qu'ont estimé les médecins. Jérôme Rancier n'est pas retourné en prison. Après examen, il a été jugé irresponsable et conduit dans un asile psychiatrique. Mais pour absurde qu'elle paraisse, sa conduite mérite qu'on s'y attarde. Car elle est, au fond, celle de tous les vengeurs. On leur a fait du mal, ils vont faire le mal à leur tour, comme si ces deux maux allaient s'annuler. Mais, bien sûr, deux maux ne s'annulent jamais. Ils ne font que s'additionner, tragiquement et irréparablement.

LA ROUTE ROUGE

Joachim da Silva frissonne. Bien qu'il soit midi juste, il fait terriblement froid ce mardi 13 janvier 1981. Il presse le pas en serrant son blouson contre lui. Ce n'est pas seulement pour se réchauffer, c'est aussi pour mieux dissimuler le pistolet 22 long rifle et le poignard à lame effilée qu'il emporte avec lui...

De taille moyenne, les cheveux très bruns, les yeux sombres, les dents blanches, Joachim da Silva aurait bien du mal à cacher ses origines. « Un individu de type méditerranéen », écriront peut-être demain les journaux, en guise de signalement, s'il parvient à prendre la fuite. Mais qu'importe ce qu'écriront les journaux, Joachim da Silva s'en moque ! Bien qu'il soit encore tout jeune, puisqu'il est né il y a dix-neuf ans à Lisbonne, il ne reculera pas.

Les dernières maisons de Bourg-le-Château, un gros village de trois mille habitants dans l'est de la France, sont dépassées. Joachim da Silva est arrivé là où il voulait : une demeure luxueuse et même imposante qu'on distingue par-dessus le mur d'enceinte.

D'un bond, Joachim da Silva l'a franchi. En quelques enjambées il atteint le perron. Il sonne et sort ses armes : son revolver dans la main gauche, son poignard dans la droite. Mais les choses ne se passent pas comme il l'attendait. C'est un homme âgé qui vient ouvrir, un octogénaire. Ce dernier recule précipitamment et tente de refermer la porte, mais Joachim la bloque avec le pied.

— Écartez-vous ! Je ne suis pas un voleur.
— Que voulez-vous ?
— Voir M. Colombier.
— Je suis M. Colombier.
— Ne vous moquez pas de moi. Vous n'êtes pas Georges Colombier.
— Je suis son père. Georges n'est pas là.
— Il doit venir quand ?

Le vieil homme ne répond pas. Joachim da Silva lui fait signe d'entrer dans la maison.

— Nous allons l'attendre.

Ils entrent dans une chambre. Le Portugais désigne le lit tout en pointant son revolver.

— Allongez-vous.

M. Colombier père s'exécute.

— Que voulez-vous à mon fils ?
— Lui parler...

À ce moment, une femme d'une cinquantaine d'années fait irruption. Vraisemblablement, c'est la femme de Georges Colombier. Elle a un cri en voyant les armes.

— Qui êtes-vous ?
— Cela ne vous regarde pas. Allongez-vous, vous aussi, sur le lit !

Mme Colombier est bien obligée d'obéir à son tour. Il y a un long moment d'attente, dans une angoisse effrayante. Personne ne parle. Mme Colombier et son beau-père restent immobiles sur le lit. Joachim da Silva observe par la fenêtre...

Midi trente. À l'extérieur, il y a un bref coup de klaxon, suivi d'un crissement de pneus sur la neige : Georges Colombier rentre chez lui pour déjeuner. Alors sa femme qui, jusque-là, était restée muette se met à crier :

— Georges ! Au secours !

Cavalcade dans le couloir. La porte s'ouvre avec fracas et Georges Colombier surgit. Il est de haute taille et nerveux, malgré ses cinquante-deux ans. Voyant que son adversaire est armé, il tente de faire face en s'emparant d'une chaise, mais Joachim da Silva ne lui laisse aucune chance. Il se précipite, frappe... C'est déjà fini. Atteint d'un seul coup de poignard, Georges Colombier est tué net.

Pourtant, ce n'est que le début du drame, car sa femme et son père se précipitent à leur tour sur le jeune Portugais. La douleur leur a fait perdre toute conscience du danger. Que peuvent-ils, en effet, contre un pareil adversaire ? L'octogénaire est tué d'un seul coup, Mme Colombier, grièvement blessée, mourra peu après.

Joachim da Silva s'enfuit précipitamment, saute dans la voiture de Georges Colombier et démarre dans une terrible embardée sur le sol verglacé.

À bord du puissant véhicule, il roule aussi vite qu'il le peut, étant donné les conditions atmosphériques. Songe-t-il vraiment à fuir, à échapper à la police, au châtiment ? Non. Et il s'en moque. Tout à l'heure, lorsque le père et la femme de Georges Colombier se sont étendus sur le lit, tandis qu'il les menaçait, afin d'être plus à son aise, il a retiré son blouson. Et en quittant précipitamment la villa, il l'a oublié avec, dans la poche intérieure, sa carte d'identité...

De même, sur le siège à côté de lui, il n'y a que le poignard sanglant. Le 22 long rifle aussi, il l'a laissé là-bas. Comme piste, on ne fait pas mieux. Les gendarmes pourront lui dire merci.

Mais encore une fois, Joachim da Silva s'en moque... Alors, que s'est-il passé ? Pourquoi ce meurtre sauvage, odieux ? Le jeune Portugais est-il devenu fou ?

Pour le savoir, il faut connaître les événements qui

ont précédé et qui sont tout aussi affreux que le carnage qui vient de se produire.

Tout a commencé le 7 mai 1976. Joachim avait quatorze ans à l'époque.

Ce jour-là, sa sœur Ines, dix-neuf ans, et son mari, Luis Carvalho, roulent tranquillement dans leur voiture. Ils emmènent avec eux leur fille de quinze mois, Linda.

Derrière eux surgit une puissante automobile qui roule à vive allure. Au mépris de toute prudence, elle double en plein virage. Que se passe-t-il alors ? Accroche-t-elle le véhicule d'Ines, ou celui-ci fait-il une fausse manœuvre à cause de la surprise ? Toujours est-il que la voiture tombe dans le fossé. Des débris, on retirera les corps d'Ines et de son mari ; la petite Linda n'a rien.

Le conducteur adverse est indemne lui aussi. Quelle est exactement sa part de responsabilité ? C'est ce qui ne sera jamais clairement établi. L'homme réussit à se faire immédiatement hospitaliser dans une clinique privée sans subir d'alcootest ni de prise de sang, ce qui est incroyable quand un accident est mortel.

Mais tout cela n'est pas un hasard. Le conducteur s'appelait Georges Colombier, un des notables les plus en vue de la région, patron d'une entreprise industrielle employant une centaine de personnes. Cent personnes dont Ines et Luisa da Silva, la mère de Joachim. Ce 7 mai 1976, Georges Colombier a tué son employée...

La révolte de Joachim est normale de la part d'un adolescent de quatorze ans qui adorait sa sœur aînée. Elle s'exacerbe quand, par la suite, M. Colombier n'a pas un mot, pas un geste pour la famille de son employée décédée. Elle s'accroît encore lorsque le tribunal correctionnel rend son verdict à propos de l'accident. Il n'y a qu'un seul témoignage au procès : celui de Georges Colombier lui-même. Il prétend que tout était de la faute d'Ines et de son mari, et ce n'était pas la petite Linda qui pouvait dire le contraire. Le verdict conclut au partage des responsabilités.

Malgré cela, Joachim aurait sans doute pardonné à Georges Colombier. Dans tout accident, il entre une part de fatalité et on ne saurait rendre un individu responsable de tout. C'est un détail qui en a décidé autrement, un détail qui a fait de Georges Colombier l'objet de la haine meurtrière du jeune homme...

Joachim da Silva revoit ce matin de juin 1976. Il est avec sa mère, Luisa. Luisa da Silva qui, tout comme sa fille Ines, travaillait chez Georges Colombier vient de quitter son travail à l'usine pour s'occuper de la petite Linda, désormais orpheline. Elle fait désormais des ménages ; cela lui rapporte moins, mais elle a plus de temps à elle. Linda, qui a seize mois, babille dans le petit appartement. On sonne. C'est le facteur.

— Une lettre pour vous, madame da Silva. Une lettre recommandée...

Luisa da Silva, très inquiète, ouvre fébrilement et le facteur, qui pressent un drame, ne s'en va pas. Il la voit pâlir.

— Que se passe-t-il ?
— Cela vient de M. Colombier.
— Il vous propose un arrangement à l'amiable ?
— Un arrangement ? Tenez, lisez !

Madame,
Vous avez quitté mon entreprise sans effectuer le préavis légal de quinze jours. Je suis donc dans l'obligation de vous poursuivre devant les prud'-hommes pour vous réclamer la somme correspondante de 735,80 francs, plus 64 francs de cotisation supplémentaire, soit 799,80 francs.

Veuillez croire madame...

Et c'est signé : « Georges Colombier ».

Le jeune Joachim a entendu. Et il a compris. Il sent un sentiment l'envahir : la haine, une haine totale, absolue. Il serre les poings. Luisa da Silva gémit.
– 799 francs ! Comment vais-je faire pour les payer ?
Et elle ajoute après un court instant :
– En plus, c'est lui qui préside les prud'hommes !
Au village, la nouvelle se répand comme une traînée de poudre. Ainsi donc, Georges Colombier, non content de n'avoir rien fait pour cette famille qui travaillait pour lui, réclame à présent des indemnités à la grand-mère, parce qu'elle l'a quitté pour s'occuper de l'orpheline ! L'indignation est générale.
Les prud'hommes sont heureusement une juridiction indépendante. Même si leur président est partie prenante dans une affaire, ils ne sont pas obligés de le suivre. Le tribunal est forcé de constater que la loi est, dans sa lettre, du côté de Georges Colombier. Il reconnaît son bon droit, mais dispense aussitôt Luisa da Silva de payer la somme réclamée, en raison des circonstances exceptionnelles.
Cela n'a rien changé pour Joachim. Depuis ce temps-là, il n'a pas pu trouver le sommeil ; depuis ce temps-là, il n'a pensé qu'à se venger et, ce 13 janvier 1981, il est allé jusqu'au bout de sa rage meurtrière. Les circonstances, en mettant sur sa route le père et la femme de sa victime, ont rendu son acte plus horrible encore...
Arrêté au moment où il se présentait à la frontière belge, Joachim da Silva a été condamné le 13 juin 1983 par la cour d'assises de Laon à dix-huit ans de réclusion. Un verdict qui ne voulait pas dire grand-chose dans cette affaire qui aura été de bout en bout faite de désespoir et de haine.

C'ÉTAIT MA MAISON !

Ornella Lebrun s'approche de la grille d'une jolie propriété de style provençal, car nous sommes au cœur de la Provence, dans les environs de Pertuis, au bord de la Durance. Recouverte d'un châle noir, la femme, âgée d'une quarantaine d'années, s'abrite derrière un cyprès. De là, elle peut voir sortir les habitants sans être vue elle-même. Elle le sait, puisque c'est sa maison...

Ornella Lebrun frissonne. Il ne fait pas chaud, même en Provence, au mois de mars, à 7 heures du matin. Elle contemple la jolie demeure, dont on aperçoit le toit en tuiles rondes au fond du jardin. Oui, c'est sa maison, et même plus que cela : c'est elle qui l'a construite. Ornella Lebrun exerce, en effet, la profession tout à fait insolite, en cette année 1966, d'ouvrière en bâtiment. En fait, il faut dire « exerçait », car elle n'a plus de profession, pas plus que de maison, ni de mari, ni d'enfant. On lui a tout pris...

Ce n'est pas juste et c'est pour le dire, pour s'expliquer, qu'elle est ici. Mais Ornella Lebrun, immigrée italienne, n'a jamais su parler correctement le français. Dès qu'il lui faut trouver ses mots, elle est prise de panique... Alors, dans un sac de toile, qu'elle serre frileusement contre sa poitrine, elle a mis une hachette et un marteau. Ce sont ses outils de travail et c'est avec eux qu'elle va plaider sa cause. Ornella est ouvrière, pas avocate.

Ornella Lebrun se laisse envahir par ses souvenirs, tandis que le soleil se lève, précisément derrière la maison. Comme tout avait bien commencé, pourtant ! C'était il y a quinze ans. Venue de son Italie toute proche, elle a échoué ici un peu par hasard, parce qu'elle a trouvé un emploi de femme de ménage dans un café de Pertuis. C'est là que Jérome Lebrun l'a remarquée.

Un beau garçon, Jérôme Lebrun, et un beau parti aussi... Vingt-cinq ans comme elle, célibataire, il s'occupait avec son père d'un petite entreprise de travaux publics, qui marchait fort bien, en ce début des années cinquante où la France était en pleine reconstruction.

Jérôme a été immédiatement fasciné par son physique, mais pas exactement de la manière qu'on pourrait imaginer. Il faut dire qu'Ornella est d'une carrure exceptionnelle, athlétique même, visiblement plus robuste et plus dure au travail que beaucoup d'hommes. Il lui a proposé de l'employer dans l'entreprise familiale comme manœuvre. Elle a accepté avec empressement : au café, elle n'était pour ainsi dire pas payée, juste nourrie et logée. Et lui, de son côté, par rapport à ce que lui aurait coûté un ouvrier français, faisait une bonne affaire.

Voilà donc Ornella en train de manier la pelle et la pioche, de charrier des brouettées de briques et de porter des sacs de ciment sur son dos. Elle fait merveille, et pas seulement à cause de sa force et de son endurance : elle n'a pas son pareil pour monter un mur, installer un carrelage, en un mot elle est douée pour le bâtiment !

Pour le reste, c'est autre chose. Ornella n'a pas précisément la taille mannequin. Avec sa silhouette chevaline, ses mains larges comme des battoirs, elle n'aurait pas grande chance dans un concours de beauté. Pourtant, elle n'est pas laide. Son visage est harmonieux, avec des traits réguliers, de beaux yeux en amande et une superbe chevelure brune. Tant et si bien que Jérôme Lebrun finit par la considérer d'un regard autre que professionnel...

C'est le père Lebrun qui emporte sa conviction :

– Crois-moi, fiston, la beauté, ça passe vite. Tandis qu'une femme comme ça à la maison, c'est un vrai trésor !

Ornella devient donc devant le maire et le curé Mme Lebrun. Pour la jeune immigrée, c'est un véritable conte de fées. À vingt-huit ans, la voici patronne, avec un mari du même âge qu'elle, beau, aisé et même riche pour quelqu'un de la campagne. Et, comble de bonheur, un an plus tard, il leur vient une fille, Françoise.

Les années passent et inutile de dire qu'Ornella fait tout pour justifier le choix de son époux. Tandis qu'il travaille sur les chantiers des clients, c'est pratiquement elle seule qui bâtit leur maison, ce qui ne l'empêche pas de se consacrer aux tâches ménagères et à leur fille. Bref, elle confirme pleinement le jugement du père Lebrun, décédé entre-temps : une femme pareille, c'est un vrai trésor !

Mais, comme dans les contes de fées, survient une sorcière. Oh, celle-ci n'est pas laide et vieille, avec un nez crochu ! Par malheur pour Ornella, c'est la plus belle fille de la région...

La plus effrontée aussi. Une fois veuve et deux fois divorcée à quarante ans, Sylviane Puivert a retiré de ses mariages successifs une somme rondelette. Sa réputation est détestable, mais elle s'en moque. Rousse aux yeux verts et aux formes rebondies, elle a du charme, elle a même du chien ; les femmes la trouvent vulgaire, mais pas les hommes, et il n'y a que cela qui compte pour elle.

Or, depuis son dernier divorce, Sylviane Puivert s'est remise en quête d'une nouvelle proie et elle ne tarde pas à remarquer Jérôme Lebrun, ce séduisant et fortuné chef d'entreprise affublé d'une épouse aux allures de déménageur.

Ornella Lebrun se mord les lèvres, toujours dissimulée derrière son cyprès... C'était il y a un an. Sylviane est venue chez eux. C'était prétendument pour faire aménager un mas en ruine qu'elle avait acheté un peu plus loin. Elle a tout de suite compris que c'était faux : Sylviane était là pour lui voler son mari. Et Ornella a tout de suite compris aussi qu'elle allait y arriver.

Effectivement, cela n'a pas traîné. Jérôme s'est mis à rentrer plus tard le soir, puis à découcher. Elle n'osait rien dire et lui ne s'embarrassait d'aucune explication. Une fois, il lui a même lancé après le dîner :

– Je vais rejoindre Sylviane !

Et il n'est rentré qu'au matin... Ornella faisait le dos rond. Elle gardait quand même espoir. Elle savait bien pourquoi Jérôme l'avait épousée : pour sa puissance de travail, ses qualités de femme au foyer. Ce n'était pas l'autre, cette poupée fardée, avec ses robes de la ville, qui aurait pu en faire autant. C'était un mauvais moment à passer, Jérôme allait se lasser.

Mais Jérôme ne s'est pas lassé. Au contraire, il y a trois mois, il lui a dit :

– Sylviane va venir habiter ici. Va-t'en !

Ornella a cru que tout s'écroulait, que ces murs qu'elle avait bâtis, que ce toit qu'elle avait posé tombaient sur elle. Elle a cherché à parler, mais elle n'a su trouver aucun mot. Elle n'a rien dit. Elle a beaucoup pleuré et elle a fini par s'en aller...

Un bruit de moteur : la camionnette de Jérôme... Il part pour son chantier à 7 heures et demie, comme autrefois. Il n'a pas modifié ses habitudes. Elle pourrait se montrer, lui demander de s'arrêter, mais elle ne bouge pas de son cyprès. Ce n'est pas la peine, il ne changerait pas d'avis. Et puis, elle ne lui en veut pas vraiment. C'était trop beau. Cela ne pouvait pas durer. Elle doit lui être reconnaissante, au contraire, de leur vie commune écoulée.

La camionnette disparaît dans un nuage de poussière. C'est ainsi que raisonne Ornella Lebrun. Pas un instant elle n'imagine ce que sont ses droits. Jérôme ne pouvait pas la chasser du domicile conjugal : aucune séparation de corps n'a été prononcée. Et, au cas où il y aurait divorce, cette maison lui appartient pour moitié : ils sont mariés sous le régime de la communauté. Quant à la garde de leur fille, elle lui reviendrait sans la moindre hésitation, vu les torts de Jérôme.

Mais Ornella ne sait rien de tout cela. Ce sont des lois, des procédures, dont il faudrait parler avec un juriste et elle ne sait pas ce qu'est un juriste. Elle ne sait même pas ce qu'est le divorce. En Italie, en 1966, le divorce n'existe pas. On se marie devant Dieu pour la vie. Seule la mort peut séparer deux époux...

Après avoir été chassée de chez elle, Ornella Lebrun s'est mise à chercher un travail. Mais on lui a ri au nez lorsqu'elle s'est présentée sur les chantiers pour se faire embaucher. Une femme dans le bâtiment, et puis quoi encore ! Alors, elle a fini par retrouver son premier emploi : femme de ménage dans un café à Cavaillon, pour un salaire de misère.

Une bicyclette franchit la grille : c'est Françoise qui part pour l'école. Non seulement Ornella ne va pas vers elle, mais elle se détourne vivement. Elle ne veut pas voir sa fille. Elle lui a infligé la plus grande peine de sa vie. Bien sûr, elle est à l'âge ingrat et elle n'a jamais été une enfant facile, mais tout de même !... Réunissant tout son courage, Ornella était allée, il y a quelques jours, l'attendre à la sortie de sa classe. En la voyant, la gamine a eu un ricanement et lui a déclaré :

– Ma nouvelle mère est plus belle que toi !

Françoise a disparu sur son vélo. Maintenant Ornella Lebrun peut entrer. Elle franchit le portail qu'elle a bâti de ses mains et s'avance sur l'allée. La maison n'a pas changé, mais le jardin, si. Il n'est plus entretenu, il est laissé à l'abandon. À cette époque-là de l'année, elle plantait, elle enlevait les mauvaises herbes, mais il reste encore des feuilles mortes et même un tas de choses rouillées. Elle serre les poings. Alors qu'elle était restée étrangement calme jusque-là, cette vision l'emplit de rage.

C'est à ce moment que Sylviane, qui a dû la voir arriver, sort en courant de la maison. Elle est en peignoir. C'est la première fois qu'elle la voit sans maquillage. Comme elle est laide, comme elle fait vieille !

– Qu'est-ce que tu fais ici, toi ? Allez, ouste, dehors !

Normalement, ce serait le moment de dire quelque chose, de s'expliquer. Mais Ornella Lebrun ne s'explique pas. Elle n'a jamais su trouver ses mots. Elle ouvre son sac de toile et frappe deux fois, un coup avec la hachette, une autre avec le marteau. Sylviane s'écroule dans une mare de sang. Elle est morte... À vrai dire, Ornella n'avait besoin ni de hachette ni de marteau : dans l'état de colère où elle se trouvait et forte comme elle est, elle l'aurait tout aussi bien tuée à mains nues.

Sans un regard pour sa victime, Ornella Lebrun se remet en marche. Que doit-elle faire, à présent ? Ah, oui : prévenir les gendarmes. Elle franchit la porte ouverte, va vers la salle à manger où se trouve le téléphone et pousse un cri horrifié : il y a de la poussière partout et des assiettes sales qui traînent sur la table. Comment Jérôme a-t-il pu supporter une chose pareille, lui qui tenait tant à la propreté de son intérieur ?

Elle prend le combiné, compose le numéro de la gendarmerie, raconte laborieusement ce qui s'est passé et raccroche. Il n'y a pas de temps à perdre, ils ont dit : « Nous arrivons tout de suite ! »

Quand les gendarmes sont arrivés, Ornella Lebrun avait passé l'aspirateur dans la salle à manger et achevait la vaisselle. Avant d'aller en prison, elle avait voulu faire un peu de ménage. C'était sa manière à elle de dire : « C'était chez moi. C'était ma maison... »

LE FEU D'ARTIFICE

Le gendarme Berthelot sonne à la grille du Mas des colombes, une jolie propriété un peu à l'écart du village de Cadenol, dans les Alpes-de-Haute-Provence, qui s'appellent encore les Basses-Alpes, puisque nous sommes le 11 mai 1972. Comme il n'obtient pas de réponse, le gendarme Berthelot sonne une deuxième fois. Cette fois, il y a une réaction. Une voix bourrue se fait entendre dans l'allée.

– Voilà, voilà ! On y va... Y a pas le feu.

« Y a pas le feu » : il y a des phrases, comme ça, qui se révèlent par la suite d'une tragique ironie...

Quelques instants plus tard, l'habitant des lieux, Vincent Philipon, ouvre le portail. Le gendarme lui tend alors le courrier qu'il est chargé de lui délivrer : une lettre portant le cachet officiel de la mairie de Cadenol. Vincent Philipon s'en saisit vivement.

– Qu'est-ce que c'est que ça ?

– Je ne sais pas. Je suis chargé de vous le remettre, c'est tout...

Et le gendarme Berthelot s'éloigne après avoir fait le salut réglementaire. Il n'a pas dit la vérité : il sait parfaitement de quoi il s'agit, le maire le lui a dit en lui remettant la lettre. C'est un arrêté d'expulsion qu'il vient de prendre... Il y a vingt ans que Vincent Philipon est locataire du Mas des colombes, qu'il habite en compagnie de sa vieille mère. Le bail étant venu à expiration, le propriétaire a voulu le récupérer. Mais Philipon a refusé de quitter les lieux. Il a fallu que le propriétaire s'adresse à la justice, qui a rendu l'arrêté d'expulsion, que le maire vient d'établir.

Le gendarme Berthelot est déjà remonté sur sa bicyclette, lorsqu'il entend un juron. Il se retourne. Vincent Philipon, qui vient de lire la missive, la froisse et la piétine avec rage. Le gendarme a une moue de désagrément. Tout cela ne lui dit rien qui vaille ! Il a l'impression qu'il va bientôt devoir retourner au Mas des colombes et dans des conditions beaucoup moins pacifiques...

Vincent Philipon n'est en effet pas homme à obtempérer aussi facilement. Il est connu dans tout Cadenol pour son mauvais caractère. Depuis vingt ans qu'il est là, il ne s'est lié avec personne, absolument personne, ce qui lui a valu le surnom sans équivoque de « l'Ours ». D'ailleurs, il est à ce point invivable qu'à cinquante ans passés, il n'a jamais réussi à se marier. S'il vit avec sa vieille mère, c'est qu'aucune femme n'aurait été capable de le supporter.

Mais tout cela serait beaucoup moins préoccupant s'il n'y avait sa profession : Vincent Philipon est artificier. Un excellent artificier, d'ailleurs, le spécialiste incontesté des explosifs, toutes les entreprises de travaux publics du département se le disputent. Alors on comprend qu'il y ait tout lieu de craindre que la situation ne devienne, au sens propre du terme, explosive.

Deux jours ont passé. Le maire de Cadenol est en train de travailler dans son champ, une plantation de lavande, lorsqu'une voix retentit dans son dos.
– Monsieur le maire...

Il se retourne. C'est Vincent Philipon, le fusil à la main.

– Ne faites pas de bêtises, Philipon. Qu'est-ce que vous voulez ?

L'homme ricane.

– Ça ne se voit pas, non ? Vous tuer !

Le maire fait un pas en avant.

– Écoutez, si c'est pour l'avis d'expulsion, cela peut s'arranger...

– Restez où vous êtes ! Non, cela ne peut pas s'arranger. Je commence par vous, mais les autres auront leur tour. Seulement eux, ce sera après.

– Après quoi ?

– Ma mort...

Vincent Philipon fait feu à trois reprises et le maire de Cadenol tourbillonne sur lui-même avant de s'effondrer dans ses lavandes.

Un quart d'heure plus tard, les gendarmes de Cadenol sont devant le Mas des colombes. La brigade compte cinq hommes, sous la direction de l'adjudant-chef Rossignol. Ce dernier a demandé des renforts à Forcalquier, la ville la plus proche, mais ses hommes et lui doivent agir sans attendre. Vincent Philipon est dangereux et, après avoir tué le maire, il risque de faire de nouvelles victimes.

L'adjudant s'empare du porte-voix et lance :

– Philipon, ne faites pas de bêtise, rendez-vous !...

Revêtu de son gilet pare-balles, le fusil pointé, le gendarme Berthelot s'efforce de garder tout son calme. Ses sinistres pressentiments ne l'avaient pas trompé. Il est de nouveau devant la grille du Mas des colombes. Il y a déjà eu mort d'homme et tout laisse croire que ce n'est que le début. Une circonstance est particulièrement inquiétante : un voisin a indiqué que, la veille, Vincent Philipon était parti en voiture avec sa mère et qu'il était revenu sans elle. Cela ne peut avoir qu'une signification : il a été la mettre à l'abri, ce qui veut dire que le pire est à craindre.

Le gendarme Berthelot sursaute. Vincent Philipon vient de sortir de sa maison, les bras en l'air, et il s'approche calmement du portail... Il a donc choisi, au dernier moment, de suivre la voix de la raison. Berthelot ne pensait pas que ce serait le cas, mais tant mieux ! Soudain, il a une curieuse impression. Il lui semble qu'il dissimule quelque chose dans sa main droite... Une arme ? Non, c'est trop petit... Le gendarme comprend brusquement. Il se met à hurler :

– Il a de la dynamite !

Ses collègues réagissent instantanément. Ils tirent tous à la fois. Fauché par les balles, le forcené tombe à la renverse et, l'instant d'après, il y a une épouvantable explosion : le bâton de dynamite qu'il n'a pas eu le temps de lancer vient d'exploser dans sa main.

Quand les gendarmes poussent la grille, un spectacle abominable les attend. Vincent Philipon a été déchiqueté par l'explosion, il y a des débris humains un peu partout. Mais l'adjudant-chef Rossignol ne se laisse pas aller à la faiblesse. Il lance ses ordres.

– Il faut explorer les lieux. Berthelot, vous vous occupez du jardin, les autres avec moi !

Le gendarme Berthelot se met donc en devoir d'avancer avec précaution sur ce sol jonché de fragments sanglants. Il voit ses collègues entrer dans le mas par la porte restée ouverte. Il est en train de tenter d'accomplir sa mission, surmontant tant bien que mal sa nausée, lorsqu'il croit la fin du monde arrivée. Une explosion d'une force et d'une violence inimaginables le jette à terre. Puis, pendant un temps interminable, c'est une avalanche de pierres, de gravats et d'objets divers, qui frappent son casque et son gilet pare-balles.

Enfin, le bombardement cesse et il peut se relever.

Mais il se trouve au milieu d'une telle fumée, d'une telle poussière qu'il ne voit absolument rien. Il est totalement asphyxié, il tousse, il hoquette... À la longue, cet écran finit par se dissiper et il découvre un spectacle de cauchemar. Le Mas des colombes n'est plus là. Il a disparu, il s'est volatilisé et ses collègues avec lui. Vincent Philipon avait piégé sa maison : il ne leur a laissé aucune chance. Berthelot est le seul survivant de la brigade de Cadenol...

Le gendarme Berthelot titube. Il entend des sirènes, des cris, des bruits de véhicules : ce sont les renforts de Forcalquier qui arrivent. On l'entoure. Un médecin et des infirmiers s'approchent de lui. Il se sent très faible, mais il doit parler, il doit les prévenir... Il parvient à articuler :

– La maison... piégée. C'était un artificier... Faire venir d'abord les démineurs.

Mais on ne l'écoute pas... On pense qu'il s'agit du choc et on ne comprend pas bien ce qu'il dit. De toute façon, il faut d'abord porter secours aux victimes, même si, vu l'ampleur des dégâts, il y a très peu de chances qu'il y ait des survivants.

Le gendarme Berthelot est dans la voiture des pompiers et celle-ci se prépare à démarrer, lorsqu'elle est secouée par une déflagration si violente que toutes les vitres volent en éclats. Une deuxième série de bombes vient d'exploser. Sans doute étaient-elles entreposées dans la cave, le seul endroit qui n'avait pas été atteint par la première explosion, et étaient-elles commandées par un mécanisme à retardement. En tout cas, on découvrira peu après deux nouvelles victimes dans les décombres.

Cette fois, pourtant, le Mas des colombes, qui portait si mal son nom pacifique, en avait fini avec son œuvre de mort. Cette deuxième explosion était la dernière, la fin du feu d'artifice, le bouquet. Avec le maire, Vincent Philipon avait tué sept personnes, une de son vivant, six après sa mort et, aujourd'hui encore, il reste dans les annales criminelles comme l'auteur d'une des plus extraordinaires vengeances posthumes qu'on ait connues.

LE HLM

Les Rodriguez sont dix à habiter dans quarante mètres carrés, ce qui fait, même si on n'est pas très fort en mathématiques, quatre mètres carrés par personne. Mais il faut voir, en plus, dans quelles conditions : ce sont quatre mètres carrés de sol en terre battue, entre des murs de planches, sous un toit de tôle ondulée, quatre mètres carrés sans eau ni électricité, en pleine fournaise l'été, en plein bourbier par temps de pluie. C'est ainsi que l'on vit au XXe siècle, dans les bidonvilles de Managua, capitale du Nicaragua.

Cela ne peut plus durer et c'est pour le dire que Joachim Rodriguez s'est rendu au Bureau d'aide sociale. Oh, il va le dire bien poliment ! Joachim Rodriguez n'est pas un révolté, encore moins un révolutionnaire, même si c'est à la mode, en cette fin des années soixante. Il a fait, au contraire, tout son possible pour paraître comme il faut. Il a été chez le coiffeur, il a revêtu son seul costume convenable, celui qu'il avait pour enterrer son père, et il a mis une chemise propre, que sa femme Clarissa a été repasser chez une voisine.

Et maintenant, il attend son tour, tout raide sur un banc de bois. Il a quarante ans et voilà près de trente ans, vingt-huit exactement, qu'il travaille dans la même fabrique de chaussures. Sa tâche consiste à clouer les semelles. C'est la même depuis qu'il est entré, il n'en a jamais changé. Son salaire n'a pas changé non plus. S'il n'a cessé d'augmenter, c'est pour tenter de suivre, sans vraiment y parvenir, l'inflation galopante du cordoba, la monnaie locale.

– Numéro 23...

Joachim Rodriguez sursaute. C'est à lui... Il se lève, regarde si rien n'est en désordre dans sa mise et se rend dans la pièce dont la porte vient de s'ouvrir. Un petit homme grassouillet, aux cheveux très bruns et à la fine moustache, lui fait signe de s'asseoir en face d'un bureau encombré de papiers où traînent une canette de bière vide et une assiette, avec les restes d'une nourriture grasse et indéfinissable.

– Vous avez votre dossier ?

Joachim Rodriguez lui tend le volumineux document qu'il avait en main.

– Voici, monsieur... Mon bulletin de salaire, la copie de mon livret militaire, mon casier judiciaire vierge et celui de ma femme...

– Votre femme ne travaille pas ?

– Elle ne peut pas, à cause des maternités. Elle en a eu huit, et elle est encore enceinte. Voici, d'ailleurs, son certificat de grossesse et les actes de naissance de nos enfants. L'aîné, Angelo, a quinze ans et la benjamine en a deux. Voici aussi le rapport de l'assistante sociale. Elle a fait une description précise de notre habitation. Comme vous le voyez, cela fait quarante mètres carrés et nous sommes dix, bientôt onze...

L'employé rondouillard à la petite moustache jette un coup d'œil distrait aux papiers qu'on lui tend et les enfourne dans une vaste chemise de couleur vert clair.

– C'est tout ?

– Eh bien, oui. Ce n'est pas complet ?

– Si, si... Vous êtes enregistré. Vous êtes sur la liste d'attente.

Joachim Rodriguez ouvre de grands yeux.

– Comment ? Mais on m'avait dit que...

– On vous avait dit quoi ? Que vous alliez coucher

dans un HLM ce soir ? Vous vous figurez que vous êtes les seuls dans votre cas ?

— Bien sûr que non. Mais « liste d'attente », cela veut dire attendre combien de temps ?

— Comment est-ce que je peux savoir ? Cela dépend. Revenez dans un an, nous verrons à ce moment-là...

— Un an, mais c'est très long ! Est-ce que... ?

Pour toute réponse, l'employé se lève, ouvre la porte et annonce à la cantonade :

— Numéro 24...

Alors, Joachim Rodriguez s'en va, dans son costume endimanché... Que va-t-il dire aux siens ? À sa femme Clarissa, à ses enfants ? Ils se voyaient déjà tous dans une habitation en dur, avec ces merveilles dont ils n'avaient fait jusque-là que rêver : des robinets qui donnent de l'eau quand on les tourne et qui évitent d'aller jusqu'à la fontaine, à trois kilomètres, dans la boue ou la canicule, des radiateurs qui diffusent une douce chaleur l'hiver, des toilettes, des portes qui ferment, des fenêtres avec des vitres.

Que va-t-il leur dire, à Clarissa et aux enfants ? Eh bien, qu'il faut attendre, puisque c'est l'Administration qui l'a dit elle-même. C'est comme cela, c'est tout ! Joachim Rodriguez n'a jamais été un révolté et encore moins un révolutionnaire. Il pense qu'avec un peu de patience tout finit par s'arranger. Il le pense peut-être à tort, car, à force de trop attendre, on aboutit parfois au drame.

Un an a passé. Joachim Rodriguez, respectueux du délai imposé par le Bureau d'aide sociale, se présente de nouveau sur les lieux. L'employé est toujours le même, son bureau est toujours aussi encombré de dossiers dans le plus grand désordre et les reliefs de son dernier repas y trônent toujours.

— Je suis venu savoir...

Mais le petit homme rondouillard aux cheveux très bruns et à la fine moustache ne le laisse pas poursuivre.

– Montrez-moi les papiers justifiant le maintien de votre demande.

– Voici, monsieur... Mon aîné, Angelo, a eu seize ans, ce qui, à ce qu'on m'a dit, le fait sortir du décompte, mais nous avons eu un nouveau-né cette année. Voici son acte de naissance. De plus, ma femme attend encore un enfant, voici son certificat de grossesse... Comme vous le voyez, nous sommes toujours dix – enfin nous sommes onze, mais Angelo ne compte plus – et nous n'avons toujours que quarante mètres carrés, comme vous le prouve cette nouvelle attestation de l'assistante sociale.

L'employé prend les documents et les met dans la même chemise que l'année précédente. Puis il le regarde, semble attendre et ne dit rien... Joachim Rodriguez se force à sourire.

– Alors, pour ce HLM ?... Cela fait un an et vous m'aviez dit qu'au bout d'un an...

– Je vous avais dit de revenir au bout d'un an, c'est tout. Les dossiers sont bloqués. Le projet de construction de la cité est retardé. Il faut attendre...

– Retardé, mais pourquoi ?

– Je n'en sais rien. Ce sont des décisions au niveau gouvernement. Cela nous dépasse vous et moi. Revenez dans un an.

Et l'employé du Bureau d'aide sociale se lève pour appeler le numéro suivant.

Un an a de nouveau passé, un an pendant lequel Joachim Rodriguez a cloué des centaines de milliers de semelles, à raison de dix heures par jour, imité par son fils aîné Angelo, qui a obtenu le même passionnant emploi à la fabrique, un an pendant lequel Clarissa a donné le jour à un douzième enfant et pendant lequel la baraque de quarante mètres carrés, toujours debout, a abrité vaille que vaille tout son petit monde.

Joachim Rodriguez n'a guère d'espoir en se rendant au Bureau d'aide sociale. Quelque chose lui dit que cela ne marchera pas, que cela ne marchera jamais. Mais il faut bien tenter sa chance, et puis, il ne veut pas que sa femme et ses enfants puissent lui reprocher de ne pas avoir tout fait.

Il ne se trompe pas dans ses sombres pressentiments. Les deux premières fois, l'accueil de l'employé avait été au moins poli, cette fois il est franchement désagréable. L'homme ne lui adresse pas un salut, il lui lance d'une voix sèche :

– Vous avez votre nouveau dossier ?
– Quel nouveau dossier ?
– Au bout de deux ans, il faut refaire sa demande, la précédente est périmée.

Et comme son interlocuteur reste les bras ballants, il s'empare du dossier de couleur vert clair au nom de Rodriguez et le jette à la corbeille.

– La prochaine fois vous viendrez avec votre bulletin de salaire, la copie de votre livret militaire, votre casier judiciaire vierge et celui de votre femme, etc. Je ne détaille pas, vous avez l'habitude...

Et comme Joachim Rodriguez bredouille quelque chose comme :

– Cela va être très long !

Il s'entend répondre :

– Je ne suis pas pressé...

Cette fois pourtant, quand il rentre dans ses quarante mètres carrés pour relater le nouvel échec, les choses ne se passent pas comme précédemment. Son annonce n'est pas suivie par les pleurs étouffés de Clarissa et par le silence du reste de la famille. Angelo, l'aîné, prend la parole. Il a grandi, il a dix-sept ans maintenant et il fait même beaucoup plus que son âge. Il est grand, costaud ; incontestablement, c'est déjà un homme et il n'a pas du tout la même mentalité soumise que son père.

Ce n'est pas qu'il soit un révolutionnaire, qu'il mette en cause la société, qu'il ait envie de rejoindre les castristes, qui ont une influence croissante dans le pays, mais il est décidé à ne pas se laisser faire, tout simplement.

– Cela ne marchera jamais, papa !

– J'en ai peur, mais je ne vois pas quoi faire.

– Moi, si. Tu ne t'es pas demandé pourquoi les Alvarez ont eu leur HLM et pas nous ? Pourtant, ils gagnent plus que nous et ils ne sont que six. Mais eux, ils ont donné de l'argent à l'employé.

– Ce n'est pas possible !

– C'est leur fils qui me l'a dit.

– Mais c'est un fonctionnaire, il est payé par l'État. Il n'aurait pas osé prendre de l'argent à de pauvres gens comme nous !

– Non seulement il ose, mais il se fait payer en dollars. Je connais même le tarif : cinq cents dollars.

Joachim Rodriguez pousse un soupir accablé devant cette somme, qui représente plus d'une année de son salaire.

– Alors, ce n'est pas possible, nous n'y arriverons pas. Nous n'avons que ta paye et la mienne, les autres enfants vont à l'école et ta mère est trop fatiguée pour travailler.

– Nous y arriverons, papa. La seule chose que je te demande, c'est de me laisser faire. À partir de maintenant, c'est moi qui m'occupe de notre dossier.

– Quelle idée as-tu en tête ?

Angelo Rodriguez désigne d'un geste circulaire de la main le sol en terre battue, les murs en planches, le toit en tôle ondulée.

– L'idée de sortir d'ici ! Douze, dans quarante mètres carrés, tu crois que c'est digne ? Nous sommes des êtres humains, pas des lapins !

Cette fois, Joachim n'insiste pas.

— D'accord. Mais promets-moi de ne pas faire de bêtise.

— Je te le promets...

Le plan d'Angelo Rodriguez est simple et il l'expose peu après à sa sœur Carmen. Carmen, la seconde des enfants du couple, vient d'avoir quinze ans, mais, tout comme son frère, elle paraît plus que son âge. Elle a beaucoup de charme : avec ses grands yeux au regard fiévreux, ses dents éclatantes, son corps mince et souple, elle a quelque chose de fragile et de sauvage à la fois.

— Il faut que tu nous aides, Carmen. Il n'y a que toi qui puisses.

L'adolescente sourit à son frère.

— Je suis prête, Angelo. Si tu ne me l'avais pas proposé, je l'aurais fait de moi-même. Je vais aller place de l'Indépendance !

La place de l'Indépendance, au centre de Managua, dans le quartier des hôtels internationaux, est l'endroit où opèrent les prostituées de la ville, du moins celles qui gagnent correctement leur vie, car il y a aussi celles du bidonville, qui se prostituent dans les rues boueuses pour une poignée de cordobas... Angelo secoue la tête.

— Ce n'est pas aussi simple que cela, Carmen. Là-bas, la concurrence est terrible. Si tu y vas seule, tu risques de te faire tuer ou de tomber sous la coupe d'un souteneur. J'irai avec toi pour te protéger.

— Mais alors, c'est toi qui vas risquer ta vie !

— Il faut courir certains dangers si nous voulons nous en sortir. Tu crois que ce que tu vas faire toi est moins difficile ?

Carmen ne répond rien et, le soir même, ils quittent leur bidonville pour le centre de Managua. Carmen s'est maquillée et parfumée de son mieux et elle s'est fait prêter une robe par une amie, son frère a glissé un couteau sous sa chemise...

Angelo Rodriguez n'avait pas tort en disant que la concurrence était terrible du côté de la place de l'Indépendance, il était même au-dessous de la vérité. Dans une ville où la pauvreté est endémique, gagner une petite fortune en faisant commerce de son corps est tentant, seulement il y a beaucoup de monde que cela attire et pas assez de place pour tous.

Quand ils arrivent sur les lieux, Carmen, surmontant sa honte et son dégoût, commence à déambuler en prenant des poses suggestives. Elle n'a pas fait dix pas que deux hommes sortent de l'ombre et l'empoignent violemment.

– Qu'est-ce que tu fais ici, toi ? Rentre d'où tu viens !

Angelo sort de l'ombre à son tour. Il tient son couteau à la main.

– Laissez-la !

Les assaillants se retournent vers lui et engagent le combat prudemment : Angelo est plus grand et mieux bâti qu'eux. Ils ont pourtant l'avantage du nombre et le jeune homme est atteint d'un grand coup de couteau, heureusement superficiel, qui lui déchire la poitrine de part en part. Il parvient pourtant à s'enfuir, suivi de Carmen. Il lui dit, lorsqu'ils sont hors de portée :

– Nous reviendrons...

Et ils reviennent, lorsqu'il est guéri, après avoir beaucoup souffert et frôlé la mort, car la blessure s'était infectée et on pouvait craindre la gangrène.

Les voici de nouveau place de l'Indépendance. Bien évidemment, Carmen n'a pas fait dix pas qu'elle est de nouveau assaillie. Ce ne sont pas les mêmes que la première fois, mais de nouveau Angelo intervient, se bat et, cette fois, il a le dessus. Il met ses adversaires en fuite.

Des agressions, il y en aura d'autres les jours et les

semaines qui suivent, mais, peu à peu, Angelo finit par se faire respecter et accepter. Carmen peut travailler, elle a gagné sa place de trottoir. Cela n'empêche pas son frère de devoir encore jouer des poings ou du couteau, car il lui faut à présent se défendre contre les nouveaux arrivants qui veulent les évincer.

Enfin, au bout de six mois d'une existence aussi éprouvante pour l'un que pour l'autre, ils arrêtent. Les cinq cents dollars sont réunis et même largement dépassés, ce qui ne sera pas inutile, car il faut prévoir de quoi aménager le futur HLM. Et, l'argent en poche, avec le dossier que son père a constitué entre-temps, Angelo Rodriguez se présente au Bureau d'aide sociale.

Il se retrouve à son tour devant le bureau encombré de dossiers, empilés entre une canette de bière et une assiette sale, en face du petit homme grassouillet, aux cheveux très bruns et à la fine moustache. Celui-ci a l'air surpris en constatant qu'il est venu à la place de son père, mais n'a pas de réaction particulière.

– Vous avez le nouveau dossier ?

Angelo hoche la tête.

– Oui. Et cette fois, il est complet, vraiment complet.

Le fonctionnaire le prend en main, découvre l'enveloppe qui y est intercalée, l'ouvre, en sort les dollars et, sans la moindre gêne, se met à compter les billets.

– C'est parfait. Je m'occupe personnellement de vous.

– Cela va prendre combien de temps ?

– Je vais faire passer la demande en urgence prioritaire... Disons un mois au maximum.

Et l'employé se lève pour lui serrer la main et le raccompagner jusqu'à la porte de son bureau.

Inutile de dire que lorsque Angelo annonce ce résultat chez lui, c'est du délire. Clarissa, la mère, pleure, mais c'est de joie cette fois, les frères et sœurs l'entourent en poussant des cris d'allégresse, quant au père, Joachim, il se contente de dire :

– C'est bien, mon fils.

Il n'ajoute rien d'autre... Il n'a jamais fait allusion à l'origine de l'argent, pas plus que quiconque dans la famille, même si, avec les équipées nocturnes du frère et de la sœur, elle n'était pas très difficile à deviner.

À partir de là, l'existence change du tout au tout dans les quarante mètres carrés. Le taudis familial est toujours aussi exigu et sordide, mais la famille Rodriguez n'y pense plus. Elle vit ailleurs, dans ce monde de rêve qui semblait jusque-là inaccessible : un vrai logement en dur.

Chacun imagine les aménagements de la cuisine, de la salle de bains, des chambres et des discussions interminables ont lieu à ce sujet. On achète même, avec une partie de l'argent qui reste, les premiers équipements du futur appartement : une batterie de cuisine toute neuve, un lampadaire, avec un magnifique abat-jour, etc. Tout ce bric-à-brac réduit encore un peu l'espace vital, mais ce n'est pas grave, ce n'est que provisoire...

C'est pourtant du provisoire qui dure. À chaque instant, on s'attend à voir arriver la lettre officielle d'attribution de logement, mais les semaines passent sans que rien ne se produise. Au bout d'un mois, Angelo n'y tient plus.

– Il avait dit un mois au maximum. J'y vais !

Joachim Rodriguez, toujours partisan de la prudence, tente de le retenir.

– Attends encore un peu. Et d'abord, qu'est-ce que tu vas lui dire ?

– Je sais quoi lui dire, ne t'inquiète pas !

Et Angelo Rodriguez part pour le Bureau d'aide sociale. Oui, il sait ce qu'il va lui dire. Ce salaud serait donc tenté de mettre les cinq cents dollars dans sa poche et de ne rien faire ? Pas avec lui ! Quand on a tenu tête aux souteneurs de Managua, ce n'est pas un petit employé de l'Administration qui peut faire le poids. En se battant sur les trottoirs, Angelo Rodriguez a découvert quelque chose : il sait faire peur. Et il ne va pas s'en priver !

De nouveau, il se retrouve sur le banc de bois, en compagnie des autres miséreux venus faire leur demande et, après une attente interminable, il entre dans le bureau à l'appel de son numéro... Pendant tout le temps où il a patienté, il a pu mettre son intervention au point. Il sait mot pour mot ce qu'il va dire et même les intonations qu'il va employer. Il pénètre dans la pièce en trombe et il se fige. Celui qui lui fait face est un grand jeune homme aux cheveux châtains tout frisés. Du coup, il reste immobile, cherchant ses phrases... Son interlocuteur l'interroge.

– Quelque chose ne va pas ?

– C'est-à-dire, ce n'est pas vous que je venais voir. C'est un homme un peu corpulent, très brun, avec une petite moustache.

– Ah, mais il est parti !

– Comment cela « parti » ?

– Il a pris sa retraite anticipée il y a près d'un mois...

Angelo Rodriguez a l'impression que tout vacille. Ce n'est pas possible ! Il ne peut pas y croire !

– Il m'a reçu il y a un mois exactement. À ce moment-là, il savait qu'il allait partir ?

– Certainement. Il nous avait annoncé sa décision bien avant...

L'employé lui désigne la chaise devant lui.

– Maintenant, passons à votre affaire... Asseyez-vous, je vous en prie. J'ai étudié votre dossier. Il est tout à fait valable et je pourrais le traiter en urgence prioritaire, mais pour cela, il faudrait, comment dirais-je ?... l'étoffer un peu.

Angelo Rodriguez ne s'assied pas, comme l'employé l'y invite... L'étoffer ? Remettre les cinq cents dollars que l'autre ordure a empochés la veille de son départ ? Non, il ne le fera pas. Pour cela, il lui faudrait remettre Carmen sur le trottoir et il s'y refuse. Elle n'a pas encore seize ans...

— Est-ce que vous m'écoutez ? Je vous disais...

Mais Angelo est déjà parti, en claquant la porte.

Trois mois ont passé. Angelo Rodriguez et sa sœur Carmen se trouvent à Granada, la seule grande ville balnéaire du pays, située, non sur la côte atlantique ou pacifique, mais sur le lac Nicaragua. C'est là, non loin de la capitale, que la bourgeoisie possède ses résidences secondaires, c'est là que s'établissent les retraités aisés, c'est là que l'ancien fonctionnaire du Bureau d'aide sociale s'est retiré, avec les fortunes dérobées aux habitants du bidonville.

Angelo et Carmen l'ont retrouvé grâce à un détective privé, qu'ils ont payé avec ce qui restait de l'argent. Car, depuis le moment où il est sorti du Bureau d'aide sociale, Angelo n'a eu qu'une idée en tête : se venger de l'individu, lui faire payer. Et il n'a pas pu empêcher Carmen de se joindre à lui. Dès qu'elle a été au courant, elle lui a dit :

— J'ai autant souffert que toi à cause de lui. Nous le tuerons tous les deux !

Voilà comment ils se sont retrouvés à Granada. Mais maintenant, ils doivent passer à l'action et c'est plus facile à imaginer qu'à réaliser. L'homme possède une belle villa en bordure du lac, mais il est méfiant, sans doute craint-il un mauvais coup en provenance d'un des malheureux qu'il a pressurés. Or, il connaît Angelo et, s'il l'aperçoit, il risque de s'enfuir et de lui échapper. Le frère et la sœur décident donc que ce sera Carmen, qu'il n'a jamais vue, qui entrera en contact avec lui.

Et la chose se révèle bien plus aisée que prévu.

Malgré son âge et sa bedaine, l'homme se croit encore capable de séduire et il ne trouve pas étonnant que la très jeune femme qui est attablée non loin de lui au café réponde à ses sourires, ni qu'elle se laisse inviter à dîner, puis au dancing, puis qu'elle consente à le suivre dans sa villa.

Carmen le fait beaucoup boire et, quand elle estime le moment favorable, elle l'étourdit en le frappant avec une bouteille, puis elle va ouvrir à son frère, qui attend à la grille. Le lendemain matin, on retrouvera le propriétaire des lieux ficelé sur une chaise et saigné comme un porc. Il n'avait plus une goutte de sang dans le corps, tout s'en était allé par une énorme entaille qu'on lui avait faite au cou, d'une oreille à l'autre...

Angelo et Carmen, qui étaient retournés dans le bidonville, n'ont pas échappé longtemps à la police. Ils ont été arrêtés quelques jours plus tard, sans doute à la suite de la déposition du nouveau fonctionnaire du Bureau d'aide sociale, qui avait été frappé par l'attitude bizarre et agressive d'Angelo.

Le frère et la sœur ont été condamnés respectivement à vingt et dix ans de détention. Les autres Rodriguez, quant à eux, sont restés dans leur taudis, à onze de nouveau, après une nouvelle naissance au foyer, ce qui faisait toujours quatre mètres carrés par personne et, cette fois, sans le moindre espoir d'un changement quelconque : une famille qui compte deux assassins dans ses rangs peut dire adieu au HLM.

Alors, prison pour prison...

LES OISEAUX DE PROIE

La sirène du cargo *San Lorenzo* retentit dans le port de Naples. Les quais sont grouillants de monde, en cette matinée de septembre 1954. Antonio di Stefano serre nerveusement la poignée de sa valise. Il ne regrette pas sa décision. Comment vivre à Naples quand on est simple maçon et qu'on gagne quelques centaines de lires par jour ? Alors, il part pour l'Australie. De l'Australie, Antonio di Stefano ne sait strictement rien, sauf qu'on y gagne en un mois le salaire annuel d'un maçon napolitain. Là-bas, il va travailler dur, il enverra des mandats à Naples et quand il aura assez d'argent de côté, il reviendra ouvrir un petit commerce.

Antonio di Stefano monte sur la passerelle du *San Lorenzo*, il se retourne une dernière fois : Rosina est là, avec les enfants. À côté, ses deux sœurs, Assunta et Carmelia.

Antonio di Stefano lance à sa femme :

– À bientôt Rosina ! Ne t'inquiète pas, Assunta et Carmelia prendront soin de toi...

Les amarres sont larguées et le cargo s'éloigne. Antonio voit pour la dernière fois avant longtemps ce qui constitue toute sa famille : sa femme, ses trois enfants et ses deux sœurs. Antonio di Stefano n'a jamais été psychologue, sinon il n'aurait jamais abandonné Rosina à ses sœurs. Il n'est pas très observateur non plus, sinon il aurait été frappé par leur aspect à ce moment-là. De loin, serrées l'une contre l'autre, elles ressemblent à deux oiseaux de proie. Et, leur proie, elle est devant elles, elle adresse à son mari des signes d'adieu, en se tamponnant les yeux de son mouchoir. Il y a si longtemps qu'elles attendaient ce moment ! Toute la haine et la jalousie qui sont en elles vont pouvoir se déverser.

Le cargo *San Lorenzo* n'a pas encore quitté le port qu'Assunta, la plus âgée des sœurs, émet un petit ricanement. Rosina, surprise, se retourne. Assunta la dévisage avec un air de commisération :

– Ma pauvre fille !

Carmelia lui fait écho :

– Tu as eu tort de dire au revoir à Antonio, c'est adieu qu'il fallait lui dire !

Rosina reste ébahie devant les paroles incompréhensibles de ses belles-sœurs. Assunta revient à la charge.

– Tu ne reverras jamais Antonio. Quand un homme quitte une femme, c'est qu'il a une bonne raison.

Déjà les deux sœurs s'éloignent tandis que Rosina est toujours sans réaction. Après quelques mètres, Carmelia s'arrête et lance :

– C'est Antonio qui nous l'a dit lui-même. Nous n'inventons rien.

De retour chez elle, Rosina di Stefano est effondrée. Antonio avait l'air sincère en lui disant qu'il acceptait cet exil pour elle, pour les enfants. Mais ce serait un mensonge, il serait parti parce qu'il ne voulait plus d'elle ?

Rosina di Stefano n'a malheureusement pas plus de psychologie que son mari. Les deux sœurs d'Antonio, plus âgées que lui et restées vieilles filles, n'ont pas admis son mariage. Oui, deux oiseaux de proie ! Bien qu'elles ne soient pas veuves, et pour cause, elles s'habillent déjà en noir. Elles ont tout de suite haï l'étrangère, l'intruse. Elles n'ont pas supporté la vision de sa jeunesse, de son bonheur et, maintenant qu'elle est à leur merci, elles vont le lui faire payer !

Rosina reste un mois accablée, prostrée. Mais au bout d'un mois il y a le miracle : une lettre et un mandat d'Antonio. Il n'avait pas menti. Assunta et Carmelia se sont trompées. Elle court chez elles leur annoncer la bonne nouvelle.

– Regardez, Antonio m'a écrit, il m'a envoyé un mandat !

Assunta et Carmelia considèrent la lettre et le mandat sans rien dire. Elles se contentent d'un hochement de tête.

Surprise de leur peu d'enthousiasme, Rosina s'en retourne. Encore une fois, elle a manqué de psychologie, elle vient d'humilier ses belles-sœurs et elle a tout à craindre de leur réaction.

Le soir même, deux femmes vêtues de noir frappent à la porte d'un logis misérable de la banlieue de Naples. C'est une maison basse, sale, une maison où on n'entre pas sans raison.

Une vieille femme sèche vient leur ouvrir.

– Qu'est-ce que vous voulez ?

Assunta prend la parole :

– Nous avons besoin de vous, Maria Castellano.

Et elle ajoute à voix basse :

– C'est pour un sort... Il s'agit de Rosina di Stefano, il faut qu'elle meure. Envoûtez-la.

Carmelia di Stefano sort de sa poche un billet et un morceau d'étoffe :

– Voici cinq mille lires et son mouchoir. Je le lui ai pris la dernière fois qu'elle est venue chez nous.

– C'est d'accord, je vais invoquer mon Maître.

Et les deux sœurs di Stefano s'en vont. Oui, Antonio aime sa femme. Elles avaient espéré un instant que c'était pour la fuir qu'il était allé en Australie. Mais

Rosina est venue leur jeter son mandat et sa lettre au visage. Alors, tant pis pour elle, elle mourra ! Car, comme tout le monde dans ce quartier populaire de Naples, les deux vieilles filles croient au pouvoir de Maria Castellano. Ne dit-on pas que Satan vient lui rendre visite chaque nuit de pleine lune ?

Il existe pourtant au moins une personne qui doute de l'efficacité de ses envoûtements : c'est Maria Castellano elle-même... Une fois les sœurs parties, elle jette le mouchoir. Cinq mille lires c'est bien, mais les sœurs risquent de les lui réclamer quand elles verront que Rosina tarde à passer de vie à trépas. Non, il y a sûrement mieux à faire.

Et le lendemain matin, Rosina di Stefano reçoit la visite de Maria Castellano. En la voyant, elle a un mouvement de surprise et de peur. Que vient faire chez elle la sorcière ?

Celle-ci affiche une mine sinistre :

— Le malheur est sur toi, Rosina di Stefano !

Rosina reste interdite.

— Le pire des malheurs, celui qui ne vient pas des hommes. J'ai jeté sur toi un sort de mort.

Rosina di Stefano est devenue toute pâle. Elle connaît le pouvoir de la sorcière. On a murmuré son nom à propos de disparitions mystérieuses.

— Mais pourquoi moi ? Que vous ai-je fait ?

— Rien. J'ai agi parce qu'on me l'a demandé. Tu dois savoir la vérité : ce sont tes belles-sœurs qui sont venues me trouver.

Dans l'esprit de Rosina, il y a soudain un grand vide. Elle comprend enfin la réalité qu'elle s'était toujours cachée, sans doute parce qu'elle lui semblait trop laide : la haine, la formidable haine qu'ont pour elle Assunta et Carmelia. Elle demande d'une voix mourante :

– Est-ce qu'on peut faire quelque chose pour conjurer le sort ?

Maria Castellano sourit. Elle a réussi.

– Peut-être. Viens me voir demain...

Le lendemain, la sorcière voit arriver Rosina di Stefano chez elle. Elle est livide, dans un état second.

– Je vous en conjure, Maria Castellano, ne me faites pas mourir. Ce n'est pas pour moi que je vous le demande, c'est pour mes enfants !

– J'ai déjà lancé le sort.

Rosina pousse un cri de désespoir.

– Mais j'ai pitié de toi. Je vais tenter l'impossible. Pour cela, je dois interroger mon Maître.

Tremblante, Rosina di Stefano suit la sorcière dans la petite pièce sombre qui lui sert de chapelle pour ses messes noires. Blottie contre un mur, elle la voit remplir une coupe d'un jus noirâtre, y verser une poudre blanche et, pendant de longues minutes, considérer la surface du liquide. Son examen terminé, elle se redresse enfin.

– Mon Maître m'a parlé. Il consent à annuler le sort à condition que tu me donnes six mille lires par mois. Mais si tu oublies une seule fois de me payer, tu mourras instantanément dans les pires souffrances !

– Mais c'est beaucoup trop ! Je ne pourrai jamais.

– C'est cela ou la mort pour toi et tes enfants élevés par tes belles-sœurs. Choisis !

L'horrible perspective emporte la décision de la jeune femme.

– Non ! Vous aurez votre argent.

Et Rosina di Stefano tient effectivement promesse. Tous les mois, elle apporte à la sorcière six mille lires prélevées sur le mandat d'Antonio. Cela dure quatre ans. La belle et insouciante Rosina vieillit prématurément. L'angoisse, le remords vis-à-vis d'Antonio, dont elle détourne une partie de l'argent et dont elle retarde par là même le retour, la minent chaque jour davantage.

Assunta et Carmelia, qui l'observent de loin, constatent son déclin. Au début, elles ont été surprises de ne pas la voir mourir de mort subite. Mais elles ont fini par se dire que la sorcière avait choisi une mort lente et elles sont satisfaites.

Mais cela ne peut pas durer éternellement. Là-bas, en Australie, Antonio, qui travaille dur, demande avec de plus en plus d'insistance ce que devient l'argent qu'il envoie. Rosina, dans ses lettres, fait des réponses évasives. Et le drame éclate en juin 1958... Rosina reçoit au courrier une lettre qui, pour la première fois, n'est pas accompagnée d'un mandat.

Rosina,
Tu ne veux pas me dire ce que tu fais de l'argent que je t'envoie. J'ai l'impression que tu n'as pas très envie de me voir rentrer. Moi, je suis en train de réfléchir. La vie n'est pas si désagréable ici. Je ferais peut-être mieux de rester.

Rosina jette la lettre... Non, ce n'est pas possible ! Elle ne va pas perdre Antonio. Elle n'a pas enduré ce cauchemar pendant quatre ans pour rien. Il faut qu'elle fasse quelque chose. Elle ne sait pas quoi, mais il le faut !

Sans réfléchir, elle se précipite chez la sorcière. Maria Castellano la reçoit avec rudesse.

– Qu'est-ce que tu veux ? Ce n'est pas le jour de payer.

Rosina a peur du diable. Mais le désespoir lui donne un courage dont elle se serait crue incapable. Elle n'a plus le choix. Elle doit faire face.

– Je ne paierai plus. Plus jamais !

Un moment stupéfaite, la sorcière se met à éclater de rire.

– Pauvre folle ! Tu crois qu'on se débarrasse comme ça d'un pacte avec le diable ?

Elle lui prend le poignet :

– Viens, suis-moi...

Encore une fois, Rosina di Stefano se retrouve dans l'antre de la sorcière. Elle devrait s'en aller, elle le sait. Elle a dit ce qu'elle devait dire. Mais elle reste. Elle se sent retenue par une force qui a effectivement quelque chose de diabolique.

Maria Castellano a versé un liquide incolore dans une bassine. Elle en approche une allumette. Instantanément, une grande flamme bleue monte dans la pièce... La sorcière parle d'une voix sifflante :

– Regarde bien, Rosina di Stefano, ce sont les flammes de l'enfer où tu vas aller bientôt. Le diable est en toi, Rosina di Stefano !

Dans la tête de Rosina, tout vacille... Ces flammes, cette odeur de brûlé, la vieille, qui s'est mise à prononcer des formules cabalistiques. Oui, le diable est en elle ! Elle agrippe la bassine. Et avant que Maria Castellano n'ait pu faire un geste, elle lui en jette le contenu au visage.

Il y a une cascade de feu, un cri inhumain... Là, contre le mur, le bidon d'où la sorcière a extrait le liquide. Rosina le saisit et le vide sur la forme qui se tord à terre. Il y a une flamme gigantesque et les cris cessent presque aussitôt. Alors, Rosina di Stefano sort comme un automate et se rend chez les carabiniers.

Le procès de Rosina di Stefano, en octobre 1959, a fait les gros titres des journaux. Ce crime médiéval dans la deuxième moitié du XXe siècle avait effectivement de quoi passionner l'opinion. Rosina est apparue au procès tassée sur elle-même, comme étrangère à son propre sort. La prison, après les terribles épreuves qu'elle avait endurées pendant quatre ans, l'avait affreusement vieillie.

Oui, cette femme avait souffert. Ce qu'elle avait fait, c'était pour ses enfants, pour son mari, qui était là dans l'assistance, car, en apprenant le drame, Antonio était rentré d'Australie.

Tout cela, les jurés l'ont compris. C'étaient des habitants de Naples. La plupart connaissaient de réputation la victime et comprenaient la situation dans laquelle s'était trouvée Rosina, une situation intenable dont elle n'avait peut-être pas d'autre moyen de sortir.

Rosina di Stefano a été condamnée à trois ans de prison avec sursis. Les jurés ont estimé que, compte tenu de son état d'esprit au moment du meurtre, son geste n'était pas loin de la légitime défense.

Quant à Assunta et Carmelia, les deux sœurs qui étaient à l'origine de tout et qui étaient les vraies coupables dans ce drame, la justice ne pouvait rien contre elles, mais lorsqu'elles sont venues témoigner, le président, par son attitude glaciale, et le public, par ses grondements hostiles, leur ont clairement manifesté leurs sentiments.

Elles ont pourtant été punies et de la manière qui pouvait le plus les atteindre. Antonio a repris la vie commune avec Rosina et il les a maudites, leur jurant que jamais plus il ne les reverrait. Elles sont rentrées chez elles où les attendait la plus terrible des solitudes. Dans leur quartier, chacun les évitait, les traitait comme des pestiférées. Assunta et Carmelia di Stefano, les deux oiseaux sinistres à qui leur proie avait échappé, ont terminé ensemble leur vie ratée, avec pour seules compagnes la jalousie et la haine.

LES DIAMANTS D'ANGELA

Mars 1950. Il fait encore chaud, l'été se termine à peine dans le port de Durban, à l'est de l'Afrique du Sud, qui est encore, à cette époque, une colonie britannique. Ce jour-là, une jeune femme en jupe blanche et chemisette kaki, une petite valise à la main, est en train d'arpenter les quais, regardant attentivement les navires amarrés.

C'est un spectacle peu commun : il est rare qu'une femme seule s'aventure dans ces lieux, au milieu des dockers et des marins. D'autant plus qu'elle est remarquablement belle. Elle est grande, brune, avec des cheveux d'un noir profond, qui forment un contraste étonnant avec sa peau de lait et ses yeux d'un bleu très clair, presque délavé. Oui, elle est ravissante, et même plus que cela ; elle a quelque chose d'inhabituel, d'exceptionnel.

En tout cas, elle a l'air de savoir exactement ce qu'elle veut. Avisant un cargo à quai, le *Concordia*, elle s'arrête, franchit d'un pas ferme la passerelle, pourtant dépourvue de rampe, et débouche sur le pont. Un matelot vient à sa rencontre.

– Vous désirez, miss ?

– Voir le capitaine. Allez le chercher.

Le marin obéit et, peu après, un homme bedonnant aux alentours de la cinquantaine fait son apparition. Il affiche l'air particulièrement désagréable de celui qui n'aime pas être dérangé, mais sa physionomie change aussitôt, quand il voit à qui il a affaire.

– Que puis-je pour vous, miss ?

– Vous prenez des passagers pour l'Angleterre ?

– Absolument. Nous partons demain. Et il me reste une place. Vous ne pouviez pas mieux tomber.

– Alors, si vous voulez bien de moi...

– Comment donc ! Je me présente : capitaine Nelson Palmer. À qui j'ai l'honneur ?

La jeune femme lui tend un passeport anglais.

– Je m'appelle June Foster.

– C'est un honneur pour moi, miss Foster. Je vais vous conduire à votre cabine...

Le capitaine s'empare de sa valise, avec une courbette, ce qui lui fait exhiber involontairement à la jeune femme la calvitie qui orne le haut de son crâne.

– Puis-je savoir ce qui va me valoir le plaisir de voyager un mois et demi en votre compagnie ?

– La mort de mon père.

– Je vous demande pardon. Je ne pouvais pas deviner...

– Il n'y a pas de mal. Je suis étudiante à Londres. J'ai été appelée ici parce que mon père était malade. Hélas, le temps du voyage, il était déjà mort. Alors, je n'ai pu que régler la succession et je retourne en Angleterre.

Le capitaine Nelson Palmer affiche un air de circonstance.

– Croyez à toute ma sympathie. Que faisait monsieur votre père ?

– Professeur de lettres.

– Une belle et noble profession...

– Mais qui ne nourrit pas son homme. Une fois payés les droits de succession, il me reste juste le prix du voyage de retour.

Le capitaine Nelson Palmer montre sa cabine à sa

passagère. Après lui en avoir fait les honneurs, il se tourne vers elle, l'air hésitant.

– Le *Concordia* ne part que demain, mais si vous vouliez rester à bord ce soir et partager ma table, vous me feriez un grand honneur.

June Foster le regarde de ses yeux bleus extraordinairement clairs.

– C'est moi qui serais honorée, capitaine...

Et, le soir, Nelson Palmer dîne en tête à tête avec sa ravissante passagère. Lorsqu'elle le rejoint, June Foster le trouve en tenue de soirée. Il est boudiné dans un smoking qui sent la naphtaline. Son ventre fait éclater sa chemise et son nœud papillon lui étrangle le cou. Dans son costume de commandant, il était déjà peu séduisant, mais ainsi affublé, il est franchement ridicule... Elle-même ne s'est pas changée depuis son arrivée dans le cargo, elle porte toujours sa jupe blanche et sa chemisette kaki. Elle constate le regard quelque peu déçu du commandant en découvrant sa tenue.

– Je suis désolée de ne pas avoir d'autre toilette. Je vous ai dit que j'étais pauvre... Mais j'avoue que je ne m'attendais pas à vous trouver si élégant.

Du coup, Nelson Palmer oublie sa déception. Il se rengorge, au contraire, en entendant sa passagère parler d'élégance.

– C'est que, voyez-vous, je dois m'habituer à la vie civile. C'est mon dernier voyage en mer. Une fois arrivé en Angleterre, je prendrai ma retraite.

– Si jeune ?

Le capitaine trouve décidément June Foster charmante et, tandis qu'ils entament le souper fin qui les attend, il poursuit ses explications.

– La mer est ma passion, ce n'est pas ce qui me fait vivre. J'ai une autre ressource, qui va me permettre de me retirer à l'abri du besoin et, je peux même dire, riche...

— Laquelle, capitaine ?

— Une mine de diamants ! Oh, pas une grosse, une toute petite, et son exploitation est terminée, mais je vous assure que son produit est largement suffisant pour un homme seul.

— Un homme seul ? Vous n'avez donc pas de famille ?

— Non, miss Foster, ni femme ni enfants.

Le gros capitaine se met à minauder.

— Quoique, maintenant, je songe sérieusement à fonder un foyer. Il n'est pas trop tard ? Qu'en pensez-vous ?

— Il n'est jamais trop tard.

— Oh, je ne prétends pas être séduisant, mais avec ma fortune, je pense être en mesure de faire le bonheur de celle qui voudrait bien partager mon existence...

Nelson Palmer ponctue cette phrase d'un regard appuyé en direction de sa compagne de table. Celle-ci soutient son regard. Elle ne rougit pas, ne baisse pas ses magnifiques yeux bleu clair, mais sa physionomie demeure impénétrable... D'une manière générale, depuis le début du repas, elle ne cesse de tenir les propos les plus engageants, mais garde la plus grande réserve, pour ne pas dire la plus grande froideur dans ses expressions.

— Parlez-moi de vous... Vous avez dû avoir une vie très aventureuse.

— Je pense bien ! J'ai bourlingué sur toutes les mers. J'y ai fait la guerre, aussi. Mais je ne sais pas si ce sont des choses qui peuvent intéresser une jeune femme.

— Racontez, capitaine, j'adore les histoires de marins.

Et Nelson Palmer entame, avec force détails, le récit de sa carrière de chasseur de sous-marins durant la Seconde Guerre mondiale, ce qui l'occupe pendant tout le reste du repas. June Foster l'écoute attentivement, émettant de temps en temps une réplique admirative, mais toujours sans se départir de sa réserve.

Quand il s'est enfin tu, le capitaine, saisi d'une impulsion, lui prend la main. June ne la retire pas.

– Savez-vous que je pourrais garnir chacun de ces doigts de diamants ? Je pourrais même en entourer votre cou...

June Foster se lève, mais sans précipitation. Elle sourit pour la première fois.

– Il se fait tard, capitaine. Je vous remercie pour cette soirée. Sachez que je me réjouis de faire cette traversée en votre compagnie.

Nelson Palmer la raccompagne jusqu'à sa cabine dans un état d'euphorie qu'il a le plus grand mal à dissimuler et, après un dernier salut de sa part, June Foster se retrouve seule. Sa physionomie change alors du tout au tout. Son regard se met à briller d'une lueur violente, presque sauvage, tout son être exprime la haine et le dégoût. Car ce sont bien les sentiments qui l'habitent et il a fallu qu'elle soit une excellente comédienne pour parvenir à les dissimuler comme elle l'a fait !...

Ce qu'elle a dit au capitaine est, en effet, un tissu de mensonges. Elle ne s'appelle pas June Foster, mais Angela Dewitte. Son père, Wim Dewitte, n'était pas professeur de lettres, il était faussaire au Cap. Il fabriquait des faux passeports, ce qui rapportait beaucoup en cet après-guerre où toutes sortes d'individus en fuite, des anciens nazis et des trafiquants en tout genre, avaient besoin de se mettre à l'abri.

Bien sûr, c'était une activité odieuse. Wim Dewitte a sûrement aidé les pires criminels, de guerre ou non, à échapper à leur châtiment, mais c'était son père et elle l'adorait. Or il vient de mourir, c'est la seule chose vraie qu'elle a dite parmi tout ce qu'elle a inventé... Il y a une quinzaine de jours, elle l'a retrouvé agonisant dans son atelier secret où elle venait lui rendre visite parfois. Il a eu le temps de lui dire avant de mourir :

– C'est Nelson Palmer, le capitaine du *Concordia*. C'était mon complice. Il prenait comme passagers ceux qui avaient mes faux papiers. Mais quelqu'un lui a dit qu'on me payait en diamants. Il m'a torturé pour savoir où ils étaient et il a tout pris. Il est à Durban. Dépêche-toi ! Il faut que tu le retrouves et que tu me venges...

Le Cap est à des milliers de kilomètres du port de Durban. Angela Dewitte y est allée en auto-stop dans des camions, au risque de se faire violer en chemin, mais elle est arrivée sans encombre au bout de quinze jours. Dès qu'elle a été sur place, elle a couru sur le port, avec une angoisse au cœur : que le *Concordia* soit déjà parti, mais il était là !

Elle ouvre sa valise. C'est vrai qu'elle n'a pas d'autres vêtements que ceux qu'elle a sur elle. Elle est partie dans une telle précipitation... Outre ses affaires de toilette et un peu de linge s'y trouve le faux passeport qu'elle a pris parmi ceux que son père avait achevés et sur lequel elle a inscrit le premier nom qui lui passait par la tête, June Foster.

Dans sa valise, il y a aussi un flacon de teinture noire pour les cheveux. Bien sûr, Nelson Palmer et elle ne s'étaient jamais vus, mais elle présente une ressemblance certaine avec son père, qui était blond clair comme elle, alors elle a préféré, par prudence, opérer cette transformation. Telle est la raison de son type de beauté si déroutant et fascinant : elle a le teint et les yeux d'une blonde, avec une chevelure d'un noir profond.

Oui, Angela Dewitte est ravie de sa nouvelle apparence et elle se demande même si elle ne va pas l'adopter définitivement. Le capitaine, en tout cas, s'y est laissé prendre. Il fallait voir comment ce gros porc suait et bavait devant elle. Elle est très satisfaite aussi de son comportement. En continuant ainsi à lui tenir les propos les plus aimables, tout en gardant une mine glaciale, elle ne va pas tarder à le rendre complètement fou. Il perdra toute prudence et il sera à sa merci.

Angela Dewitte referme sa valise et replace la clé dans son décolleté. Dans la valise, il y a une dernière chose qu'elle a emportée en quittant l'atelier de son père : un mauser chargé... Elle allume une cigarette, en tire une longue bouffée et réfléchit. Va-t-elle récupérer les diamants de son père, que l'autre prétend extraits d'une mine imaginaire ? Elle ne sait pas encore. Elle se décidera le moment venu. Une chose est certaine en tout cas : Nelson Palmer n'arrivera jamais en Angleterre, il ne verra pas la fin de cette traversée !

Trois semaines ont passé. Le cargo est à peu près à la moitié de son voyage, dans l'Atlantique, en face des côtes du Sénégal. Sous l'apparence de la brune June Foster, la blonde Angela Dewitte a poursuivi son plan avec maestria. Elle a réussi à faire du capitaine du *Concordia* un pantin dont elle tire les ficelles, un esclave rampant devant elle, ce qui est une première vengeance, qu'elle savoure à sa juste valeur.

Elle sait maintenant où sont les diamants : dans un coffre qu'il a dans sa cabine et dont la clé est dans sa poche. Il les lui a montrés plus d'une fois, il les lui a même mis dans la main. Elle n'avait qu'un mot à dire : accepter de devenir sa femme et ils étaient à elle, tout était à elle ! Fidèle à sa tactique, Angela Dewitte lui a tenu un discours encourageant, tout en gardant un visage fermé...

Mais maintenant, elle s'est décidée à passer à l'action, c'est-à-dire à tuer Nelson Palmer. Elle a, pour cela, une raison précise : pour la première fois depuis le début du voyage, il fait gros temps. Or ce sont les circonstances les plus favorables pour exécuter son projet. On n'entendra pas le coup de feu quand elle abattra le capitaine, et on pourra penser que celui-ci est passé par-dessus bord.

Car Nelson Palmer a déjà failli tomber à la mer. Il est malade, il souffre de graves crises de paludisme qui vont jusqu'à lui faire perdre connaissance. Elle l'a vu, alors qu'ils parlaient ensemble, être pris de vertiges et tomber à la renverse. Et elle sait que l'équipage est au courant. Elle a surpris des conversations entre les marins. Ils disaient qu'il était temps qu'il prenne sa retraite, qu'il n'était plus en état de naviguer. Dans ces conditions, sa disparition pourra tout à fait passer pour accidentelle...

Depuis quelque temps, Nelson Palmer l'invite, non plus à partager ses repas dans la salle à manger, mais dans sa cabine, ce qui évidemment va lui faciliter grandement les choses. Ce jour-là, peu avant l'heure prévue pour le souper, elle frappe à sa porte. Celui-ci s'empresse d'ouvrir. Il a un mouvement de recul quand il voit le pistolet braqué sur lui, mais elle ne lui laisse pas le temps de faire un geste. Son cri et la détonation sont couverts par le grondement des vagues.

Commence alors, pour Angela Dewitte, ce qu'elle sait être le moment le plus difficile : jeter le corps à la mer. Elle ouvre le hublot, qui lui envoie à la figure de violents embruns. Elle y introduit la tête et entreprend de faire passer le reste. C'est épouvantablement dur, elle peine, elle s'arc-boute. Elle est plutôt vigoureuse pour une femme, mais c'est un travail de force dont bien des hommes ne seraient pas capables. Elle craint même qu'en raison de l'obésité du capitaine ce ne soit tout à fait impossible.

Mais la nécessité vitale dans laquelle elle se trouve décuple son énergie et, dans une ultime poussée, elle fait basculer le mort. Il était temps ! Elle n'a pas plus tôt refermé le hublot, qu'on frappe à la porte de la

cabine. Elle va ouvrir. C'est le marin apportant le repas. Elle s'adresse à lui de la manière la plus calme.
– Savez-vous quand va venir le capitaine ?
– Mais je le croyais avec vous, miss.
– Absolument pas. Je l'attends...

C'est le branle-bas général. On fouille tout le navire et, le lendemain, l'officier en second prend le commandement du *Concordia*, après avoir noté dans le journal de bord que le capitaine Palmer a disparu pendant la tempête.

« Disparu » et non pas « tombé à la mer ». L'officier en second est un homme prudent et il laisse le doute subsister. Et les autorités anglaises manifestent la même prudence, car, à son arrivée à Liverpool, destination de son voyage, le *Concordia* est laissé à quai et son équipage et ses passagers consignés, en attendant leur interrogatoire.

Enfermée dans sa cabine, Angela Dewitte est vivement partagée. Car elle a les diamants. Ils sont sur elle. Ils sont même on ne peut plus sur elle ; ils sont – comment dire ? – dans son intimité. Au moment de jeter le corps, elle s'est brusquement décidée. Elle a pris les clés dans la poche et s'est emparée des diamants contenus dans le coffre...

Alors, que faire ? Si on les découvre, c'est la preuve qu'elle est la meurtrière. Il suffit qu'elle les jette par le hublot de sa cabine pendant qu'il en est encore temps. Ainsi, il n'y aura plus rien contre elle. On pourra, certes, la soupçonner, mais elle bénéficiera toujours du doute. Pourtant, d'un autre côté, jeter toute cette fortune à la mer ! D'autant qu'elle lui appartient. Elle a toujours été pauvre, elle n'a connu que la gêne, alors qu'elle peut avoir la richesse. Cette fortune que l'immonde Palmer lui proposait si elle devenait sa femme, elle est à elle toute seule, si elle le veut. Et elle pourra la partager plus tard avec qui elle veut.

La porte s'ouvre. Il est trop tard. Le sort en est jeté... Une femme en uniforme apparaît dans l'encadrement.

– Agent Terry, de Scotland Yard. Je dois procéder sur vous à une fouille corporelle.

Angela Dewitte sent tout son corps se glacer.

– Une fouille ? Mais pourquoi ?

– Je n'en sais rien, miss. Ce sont les instructions.

Angela Dewitte baisse la tête. Elle a perdu... Elle ignorait que les activités de Nelson Palmer étaient suspectées depuis longtemps par la police. Après le meurtre de celui-ci, elle ne pouvait faire autrement que d'entreprendre une enquête approfondie, une enquête qui commence par elle, puisqu'elle est la principale suspecte.

Après la découverte des diamants sur sa personne, elle n'a plus d'autre choix que de tout avouer : la mort de son père, le crime qu'a commis le capitaine Palmer et la promesse qu'elle avait faite d'accomplir cette vengeance.

Cela ne l'empêche pas de passer en jugement pour meurtre, devant le tribunal de Liverpool. Et là, elle se rend compte d'une chose terrible : les juges, les jurés, ne la croient pas. Ou plutôt, ce qu'elle leur dit ne les intéresse pas. Quelles que soient les raisons qui l'ont fait tuer Nelson Palmer, elle appartenait au même monde que lui, ce n'était qu'un règlement de comptes entre truands : elle a voulu récupérer les diamants qu'il avait pris à son père, un point c'est tout ! Angela se récrie tant qu'elle peut. Elle dit qu'il s'agissait d'obéir à une promesse sacrée faite à un mourant, mais elle se rend bientôt compte que c'est inutile. Si elle n'avait pas pris les diamants, peut-être pourrait-on la croire. Mais elle a eu cette faiblesse, et cela va lui coûter sa liberté, peut-être plus encore.

Oui, plus encore... Reconnue coupable de meurtre,

Angela Dewitte a été condamnée à mort et, un triste jour de février 1952, pendue. Son joli cou que Nelson Palmer voulait parer de diamants a reçu pour dernier collier la corde du bourreau.

LA GUERRE DES DEUX REINES

En ce beau jour du milieu de l'été 567, le roi Chilpéric attend sa future épouse Galswinthe, princesse espagnole, qui arrive de son lointain pays pour les noces.

Depuis quelques années, le royaume franc n'existe plus, il est divisé en quatre royaumes. À la mort du roi Clotaire, ses fils se sont partagé le pays. Caribert a reçu la Neustrie, une large bande centrale avec Paris pour capitale, Gontran la Bourgogne, Sigebert l'Austrasie, tout à l'est, enfin, Chilpéric, le cadet, s'est vu attribuer la plus petite partie, le royaume de Soissons, au nord-ouest.

Il ne fait guère bon vivre en ces temps farouches. Les hommes sont repliés sur eux-mêmes, les forêts sont immenses et les villes minuscules. Paris, la plus grande d'entre elles, n'occupe que le tiers de l'île de la Cité. Les voies romaines, qui avaient fait la fierté et la prospérité de la Gaule, disparaissent, faute d'entretien. Les arts et les techniques se sont perdus, la culture agonise dans de rares monastères. Les Francs, conquérants intrépides, sont malheureusement des barbares.

Cela, l'un d'eux l'a compris, Sigebert, le roi d'Austrasie. Ce terrible guerrier a eu l'étonnante lucidité de reconnaître ses limites et il a décidé de prendre une femme plus cultivée que lui, afin qu'elle gouverne à sa place ; lui, se chargera de la guerre, elle de tout le reste. En Espagne, les traditions romaines se sont beaucoup mieux conservées et il a épousé une princesse de ce pays. Elle s'appelle Brunehaut, elle est aussi belle qu'intelligente et, depuis, l'Austrasie connaît un renouveau remarquable.

Voilà pourquoi Chilpéric, qui a toujours eu la plus grande admiration pour son aîné, a décidé, en cette année 567, de l'imiter. Il se prépare à épouser Galswinthe, la sœur de Brunehaut, qui va faire son apparition d'un instant à l'autre, dans la ville de Soissons...

Il y a pourtant une ombre à ce tableau : Frédégonde, qu'il a dû répudier au cours d'une scène dramatique. Frédégonde n'était pas sa femme, seulement sa maîtresse, mais elle avait su s'imposer de telle manière qu'elle jouait pratiquement le rôle d'une épouse.

À la différence des princesses espagnoles, Frédégonde ne prétend nullement à une culture quelconque. C'est une vraie barbare et fière de l'être. Fille d'esclaves échappée à ses maîtres, elle s'est réfugiée à la cour de Chilpéric et elle n'a pas tardé à le séduire. Cette rousse, vive, provocante, au regard ardent, a le don pour rendre les hommes fous.

Devant la volonté de Chilpéric, elle s'est pourtant effacée. Elle n'avait pas le moyen de faire autrement. Et elle est là, elle aussi, à attendre la fiancée de son ancien amant, au milieu de la foule, sur la place principale de Soissons, en face de la villa romaine en ruine qui tient lieu dc palais royal. Frédégonde sait que son destin se joue en cet instant. Si Galswinthe ressemble à sa sœur Brunehaut, si elle est aussi belle qu'énergique, Chilpéric tombera sous le charme et tout sera fini. Si elle est laide, tous les espoirs sont permis...

La princesse fait son entrée, entourée d'un riche cortège. Frédégonde regarde de tous ses yeux et pousse un cri de joie sauvage, au milieu des vivats de la foule. La malheureuse Galswinthe fait un contraste pitoyable avec son apparat. Elle est insignifiante, petite et noiraude, avec une tête sans grâce, au nez pointu, aux lèvres minces. Quant à sa force de caractère, il n'y a qu'à la voir se retourner de temps en temps, au bord des larmes, vers le sud, vers l'Espagne, comme si un secours allait lui venir de ce côté. Elle a l'air effarouché d'une jeune fille de bonne famille promise aux étreintes d'un barbare, un air timide et résigné à la fois, pour tout dire un air de victime.

À partir de ce moment, le plan de Frédégonde est arrêté dans son esprit. Il lui suffit de ne rien faire pour le moment. Chilpéric ne va pas tarder à se lasser de sa disgracieuse épouse et il viendra lui demander de reprendre leurs relations. Elle commencera par refuser, elle se fera prier et elle finira par accepter. Mais elle exigera alors la mort de la princesse espagnole. Car ce qu'elle veut, désormais, c'est être reine et non plus concubine. Et Chilpéric acceptera. Il n'a jamais rien su lui refuser !...

Pendant tout le printemps et l'été, Chilpéric, en être capricieux et changeant qu'il est, ne s'intéresse qu'à sa nouvelle femme. Il est fasciné par les récits qu'elle lui fait de son pays. Il contemple aussi les trésors qu'elle lui a apportés en dot, car Galswinthe est infiniment plus riche que lui. Elle lui a d'ailleurs apporté en outre la possession de cinq villes du sud de la France, dont Bordeaux, Cahors et Limoges, qui appartenaient jusque-là à l'Espagne.

De son côté, Frédégonde attend son heure, qu'elle a fixée au mois de septembre... Tous les ans, en effet, à cette date, la cour quitte Soissons pour Berny, sa résidence d'hiver, au cœur d'une forêt profonde, sur les bords de l'Aisne. Plus qu'à une ville, Berny ressemble à un camp militaire. Il réunit dans une série de baraquements de bois les logements de la cour, ceux de la garnison, ainsi que des ateliers pour les divers corps de métiers, car tout doit être fabriqué sur place, les routes étant impraticables à la mauvaise saison.

La raison de ce changement de demeure est toute simple : la villa romaine de Soissons, élégante et raffinée, mais en ruine, n'est pas chauffable, alors que les baraques de Berny sont étanches et à peu près correctement chauffées par d'énormes braseros.

Frédégonde est certaine que, pour Galswinthe, l'arrivée à Berny sera un cauchemar. À Soissons, à la belle saison, dans la villa romaine, elle n'avait pas trop senti la différence avec son Espagne natale, mais quand elle se retrouvera dans le grossier campement de bois, elle perdra tous ses moyens et elle n'aura plus, elle-même, qu'à agir...

Et elle ne se trompe pas. L'épouse de Chilpéric est terrorisée en découvrant Berny. Elle est brusquement plongée dans un autre monde. Elle se sent comme prise au piège entre cette forêt horrible, pleine de bêtes, au brouillard si dense qu'on dirait un manteau, et cette bâtisse sinistre, cette grand-salle, avec ses trophées de chasse : des têtes non vidées, à l'odeur effroyable, qu'on laisse en place jusqu'à ce que la décomposition les fasse tomber. Elle perd le peu de bonne humeur, le peu d'espoir qu'elle avait su conserver et Chilpéric ne tarde pas à se lasser de cette pleurnicheuse, laide de surcroît. Dans un premier temps, il décide qu'ils feront chambre à part, et puis il finit par la délaisser tout à fait.

Alors, Frédégonde sort de l'ombre. Tandis que, jusqu'à présent, elle s'était faite aussi discrète que possible, se noyant parmi les autres personnes de la cour, elle se met désormais à porter des robes plus vives et plus moulées, elle s'arrange pour se trouver aussi souvent que possible sur le passage du roi.

À la façon qu'il a de la regarder, elle sait qu'elle n'a qu'un mot à dire pour qu'il la reprenne, mais elle s'en garde bien. Elle veut que l'initiative vienne de lui, qu'il lui demande de revenir, qu'il la supplie... Cela se produit un peu avant Noël. Chilpéric va vers elle et lui parle humblement, fougueusement, éperdument. Elle fait semblant de réfléchir encore et le suit dans sa chambre.

Frédégonde est désormais la maîtresse du roi. Galswinthe est seule, dans ce lieu inaccessible où personne ne pourra la secourir : elle est perdue ! Frédégonde peut maintenant passer au dernier acte de son plan...

Elle agit le soir de Noël. La cour est en train de prendre le repas de fête dans la grand-salle aux trophées et elle fait son entrée, vêtue de sa robe la plus éclatante, outrageusement maquillée, portant ses plus riches bijoux. Elle va directement vers Galswinthe, assise auprès de son mari, et lui dit à haute voix :

– Cède-moi la place !

La malheureuse Espagnole est si surprise et effrayée qu'elle reste figée sans pouvoir ouvrir la bouche.

– Tu as compris ? Va-t'en ! C'est moi qui partage le lit du roi : c'est moi qui dois être à ses côtés. Va au bout de la table. On te donnera des restes du repas s'il y en a !

Toujours muette, Galswinthe se met à trembler. Frédégonde, de son côté, s'adresse à Chilpéric.

– Comment avez-vous pu la supporter si longtemps, seigneur ? N'avez-vous pas remarqué son teint de rat, son début de moustache et sa poitrine inexistante ?

Dans un sursaut de dignité, Galswinthe fait face.

– Je suis la reine. Je suis fille de roi. J'exige que tu sois châtiée pour ces paroles !

Mais Chilpéric intervient.

– Vous n'avez rien à exiger. C'est moi seul qui commande ici ! Prends place près de moi, Frédégonde.

Galswinthe s'enfuit en larmes et, à la fin du banquet, Frédégonde et Chilpéric se retirent ensemble dans ce qui est désormais leur chambre. Mais alors que le roi veut se mettre au lit avec elle, elle le repousse.

– Après ! Nous devons d'abord parler. J'ai quelque chose à vous demander.

– Que veux-tu ?

– La place de Galswinthe.

– Mais tu l'as ! Jamais plus je ne l'approcherai de ma vie. Il n'y aura que toi.

– Vous ne m'avez pas comprise. Quand je parle de sa place, je veux dire être reine.

Chilpéric ne peut cacher sa gêne. Il se met à arpenter la pièce, l'air pensif. Il déclare enfin :

– Je sais, j'ai eu tort de l'épouser, c'est toi qui aurais dû être ma femme. Mais si je répudie Galswinthe, il va me falloir rendre sa dot et elle est si considérable...

Frédégonde s'approche de lui. Son regard se pose sur le sien.

– Si vous deveniez veuf, vous n'auriez rien à rendre.

– Galswinthe n'est pas malade.

– Qui parle de maladie ?...

Chilpéric a un violent sursaut.

– Tu es folle ? C'est la sœur de Brunehaut ! Sa vengeance et celle de Sigebert seraient terribles !

– Ne vous alarmez pas. Nous nous arrangerons avec eux. Il y a toujours moyen de trouver un arrangement.

Son compagnon secoue la tête.

– Je ne pourrai pas faire une chose pareille ! J'en suis incapable.

– Alors, laissez faire celle qui en est capable...

Frédégonde s'assied sur le lit et commence à retirer sa robe.

– Venez...

Au même moment, à genoux, les mains jointes, dans sa chambre, Galswinthe prie. Elle implore le Seigneur, son seul secours, son seul interlocuteur dans la situation où elle se trouve, de faire un miracle pour elle. Et, entre deux prières, entrecoupées de sanglots, elle réfléchit. Demain, elle ira trouver Chilpéric. Elle lui dira qu'elle renonce à être reine ; elle lui laissera sa dot, tout son or, les cinq villes ; elle fera, s'il le lui demande, des excuses à Frédégonde. Et elle lui demandera, comme une humble supplique, de rentrer chez elle, seule, sans rien, dans le brouillard et la neige, au milieu des loups, des ours et des aurochs, car ainsi, elle aura une petite chance de survivre, la seule...

Après une nuit entière de prières et de larmes, Galswinthe, épuisée, finit par s'endormir. Elle n'entend pas entrer dans sa chambre l'homme de main de Frédégonde. Quand le coussin se plaque sur son visage, elle a juste un petit cri étouffé, mais elle se débat à peine. Bientôt, elle n'est plus qu'un corps sans vie... Derrière les parois de bois, un petit jour brumeux se lève sur Berny.

Ce crime aurait dû déclencher un sanglant conflit, mais contrairement à toute attente, il n'en est rien. C'est Frédégonde qui avait raison en conseillant à Chilpéric de ne pas s'inquiéter... Quand il apprend le meurtre de Galswinthe, Sigebert réunit son armée pour envahir le royaume de Soissons et anéantir son frère Chilpéric, mais le roi de Bourgogne Gontran propose son arbitrage, en tant que leur aîné à tous deux. Il demande à Sigebert de renoncer à sa vengeance contre le paiement d'une indemnité et celui-ci finit par se laisser convaincre.

Il faut dire qu'une telle pratique est tout à fait conforme à la mentalité des Francs. D'après leur loi, le *wergeld*, tous les délits possibles et imaginables peuvent se racheter, selon un tarif d'une extrême précision. Les homicides varient de neuf cents sous d'or pour le meurtre d'un archevêque, à trente pour celui d'un esclave. Les blessures sont également quantifiées : cent sous pour une main, trente-cinq pour un index, etc.

Le meurtre d'une reine, plus grave, évidemment, que celui d'un archevêque, ne figure pas dans le *wergeld*. Mais Gontran propose que Chilpéric paye Sigebert avec les cinq villes que Galswinthe lui avait apportées en dot et tous les deux donnent leur accord.

Une voix discordante se fait pourtant entendre ; Brunehaut se dresse contre cet arrangement. Alors que seuls les rois ont la parole, elle se permet de contredire son mari. Elle dit que cinq villes ne rachètent pas le meurtre de sa sœur, que le sang appelle le sang, que la loi franque est barbare et que seul le droit romain est digne de respect. Mais si c'est elle qui dirige l'Austrasie dans les faits, en droit, elle n'est rien ; il n'est pas tenu compte de son opinion et la guerre civile est écartée...

Elle l'est pendant exactement sept ans. En 574, il se produit un coup de théâtre : Chilpéric donne l'ordre à ses troupes d'occuper par surprise Bordeaux, Limoges et les trois autres villes. C'est une violation flagrante du traité, Chilpéric a renié sa parole.

Mais en fait, Chilpéric n'est pas le véritable responsable. Depuis qu'elle est officiellement sa femme, c'est Frédégonde qui gouverne à sa place. Le faible roi de Soissons a définitivement capitulé devant elle. Elle le tient par les sens et elle obtient ce qu'elle veut de lui.

Or ce que veut Frédégonde, c'est la guerre. Tout comme Brunehaut, elle n'a jamais admis cet arrangement mercantile entre les deux frères. Elle veut l'affrontement avec cette femme, qui, comme elle, est capable de diriger un pays. Deux reines, c'est trop ! L'une d'elles doit disparaître.

Et tant pis si la disproportion de forces est écrasante ! L'Austrasie est dix fois plus vaste que le royaume de Soissons et elle s'étend des deux côtés du Rhin. Son armée est en partie composée de Germains, ces guerriers sanguinaires à qui rien ne résiste. Face à de pareilles forces, les chétives troupes de Chilpéric n'ont aucune chance. Mais Frédégonde s'en moque. Elle croit à son étoile. Elle était esclave, elle est maintenant reine. Elle a tout osé et elle a tout réussi. Cette fois encore, contre toute attente, elle l'emportera !...

L'affrontement s'engage. Sigebert réunit son immense armée et se met en route. Il le fait sans se presser. De Metz, sa capitale, il a décidé de passer par Paris et, de là, il remontera vers Soissons.

Comme à son habitude, il a formé son avant-garde avec les plus sauvages de ses guerriers germains, qui ressemblent à des bêtes autant qu'à des hommes et dont certains sont anthropophages. Même s'ils sont brouillons dans le combat et médiocrement armés, ils sont d'un aspect tellement effrayant que les populations s'enfuient épouvantées à leur approche.

Puis, viennent les Germains civilisés, Alamans, Bavarois, Thuringiens, et ensuite, le roi lui-même, entouré des Austrasiens de la rive gauche du Rhin, les Francs proprement dits. S'ils sont moins impressionnants que les autres, ce sont de loin les plus redoutables. Ils sont remarquablement entraînés et savent manier avec une terrible efficacité le scramasaxe, la courte épée franque, et la francisque, hache de jet qui provoque des ravages. La machine de guerre de Sigebert est en marche et rien d'existant dans le monde n'est de taille à l'arrêter.

Les rares téméraires qui ont le courage de rester pour voir défiler l'armée austrasienne peuvent assister à un spectacle plus surprenant encore que ce déploiement de forces : la reine Brunehaut est présente ! Contrairement à tous les usages, elle a suivi son mari à la guerre.

Elle est là, sur un char doré tiré par quatre bœufs. Assise, quelquefois étendue, légèrement dressée sur les coudes, elle est vêtue de bleu ciel et de bleu marine, ses couleurs favorites, qui s'harmonisent parfaitement avec son teint mat, ses yeux bleus et sa chevelure brune. Sa beauté, contrairement à celle de Frédégonde, fine et gracieuse, est du genre imposant. À trente ans, Brunehaut est une femme mûre, au charme méditerranéen. Trois maternités en ont fait une créature épanouie et opulente.

De temps à autre, elle prend dans ses bras le dernier de ses enfants, son héritier Childebert, un charmant blondinet de cinq ans venu après deux filles. Elle a voulu qu'il partage son bonheur. Car elle est heureuse ! Ce qu'elle a tant souhaité vient miraculeusement de se produire : elle va venger sa sœur. Elle va faire payer leur crime à ses ennemis et surtout à son ennemie. Ils vont tous expier dans les pires supplices !

Arrivée à Paris, la reine reste sur place, tandis que l'armée de son époux poursuit vers le nord. Depuis les remparts de l'ancienne capitale du royaume franc, elle voit s'éloigner, la joie au cœur, les irrésistibles colonnes austrasiennes. Cette fois la victoire est toute proche...

Elle l'est d'autant plus que Sigebert a eu la sagesse de mettre toutes les chances de son côté. S'il a choisi de faire un large détour avant d'attaquer son frère, c'est qu'il espérait obtenir le ralliement des seigneurs locaux. Et les résultats ont dépassé ses espérances. Depuis qu'il a quitté l'Austrasie, ils sont des dizaines à lui avoir fait allégeance ; son armée a grossi sans cesse de nouveaux contingents. Et maintenant qu'il remonte vers le nord, le mouvement se poursuit, s'accélère même !

En pénétrant dans le royaume de Soissons, les choses tournent plus favorablement encore. Non seulement Sigebert ne rencontre aucune résistance, mais tous les chefs de son frère viennent, eux aussi, lui faire allégeance. Il se trouve bientôt à la tête de troupes jamais vues, tandis que Chilpéric n'a plus rien, à part sa garde personnelle... Celui-ci s'est réfugié à Tournai, la ville la plus septentrionale de son royaume et la seule qui soit quelque peu fortifiée, mais c'est seulement retarder l'inévitable. Il est perdu !

Sigebert décide de s'arrêter à Vitry, à une heure de cheval de Tournai. Il y a là une grande plaine, au milieu de laquelle coule la Scarpe, affluent de l'Escaut. Une fois les soldats installés, il fait allumer, au milieu de ce campement rassemblant plus d'hommes que toutes les villes du royaume réunies, de gigantesques brasiers. Quatre de ses soldats le hissent sur un pavois et il fait le tour de l'armée au milieu des acclamations générales. Puis, il décide trois jours de liesse avant d'attaquer. Une gigantesque beuverie commence à Vitry...

À Tournai, au contraire, c'est la panique la plus complète. Toute la population de la ville est dans les églises, implorant le secours de Dieu. Chilpéric, lui, ne prie pas. Effondré sur le lit de sa chambre, il verse des flots de larmes entre deux rasades de vin. Il n'a qu'une idée en tête : être ivre mort quand les guerriers de Sigebert viendront pour le massacrer. Ainsi, il se rendra un peu moins compte de ce qui lui arrive et il souffrira peut-être un peu moins...

Dans la frayeur et la démission générales, un seul être conserve son sang-froid et garde confiance en la victoire. Cet être est une femme et, qui plus est, une femme qui vient juste d'accoucher. Frédégonde a, en effet, donné la veille le jour à un fils. Mais cela ne l'a pas empêchée de se lever et de se revêtir de ses plus beaux habits : une robe rouge et orangé, qui donne à son charme quelque chose de plus flamboyant encore. Elle a mis ses plus beaux bijoux, des merveilles en or, diamants et émeraudes provenant de la dot de Galswinthe. Elle s'est maquillée, elle s'est parfumée, avec l'essence la plus lourde et la plus capiteuse qu'elle possède, puis elle a quitté le palais et elle a pris la direction des remparts.

Elle sait que, tout près, dans la plaine de Vitry, Sigebert fête déjà sa victoire... Il a tort. Il s'imagine vainqueur parce qu'il croit combattre Chilpéric, mais ce n'est pas Chilpéric qu'il a en face de lui, c'est Frédégonde !

Sur les remparts, quelques soldats sont en faction, ceux de la garde rapprochée du roi, les derniers fidèles, les seuls avec elle à ne pas trembler. Ils savent qu'il n'y a plus d'espoir et ils ont accepté le sacrifice. Ce sont deux d'entre eux qu'elle cherche. Elle a remarqué les regards qu'ils n'ont pu s'empêcher de lui adresser à la dérobée. Elle n'y a pas répondu. Elle a toujours été d'une fidélité parfaite à Chilpéric. Mais maintenant, tout va changer.

Elle ne tarde pas à les découvrir. Ils sont jeunes, bien faits, blonds tous les deux. Ils ont le même sursaut en découvrant la reine. Elle se contente de leur dire brièvement :

– Suivez-moi !

Quelques instants plus tard, ils sont dans sa chambre, là même où elle a accouché la veille. Le soir tombe. Elle a pris soin d'éclairer la pièce d'une lumière douce, à l'aide des lampes à huile. Elle les prie de s'asseoir sur le lit. Ils sont aussi intimidés l'un que l'autre.

– Mais, Majesté...

– Ne m'appelez pas Majesté, appelez-moi Frédégonde.

Elle s'assied sur le lit à leurs côtés. Les deux jeunes gens ne savent pas comment se comporter. L'un d'eux balbutie :

– Mais le roi ?

– Ne vous occupez pas du roi !

Elle remplit deux coupes, prend une gorgée dans chacune et les leur tend. Elle se lève.

— Buvez et regardez !...

Alors, devant leurs yeux écarquillés, elle se livre à une scène de séduction inouïe. Elle se dévêt avec lenteur et, une fois qu'elle est nue, elle se met à danser autour d'eux. Elle les affole par ses poses, par ses gestes, par sa voix, par ses regards, par ses sourires... Enfin, elle va vers un coffre et en tire deux scramasaxes au manche richement ouvragé, qu'elle a dérobés à Chilpéric. Elle en prend un dans chaque main et revient, les bras écartés.

— Ils sont pour vous. Je les ai enduits d'un poison foudroyant. Prenez chacun un cheval et galopez jusqu'au campement de Sigebert. Là, vous le tuerez !

Les deux gardes contemplent leur reine, nue et armée de deux épées. Ils sont trop bouleversés et stupéfaits pour émettre un seul mot... La voix de Frédégonde se fait plus prenante encore.

— Je me donnerai à celui qui tuera Sigebert. Si vous le tuez tous les deux, je me donnerai à vous deux. Si vous êtes tués, j'offrirai mes bijoux pour le repos de votre âme.

Cette fois, ils retrouvent enfin l'usage de la parole.

— Mais comment faire pour l'approcher ?

— En arrivant, vous direz que vous êtes des chefs de Tournai venus vous rallier. Il vous recevra sûrement... Alors, votre réponse ?

Leur réponse tient en un seul geste. Ils se lèvent en même temps, prennent les armes et disparaissent dans la nuit tombante...

La fête en est à sa deuxième nuit, dans la plaine de Vitry. Pour l'instant, à l'intérieur de sa luxueuse tente pourpre, Sigebert est en train de se livrer à la même activité que son frère : il boit, il s'enivre. Mais évidemment, c'est pour la raison inverse. Le vin ne le fait pas pleurer, il le rend euphorique. Et son euphorie s'accroît encore, lorsque l'un de ses gardes apparaît dans l'ouverture de la tente.

– Majesté, il y a deux chefs du pays de Tournai venus se rallier à vous.

Sigebert a un rire de triomphe. Cette fois, c'est bien la fin. Si même le pays de Tournai se soumet, il ne reste plus rien à son adversaire, rien !

– Qu'ils entrent...

Les deux hommes apparaissent, entourés de gardes. Sigebert ne s'étonne pas de les voir armés. Le scramasaxe fait partie de l'équipement traditionnel des chefs et ceux-ci sont d'une particulière richesse, dignes même d'un roi. Il doit s'agir de seigneurs importants. Il leur tend les bras :

– Approchez, mes amis, et dites-moi vos noms.

La suite se passe à une vitesse foudroyante. Ils viennent vers lui et le frappent en même temps, l'un du côté droit, l'autre du côté gauche. Sigebert s'effondre, tué net. Sa garde, l'instant de stupeur passé, se rue sur les assassins et les massacre, puis sort de la tente en poussant de grands cris :

– Le roi est mort !...

Des exclamations de stupeur retentissent dans la plaine de Vitry. Le roi est mort : cela change tout. Chez les Francs, les liens de dépendance sont personnels ; on obéit uniquement à un homme. Servir un pays, un parti, une cause, cela n'a strictement aucun sens. Puisque Sigebert est mort, tous ceux qui se sont ralliés à lui n'ont plus rien à faire ici et ils commencent aussitôt à plier bagages.

Mais il y a pire ! Les Austrasiens et les Germains estiment eux aussi que, sans leur chef, ils n'ont plus à combattre et ils se mettent en devoir, eux aussi, de rentrer dans leur pays. Lorsque le jour est levé, il ne reste plus, autour du cadavre de Sigebert, que sa garde personnelle, composée, tout comme celle de Chilpéric, de soldats prêts au sacrifice. Frédégonde a vaincu à elle seule la plus puissante armée jamais réunie par les Francs !

La situation est totalement inversée. C'est maintenant Frédégonde qui triomphe et son premier souci est d'éliminer sa rivale. Elle va trouver Chilpéric, dégrisé et abasourdi. Vu la situation, il n'a pas grand-chose à lui refuser. Dès ce moment, le rapport de forces est définitivement fixé entre eux. Elle est tout, il n'est rien. Il n'est plus que le mari de la reine.

– Allez à Paris. Brunehaut s'y trouve. Il faut arriver avant qu'elle ait eu le temps de fuir.

– J'y vais. Mes hommes la massacreront après l'avoir violée.

– Pas question. Vous ne toucherez pas à un de ses cheveux. Vous la ramènerez ici. Je veux m'occuper d'elle moi-même...

Chilpéric obéit sans discuter et se met en route avec une forte troupe. Il a choisi d'emmener avec lui Mérovée, le second de ses fils, celui qui a sa préférence. C'est un beau jeune homme de dix-huit ans, à la longue chevelure blonde, comme celle de Chilpéric lui-même. Cet attribut capillaire est le signe de leur rang royal à tous deux, car, selon la loi des Francs, seuls les rois et les princes ont le droit de ne pas se couper les cheveux, les autres doivent, sous peine de mort, se les raser.

Alors qu'ils sont arrivés à Saint-Denis, Chilpéric choisit de s'arrêter. La célèbre abbaye a été pillée par les barbares germains de Sigebert et le père abbé veut s'entretenir avec lui de sa reconstruction, maintenant qu'il est vainqueur et bientôt maître de tout le pays franc.

Chilpéric laisse donc son fils continuer seul et s'assurer de la personne de Brunehaut. En fait, l'abbaye de Saint-Denis est un prétexte. Il n'a aucune envie de faire prisonnière sa belle-sœur. À la différence de Frédégonde, il se sent coupable vis-à-vis d'elle ; il sait très bien que le bon droit, la justice sont de son côté à elle et qu'il n'est lui-même qu'un criminel. Alors, il préfère se débarrasser de la déplaisante besogne auprès de son fils...

Mérovée s'en va vers Paris tout joyeux. Malgré ses dix-huit ans, il a gardé une mentalité un peu enfantine. Il n'a jamais bien compris cette rivalité entre son père et son oncle et il ne s'y intéresse pas trop. Tout ce qu'il voit, c'est qu'il exerce un commandement pour la première fois de sa vie et il en est tout grisé, tout enivré !

Il l'est plus encore lorsque, arrivant à Paris, il voit les habitants, terrorisés, se prosterner devant lui. Ils croyaient que Sigebert allait être vainqueur, ils lui avaient fait, lorsqu'il était venu, un accueil triomphal et, maintenant, ils découvrent que c'est Chilpéric qui l'a emporté. Ils tremblent de tous leurs membres, dans l'attente du châtiment. Mais Mérovée se contente de leur demander :

– Où est Brunehaut ?

Ils s'empressent de lui répondre tous ensemble :

– Aux thermes, Votre Grandeur.

Et ils se proposent aussitôt de lui montrer le chemin. Les thermes sont le plus important vestige de la ville romaine, qui était alors dix fois plus étendue et débordait sur les deux rives de la Seine. Ils se situent sur la rive gauche, au milieu d'un vaste jardin, qui a dû être autrefois magnifique, mais qui est revenu depuis longtemps à l'état sauvage.

Tout en s'approchant, Mérovée peut en voir l'énorme masse en briques à travers le feuillage. Contrairement à Chilpéric, il n'éprouve pas le moindre état d'âme à l'idée de capturer Brunehaut, mais seulement de la curiosité. Son père lui a dit que c'était elle et non son oncle qui gouvernait leur pays et il se demande à quoi peut bien ressembler une pareille femme.

Une fois arrivé dans le bâtiment, c'est un autre genre

de surprise qui l'attend. Les thermes sont immenses. Il en a le souffle coupé. Il n'a jamais rien vu de pareil, à Soissons ou ailleurs. La hauteur des lieux, la taille des fenêtres, des portes, tout est prodigieux ! Les murs sont peints en rouge sombre. Les puissantes voûtes sont supportées par des piliers au sommet desquels on a sculpté des bateaux, ornés à la proue d'un génie à corps d'homme et queue de poisson.

Il s'avance sur le pavé en mosaïque représentant aussi des poissons et des dieux marins, longeant un bassin immense. L'endroit est curieusement éclairé. Cinq des six grandes fenêtres, placées très haut, ne donnent qu'une lumière diffuse, mais la dernière, frappée directement par le soleil, laisse tomber obliquement un grand rayon.

C'est là que Brunehaut l'attend... Elle sait déjà ce qui est arrivé. Elle a été prévenue par un chef austrasien qui a fait le trajet à bride abattue pour lui annoncer la nouvelle. Devant cette catastrophe inimaginable, devant l'effondrement de tous ses espoirs, elle a réagi à sa manière habituelle : avec courage et autorité. Elle a ordonné au chef austrasien de partir aussi vite qu'il pourrait avec son fils Childebert. Elle-même resterait sur place. Le temps que l'ennemi prendrait à la torturer permettrait à Childebert et à lui de se mettre en sécurité.

Elle a choisi d'attendre son sort dans les thermes. L'endroit, majestueux et désert, est propice au recueillement. Et elle en a besoin. Elle doit réunir toutes ses forces pour affronter l'épreuve qui l'attend. Elle ne veut pas donner à ses ennemis le plaisir de la voir faiblir...

Un bruit de course, des cliquetis d'armes se font entendre. Elle raidit tout son être : c'est le moment ! Un groupe d'hommes en armes débouche. À leur tête, un guerrier à l'abondante chevelure blonde. Celui-ci se détache des autres et s'adresse à elle.

– Qui êtes-vous ?

Elle redresse fièrement la tête.

– La reine Brunehaut, la sœur de Galswinthe, que vous avez assassinée !

– À qui croyez-vous parler ?

– À Chilpéric, le criminel.

– Je ne suis pas Chilpéric. Je suis son fils Mérovée...

Brunehaut n'a jamais vu son beau-frère, ce qui explique sa méprise. Mais cela ne change rien. Qu'il s'agisse de lui ou de son neveu, le sort qui l'attend est le même. Elle l'apostrophe :

– Est-ce vous qui êtes chargé de me mettre à mort ou devez-vous me conduire à Frédégonde ?

– Je dois vous conduire à elle...

Mérovée est juste deux pas devant elle. Il s'est tu, il ne bouge pas. Et c'est alors que Brunehaut a la sensation qu'il se passe quelque chose d'imprévu. Le jeune prince la regarde d'une manière étonnée, incrédule, comme s'il ne comprenait pas ce qui lui arrivait. Elle se met à le regarder avec plus d'intensité. Non, elle ne se trompe pas : ce n'est pas en ennemi qu'il la dévisage, il a l'air, au contraire, irrésistiblement attiré par elle... Mérovée s'adresse soudain avec brusquerie à ses hommes :

– Sortez tous ! Je dois parler à la reine.

Les soldats, surpris, mais obéissants, se retirent. Ils se retrouvent seuls dans l'immense salle et Mérovée lui déclare alors :

– Je vous aime !

Brunehaut ne peut s'empêcher de sursauter.

– Vous voulez vous moquer de moi ?

– Je ne me moque pas. Je ne sais comment vous le prouver...

Pris d'une brusque inspiration, le fils de Chilpéric sort son scramasaxe et le lui tend et, la reine se retrouve, stupéfaite, avec l'arme dans les mains.

– Mais que voulez-vous de moi ?

– Vous épouser !
– Vous êtes fou ?
– Ce doit être cela...

Il veut s'approcher. Elle pointe l'épée vers lui.

– Ne me touchez pas !

Mérovée recule.

– Alors, partons ! Allons à Rouen. C'est mon parrain Prétextat qui est l'archevêque de la ville. Il nous mariera...

Parmi toutes les qualités de Brunehaut, le sang-froid est sans doute celle qu'elle possède au plus haut point. Mais là, pour la première fois de sa vie, elle est tout de même dépassée par les événements. Incapable de prononcer une seule parole, elle reste figée. Elle écoute le chef de ses ennemis, venu pour la conduire au supplice, son neveu de surcroît, lui tenir les plus incroyables des propos.

– Vous m'avez pris mon âme ! Si vous me quittez, je meurs. Allons à Rouen. Je vous emmènerai sur mon cheval...

Enfin, son sens de la réalité lui revient.

– Non, pas à cheval. J'ai un bateau sur la Seine et je sais comment quitter les thermes sans être vus de vos soldats. Voulez-vous me suivre ?...

Et quand, quelques heures plus tard, Chilpéric fait à son tour son entrée dans Paris, Brunehaut n'est plus là et Mérovée non plus. Par des témoins, il apprend qu'ils se sont enfuis ensemble et qu'ils ont l'intention d'aller à Rouen.

Pour aller de Paris à Rouen, il n'y a qu'un seul chemin, la Seine, et lui-même n'a pas de bateau. Il peut maudire son fils, lui promettre les pires châtiments, cela ne change rien. Ils vont se retrouver tous les deux sous la protection de l'archevêque et même un roi ne peut rien contre cela. Brunehaut lui a échappé et, tant qu'elle sera vivante, son camp ne sera pas abattu. Le cycle de violences et de meurtres déclenché par le meurtre de Galswinthe va se poursuivre...

Peu après, en effet, Brunehaut et Mérovée arrivent à Rouen. L'archevêque Prétextat, qui adore son filleul, leur fait un accueil chaleureux. Sa bonté est sans limites et sa science religieuse bien incertaine, comme celle de tout le clergé. Il ne lui vient pas à l'idée que l'Église interdit le mariage entre une tante et son neveu et il célèbre leur union. Brunehaut et Mérovée sont désormais mari et femme...

Même si elle n'a rien fait pour cela, Brunehaut a réussi le même exploit que sa rivale. À quelques jours de distance, les deux reines ennemies viennent, par leur seul pouvoir de séduction, de renverser en leur faveur une situation désespérée !

Commence alors l'interminable et sanglante guerre de Frédégonde et de Brunehaut... Chilpéric se rend à Rouen, pour essayer de mettre la main sur son ennemie, mais elle est sous la protection de l'archevêque Prétextat, qui refuse catégoriquement de la livrer. Le roi se voit dans l'obligation de négocier. Après de longues discussions, il peut reprendre Mérovée, après avoir juré qu'il ne serait pas mis à mort, et Brunehaut peut rentrer librement à Metz.

Une fois le père et le fils arrivés à Soissons, Mérovée passe en jugement devant sa famille réunie. Frédégonde veut sa mort dans les pires tortures pour avoir sauvé Brunehaut et peut-être plus encore pour l'avoir aimée, mais Chilpéric fait preuve pour une fois d'autorité. Un serment fait à un archevêque est trop grave. Mérovée sera seulement condamné à la tonsure. Le châtiment est quand même terrible, car un prince qui a perdu sa chevelure ne pourra plus jamais régner...

À Metz, c'est le fils de Brunehaut, Childebert, âgé de cinq ans, qui est officiellement roi. Jusqu'à sa majorité, fixée à treize ans chez les Francs, va avoir lieu une longue période d'interrègne. Le pouvoir est convoité par deux partis : les grands du royaume et Brunehaut elle-même, qui veut exercer seule la régence. Un affrontement sans merci s'engage entre eux et c'est Brunehaut qui l'emporte. Elle sait jouer habilement des rivalités des uns et des autres et elle se sert aussi de l'atout sans pareil qu'elle possède : son charme.

Une fois parvenue à ses fins, Brunehaut veille à ce que son fils reçoive le moins d'instruction possible. Ainsi, il restera sous sa domination et elle pourra continuer à régner comme elle l'entend...

Du côté de sa rivale, les choses évoluent également. Un beau jour de 585, dix-huit ans après la mort de Galswinthe et son mariage, Frédégonde finit par se débarrasser de Chilpéric.

Depuis la nuit de Tournai, elle n'avait plus que mépris pour lui et elle s'était mise à le tromper sans retenue. Les amants se sont succédé dans son lit... En cet été 585, Chilpéric et elle se trouvent dans une villa qu'ils possèdent à Chelles. L'amant de la reine est le même depuis un moment déjà. Il se nomme Landry ; c'est un jeune et beau comte du palais. Pour la première fois, il semble que Frédégonde soit vraiment éprise. Il fait très chaud, ce jour-là. Chilpéric est à la chasse. Frédégonde est en train de se rafraîchir dans sa chambre. Elle s'arrose nue, avec une aiguière, lorsqu'elle reçoit un petit coup de badine sur les fesses. Elle a un rire léger.

– Arrête, Landry...

Elle se retourne : c'est Chilpéric !... La scène qu'il lui fait alors est terrible. Sous l'affront, il semble comprendre à quel point d'abaissement il en est arrivé. Frédégonde sent qu'il est capable de se ressaisir, peut-être de la répudier. Elle laisse passer l'orage et le roi finit quand même par s'apaiser. Mais dans leur entourage, elle a su placer depuis longtemps des personnes qui sont entièrement à sa dévotion. Le soir, on retrouve le corps de Chilpéric dans les bois environnants. Son assassin ne sera jamais retrouvé...

Les deux reines sont désormais seules face à face. Elles gouvernent au nom de leurs fils respectifs : Clotaire pour Frédégonde, Childebert pour Brunehaut. Leur affrontement direct s'engage. Il dure des années, mais sans résultat : leurs armées se livrent des batailles indécises, les assassins porteurs de poignards empoisonnés qu'elles s'envoient mutuellement sont pris et exécutés.

Ne pouvant frapper sa rivale, Frédégonde poursuit de sa haine tous ceux qui ont été de près ou de loin ses alliés. Ainsi, Prétextat, auquel elle n'a pas pardonné le mariage de Rouen. Non seulement elle décide sa mort, mais par un raffinement supplémentaire, elle le fait poignarder pendant la messe de Pâques, au moment de l'élévation.

Le temps passe... Childebert, fils de Brunehaut, meurt, à l'âge de vingt-trois ans. Mais cela ne met pas fin au règne de sa mère par procuration. Elle continue à gouverner à la place de ses deux petits-fils, Thierry et Théodebert, qui à la mode franque se sont partagé l'Austrasie et qui, en fait, n'ont aucun pouvoir.

En 597, c'est au tour de Frédégonde elle-même de quitter le monde. Celle qui a commis tant de crimes meurt dans son lit, de sa belle mort comme on dit, à l'âge de cinquante-deux ans, ce qui est plus que respectable à une époque où on est père ou mère à douze ans, grand-père ou grand-mère à vingt-cinq et mort à trente. Elle est enterrée pieusement près de Paris, sur la rive gauche de la Seine, dans l'abbaye Saint-Germain, qu'on appellera un peu plus tard Saint-Germain-des-Prés.

Mais contrairement à ce qu'on pourrait imaginer, sa disparition ne met pas fin à l'affrontement. Au moment de rendre le dernier soupir, elle a pris soin de transmettre à son fils Clotaire le flambeau de la haine. Elle lui a fait promettre d'abattre Brunehaut. Et Clotaire a dit oui.

Car Clotaire est un personnage pour le moins peu sympathique ; c'est même la parfaite illustration de la barbarie de son époque. Bien qu'il n'ait que treize ans, sa personnalité est inscrite sur son visage. Il a le front bas, les yeux profondément enfoncés dans leurs orbites, le regard à la fois inintelligent et méchant. Il est le digne fils de Frédégonde, il tient d'elle, il a hérité de sa violence, de sa cruauté. Puisque sa mère détestait Brunehaut, il va la détester à son tour. Il va la combattre à mort et lui, il aura la victoire !...

La guerre continue donc entre Clotaire, d'une part, et Théodebert et Thierry, petits-fils de Brunchaut, de l'autre. Ce sont des affrontements sanglants et indécis qui durent des années, sans qu'un avantage durable s'installe.

Le temps passe encore et le sort frappe le camp de Brunehaut : ses petits-enfants meurent presque coup sur coup. On croit que la vieille reine va renoncer, se retirer dans un couvent, comme on l'en presse de toutes parts dans son entourage. Mais c'est sous-estimer son énergie et son acharnement. Elle n'a plus de petits-fils, qu'à cela ne tienne, elle va gouverner au nom de ses arrière-petits-fils !

Ils sont trois : Sigebert, Mérovée et Corvus. Ce sont encore des enfants. Comme l'armée de Clotaire s'avance dans le pays, elle les met à la tête de ses propres troupes, chargeant les seigneurs d'Austrasie de commander à leur place. Mais cette fois, pourtant, elle ne sera pas obéie. Les grands d'Austrasie ne supportent plus cette femme tyrannique, qui refuse de céder la place ou de mourir. Ils décident de passer à l'ennemi. La veille de la bataille, ils capturent les trois petits rois et les livrent à Clotaire, qui les fait massacrer.

Brunehaut a soixante-huit ans, un âge extraordinaire à l'époque. Cette fois, tout semble fini pour elle, on s'attend à la voir enfin se retirer de la scène, mais elle ne renonce pas. Elle n'a plus de descendance mâle, elle va continuer le combat avec ses descendantes ! L'une de ses petites-filles, Théodelinde, a épousé un seigneur helvète, Herpon, qui est à la tête de plusieurs cantons et de troupes nombreuses. Elle se rend auprès d'elle.

Là-bas, tout se passe, en apparence, comme elle le souhaitait. Théodelinde accueille avec empressement sa grand-mère. Elle l'assure de son dévouement. Herpon paraît contrarié de la périlleuse situation qu'engendre son arrivée, mais il lui fait quand même bonne figure.

– Venez avec moi, je vais vous montrer de combien d'hommes je dispose, lui dit-il.

Brunehaut le suit, mais à peine est-elle arrivée auprès des soldats d'Herpon que celui-ci leur fait signe de s'emparer d'elle. Il éclate de rire et lui lance un regard de mépris.

– Comment m'avez-vous cru assez fou pour prendre le parti d'une vieille femme contre le roi Clotaire ? Adieu, reine !

Renève, sur les bords de la Vingeanne, non loin de Dijon, abrite une ancienne villa romaine en ruine. C'est là que Clotaire a installé son campement et qu'il a convoqué une assemblée de dignitaires francs pour juger Brunehaut.

Quand la reine arrive, couverte de chaînes et de poussière, elle découvre les crosses d'or des évêques et les riches vêtements des grands personnages de son pays qui l'ont trahie. Tandis que les hommes qui l'accompagnent la font descendre sans ménagement de sa monture, ceux-ci se lèvent pour la couvrir d'insultes.

Elle ne les entend pas, ne les regarde pas. Un seul homme l'intéresse...

Il se tient au milieu de l'assemblée, sur un trône de bronze. Brunehaut a devant elle le fils de Frédégonde : l'interminable guerre qui l'a opposée à son ennemie prend fin avec ce face-à-face.

Clotaire, lui aussi, la regarde avec fascination. La joie de faire le mal se lit sur tout son visage déplaisant, qui a à la fois quelque chose de porcin et d'aquilin. Il prend la parole d'une voix grinçante :

— Brunehaut, tu vas être jugée pour les crimes que tu as commis. Écoute les accusations qui pèsent contre toi... Tu as tué de tes mains tes deux maris, Sigebert et Mérovée !

Pour toute réponse, la reine se contente de hausser les épaules. Vexé, Clotaire s'anime plus encore.

— Tu les as tués. C'est ma mère qui me l'a dit. Elle ne mentait jamais. Elle me l'a juré sur les Évangiles !... Et c'est toi aussi qui as assassiné mon père Chilpéric. Qu'as-tu à répondre à cela ?

La reine, imperturbable et hautaine, semble obstinément absente. Le fils de Frédégonde entre en fureur.

— Et puis tu as tué tes arrière-petits-fils Sigebert et Corvus. Je peux le prouver ! Qui veut témoigner ?

Deux chefs austrasiens se lèvent.

— Nous, Majesté. Nous l'avons vue faire. Nous étions là.

— Pour tous ces meurtres abominables, quelle peine décidez-vous, nobles personnages ?

Un cri unanime jaillit de l'assemblée :

— La mort !

Des mains brutales se saisissent de la reine, qui ferme les yeux... Peut-être pense-t-elle, en cet instant suprême, aux thermes de Paris, lorsqu'elle attendait la venue de son ennemi, prête au supplice. Au lieu de cela, son ennemi lui avait dit : « Je vous aime » et lui avait donné son épée. Mais cette fois, il n'y aura pas de miracle. Il ne viendra pas de jeune homme pour la sauver...

On lui arrache sa robe grise toute maculée. Elle se retrouve nue. Clotaire émet un rire sauvage, imité par toute l'assistance. Il rugit :

– Qu'on aille chercher un chameau !

Le chameau est sans doute l'animal le plus familier chez les Francs. C'est l'animal de bât par excellence, il est bien plus répandu que l'âne ou le mulet. Sur les ordres de Clotaire, Brunehaut est attachée nue au dos de la bête. Les tortures peuvent commencer.

Le roi s'avance le premier et assouvit sa vengeance sur elle, longuement, interminablement. Lorsque enfin il s'estime rassasié, il s'écarte et c'est la ruée. Happée, de tous côtés, frappée, déchirée, déchiquetée, la reine ne devient vite qu'un objet sanglant.

Par infortune pour elle, Brunehaut est douée, malgré son âge, d'une résistance physique exceptionnelle. Au bout de trois jours et trois nuits de martyre, elle vit encore ! Elle n'est plus qu'un paquet attaché à la bosse de l'animal, mais elle bouge encore de manière imperceptible, elle respire encore faiblement.

Clotaire n'y tient plus. Il demande qu'on fasse venir un cheval sauvage. La suppliciée est descendue de son chameau et attachée par les cheveux, un pied et une main à la queue de la bête, qui piaffe d'impatience.

Clotaire monte sur son propre cheval, imité par ses seigneurs. Il fait un geste et on libère le coursier, qui part d'un bond. Tous galopent à ses côtés en sonnant de la trompe ou en criant pour l'affoler et pour manifester férocement leur joie. Le fardeau rouge qu'il traîne s'amenuise rapidement. Lorsqu'il n'y a plus rien, l'animal s'arrête de lui-même...

Clotaire n'en a pourtant pas terminé. Bien que son ennemie soit morte, il entend qu'elle soit privée de sépulture, afin que son âme erre éternellement en peine. Il ordonne qu'on ramasse les morceaux de son corps. Il les fait rassembler en un tas sanglant et y met lui-même le feu. Ensuite seulement, il lève le camp.

Ainsi s'est terminée la guerre des deux reines. C'est la plus cruelle qui l'avait emportée sur la plus sage, la barbarie sur ce qui restait de civilisation. Signe des temps ! La dynastie mérovingienne allait continuer à s'enfoncer dans la décadence et une nuit profonde allait s'étendre sur le pays, qui ne s'appelait plus la Gaule et pas encore la France.

MACHIAVEL À L'HÔPITAL

– Bonjour, docteur...

Nous sommes le 1er juin 1968. Sarah Dean, vingt-quatre ans, est tout intimidée dans sa blouse blanche, avec son petit bonnet sur les cheveux, la tenue réglementaire des infirmières du centre hospitalier de Greenwood, à Jackson, dans l'État du Mississippi. C'est aujourd'hui qu'elle commence son travail et c'est son premier poste : on peut comprendre son émotion.

Mais ce n'est pas la seule raison du trouble de la jeune Sarah Dean ; elle a été affectée au service de chirurgie cérébrale, dirigé par le docteur Kennedy, et elle vient de se présenter à son nouveau patron.

Or Michael Kennedy, qui occupe ce poste prestigieux, un des plus en pointe des États-Unis, n'a rien du vieux professeur qu'on pourrait imaginer. Quarante-cinq ans, sportif, bronzé, il est doté d'un sourire absolument ravageur, qui fait de lui le rêve de toutes les infirmières de l'hôpital.

Sarah n'échappe pas à la règle : elle reste figée devant son patron, sans voix. Cela, c'est banal, mais ce qui ne l'est pas du tout, c'est l'attitude du docteur Kennedy. D'habitude, celui-ci n'accorde qu'une attention distraite à son personnel, qu'il soit masculin ou féminin. C'est que, pour lui, seul son travail compte. Et, en plus, il est marié, père de famille et fidèle en ménage.

Mais, cette fois, il regarde Sarah, mieux, il la détaille, mieux encore, il lui sourit...

— Comment vous appelez-vous ?

— Sarah Dean, monsieur.

— Eh bien, je suis heureux de vous souhaiter la bienvenue, Sarah. Oui, vraiment... très heureux !

Et il se produit alors quelque chose qui, dans le fond, n'a rien de surprenant. Michael Kennedy, le bourreau de travail qui ne songeait qu'à sa prochaine opération, tombe amoureux fou de Sarah Dean. Vingt ans de sérieux professionnel et conjugal cèdent devant l'appel de la jeunesse. C'est le démon de midi dans toute sa fougue.

Car il faut dire que si Michael est doué d'un physique de cinéma, Sarah n'a rien à lui envier de ce côté. Blonde aux yeux bleus, parfaitement faite, elle ne serait nullement déplacée dans un magazine de mode. Bref, ils forment un couple comme on en voit rarement et ils ne tardent pas à filer le parfait amour...

Peut-être, au fond d'elle-même, Sarah Dean n'est-elle pas vraiment amoureuse de Michael, mais elle lui a cédé presque tout de suite et elle ne regrette rien. Elle est si fière d'avoir pour amant son patron, et le plus bel homme de l'hôpital de surcroît ! Elle est si fière quand elle surprend les regards d'envie de ses collègues infirmières ! Voilà pourquoi elle lui manifeste dès le début les marques d'une passion ravageuse.

Lorsqu'ils doivent se séparer pour la première fois, lors des vacances, elle lui écrit carrément : « Je préférerais te tuer que de te savoir à une autre... »

Cette lettre, Michael Kennedy la lit et la relit. Cette déclaration enflammée le comble de joie. Car, lui, il est passionnément épris. Et quand elle rentre de vacances, il déclare tout bonnement à Sarah :

— Veux-tu m'épouser ?

Le jeune femme est abasourdie.

— Mais tu es marié !

– Je vais divorcer !
– Et ta femme est d'accord ?
– Je ne lui ai encore rien dit. Je n'attends qu'un mot de toi pour le faire...

Sarah Dean finit par retrouver ses esprits et par répondre :

– Laisse-moi le temps de réfléchir...

Réfléchir, c'est désormais le mot qui ne cesse de revenir dans la bouche de Sarah, quand le docteur lui parle d'officialiser leur union. C'est que, mise au pied du mur, elle découvre la réalité de ses sentiments. Pour elle, tout ce qui s'est passé a été une merveilleuse aventure, mais cela s'arrête là. Elle ne se voit pas devenir la femme de son patron, il a l'âge d'être son père, il mène une vie trop mouvementée et, tout simplement, elle ne l'aime pas...

Seulement, elle n'a pas le courage de rompre et elle continue à faire traîner les choses. À son grand désespoir, Michael Kennedy l'entend désormais répéter, chaque fois qu'il la presse de franchir le pas :

– Laisse-moi le temps de réfléchir...

Sarah Dean réfléchit si bien qu'un jour de 1969 elle remarque un nouveau médecin qui vient d'arriver à l'hôpital. Thomas Fellow est juste un peu plus âgé qu'elle et, entre eux, c'est le coup de foudre. Cette fois, elle se décide à clarifier la situation avec son patron. Alors que celui-ci la relance une nouvelle fois, elle lui déclare, avec une fermeté qui la surprend elle-même :

– Il vaut mieux que nous arrêtions là.
– Tu plaisantes ?
– On ne plaisante pas avec ces choses.
– Alors, c'est que tu as quelqu'un !

Sarah Dean a décidé d'aller jusqu'au bout.

– Oui.
– Je peux savoir qui ?
– Thomas Fellow. Avec lui, c'est vraiment sérieux.

Lui, il n'est pas marié et je compte bien faire ma vie avec lui...

À la grande surprise de Sarah, Michael Kennedy conserve tout son calme. Il déclare, après un moment de silence :

– Cela ne durera pas. Tu me reviendras...

Mais cela dure et Sarah Dean ne revient pas, bien au contraire... Quand, en mai 1969, elle lui annonce que Thomas et elle ont décidé de se marier, Michael ne peut qu'admettre sa défaite. Il se montre, d'ailleurs, parfaitement beau joueur.

– Très bien. Je te souhaite bonne chance... Tout à l'heure, viens dans mon bureau. On prendra le verre de l'adieu...

Quelques heures plus tard, le docteur et la jeune femme se retrouvent autour d'un whisky. Michael Kennedy boit au bonheur de Sarah Dean, qui se félicite que les choses se passent aussi bien avec son ex-amant.

Et elle quitte la pièce avec un soupir de soulagement. Elle ne peut savoir ce qui est en train de se passer au même moment... Dès qu'elle a refermé la porte, le docteur s'empare d'un flacon, en vide le contenu d'un trait et s'écroule en râlant... Découvert peu après par un de ses collaborateurs, il est conduit aux urgences. Mais arrivé là, il dit dans un souffle :

– C'est inutile. Je suis perdu. Je veux parler au shérif.

– Au shérif ?

– Oui. Faites vite !

Le shérif est là peu après. Il trouve effectivement le docteur Kennedy à la dernière extrémité.

– Shérif, j'ai été empoisonné par Sarah Dean, ma maîtresse.

– Comment pouvez-vous l'affirmer ?

– Je voulais la quitter, elle ne voulait pas... Nous venions de boire ensemble. Elle a mis quelque chose dans mon verre...

Le docteur Kennedy succombe le lendemain. À l'autopsie, on découvre, effectivement, du mercure dans son estomac, substance que Sarah Dean maniait quotidiennement pour son métier... La suite de l'enquête ne fait que l'accabler, notamment la fameuse lettre où elle menaçait de le tuer en cas d'infidélité.

Face à cette situation, Sarah se défend avec l'énergie du désespoir.

– Mais c'est l'inverse ! C'est moi qui voulais quitter le docteur Kennedy pour épouser le docteur Fellow.

Malheureusement, Thomas Fellow est un faible. Tant par crainte du scandale que de se voir impliqué dans une histoire criminelle, il fait tout ce qu'il peut pour minimiser ses relations avec l'infirmière :

– C'est vrai, nous avions une aventure, mais de là à parler de mariage. Cela n'a jamais été sérieux à ce point-là...

Et le docteur Fellow, sans doute pour ajouter plus de poids à ses dires, se marie précipitamment, avant même le procès de Sarah Dean, ce qui porte, on s'en doute, un coup catastrophique à sa défense.

Dans ces conditions, quand elle crie devant le tribunal que le docteur Kennedy s'est suicidé pour la faire accuser, qu'il s'agit d'une vengeance abominable et machiavélique, personne ne la croit. Au contraire, elle s'attire la réprobation générale. Non seulement, c'est une criminelle, mais c'est une menteuse, qui tente de se sauver en salissant sa victime...

À l'issue des débats, le 12 février 1970, Sarah Dean est condamnée à la réclusion à perpétuité. Elle n'a échappé à la chaise électrique que parce que la peine de mort vient d'être supprimée dans l'État du Mississippi et, de l'avis général, elle a beaucoup de chance !

Tout comme, du même avis général, elle a beaucoup de chance d'obtenir une libération pour bonne conduite, en 1982, après treize ans de détention. Mais si treize ans c'est peu quand on est coupable, quand on est innocent, c'est insupportable. C'est un être brisé qui sort de prison. Où est-elle, celle qui aurait pu poser pour les magazines ? Sarah Dean n'est plus que l'ombre d'elle-même. Mais une seule idée la soutient encore : se faire innocenter.

Elle se rend chez le shérif, qui est depuis peu à la retraite. Il commence par l'éconduire, mais il finit par l'écouter.

— J'ai purgé ma peine, il ne peut plus rien m'arriver. Si j'étais coupable, je reprendrais mon existence sans faire de bruit. Mais je suis innocente. Je vous demande de m'aider à rétablir la vérité...

Le shérif est frappé par son ton de sincérité et, comme il s'ennuie à la retraite, il décide de l'aider. Il avait un peu connu la victime et il sait en particulier que le docteur Murdoch, un de ses collègues à l'hôpital, était son meilleur ami et son confident.

Seulement, quand il se présente à son domicile, ce n'est pas lui qui l'accueille, c'est sa veuve. Le docteur Murdoch est mort l'année passée. Le shérif se dispose à s'en aller, mais sa femme le retient.

— Dites-moi ce que vous vouliez. Je pourrai peut-être vous aider...

Le shérif expose le but de sa visite et, à mesure qu'il parle, il voit son interlocutrice s'assombrir. À la fin, elle prend la parole d'une voix blanche.

— Ce que vous dites est malheureusement vrai. Michael s'est confié à mon mari avant de mourir. Il lui a avoué s'être empoisonné pour faire accuser Sarah Dean, qui allait le quitter.

— Et votre mari n'a rien dit ?

— Il en voulait à cette jeune femme d'avoir brisé le ménage de Michael et il estimait qu'elle méritait la prison. S'il y avait eu la peine de mort, il aurait parlé, mais là...

— Et vous, vous n'avez rien dit ?

Mme Murdoch baisse la tête et ne répond pas. Mais

elle accepte pourtant de rédiger une déposition, qu'elle remet au shérif. Une fois qu'elle l'a en main, Sarah Dean va la porter à la justice.

La réponse prend près de six mois et, malheureusement, elle est négative. Il ne s'agit que des propos attribués à une personne disparue. Cela ne constitue pas un élément nouveau suffisant pour rouvrir le dossier en vue d'une réhabilitation.

Cette décision, qui sonnait le glas de ses espoirs, Sarah Dean ne l'a pas acceptée. Plutôt que de vivre des années encore dans la peau d'une criminelle, elle a préféré mettre fin à ses jours. Elle s'est suicidée en avalant des somnifères. Cette fois, c'était un vrai suicide, qui n'avait pas pour but de faire accuser qui que ce soit, mais de quitter tout simplement le monde. D'ailleurs, il n'y a pas eu d'enquête.

L'ORDRE DES MÉDECINS

– Personne suivante...

À l'appel de la secrétaire, Gaston Rethel se lève. Il fait particulièrement chaud dans la salle d'attente du docteur Abravanel, médecin généraliste au Havre. On est en pleine canicule, en cette fin juin 1956, et il s'essuie le front de son mouchoir. À part cela, il n'a pas l'air du tout en mauvaise santé. Il a la cinquantaine énergique, les cheveux courts coupés en brosse, l'œil vif et la démarche volontaire. Mais il est vrai que les affections, même les plus graves, ne se voient pas toujours.

Et c'est exactement ce que lui dit le docteur Abravanel, en l'accueillant dans son cabinet.

– Prenez place, cher monsieur. Qu'est-ce qui se cache derrière cette bonne mine ?

Ce à quoi Gaston Rethel répond sèchement :

– Vous ne me reconnaissez pas ?

Un peu surpris par cette entrée en matière, le docteur Abravanel a un geste d'excuse.

– Je ne vois pas...

– Eh bien consultez vos dossiers. Je suis venu vous voir, il y a quatre ans et un peu plus d'un mois, le 13 mai 1952.

De plus en plus étonné, le praticien s'exécute. Il a effectivement un dossier ouvert, le 13 mai 1952, au nom de Gaston Rethel.

– Je vois... J'avais noté : « Se plaint de maux de tête et d'une fatigue généralisée. » Mais je n'avais rien trouvé. J'avais prescrit des vitamines... Et depuis, comment est-ce que ces problèmes ont évolué ?

– C'est de pire en pire ! Je n'en peux plus, je suis à bout !

Et Gaston Rethel part dans une longue énumération des maux les plus divers... Après l'avoir écouté, le docteur Abravanel hoche la tête.

– Nous allons voir cela. Si vous voulez bien vous déshabiller...

Il examine longuement son patient, lui prend la tension, l'ausculte, vérifie ses réflexes, puis il se redresse avec un sourire.

– Eh bien, vous n'avez rien. Je vais vous donner des vitamines, comme l'autre fois...

Gaston Rethel se rhabille, puis reprend la serviette qu'il avait sous le bras en entrant et lui déclare :

– Vous avez eu tort !

Le docteur Abravanel ouvre de grands yeux.

– Tort de quoi ?

– De me dire que je n'avais rien.

Gaston Rethel sort alors un revolver, avec lequel il vise posément... Le médecin a le temps de dire :

– Mais qu'est-ce que vous faites ?

Et il s'écroule mort, une balle dans le cœur... Ensuite, avec beaucoup de sang-froid, Gaston Rethel quitte le cabinet. Il croise la secrétaire, qui accourt, alertée par le coup de feu. Il lui lance :

– Il y a eu un accident...

Et il disparaît dans l'escalier.

Une demi-heure plus tard, la police est chez Mme Rethel. C'est une femme menue aux cheveux gris. Quand elle voit arriver le policier, elle a un cri :

– Il est arrivé quelque chose à mon mari !

L'inspecteur Granier, qui sort de chez le docteur Abravanel, après avoir constaté son décès et pris dans le dossier le nom et l'adresse du client meurtrier, secoue la tête :

– Pas exactement, madame. Il est arrivé quelque chose à cause de lui. Il a... tué un homme.

Mme Gaston Rethel a une exclamation :

– Un docteur !
– C'est exact.
– Vous l'avez arrêté ?
– Non. Il est en fuite. Mais comment savez-vous qu'il s'agissait d'un médecin ?

Mme Rethel se laisse tomber sur une chaise.

– Parce que cela devait arriver !

Et elle raconte une incroyable histoire...

– Cela lui a pris il y a cinq ans environ. Il a commencé à se plaindre des maladies les plus diverses. Il a été chez un médecin, puis chez un autre. Et chaque fois, il revenait en me disant : « Il ne m'a rien trouvé. » Je lui disais que c'était tant mieux, que cela prouvait qu'il allait bien, mais il ne voulait rien savoir. Pour lui, c'étaient tous des ânes, ils s'étaient ligués contre lui pour refuser de le soigner.

Elle se lève et va ouvrir un secrétaire. Elle en sort des piles de papiers.

– Tenez, voilà ce qu'il rapporte à la maison depuis des années : des centaines d'ordonnances, toutes prescrivant des vitamines ou des fortifiants, des dizaines d'analyses de laboratoire, toutes négatives, des dizaines d'électrocardiogrammes montrant un cœur de jeune homme.

L'inspecteur contemple cet amoncellement effectivement impressionnant.

– Et ces derniers temps, il y a eu un changement dans son comportement.

– Oui. Il était devenu plus sombre, plus violent. Il n'arrêtait pas de dire : « Un jour, je me vengerai d'eux tous ! »

– Le médecin qu'il a tué s'appelait Abravanel. Vous

avez une idée de la raison pour laquelle il s'en est pris à lui ?

La pauvre Mme Rethel a un geste d'impuissance.

– Comment est-ce que je pourrais le savoir ? Je ne les connaissais pas, ces docteurs : il y en avait trop. Il a vu pratiquement tous ceux du Havre et il a même été plus loin, à Rouen et plusieurs fois à Paris !

– Il n'a rien dit qui puisse constituer un indice ? Cherchez bien...

– Je ne vois pas... Ah si, il y a peut-être quelque chose. Hier, je l'ai entendu répéter : « L'ordre des médecins... L'ordre des médecins... » et, chaque fois, il ricanait d'une manière méchante.

Il y a un instant de silence, pendant lequel Mme Rethel et l'inspecteur réfléchissent chacun de leur côté et, soudain, ce dernier a une exclamation.

– Je crois que j'ai compris ! Abravanel : c'est l'ordre alphabétique, tout simplement. Votre mari a décidé d'éliminer par ordre alphabétique tous les médecins qui l'ont soigné.

– Mais c'est monstrueux !

– Certainement. Mais ne perdons pas de temps. Montrez-moi les ordonnances. Le prochain est celui dont le nom commence par un A ou un B...

Après consultation de la volumineuse pile, il s'avère que le suivant est un certain docteur Amanda, avenue de la République, au Havre. L'inspecteur Granier s'y précipite, en compagnie de Mme Rethel, car il n'a jamais vu Gaston Rethel et elle pourra éventuellement le lui désigner s'il se trouve de manière imprévue en sa présence. En agissant ainsi, il sait qu'il prend un risque, car l'homme est armé et il a montré qu'il n'hésitait pas à tuer. Mais demander des renforts prendrait trop de temps. Il faut avant tout empêcher qu'il y ait une victime innocente de plus...

En chemin, tandis qu'il conduit rapidement dans les rues du Havre, l'inspecteur questionne sa passagère.

– Comment se fait-il que votre mari soit armé ?

– Cela doit venir de la guerre. Il était dans la Résistance. Il m'a dit qu'il avait jeté ses armes, mais c'était sans doute faux.

– Il sait donc bien tirer ?

– Très bien.

L'inspecteur pile dans un crissement de pneus : c'est là. Il monte les escaliers quatre à quatre et sonne. Le cabinet du docteur Amanda est cossu et très fréquenté. Il est, bien sûr, arrêté par la secrétaire qui lui demande s'il a rendez-vous. Il sort sa carte de police et lui explique en quelques mots la situation. La jeune femme pâlit.

– Est-ce que Gaston Rethel est là ?

– Oui. Dans la salle d'attente. Normalement, il aurait dû déjà passer, mais le docteur a beaucoup de retard.

– Un retard qui lui a sauvé la vie... Je vais aller attendre avec les autres clients.

Et tandis que Mme Rethel reste en compagnie de la secrétaire, l'inspecteur Granier se mêle aux patients du médecin. La porte ne tarde pas à s'ouvrir. Celui-ci annonce :

– Monsieur Rethel !

L'effet de surprise joue pleinement. Le policier bondit et Gaston Rethel, encombré par sa serviette dans laquelle il dissimule son revolver, ne peut pas se défendre. L'instant d'après, il se retrouve les menottes aux poignets. Le docteur Amanda et ses collègues suivants sont sauvés... Car vérifications faites Gaston Rethel avait pris rendez-vous avec huit médecins dans la même journée, de demi-heure en demi-heure : Arpaillange, Astier, Bartholdy, Besson, etc. Il avait programmé l'extermination des praticiens du Havre, par ordre alphabétique !

Gaston Rethel n'a pas été jugé. Reconnu atteint du délire de persécution, il a été interné. Oui, interné, dans un hôpital psychiatrique ! À partir de ce moment, il a vécu entouré de médecins toute la journée et même toute la nuit, des médecins qui estimaient qu'il avait réellement quelque chose, qui s'intéressaient à son cas et qui voulaient le guérir. Il avait enfin réussi à être un vrai malade, un malade estampillé, officiellement reconnu et traité par la science, même si ce n'était pas exactement de la manière qu'il avait imaginée.

BORIS LE TERRIBLE

Le soleil se couche sur la plaine ukrainienne, la grande plaine sans fin, celle des terres noires, grenier à blé de toutes les Russies. L'astre, qui vire au rouge pourpre, est encore ardent et même chaud, car nous sommes le jour le plus long de l'année, précisément, le 21 juin 1906.

Une joyeuse animation règne dans le quartier juif de la petite ville de Preskoïe. Ce soir, il y a un mariage et toute la communauté y est conviée. Les femmes et les jeunes filles ont mis des roses dans leurs cheveux, les hommes ont sorti leurs chapeaux noirs brodés d'or.

Comme il fait beau, la noce aura lieu en plein air, sur la place principale du ghetto, qui est, contrairement à ce qu'on pourrait penser, un endroit charmant, entouré de maisons à colombages et au toit pentu, datant de la Renaissance. Une fontaine s'élève en son centre : c'est tout autour qu'ont été dressés les tréteaux où s'entassent les viandes rôties, les poissons du Don et de la mer Noire, les vins de Crimée et de Hongrie. Partout retentit le cri traditionnel des mariages juifs :

– Mazeltov !

Le jeune Cholom Schwarzbart, onze ans, qui arrive en compagnie de sa maman, n'est pas peu fier : c'est la première fois qu'il porte des pantalons longs et ses parents lui ont promis qu'il danserait avec les grands aussi tard qu'il le voudrait... Cholom aspire avec un grand sourire l'air parfumé, il est sûr qu'il se souviendra longtemps de ce 21 juin 1906 !

C'est d'abord un bruit de galopade qui l'a alerté et puis le silence des adultes, qui ont compris avant lui. Ils se sont figés sur la place, tendant l'oreille. Et soudain, tandis que le bruit des sabots se fait plus fort, les mêmes cris éclatent partout en même temps :

– Les cosaques ! Les cosaques !...

Une fuite éperdue succède à ces exclamations. La noce s'égaille dans toutes les directions et, l'instant d'après, c'est l'horreur. Le jeune Cholom voit déboucher des cavaliers vêtus de noir, aux bottes rouges et à la coiffure d'astrakan. C'est un pogrom !... À intervalles réguliers, les cosaques, les terribles cavaliers du tsar, font irruption dans le ghetto et détruisent tout sur leur passage. Dans ces cas-là, il faut s'enfuir et se cacher en attendant que tout soit fini. Après, il n'y a plus qu'à tout remettre en ordre et faire comme si rien ne s'était passé...

Les cosaques sont des brutes, mais jusqu'à présent ils se sont contentés de casser, de piller, de distribuer les injures et les coups, jamais ils n'ont tué. Pourtant, ce jour-là, chacun se rend compte que cela va être différent. Celui qui chevauche en tête sort brusquement son sabre, en lançant à pleine voix :

– Hourra !

Cholom Schwarzbart sent son corps se glacer des pieds à la tête. Il l'a reconnu, c'est Boris Peliourka, leur chef, celui qu'on surnomme au ghetto « Boris le Terrible », le géant sanguinaire à la moustache noire tombante, que sa mère menaçait d'appeler lorsqu'il tardait à finir sa soupe... Cholom lève justement le regard vers sa mère et ce qu'il voit le terrifie tout autant que la vue des cavaliers noirs, qui dégainent à leur tour leurs sabres, dans un gigantesque « Hourra » : sa mère est livide, elle tremble, elle a aussi peur que lui. Il avait pensé, jusque-là, qu'elle le protégerait dans toutes les circonstances de la vie et voilà qu'il s'aperçoit que ce n'est pas vrai. Il est perdu ! Ils sont tous perdus !

Les cris de douleur ont succédé aux cris d'effroi. Un peu partout, les sabres s'abattent, lançant de grands éclairs. Visiblement, cette fois, les cosaques ne sont pas venus pour terroriser et détruire, mais pour tuer. Pourquoi ? Parce qu'ils sont ivres ?... On dit que, chaque solstice d'été, ils se livrent à d'abominables beuveries. Ou bien est-ce parce qu'ils ont des ordres venus d'en haut, du gouvernement, du tsar ? La Russie vient de perdre une guerre contre le Japon et, comme d'habitude, c'est sur les Juifs qu'on se venge...

Le jeune Cholom n'a pas à se poser longtemps ces questions. Le chef des cosaques, Boris le Terrible en personne, vient de mettre pied à terre et se dirige vers sa mère et lui. Il le voit éclater d'un rire énorme qui découvre ses dents d'ogre, dont on lui dit qu'elles lui servent à dévorer les petits enfants juifs. Mais ce n'est pas après lui qu'il en a. C'est vers sa mère qu'il va, c'est sur son bras qu'il referme sa main velue.

— Viens ici, toi !...

Cholom Schwarzbart se précipite pour s'interposer. Il a juste le temps de voir le sabre se lever dans sa direction. Il ressent une violente douleur et puis, plus rien...

Lorsqu'il reprend conscience, le silence est revenu. Le soleil s'est couché, mais ce n'est pas encore la nuit. Il se lève, passe la main sur son front. Il est plein de sang, mais il a eu de la chance : la lame a dévié sur l'os. Un gémissement attire son attention. Il se tourne dans cette direction et retient un cri d'horreur : sa mère est allongée sur le sol, au milieu des victuailles de la noce piétinées par les chevaux, dans les flaques de vin des tonneaux éventrés ; elle a le ventre ouvert. Et Cholom découvre aussi son père, qui gît à ses côtés, la tête fendue de part en part.

Il se penche. La voix de sa mère n'est plus qu'un souffle, mais elle parvient tout de même à parler.

– C'est Boris le Terrible. Il a tué ton père qui voulait me défendre et moi, il m'a tuée après m'avoir... violée...

Elle réunit les dernières forces qui lui restent et prononce dans un souffle :

– Venge-nous, Cholom !

Cholom Schwarzbart rouvre les yeux qu'il avait gardés un moment fermés. Un tic-tac violent emplit la pièce où il se trouve. À vrai dire, ce n'est pas une pièce, c'est un magasin, le sien. Cholom Schwarzbart est horloger, il tient une petite boutique dans le quartier du Marais, à Paris. Nous sommes en 1926, vingt ans ont passé depuis le pogrom de Preskoïe, mais il le revit comme si c'était hier, il le revivra jusqu'à son dernier jour.

Il n'y a pas de clients et, comme toujours lorsqu'il n'a rien d'autre à faire, Cholom revit le passé. Il repart dans ses souvenirs... Il a essayé d'être fidèle à l'ordre de sa mère. Recueilli par un oncle et une tante à Moscou, il a poursuivi ses études pendant quelques années et il est entré dans la clandestinité. « Se venger » : il n'a pas voulu donner à ces mots un sens personnel, individuel. Il ne s'agissait pas de se venger du seul Boris Peliourka, il fallait aller plus loin, engager la lutte contre un régime capable d'engendrer de telles horreurs. Bref, Cholom est devenu un révolutionnaire et, plus précisément, un anarchiste.

Les révolutionnaires, ce n'est pas ce qui manque au début des années 1910, en Russie. Avec ses camarades, Cholom Schwarzbart pose des bombes, organise des attentats. À chaque fois qu'un officier ou un fonctionnaire du régime tsariste tombe sous ses coups, il repense aux corps sanglants allongés sur la place du ghetto et sa douleur s'apaise un peu.

Mais la police du tsar n'est pas composée d'incapables. Début 1914, Cholom Schwarzbart est arrêté, suite à la dénonciation d'un indicateur qui avait infiltré son groupe. Le voilà emprisonné, en grand danger d'être envoyé en Sibérie ou tout simplement fusillé, mais la chance lui sourit. Lors d'un transfert d'une prison à une autre, son véhicule a un accident et il s'enfuit. Il est recueilli par d'autres anarchistes, qui lui procurent des faux papiers, grâce auxquels il peut quitter le pays et parvient jusqu'en France.

Nous sommes alors à l'été 1914. La guerre vient d'éclater. En France, il est fiché comme anarchiste et il est arrêté au cours d'un contrôle d'identité. Mis devant le choix entre se battre ou être expulsé, il choisit de se battre et s'engage dans la Légion étrangère.

Ses années de lutte clandestine l'ont habitué au danger et, de toute manière, depuis le pogrom de Preskoïe, plus rien ne lui fait peur. Il se bat bien, héroïquement même, et il termine le conflit avec le grade de lieutenant et la légion d'honneur, qui lui donne la naturalisation d'office. Devenu français, il choisit de rester dans le pays. Mais le fait d'être un héros ne procure pas la fortune et, après plusieurs petits emplois, il parvient à réunir tout juste ce qu'il faut pour ouvrir une modeste échoppe d'horloger.

Voilà où il en est, en cette année 1926. Il végète dans cette rue pauvre, mais pourtant animée, de la capitale, où on ne trouve que des Juifs. Il s'est rangé. Il a cessé toute activité politique. Il se sent las, il s'est trop battu durant toute sa vie, et puis, le régime du tsar a disparu. Ce sont maintenant ses partisans qui sont traqués et exterminés par les rouges.

Cholom Schwarzbart sursaute. Le carillon de la porte le tire de ses pensées. Il affiche aussitôt un sourire commercial et s'empresse d'aller à la rencontre du client.

— Monsieur désire ?

L'homme sort un objet de sa poche et prononce, avec un accent guttural, en roulant les « r » :

— C'est pour réparrrer montrrre...

Cholom Schwarzbart manque défaillir et ce n'est que par un miracle de volonté qu'il parvient à ne rien laisser paraître... Cette voix, il l'a déjà entendue. C'était bien loin d'ici dans l'espace et dans le temps, c'était en Ukraine, il y a vingt ans. Elle ne parlait pas français, elle disait en russe, à une femme tremblante, qui serrait contre elle un enfant de onze ans : « Viens ici, toi ! » Il a devant lui son bourreau, Boris Peliourka, Boris le Terrible !

Il dévisage l'arrivant. Il n'y a aucun doute, c'est lui. Il a rasé sa grosse moustache tombante, qui ferait trop rustique à Paris, et ses cheveux ont grisonné, mais c'est bien la même carrure de bûcheron, la même bouche de jouisseur, les mêmes dents d'ogre... Avec un égal sang-froid, il s'empare de la montre pour l'examiner, tandis que l'autre le regarde, silencieux.

Tout en ouvrant le boîtier et en examinant le mécanisme, Cholom Schwarzbart s'interroge. Est-ce que Boris lui aussi l'aurait reconnu ? Est-ce qu'il ne va pas lui sauter dessus ? Fort comme il est, il ne ferait qu'une bouchée de lui... Mais il se rassure rapidement. Il y a longtemps que l'ancien cosaque ne doit plus penser à tout cela. Tant de choses se sont passées depuis. À présent, la Russie est loin, il n'est plus qu'un exilé comme lui.

Et puis, surtout, comment Boris le Terrible le reconnaîtrait-il ? Il n'était qu'un petit Juif, dont il convoitait la mère. Il n'a fait attention à lui que le temps de lui donner un coup de sabre. Il était ivre, il était en rut, sa vue était brouillée par la vodka et la concupiscence. Il n'a rien vu.

— Alors, pour réparrration ?...

Cholom garde tout son calme. Première chose : avoir confirmation de l'identité de l'homme. Il est certain de ne pas se tromper, mais un doute peut subsister quand même ; les sosies, cela existe. S'il doit passer à l'action, il ne peut se permettre un risque, même infime, d'erreur.

— Cela prendra une dizaine de jours. Si vous voulez bien me la laisser, je vais vous faire un reçu. C'est à quel nom ?

— Peliourka, Boris... Voulez-vous, moi, épeler ?

— Non, ce n'est pas la peine. Pouvez-vous repasser en fin de semaine prochaine ?

— Je pouvoir...

Et l'homme s'en va, d'une démarche lourde. Il ouvre la porte à grelots, pour retourner dans le taxi qu'il avait garé devant le magasin. Boris Peliourka est chauffeur de taxi, comme nombre de ses compatriotes russes blancs.

Cholom Schwarzbart bondit sur le revolver qu'il a toujours derrière le comptoir, un souvenir, aussi, de ses années de clandestinité, durant lesquelles il était toujours armé. Car, bien sûr, il ne va pas attendre que l'individu retourne à la boutique pour le tuer. Il se pourrait, malgré tout, qu'un souvenir lui revienne, ou bien qu'il ait un empêchement quelconque, qu'il meure entre-temps – pourquoi pas ? – d'accident ou de maladie. Et cela, il ne le faut pas. Boris le Terrible doit mourir de sa main, pas autrement !

Ce dernier est déjà en train d'ouvrir la portière de son taxi lorsqu'il le rattrape. Il aperçoit le revolver, il tente de faire face et de saisir l'arme. Mais durant ses activités terroristes et ensuite dans les tranchées, Cholom Schwarzbart en a vu d'autres. Il vide son chargeur sans trembler. Un tir parfaitement groupé : les six balles ont atteint l'abdomen. Boris Peliourka s'écroule le ventre déchiqueté, comme sa mère vingt ans plus tôt.

Il se fait un grand remue-ménage dans la rue. Il y a des cris, une bousculade. Cholom Schwarzbart reste parfaitement calme. Lorsqu'un sergent de ville lui pose la main sur l'épaule, il lui remet son revolver, en le tenant par le canon. Puis, il se tourne vers sa victime, baignant dans une mare de sang, et dit simplement :
– J'ai tenu parole...

Le procès de Cholom Schwarzbart, qui s'ouvre à la fin 1926, divise profondément le pays. La vie politique française est particulièrement agitée et violente à cette époque. Ce qui se passe en Italie, en Allemagne et dans l'URSS naissante, dresse deux parties du pays l'une contre l'autre. Le nom de Cholom Schwarzbart devient vite un symbole. Pour l'extrême gauche, ce pourfendeur de la barbarie tsariste est un héros ; pour la droite antisémite, au contraire, ce Juif venu régler ses comptes en France ne mérite aucune pitié.

Aussi, il y a foule dans la salle d'audience, une foule qui est quand même tout acquise à l'accusé. Car, par-delà les clivages politiques, l'histoire de Cholom, que la presse a abondamment relatée, a vivement ému l'opinion. Le meurtre affreux de ses parents, les derniers mots de sa mère, justifient amplement son geste. De l'avis de tous ceux qui sont là, si quelqu'un avait jamais eu le droit de se venger, c'était bien lui.

Aussi, est-ce sous un tonnerre d'acclamations que le président annonce la sentence du jury : Cholom Schwarzbart est acquitté !

Mais celui-ci préfère ne pas profiter de la popularité qu'il s'est acquise en France. Car, même s'ils sont peu nombreux, ses ennemis sont particulièrement acharnés, les anciens cosaques, notamment, qui ont juré de venger à leur tour Boris Peliourka.

Aussi, Cholom Schwarzbart accepte prudemment l'offre que lui fait une association américaine d'aide aux Juifs européens, d'émigrer aux États-Unis. C'est là qu'il terminera, fort âgé, sa vie mouvementée, puisqu'il s'est éteint en 1990, presque centenaire.

Il faut noter que pratiquement tous les habitants de sa rue ont été emmenés en déportation sous l'Occupation, lors de la rafle du Vél'd'Hiv', et que bien peu sont revenus. Non seulement il n'a pas été puni pour sa vengeance, mais elle lui a sans doute sauvé la vie...

LA BÊTE

En ce début des années 1880, la Corse est encore celle que Mérimée a décrite dans *Colomba*, un pays sauvage où les mentalités sont restées immuables depuis des millénaires, avec, en particulier, ces traditions qui fascinent tant les Français du continent : la vendetta, les bandits d'honneur, le maquis, la loi du silence. À l'époque, on a tendance à les considérer à la fois comme pittoresques et effrayantes. Et, dans ce genre, l'histoire de Xavier Rocchini est exemplaire. Libre à qui voudra de la trouver pittoresque, mais une chose est certaine, elle est effrayante. Elle est même terrible...

Xavier Rocchini naît en 1864 à Muratello, un hameau dépendant de Porto-Vecchio, qui n'est alors qu'un gros village. Il appartient à une famille d'agriculteurs plutôt aisés. Il n'y a rien à dire sur ses premières années. Le père, Ange, et la mère, Justine, travaillent dur ; il a un frère cadet, Jean-Baptiste.

Xavier Rocchini fréquente l'école communale de Porto-Vecchio. Il se montre bon élève, mais, à onze ans, il doit abandonner sa scolarité pour aider ses parents aux champs, ce qui est la pratique courante. Le garçon n'a pourtant pas à se plaindre : il a eu le temps d'apprendre à lire, à écrire, à compter, il possède quelques notions d'histoire et de géographie, ce qui est amplement suffisant pour l'existence qui l'attend.

En tout cas, à l'école, il ne laisse que des regrets. Son instituteur le considérait comme son meilleur élément ; il était doué d'une intelligence très vive et manifestait beaucoup d'intérêt pour l'étude. De plus, sa conduite était exemplaire, c'était le plus doux, le plus discipliné de sa classe.

Et dans les années qui suivent, le jeune Xavier Rocchini laisse la même impression à tous les habitants de Porto-Vecchio. Physiquement, il a belle allure. Il ne mesure pas beaucoup plus de 1,60 mètre mais c'est la taille moyenne en Corse à l'époque – et Napoléon était plus petit que cela –, il est très brun, musclé, robuste. Seules quelques cicatrices, restes d'une variole contractée dans l'enfance, gâchent un peu sa physionomie harmonieuse. Bref, tout semble lui promettre une vie heureuse et sans histoire, si des considérations typiquement insulaires n'en décidaient autrement.

L'année 1882, celle des dix-huit ans de Xavier, est une année électorale. En apparence, cela n'a aucun rapport avec lui, car il n'a pas encore l'âge de voter et il ne se soucie nullement de politique, mais les élections concernent le jeune Xavier malgré lui. À Porto-Vecchio, les passions politiques sont violentes. Il y a deux partis : les Bonapartistes et les Républicains, mais il s'agit moins de différences idéologiques que de groupements de familles, de clans. Or, depuis plusieurs décennies déjà, les Rocchini sont les plus en vue parmi les Républicains, le camp bonapartiste étant emmené par les Taffani.

Entre les deux familles, la rivalité est ancestrale, mais elle se ravive à chaque élection. Pendant quelques semaines, l'atmosphère est électrique, il suffit du moindre prétexte pour déclencher le drame et l'incident se produit au mois de septembre 1882.

Un matin, deux chiens appartenant aux Taffani sont

retrouvés morts. Ils ont été sauvagement assassinés à coups de couteau. Il n'y a pas le moindre indice permettant d'attribuer l'acte à telle personne plutôt qu'à telle autre, mais pour les Taffani, le crime est signé. Le chef du clan, le vieux Simon Taffani, annonce sa décision au reste de la famille :

— Interdiction d'en parler au village et bien sûr aux gendarmes.

Puis, il s'adresse à son fils aîné :

— Paul, demain, tu feras le nécessaire...

Si les Rocchini avaient été les coupables, ils auraient été sur leurs gardes et il aurait été très difficile aux Taffani de les approcher. Mais ce n'étaient pas eux qui avaient tué les chiens. Il s'agissait soit d'une provocation, soit d'une banale querelle de voisinage, comme il en existe dans tous les villages. Et comme les Rocchini ne sont au courant de rien, ils n'ont aucune raison de se méfier.

Ange Rocchini, en particulier, continue à animer les meetings électoraux en faveur des Républicains. Et le lendemain, alors qu'il monte sur la tribune pour prononcer un discours, Paul Taffani ne rate pas cette cible immanquable. Deux coups de feu éclatent et Ange Rocchini s'écroule dans une mare de sang...

Les Rocchini eux non plus n'ont aucun doute sur l'identité du meurtrier, mais ils ne réagissent pas comme les Taffani. Bien que les divergences entre Bonapartistes et Républicains soient faites surtout de rapports personnels et de clientèle, il y a quand même quelques oppositions politiques. Alors que les Bonapartistes ont plutôt tendance à estimer que ce qui se passe en Corse regarde d'abord les Corses, les Républicains sont pour le respect des lois et des procédures régulières.

Après le meurtre, Justine Rocchini s'adresse solennellement à ses deux enfants, réunis devant le corps de leur père.

– Nous ne ferons rien par nous-mêmes. Nous nous comporterons en citoyens, pas en sauvages !

Et elle va elle-même à la gendarmerie porter plainte pour meurtre, tandis qu'elle écrit dans le même sens au procureur de la République. Sa démarche est jugée dans son camp empreinte de grandeur et de dignité, tandis que, chez ses adversaires, on l'interprète, sans s'en plaindre, comme une preuve de faiblesse. Mais les uns comme les autres sont d'accord sur un point : c'est du temps perdu ; dans une affaire de vendetta, les gendarmes, la justice, ne sont jamais arrivés à rien et ce n'est pas maintenant que cela changera.

Ils ne se trompent pas... Un an plus tard, le 9 septembre 1883, pour l'anniversaire de la mort d'Ange Rocchini, toute la famille, tous ses amis, toute la partie de Porto-Vecchio qui était de son côté sont venus se recueillir au cimetière. Ensuite, lorsque Justine et ses deux fils sont revenus seuls à la maison, sans un mot, la veuve va prendre le fusil de son mari qui est resté au même endroit, sur le mur, depuis le meurtre. Elle le décroche et le dépose dans les bras de son fils aîné Xavier, en lui disant simplement :

– Il est à toi.

Le jeune homme a pâli... Il sait ce que cela signifie. Sa vie vient de basculer. Il aurait pu avoir une femme, des enfants, travailler la terre, vivre longtemps des jours heureux, mais tout cela, il doit l'oublier. Il doit oublier qu'il était un garçon gentil, sans problème, aimant la vie et les gens. Il a le fusil du mort en main et, à moins de se couvrir d'une honte éternelle, il n'a pas le choix...

Le lendemain, 10 septembre 1883, on retrouve dans son champ le cadavre de Simon Taffani, tué de deux balles en pleine tête. Xavier Rocchini, quant à lui, a disparu. Il n'a que dix-neuf ans et il est devenu bandit d'honneur. C'est bien jeune, mais on ne s'apitoie pas sur son sort à Porto-Vecchio. Au contraire, ceux de son

clan manifestent leur admiration à son égard et, chez ceux d'en face, il a droit au respect. C'est la même phrase qui revient dans le camp des Taffani :
– Le petit a fait ce qu'il avait à faire. Maintenant, que les autres se gardent !

Xavier Rocchini a donc pris le maquis. Mais prendre le maquis n'est pas exactement ce qu'on imagine. Ce n'est pas vivre seul dans la nature, au sein d'une végétation inextricable faite de végétaux méditerranéens, subsister de pêche et de chasse dans une cabane, être une sorte de Robinson corse. Non, le bandit d'honneur vit le plus souvent au milieu d'autres hommes. Il doit se nourrir, s'abriter. Il a besoin d'aides, de complicités et il les trouve. Il rejoint d'autres bandits dont certains le sont devenus dans des circonstances beaucoup moins honorables. La nécessité le pousse à vivre aux dépens des habitants des montagnes inhospitalières et des vallées perdues. Ceux qui ne s'y plient pas sont menacés, rançonnés, pillés. Et c'est ainsi que, la plupart du temps, le bandit d'honneur devient un bandit tout court...

Xavier Rocchini se retrouve ainsi engagé dans une bande. Au début, il refuse de participer aux actions de brigandage proprement dites, il monte la garde pendant les attaques, il fait des missions de surveillance. Et puis, un jour, il fait le coup de feu avec les autres. C'est fait, il a franchi le pas. La rivalité entre les Taffani et les Rocchini appartient au passé. Maintenant, il est un malfaiteur comme les autres.

Pas tout à fait, cependant. Il a gardé la nostalgie de sa vie d'avant, il aimerait, malgré tout, fonder une famille. En tout cas, les filles l'attirent. Il est passionné, il est même romantique. Et lorsque, au hasard d'une de ses expéditions, il croise l'une d'elles, il ne résiste pas, il tombe éperdument amoureux.

Il s'agit d'une jeune bergère qui fait paître ses moutons dans la montagne. Elle s'appelle Jeannette Melanini. Il la connaît, leurs familles sont vaguement alliées. Et, dès lors, délaissant sa bande, il lui fait une cour assidue. La petite a quinze ans. Elle se refuse à lui, non parce qu'il est bandit d'honneur et qu'il lui fait peur ou qu'elle ne voudrait pas partager ce genre de vie, mais tout simplement parce qu'il ne lui plaît pas. Un jour, elle le lui dit fermement et il le prend mal.

Lorsqu'elle retrouve sa mère, avec laquelle elle vit seule, Jeannette Melanini lui raconte tout et conclut :

– Marie-moi !

Sa mère croit avoir compris la demande de sa fille.

– Tu veux un mari pour qu'il te protège ?

Mais la jeune Jeannette Melanini secoue la tête, l'air farouche, malgré ses quinze ans.

– Non, pour qu'il me venge. Rocchini me tuera, je le sais. Et j'aimerais bien être vengée...

Jeannette Melanini ne se trompe pas. Xavier Rocchini la poursuit de ses assiduités et, un jour qu'elle lui résiste avec fermeté, comme à son habitude, il perd la tête, il tire sur elle. Elle s'écroule, tuée sur le coup... Il regrette, mais c'est trop tard. Cette fois, il est devenu un meurtrier, un vrai, un banal meurtrier. L'honneur, la rivalité ancestrale de deux familles n'ont plus rien à voir avec son crime. Il a tué une jeune fille de quinze ans qui refusait ses avances.

Alors Xavier Rocchini bascule. Il n'a plus d'avenir à espérer dans la société des hommes, il n'a plus d'amour à espérer non plus, il est à jamais un solitaire et un paria. Dès lors, il est de tous les mauvais coups et, lorsque le chef de la bande se fait tuer, c'est lui qui en prend la tête.

Sous son commandement, elle devient beaucoup

plus audacieuse, beaucoup plus violente aussi. Elle n'hésite pas à faire le coup de feu avec les gendarmes et même à leur tendre des embuscades. C'est au cours de l'une d'entre elles que deux représentants de l'ordre sont tués.

Cette fois, un degré de plus est franchi. Les gendarmes multiplient les opérations contre Xavier Rocchini et ses hommes. Ils ont fait de la lutte contre la bande leur priorité absolue. D'autant que celle-ci s'est mise à faire preuve d'une férocité inouïe. Les paysans des fermes isolées sont torturés jusqu'à ce qu'ils avouent où ils ont caché leur argent, elle commet des crimes purement gratuits. Xavier Rocchini fait régner la terreur à tel point qu'on l'a surnommé, dans Porto-Vecchio et sa région, *Animale*, « la Bête ».

Dès lors, la situation devient de plus en plus périlleuse pour Xavier Rocchini, car les dangers s'accumulent en face de lui. Il y a les gendarmes, bien sûr, mais il y a aussi le clan Taffani qui est à ses trousses. La mère de Jeannette Melanini est aussi à ranger au nombre de ses ennemis et, si sa famille est modeste, elle est ancienne et dispose d'appuis importants.

Plus le temps passe et plus la Bête devient une bête traquée. Xavier Rocchini est à ce point craint et haï de la population que, contrairement à toutes les traditions, quelqu'un – on ne saura jamais qui – rompt la loi du silence. Il est arrêté, à la suite d'une dénonciation, dans un café de Cauro, à vingt kilomètres d'Ajaccio, le 9 septembre 1887, en compagnie de son lieutenant, Pierre Nicolaï, dit Barritone. Il a vingt-trois ans, il court le maquis depuis quatre ans.

Il est transféré à Sartène où a lieu l'instruction. Au cours de celle-ci, il reconnaît le meurtre de Simon Taffani, mais nie tous les autres. De toute manière, les dés sont jetés. À l'issue de son procès, il est condamné à mort, son complice Nicolaï écopant de la prison à perpétuité.

Il ne reste plus à la Bête qu'à mourir courageusement. Le 5 septembre, Xavier Rocchini marche d'un pas ferme à la guillotine, installée sur la place principale de Sartène, après avoir enfin avoué tous ses crimes.

Ainsi se termine son histoire, celle d'un brave garçon, moins coupable que victime d'un système, d'une tradition aussi criminelle que stupide, qui transforme un être paisible en vengeur, un homme en bête.

L'ATELIER D'ÉCRITURE

Judith Lessing mordille nerveusement son stylo à bille, tout en poussant de gros soupirs, seule dans le living-room de la petite villa qu'elle habite à Watsontown, un faubourg de Philadelphie, aux États-Unis.

Nous sommes en avril 1992. Judith est seule à la maison. Son intérieur, coquet et bien tenu, indique une bonne maîtresse de maison appartenant à la classe moyenne. Son mari, Delbert, est à son travail. Il est vendeur de voitures d'occasion dans un grand garage de Philadelphie. Ses enfants ne sont pas là non plus. Les deux filles du couple, Serena et Candice, dix-neuf et vingt ans, se sont mariées coup sur coup, à trois mois d'écart, au printemps dernier. Et par voie de conséquence, Judith, qui était femme au foyer, s'est retrouvée seule et désœuvrée...

Judith Lessing n'est pas laide à regarder. Elle ne paraît pas ses cinquante ans. Elle a une jolie frimousse, des cheveux blonds frisés. Il n'y a que son embonpoint qu'on pourrait lui reprocher, mais il est vrai qu'aux États-Unis, on y fait moins attention que chez nous.

Elle contemple avec accablement une pile de feuillets vierges devant elle. Telle est la raison de l'humeur soucieuse qui s'affiche sur ses traits : elle ne sait pas quoi écrire, elle ne sait pas par quoi commencer, elle est en proie à l'angoisse de la page blanche, que connaissent tous les écrivains.

Elle n'est pourtant pas écrivain et elle n'a pas l'intention de le devenir. L'écriture, pour elle, est juste un passe-temps. Après le mariage de la seconde de ses filles, se retrouvant seule dans la maison vide, Judith Lessing s'est dit qu'elle devait faire quelque chose pour s'occuper. Les œuvres charitables, les associations de voisinage et les associations en général ne lui disaient rien. Judith n'aime pas trop fréquenter les gens, c'est plutôt une solitaire. En revanche, elle a eu l'envie de suivre des cours, d'étudier une discipline intéressante.

C'est ainsi qu'elle s'est rendue au Pennsylvania Institute of Technology de Philadelphie, elle s'est renseignée sur les cours pour adultes et elle a opté pour un atelier d'écriture. Ce genre d'atelier existe un peu partout aux États-Unis. Les Américains considèrent, à tort ou à raison, que l'écriture est quelque chose qui s'apprend et beaucoup d'entre eux taquinent la muse, dans l'espoir de publier un jour un best-seller...

Judith Lessing n'a pas regretté son choix. Elle s'est tout de suite plu à l'atelier. Les cours sont très vivants, on y enseigne à écrire toutes sortes de choses : nouvelles, scénarios de films, poésie. Le professeur, Horace Rothbard, est un scénariste assez connu, qui travaille pour Hollywood, ce qui ne l'empêche pas d'être simple, détendu et sympathique. Quant aux autres participants, ils sont de tous âges, appartiennent à tous les horizons et leur fréquentation s'est révélée très enrichissante pour elle.

Le principe des cours est simple : indépendamment des leçons données par le professeur, chaque élève doit tour à tour rédiger une nouvelle de quinze pages. Celle-ci est distribuée à l'ensemble des élèves et critiquée en commun. Cette fois, c'est au tour de Judith de s'y mettre. Elle doit rendre son texte dans dix jours. Seulement, elle n'a pas la moindre idée de ce qu'elle va écrire et elle est là, toute bête, devant sa page blanche...

Judith Lessing fait une grimace. Une pensée désagréable vient de la tirer un instant de sa réflexion. C'est à propos de Delbert, bien sûr, comme tout ou presque ce qui lui est arrivé de déplaisant dans l'existence... Lorsqu'elle s'est décidée à suivre l'atelier d'écriture, elle savait bien que le plus dur restait à faire : l'annoncer à son mari.

Delbert Lessing est, au propre comme au figuré, une brute épaisse. Mesurant 1,90 mètre, pour 120 kilos, il est rouge et bouffi, conséquence de la consommation qu'il fait de bière et de bourbon. C'est un tyran domestique, qui a toujours terrorisé sa femme et ses deux filles. Et, depuis que ces dernières ne sont plus là et qu'il n'a plus que Judith comme souffre-douleur, il est pire encore avec elle.

Aussi, c'est en tremblant qu'elle lui a annoncé son inscription au cours.

— Voilà, Delbert... Comme je suis toute seule maintenant, j'ai trouvé quelque chose pour m'occuper. Mais ça ne me prendra pas beaucoup de temps et tout sera toujours aussi bien tenu à la maison...

Delbert Lessing a levé une paupière lourde.

— Quelle chose ?

Judith a pris une profonde inspiration et s'est jetée à l'eau.

— Un atelier d'écriture...

La première réaction de son mari n'a pas été la colère mais la stupeur. Pour lui qui n'avait pas ouvert un livre depuis son certificat d'études et dont la seule lecture était la page sportive du journal, la chose était tout bonnement inimaginable. Il a éclaté d'un rire interminable ; il s'en étranglait tellement c'était drôle... Enfin, il a repris son sérieux.

— Bien entendu, c'est non !

— Mais Delbert, je me suis déjà inscrite. J'ai payé les cours.

Quand Delbert Lessing a compris que sa femme ne

lui demandait pas une autorisation, mais l'informait d'une démarche qu'elle avait faite sans l'avertir, il est entré dans une colère épouvantable. En vingt-cinq ans de mariage, c'était la première fois. Il a tempêté, il a hurlé, il l'a frappée, mais elle a tenu bon. Elle ne sait pas elle-même comment elle a eu ce courage, mais à la fin, le terrible Delbert a capitulé...

Judith Lessing revient à son travail d'écriture... De quoi va-t-elle bien parler ? Pas d'elle-même, cela n'aurait aucun intérêt. Sa vie, c'est Delbert, rien d'autre. Elle n'a jamais fait autre chose que subir son joug, par faiblesse, par lâcheté. Aussi longtemps qu'elle remonte dans sa vie conjugale, elle a été brimée, humiliée, bafouée.

Et devant sa feuille blanche, les souvenirs se mettent à affluer. Curieusement, jusque-là, elle n'avait jamais pensé à ces choses, elle se contentait de les vivre, sans prendre de recul, c'était son quotidien. Elle savait bien qu'elle était plus malheureuse en ménage que la plupart des femmes, mais elle en avait pris son parti. C'était ainsi.

Or voilà que, tout à coup, elle se met à réfléchir sur elle-même et la réalité lui apparaît de manière presque vertigineuse... Oui, un long, un interminable calvaire ! Elle n'ignore pas pourquoi Delbert l'a choisie : parce qu'elle n'avait pas de caractère, parce qu'elle était molle, timorée et qu'il était certain qu'il pourrait la dominer tant qu'il voudrait, être le maître à la maison.

Et c'est bien ce qui s'est passé. Leur lune de miel n'a pas duré longtemps. Un mois après le mariage, Delbert rentrait ivre mort, deux mois plus tard, il découchait et, six mois plus tard, il la trompait ouvertement. C'est quand elle a élevé timidement une protestation à ce sujet qu'il l'a battue pour la première fois. Après, il l'a battue tous les jours ou presque, sans même qu'il y ait de discussion entre eux, par défoulement, par habitude...

L'arrivée des enfants n'a rien changé. Dès que Serena et Candice ont été en âge de recevoir des coups, il les a battues, elles aussi. Et ce n'est pas tout... Judith Lessing se mord les lèvres. Elle ne le sait pas de manière certaine, parce qu'elle n'a pas osé leur poser la question, mais elle est sûre que ses filles ont subi de leur père autre chose que des coups. Elle le lisait dans le regard de Serena et Candice. Elles avaient une manière de regarder leur père, avec dégoût et terreur à la fois, qui ne trompait pas. Et puis, cette façon de se marier précipitamment, à dix-neuf et vingt ans, c'était une fuite, une fuite éperdue. Bien sûr, elle aurait dû les interroger et faire éclater la vérité. Mais elle n'a pas osé, elle n'a jamais rien osé.

Judith Lessing se lève, pour arpenter nerveusement le living-room et c'est alors qu'elle en revient au problème qu'elle se posait auparavant : l'atelier d'écriture, le récit à inventer, les feuilles blanches. Seule dans la pièce, elle pousse un cri. Mais oui, elle est là, son histoire ! Pas intéressante, sa vie ? Allons donc ! Par malheur pour elle, une telle infortune conjugale sort de l'ordinaire. Elle n'a qu'à raconter tout simplement ce qui se passe...

Judith retourne à ses feuillets, prend son stylo mais alors qu'elle allait tracer le premier mot, elle s'arrête dans son geste. Le personnage du mari est bien, mais pas celui de la femme. Si elle doit raconter les malheurs d'une épouse mollassonne, soumise, geignarde, cela sera sans intérêt. La femme aussi doit avoir de la consistance, de l'ampleur. Il n'est pas question qu'elle se laisse faire comme elle, elle doit se révolter, se venger... Oui, c'est cela, son récit racontera une vengeance ! Et quelle meilleure vengeance y a-t-il que le meurtre ? Ce sera l'histoire d'une femme qui tue son mari...

Cette fois, Judith Lessing se met à écrire et les mots arrivent tout naturellement sous sa plume. La première scène se passe au cimetière. C'est l'enterrement du mari. La veuve éplorée, qu'elle a nommée Jennifer, sanglote sous ses voiles noirs. On descend le cercueil dans la fosse, elle prend une poignée de terre et la jette devant elle. Comme ses voiles dissimulent son visage, elle esquisse un sourire et se dit en jubilant : « S'ils savaient, tous, que c'est moi qui l'ai tué !... »

Et l'histoire se poursuit... Indifférente à la cérémonie, la veuve revit toute l'aventure. Cela commence par son calvaire domestique. Pour cela, Judith s'inspire fidèlement du sien, mais par pudeur, elle ne parle pas des filles. Ensuite, c'est la scène où Jennifer, épouse jusque-là soumise, se révolte brutalement. Seule dans sa cuisine, contemplant les bleus qu'elle a sur les bras, résultat des coups de son mari, elle décide que c'en est assez, qu'elle va se venger, qu'elle va le tuer... Judith écrit dans un état second, presque en transe, tant le plaisir que lui cause son récit est intense.

Lorsqu'elle s'arrête enfin, elle a déjà noirci dix feuillets. Elle les relit avec une satisfaction sans mélange. Il n'y a rien à changer, c'est parfait ! Maintenant, il reste le crime lui-même. De quelle manière son héroïne va-t-elle passer à l'acte ? Elle écarte les armes à feu. La femme serait forcément arrêtée et, comme l'indique la scène du cimetière, il s'agit d'un crime parfait. Le mieux est donc le poison. Mais lequel ? Comme elle n'y connaît rien, Judith Lessing décide de se documenter. Elle ira dès demain à la bibliothèque municipale de Watsontown.

Une fois cette décision prise, elle cache soigneusement ses pages d'écriture car, évidemment, la pire catastrophe serait que Delbert les découvre, et elle attend le lendemain avec fébrilité. Pour la première fois depuis des années et des années, elle est heureuse. Pour un peu, elle dirait que c'est le plus beau jour de sa vie.

Le lendemain, elle feuillette, dans la salle de la bibliothèque, un gros ouvrage sur les poisons. Elle hésite longuement et passe toute la journée avant de se décider. Finalement, elle opte pour le Rexonal. Il s'agit d'un médicament buvable dérivé de la morphine dont on se sert pour les cancers. Il est dit dans l'ouvrage que, mélangé à l'alcool, le Rexonal devient un poison foudroyant et très difficilement détectable, car ses effets sont tout à fait semblables à ceux d'un coma éthylique.

C'est enchantée d'elle-même que Judith Lessing rentre de la bibliothèque municipale et c'est tout aussi sûre d'elle qu'elle termine sa nouvelle, bien avant le terme fixé. Elle est particulièrement satisfaite de la scène du meurtre. L'héroïne, qui s'est procuré du Rexonal avec une fausse ordonnance, le verse dans le bourbon de son mari. Celui-ci boit sans méfiance. Le résultat ne tarde pas à se faire sentir, mais il ne meurt pas tout de suite, Jennifer a le temps de tout lui raconter et sa vengeance est parfaite. L'immonde tyran domestique tente de la frapper, puis de s'enfuir, mais le poison le paralyse et il meurt en la maudissant.

Oui, vraiment, Judith Lessing ne peut que se féliciter d'elle-même : elle s'est soulagée, elle s'est défoulée et elle s'est, de plus, brillamment tirée de son épreuve de rédaction. Lorsque, peu après, les autres élèves lisent son récit, c'est un concert de louanges. Jamais, jusqu'à présent, les avis n'avaient été aussi élogieux. De l'avis général, l'abominable mari est décrit avec un réalisme saisissant et les sentiments de Jennifer sont très bien rendus eux aussi ; on est de tout cœur avec elle, on participe à sa vengeance.

Horace Rothbard, le professeur, est à l'unisson des autres.

— C'est un excellent texte ! Vous pourriez même le développer. Il y a de quoi faire un roman.

Judith remercie de l'appréciation et répond qu'elle va y songer, mais, au fond d'elle-même, elle n'en a aucune envie. Maintenant qu'elle a écrit cette nouvelle, l'atelier d'écriture l'attire beaucoup moins. Par la suite, elle s'y rend encore deux ou trois fois, puis elle finit par ne plus y aller du tout. En fait, ce qui comptait pour elle, c'était de mettre son histoire personnelle sur le papier. Elle avait besoin de cette prise de conscience, de ce soulagement. Le reste, l'écriture proprement dite, ne l'intéresse pas vraiment.

Ce qui la surprend, en revanche, ce qui la fascine même, c'est le changement qui s'opère en elle à partir de ce moment. En apparence, à la maison, rien n'a changé. Delbert est toujours aussi épouvantable, il tempête, hurle, la frappe sous le moindre prétexte et, parfois, sans prétexte du tout. Elle, de son côté, est comme avant, elle plie l'échine, elle se fait toute petite, elle laisse passer l'orage. Mais, à l'intérieur d'elle-même, tout est différent : elle n'a plus peur. Elle pense à Jennifer... Si elle le voulait, elle pourrait faire comme elle. Un peu de Rexonal et Delbert ne crierait plus si fort, il se tairait même pour toujours. Or, du Rexonal, elle sait très bien de quelle manière s'en procurer.

Plusieurs mois ont passé. Nous sommes à la fin de l'été 1992. Judith Lessing a définitivement quitté l'atelier d'écriture. Celui-ci appartient au passé ; elle n'y pense plus. C'est sa vie personnelle qui compte et la métamorphose qui s'y est produite : jour après jour, elle est devenue Jennifer, c'est-à-dire une femme soumise en apparence, mais qui prépare en secret sa vengeance...

Quand l'idée de tuer vraiment Delbert et non en imagination lui est-elle venue ? Elle ne saurait le dire. Elle a d'abord rejeté avec horreur cette perspective et puis, insidieusement, celle-ci lui est devenue familière. Bien sûr, elle aurait pu quitter Delbert, maintenant qu'elle ne le craignait plus. Jennifer n'était pas Judith, Jennifer aurait eu sans problème le courage et la force de divorcer.

Mais ce n'était pas le divorce que méritait Delbert, c'était la mort. Il n'allait pas s'en tirer à si bon compte après tout ce qu'il lui avait fait subir, et surtout ce qu'il avait fait subir à leurs filles. Un tel monstre ne méritait pas de pitié, il ne méritait pas de vivre. Judith Lessing progressivement s'est faite à cette idée : elle allait passer à l'action, elle allait suivre le conseil de son professeur d'écriture, mais dans un sens que celui-ci n'avait pas imaginé, elle allait « développer » sa nouvelle, c'est-à-dire la faire passer de la fiction à la réalité...

Et c'est ce qu'elle est en train de faire, ce 21 septembre. Elle se trouve chez Barbara Preston, une amie qu'elle n'a pas vue depuis longtemps. Elle s'est soudain rappelée à son souvenir. Cette dernière a été enchantée de ces retrouvailles inattendues et l'a accueillie chez elle avec chaleur. Ce qu'elle ignore, c'est que Judith est venue chez elle pour une seule raison : elle est médecin et il lui faut une ordonnance pour le Rexonal.

Et tout marche comme elle l'avait espéré, presque trop facilement... Au moment où Barbara se trouve dans sa cuisine pour leur préparer du thé, Judith se précipite sur sa mallette, qui traîne sur la table du living, elle la fouille et en sort le carnet d'ordonnances. Elle déchire prestement celle du dessus et la met dans son sac à main. Maintenant, elle n'a plus qu'à poursuivre son plan, tel qu'elle l'a mis au point.

Elle le fait sans perdre de temps. Le Rexonal, elle le prend en sortant de chez son amie, qui habite Philadelphie même, loin du faubourg de Watsontown. Elle tend au pharmacien l'ordonnance qu'elle vient elle-même de remplir. Étant donné qu'il s'agit d'une drogue dangereuse, elle doit donner son nom, mais elle ne s'en inquiète pas : comme elle n'est pas connue dans ce quartier, elle ne risque rien.

Et Judith ne perd pas davantage de temps pour la partie criminelle de son projet. Elle verse en rentrant le médicament dans le bourbon. Delbert en prenant de larges rasades chaque soir, elle est sûre que le résultat ne tardera pas. Et effectivement, le soir même, après l'avoir copieusement injuriée et battue, celui-ci, comme il en a l'habitude, vide près de la moitié de la bouteille à même le goulot.

Là, pourtant, pour la première fois, elle n'est pas fidèle à son modèle, elle ne suit pas point par point la nouvelle, elle ne dit pas toute la vérité à son mari pour qu'il sache bien qu'il s'agit d'une vengeance... Après avoir bu, celui-ci s'approche d'elle en titubant. Il la dévisage d'un regard mauvais.

— Qu'est-ce que tu as à me regarder comme ça ?

Il lève dans sa direction une main menaçante.

— Tu en veux une autre ? Tu n'en as pas eu assez pour ce soir ?

Subitement, Judith Lessing prend peur. Le Rexonal est-il un produit moins puissant que ne le prétendait son livre ou est-ce Delbert qui a une résistance extraordinaire ? Toujours est-il que, si elle parlait, il serait capable de réunir ses dernières forces pour la tuer. Elle court s'enfermer dans sa chambre. Il commence à la poursuivre, mais il y renonce. Elle l'entend retourner au living d'un pas pesant et, un peu plus tard, un bruit de chute ébranle la maison. Elle préfère pourtant ne pas bouger. Elle ne sort qu'au matin et c'est pour le découvrir raide mort.

La suite se passe sans le moindre problème. Les pompiers, alertés par elle, sont certains de se trouver devant une mort par absorption d'alcool, diagnostic que confirme le médecin chargé de délivrer le permis d'inhumer.

Et, deux jours après, c'est la grande scène du cimetière, celle par laquelle s'ouvrait sa nouvelle, son moment de triomphe, d'apothéose ! Au milieu de sa famille au grand complet, de ses deux filles revenues précipitamment, des amis du couple, des collègues du mari, elle peut donner libre cours à sa prétendue douleur. Elle en fait beaucoup, même. Alors que Serena et Candice ne cherchent pas à feindre un sentiment qu'elles n'éprouvent pas, elle joue, comme son héroïne, les veuves éplorées, elle sanglote, elle hoquette, elle fait semblant de s'évanouir, tandis que, dissimulée sous ses voiles noirs, elle se répète la phrase que prononçait Jennifer : « S'ils savaient, tous, que c'est moi qui l'ai tué !... »

Ensuite, Judith rentre chez elle et, une fois tout le monde parti, elle se retrouve seule. C'était ce qu'elle souhaitait depuis toujours, ce dont elle rêvait sous les coups et les injures. Elle parcourt sans crainte ni appréhension ces lieux où le tyran domestique ne réapparaîtra jamais. Ses cauchemars sont finis, elle a fini de trembler.

Car elle ne craint rien pour les suites de son acte. Jamais on ne découvrira le crime ; les pompiers, les médecins, ses filles, ses amis n'ont pas eu le moindre soupçon. Qui pourrait en avoir ? Bien sûr, il y a l'atelier d'écriture et la fameuse nouvelle qui est à l'origine de tout. Si Horace Rothbard ou l'un des élèves avait eu connaissance de la mort de Delbert, les similitudes auraient pu éveiller leurs soupçons. Mais elle a pris soin de couper les ponts depuis longtemps déjà. Elle ne leur a donné aucune nouvelle d'elle. Pas un d'eux n'a connaissance du décès de son mari.

Inversement, sa participation à l'atelier d'écriture est ignorée de tout son entourage. À part Delbert, elle n'en avait parlé à personne. Elle a même gardé le silence vis-à-vis de ses filles. Dans ces conditions, qu'aurait-elle à craindre ?...

Aussi est-elle très surprise de voir arriver chez elle, deux semaines plus tard, un inconnu, qui s'est annoncé à la porte comme étant de la police. L'homme a la trentaine, il est bien élevé, courtois, un peu terne d'aspect.

— Inspecteur Murray. J'ai juste quelques questions à vous poser, madame.
— Des questions ? Mais à quel sujet ?
— Ne venez-vous pas de perdre votre mari ?
— Je ne vois toujours pas...
— Nous avons reçu une lettre à ce sujet...
— De qui ?
— Je ne peux pas vous le dire. Toujours est-il que cette personne a trouvé votre attitude au cimetière étrange. Elle savait la manière dont vous traitait votre mari et le chagrin que vous avez manifesté ne lui a pas semblé naturel. Elle nous a demandé d'enquêter. C'est ce que nous avons fait...

Judith Lessing se sent prise de vertige. Oui, elle a eu tort. Elle a voulu s'offrir à elle-même le plaisir de jouer les veuves éplorées, mais elle aurait dû compter sur les soupçons qu'elle pouvait faire naître ainsi... Cela dit, qui a bien pu la dénoncer ? Personne de sa famille, elle en est certaine, et personne de ses amis. Il lui revient alors à l'esprit qu'il y avait pas mal de collègues de Delbert aux funérailles. À coup sûr, c'est de l'un d'eux que provient la dénonciation... La voix de l'inspecteur Murray la ramène à la réalité.

— Nous avons fait un travail de pure routine, madame Lessing, et c'est ainsi que nous avons découvert que vous aviez suivi les cours d'un atelier d'écriture. Le professeur, M. Horace Rothbard, n'a fait aucune difficulté pour nous remettre le récit que vous avez écrit. Il est fort curieux...

Judith Lessing baisse la tête. Elle sait qu'elle a perdu. Tout cela parce qu'elle s'est comportée de manière trop caricaturale à l'enterrement. Mais c'était ainsi que se comportait Jennifer dans sa nouvelle et Horace Rothbard ne lui a pas dit qu'une telle attitude n'était pas naturelle. Horace Rothbard n'est pas digne

d'être professeur, Horace Rothbard est indigne d'Hollywood, Horace Rothbard est un nul ! Elle relève vivement la tête.
— Avez-vous suivi un atelier d'écriture, inspecteur ?
L'inspecteur Murray sort ses menottes de sa poche.
— J'avoue que non...
— Alors, ne le faites jamais. Cela vous donne des idées et pas les moyens de les appliquer. C'est de la littérature, inspecteur, rien d'autre que de la littérature.

L'INSTITUTRICE ET LE MILLIARDAIRE

En cette matinée du 16 avril 1979, le commissaire Michel Vaillant, de la police de Genève, sent qu'il va avoir à affronter une affaire importante.

On vient de lui apprendre que Mike Tardini est venu au commissariat pour signaler une disparition. Or ce n'est pas n'importe qui. Quarante-deux ans, jouissant de la double nationalité américaine et italienne, Mike Tardini est connu dans le monde entier comme un homme d'affaires de premier plan. Il possède plusieurs compagnies d'assurances et brasse des capitaux considérables. C'est l'un de ceux qui font la pluie et le beau temps dans le monde très fermé de la Bourse. Il est toujours en déplacement entre New York, Rome et Genève. Inutile de dire qu'un homme pareil est à traiter avec la plus grande attention...

– De quoi s'agit-il, monsieur Tardini ?

L'homme d'affaires a l'air particulièrement fatigué. Visiblement, il n'a pas beaucoup dormi. Il ne manque pas d'allure, pourtant. Il est grand, basané, brun aux yeux bleus, avec des allures de chanteur de charme ; il n'est pas sans rappeler Frank Sinatra.

– C'est ma compagne, Nicole Lubin. Elle a disparu... Nous rentrions d'une soirée chez des amis, à Carouge. Il devait être trois heures du matin. Nous étions dans ma voiture. C'est elle qui conduisait. Nous avons eu une dispute. Elle s'est tellement énervée qu'elle a arrêté la voiture sur le bord de la route et qu'elle s'est enfuie.

– En pleine campagne ?

– En pleine campagne et en pleine nuit. Je l'ai vue courir dans un champ, disparaître, et puis plus rien...

– Pourquoi ne vous êtes-vous pas mis à sa poursuite ?

– J'avoue que j'étais moi-même énervé. Sur le coup, j'ai pensé quelque chose comme : « Si tu veux partir, eh bien ! va-t'en ! » Après, j'ai cru qu'elle allait revenir. Au bout d'une demi-heure, je me suis mis à sa recherche, mais je n'ai rien trouvé.

– Cela s'est passé quand ?

– Avant-hier. Et depuis deux jours, rien, pas un coup de fil. Je suis terriblement inquiet...

– Vous êtes revenu sur les lieux depuis ?

– Vous pensez bien. C'est à dix kilomètres de Genève, sur la route de Carouge. Au bord de la route, il y a des prairies, des bois, un peu plus loin, des fermes et des villas. Je me suis même rendu dans quelques-unes. Personne n'a rien vu...

Le commissaire Michel Vaillant hoche la tête. L'affaire lui semble plus sérieuse qu'il ne le pensait au départ. Cette fugue en pleine nuit a quelque chose d'inquiétant. Si, évidemment, on s'en tient au récit que vient de faire le milliardaire, car, en l'absence de témoins, on est bien forcé de le croire sur parole...

– Vous avez une photo d'elle ?

– J'ai même ses papiers. Elle est partie en abandonnant son sac à main dans la voiture.

Il tend au policier un élégant portefeuille de dame. À l'intérieur, une carte d'identité suisse au nom de Nicole Lubin, trente ans, institutrice, demeurant à Genève. La photo qui l'accompagne, contrairement à ce qui arrive souvent, ne la désavantage nullement : c'est une blonde aux yeux bleus, à la beauté un peu froide. Elle est grande, comme l'indiquent ses papiers, 1,77 mètre.

Elle doit avoir beaucoup d'allure, du genre mannequin ou hôtesse de l'air.

— Elle est institutrice ?

— Elle travaille dans une école privée. Je l'ai rencontrée il y a trois ans en cherchant un établissement pour y mettre mes enfants.

— Vous êtes marié ?

— Divorcé.

Le commissaire Michel Vaillant a un geste d'excuse.

— Pardonnez-moi, monsieur Tardini, mais je suis obligé de vous poser la question parce que cela peut avoir une importance. Quel était le sujet de votre dispute ?

— C'était à propos de mariage, justement. Depuis quelque temps, elle veut absolument que je l'épouse, que nous ayons des enfants. Et moi, je ne veux pas.

— Pour quelle raison ?

Le milliardaire fronce les sourcils devant cette question un peu personnelle, mais il répond quand même.

— Mon premier mariage a été une catastrophe. En fait, ma femme ne s'intéressait qu'à mon argent, elle a divorcé dès qu'elle a pu et elle a réussi à se faire verser une pension considérable... Nicole, ce n'est pas pareil. Elle m'aime sincèrement et c'est réciproque. Mais fonder un foyer, avoir de nouveau des enfants, je ne veux pas. Mon travail me prend trop, je suis tout le temps entre les États-Unis, l'Europe et le Japon. Je serais un mauvais père et un mauvais mari...

Cette fois, le commissaire en sait assez. Il remercie Mike Tardini et l'assure de tout son concours. La première chose à faire est de pratiquer une fouille approfondie sur les lieux. Et, dès le départ, il se voit attribuer des moyens considérables. Sous sa direction, ce sont des dizaines d'agents qui passent les lieux au peigne fin.

L'endroit est tel que le milliardaire l'a décrit : une route élégante, bordée de platanes traversant une campagne faite de prairies et de bois où alternent les fermes et les villas résidentielles. Les bois sont systématiquement explorés, ainsi que les quelques étendues d'eau, à l'aide de plongeurs. Car le pire est envisagé dès le départ. Seule dans la nuit, la jeune femme a pu être l'objet d'une agression, à moins qu'il ne s'agisse d'un suicide, hypothèse à envisager, dans l'état d'agitation où elle se trouvait.

Pourtant, au bout de trois jours, il faut se résoudre à abandonner les recherches. Il n'y a aucun corps ni même aucun indice quelconque sur les lieux : pas de trace de sang ni de lutte. Dans un rayon de cinq kilomètres, tous les riverains ont été interrogés et personne n'a rien vu ou entendu. Nicole Lubin semble s'être volatilisée sur la route de Carouge à Genève, à trois heures du matin...

Telles sont tout du moins les conclusions, si on se fie au récit de son compagnon. Car, la jeune femme restant obstinément introuvable au bout d'une semaine, il faut bien envisager l'autre hypothèse. De discrètes investigations dans l'entourage du milliardaire ont confirmé que le couple avait déjà eu récemment plusieurs disputes du même genre, y compris chez leurs amis de Carouge qui donnaient une réception la nuit de la disparition.

Mike Tardini, c'est bien connu de tous ceux qui l'ont approché, n'est pas un tendre. Il a même, dans le milieu de la finance, une réputation de carnassier. C'est un violent aussi. Plusieurs de ses colères lui ont valu la une de la presse spécialisée. Il a fait, en particulier, plusieurs fois le coup de poing contre les journalistes.

Alors, si la dispute avait bien eu lieu, mais dans d'autres circonstances que celles décrites par le milliardaire ? Ce peut être, soit dans sa voiture, mais ailleurs que là où il l'a dit pour égarer les recherches, soit au domicile de la jeune femme. Dans les deux cas, Mike Tardini, excédé par les sempiternelles récriminations de sa compagne, peut-être aussi après avoir trop bu durant la réception, l'a frappée et commis l'irréparable. Après quoi, il a fait disparaître le corps...

Nicole Lubin possède un charmant appartement que lui a offert son amant, dans un quartier résidentiel de Genève. Il est fouillé de fond en comble, mais sans le moindre résultat. Reste la voiture, un luxueux coupé Mercedes. En apprenant que la police voulait l'examiner, le milliardaire a fort mal pris la chose, mais cela faisait partie de l'enquête et il n'a pas pu s'y opposer.

Or, ce 21 avril, le laboratoire communique ses résultats au commissaire et ils font sensation : il y a d'infimes traces de sang dans le véhicule, sur le siège du conducteur, le volant, le tableau de bord et le plancher. Or, d'après les dires mêmes de son amant, Nicole Lubin conduisait cette nuit-là. Quant au groupe, A+, le commissaire n'a pas besoin de faire des recherches pour savoir si c'est celui de la jeune femme. Elle est donneuse de sang et sa carte figurait dans son portefeuille : groupe A+.

Inutile de dire que, lorsque Mike Tardini se retrouve devant lui, le ton n'est plus du tout le même. Le commissaire annonce le résultat de l'analyse et conclut :

— J'attends vos explications, monsieur Tardini.

Le milliardaire le prend très mal.

— Quelles explications ? Vous n'osez tout de même pas me soupçonner ?

— Je cherche à comprendre... Vous pourriez me dire, par exemple, que Nicole Lubin s'était fait une blessure, ce qui expliquerait ce que nous avons trouvé.

— Non, elle ne s'était pas blessée.

— C'est d'ailleurs ce qu'ont confirmé les participants à la soirée où vous avez été.

— Parce que vous les avez interrogés ?

— Nous les avons interrogés.

Mike Tardini s'empourpre. Il est pris d'une de ses

colères que connaît bien le monde des affaires. Il tape du poing sur le bureau.

– Je ne l'ai pas tuée, vous m'entendez ? Je ne l'ai pas tuée ! Si j'en avais assez d'elle, il me suffisait de rompre. J'ai autre chose à faire que d'assassiner les femmes !

À l'inverse de son interlocuteur, le commissaire Vaillant conserve tout son calme.

– On ne tue pas toujours pour des raisons logiques, monsieur Tardini. Un moment d'emportement, un excès d'alcool et on se retrouve meurtrier. Pour cela, il aurait suffi que vous soyez dans l'état où vous êtes en ce moment...

Brutalement, Mike Tardini pâlit. Il semble comprendre que, dans cette affaire, il est suspect depuis le début, ce qu'il n'avait visiblement jamais envisagé jusque-là.

– Vous le pensez vraiment ?...

– J'essaie d'expliquer les éléments que je possède. Il y a des traces de sang appartenant à Nicole Lubin dans votre voiture et vous ne pouvez pas me dire pourquoi.

– Elle se sera blessée une autre fois. Je ne m'en souviens plus.

– Les taches sont récentes. Le laboratoire est formel.

Mike Tardini s'affaisse sur son siège. Il semble avoir vieilli de dix ans.

– Vous n'allez pas m'arrêter ?... Vous ne savez pas ce que cela signifierait pour moi ! Mes affaires reposent principalement sur ce que je représente, la confiance que j'inspire. Si je suis inculpé de meurtre, c'est la ruine !

Pour toute réponse, le commissaire Michel Vaillant lui tend le téléphone de son bureau.

– Je vous conseille d'appeler votre avocat, monsieur Tardini...

– Vous m'arrêtez ?
– Je vous arrête.

L'inculpation de Mike Tardini fait sensation à Genève, à New York et dans tout le monde de la finance. De nombreux articles paraissent à son sujet, aussi bien dans la presse économique que dans la presse à sensation. Et ce qu'il a dit au commissaire se révèle, malheureusement pour lui, entièrement exact. Dans le genre d'affaire dont il s'occupe, la confiance personnelle est primordiale. La Bourse de New York réagit très mal à son arrestation. Et les déclarations de son ex-femme sur l'une des grandes chaînes nationales de la télévision américaine ne sont pas faites pour arranger les choses :

– Mike Tardini est un homme cruel ! Qu'il ait tué cette femme ne m'étonne pas. Si vous saviez ce qu'il a pu me faire souffrir pendant trois ans !...

Les jours passant, les actions des entreprises contrôlées par Tardini s'effondrent. Rien ne peut empêcher le mouvement, c'est la ruine. Et lorsqu'il apprend cela dans sa prison, le milliardaire, ou plutôt l'ex-milliardaire, ne peut le supporter. Il s'ouvre les veines à l'aide d'un morceau de carreau de sa fenêtre. L'intervention rapide du médecin de la prison ne changera rien. Il pourra seulement recueillir ses derniers mots, prononcés dans un souffle :

– Le commissaire est un âne !...

Ce sont ces paroles qui décident Michel Vaillant à reprendre l'enquête. Dès le début de cette affaire, il avait eu une intuition : Mike Tardini était le meurtrier et, lorsque les taches de sang sont venues confirmer ses convictions premières, il a été définitivement sûr de lui.

Mais ces paroles qui l'accusent et qui viennent d'un homme au seuil de la mort le troublent profondément.

Se pourrait-il qu'il se soit trompé ? Il faudrait, dans ce cas, que les choses soient infiniment plus compliquées qu'il ne l'avait pensé d'abord. Il lui faudrait reprendre le problème sous un jour entièrement différent.

Et c'est alors qu'il pense à un détail qu'il avait jusque-là négligé : c'était Nicole Lubin qui conduisait la nuit de sa disparition. En apparence, c'est secondaire, mais si on y réfléchit, cela change tout. C'était elle qui a arrêté la voiture. Alors pourquoi ne pas imaginer qu'elle ne l'a pas fait n'importe où, mais à un endroit qu'elle avait soigneusement choisi ?...

Selon un plan longuement prémédité, elle a décidé de disparaître pour faire accuser Mike Tardini, dont elle savait qu'il ne l'épouserait pas. Après la réception chez leurs amis, elle a déclenché la dispute sur l'éternel sujet qui rend son amant fou furieux. Le ton a monté et brusquement elle a arrêté le véhicule et s'est enfuie... Là, de deux choses l'une : ou une voiture l'attendait avec un complice et, dans ce cas, il sera bien difficile de la retrouver, ou elle a trouvé refuge dans une maison des environs où elle était également attendue.

Les perquisitions reprennent sur les lieux, mais cette fois de manière beaucoup plus approfondie. On ne se contente pas d'interroger les résidents, on perquisitionne dans les maisons. Et le résultat ne tarde pas : Nicole Lubin est là, dans la villa d'une jeune femme, dont on ne tarde pas à découvrir que c'est une ancienne directrice de son école.

Lorsqu'elle voit les policiers, Nicole Lubin prétend qu'elle est malade et qu'elle ne peut quitter sa chambre. Cela ne l'empêche pas d'être emmenée et de se retrouver devant le commissaire. Elle est bien plus belle que sur ses papiers d'identité, mais d'une beauté encore plus froide, véritablement glaciale. Cette femme, de toute évidence, est capable de tout... Le commissaire pense que Mike Tardini aurait pu s'en rendre compte. Mais peut-être s'en était-il, d'une certaine manière, rendu compte et était-ce pour cela qu'il ne voulait pas l'épouser.

Nicole Lubin tente de le prendre de haut.

— Pourquoi suis-je ici ? Je me reposais chez une amie, après une dépression. Quel délit ai-je commis ?

— Vous ne savez pas que votre amant, Mike Tardini, a été accusé de meurtre à votre endroit et qu'il en est mort ?

— Jamais de la vie ! J'étais en pleine dépression, je vous dis. Je n'écoutais ni la radio ni la télévision. Je ne lisais pas les journaux.

— Mais votre amie, si.

— Elle ne m'a rien dit. Elle a voulu m'épargner... Je me souviens seulement de m'être enfuie en pleine nuit après m'être disputée avec Mike. Après, c'est le noir. Je me suis réveillée là où vous m'avez arrêtée. Encore une fois, je proteste !

Le commissaire Michel Vaillant a une expression d'intense dégoût.

— La comédie est finie, mademoiselle Lubin ! Vous êtes une meurtrière, car c'est ainsi qu'il faut vous appeler, et une meurtrière particulièrement ignoble. Quand vous avez compris que votre amant ne vous épouserait pas et que ses milliards vous échappaient, la seule chose qui comptait pour vous, vous avez décidé de vous venger de la manière la plus machiavélique.

Le commissaire fixe intensément son interlocutrice.

— En rentrant de Carouge, vous demandez à conduire, en lui disant qu'il a trop bu, ce qui est peut-être vrai. Il ne se méfie pas et vous laisse le volant... Vous avez prévenu votre amie, elle est prête à vous recevoir. Sans qu'il s'en aperçoive, vous vous piquez avec votre broche ou un objet pointu quelconque et vous laissez tomber des gouttes de sang dans la voiture. Au moment voulu, vous déclenchez la dispute et vous vous arrêtez à l'endroit que vous avez choisi. Là, vous partez droit devant vous. Vous êtes sportive et la nuit est claire. Il ne vous faut pas plus d'un quart d'heure pour être à destination...

— Ce sont des divagations. Personne ne vous croira ! De toute manière, il n'y a rien là d'illégal.

— Si, outrage à magistrat. Je vous arrête, mademoiselle Lubin. Vous verrez que, ces divagations, le jury les croira. Et il vous condamnera au maximum : deux ans de prison ferme, ce qui est malheureusement trop peu...

C'est exactement ce qui est arrivé. Le jury a cru à la diabolique machination de Nicole Lubin, il l'a condamnée au maximum, selon la loi suisse : deux ans de prison ferme. Et c'était malheureusement trop peu.

LE FILS DE BÉATRICE

Béatrice Cenci, une fillette de dix ans, rêve derrière les fenêtres de sa demeure. C'est un palais, mais il ressemble davantage à une prison. Il est situé au cœur de Rome, pourtant, et la Ville éternelle brille de tous ses feux en cette année 1587. La Renaissance s'achève ; les merveilles bâties par les architectes, les chefs-d'œuvre des peintres et des sculpteurs rivalisent d'éclat avec les vestiges de la Rome antique, qu'on est en train de redécouvrir, la vie intellectuelle et artistique est à son apogée.

Mais c'est aussi une période d'affrontements et de crimes. L'Italie vit dans une quasi-guerre civile et les mœurs de la haute société sont aussi dissolues que violentes, y compris dans l'entourage des papes. L'époque des condottieres et des Borgia n'est pas finie, on s'entretue dans les rues à la hallebarde, dans les demeures à la dague et au poison.

La famille Cenci est au cœur de ces intrigues et de ces convulsions. C'est peut-être la plus riche d'Italie, elle est aussi redoutée que menacée, ce qui explique que son palais romain ait plus des allures de forteresse que de demeure d'agrément : des murs gris, aux ouvertures parcimonieuses, qui ne sont pas loin de ressembler à des meurtrières, des gardes en armes en faction devant la porte.

En outre, sa façade arrière donne sur le ghetto. Par-delà un mur de dix pieds de haut, on peut apercevoir ses habitants s'entasser dans une promiscuité désespérante, tous coiffés du bonnet de couleur jaune que les autorités leur imposent... Ce sont eux que la fillette est en train de regarder. Elle ne leur prête pas une attention particulière ; elle a depuis toujours ce spectacle sous les yeux, puisque les fenêtres de sa chambre donnent dans cette direction. Parfois s'y ajoute la violence. En cas d'épidémie ou de catastrophe quelconque, la populace de Rome en rend les Juifs responsables et elle a, plus d'une fois, pu assister à des scènes de pogroms.

Tel est l'environnement quotidien de Béatrice Cenci. On conçoit qu'il ait contribué à assombrir son humeur et à durcir sa sensibilité. Mais d'autres éléments viennent aggraver encore ces inquiétants débuts dans la vie : la terrible hérédité qui est la sienne et les débordements de ses proches.

Elle descend du tyran Crescentius qui, au Xe siècle, a assassiné deux papes, Benoît VI et Jean XIV. Un pape, elle en a un parmi ses aïeux, le pape soldat Jean X, vainqueur des Sarrasins. Cet édifiant religieux a été élu grâce à l'influence de sa maîtresse Théodora, qui prostituait sa fille. C'est d'ailleurs le souteneur de cette dernière qui a fini par l'assassiner... Béatrice a dans son ascendance un autre religieux, dont la moralité était exactement comparable, Christophe Cenci, le trésorier de Pie V, qui plongeait à pleines mains dans le trésor papal. Lorsqu'il s'est trouvé à la tête d'une fortune qu'il a jugée suffisante, il s'est défroqué pour épouser sa maîtresse, une veuve qu'il avait fait emprisonner pour adultère et dont il avait fait disparaître le mari. Ils ont eu un fils, Francesco Cenci, le père de Béatrice.

Et Francesco réussit tout de suite un véritable exploit : être le pire des Cenci ! Pour cela, il commence très jeune. Tout gamin, il martyrise les animaux et frappe les domestiques ; adolescent, il passe au meurtre. Il se retrouve devant les juges, successivement pour avoir poignardé un muletier, tué un passant en s'amusant à tirer à l'arbalète depuis la fenêtre du palais et assommé un laquais. Chaque fois, il obtient l'impunité grâce à ses parents, qui couvrent d'or les magistrats, mais après ce dernier méfait, ils en ont assez. Ils décident d'arrêter ce cycle infernal et, pour cela, ils ne voient qu'une solution : le mariage. Francesco a quatorze ans et il se retrouve chef de famille. L'élue, qui appartient à la meilleure noblesse, se nomme Ersilia Arias, elle a quatorze ans comme lui, ils s'installent dans le palais Cenci et, malgré leur jeune âge, ils se mettent à faire ce que font tous les couples : des enfants.

Ersilia est particulièrement prolifique puisqu'elle n'en met pas moins de douze au monde, dont sept survivent. Parmi eux, Béatrice, qui naît le 6 février 1577. C'est l'avant-dernière. Elle a une grande différence avec ses aînés, ce qui lui permet d'assister à leurs exploits. Ses deux frères les plus âgés sont aussi précoces que leur père. Comme lui, ils sont portés sur les femmes, mais cela ne leur réussit pas ; ils sont tous deux tués par des maris trompés.

Telles sont les dix premières années de Béatrice Cenci, dans son palais-prison... Et voilà que vient de se produire le premier grand événement de son existence : sa mère est morte, en mettant au monde un nouvel enfant, qui n'a pas survécu.

Béatrice ne l'a pas pleurée. C'était une femme effacée, totalement dominée par son mari, pratiquement toujours enceinte et épuisée par ses grossesses successives ; ses rapports avec elle ont été insignifiants. Mais sa mort va bouleverser sa vie, car son père n'a aucune envie de s'occuper d'elle et a décidé de la mettre au couvent. Elle en reviendra quand elle sera en âge de se marier.

Béatrice Cenci se perd dans la contemplation du

ghetto où des silhouettes aux chapeaux jaunes passent en silence... Dire qu'elle est malheureuse de quitter le palais Cenci et sa famille serait mentir. Elle déborde de joie, au contraire ! La compagnie des nonnes sera un délice après celle qu'elle a connue entre ces murs et, au couvent, elle n'aura plus sous les yeux en permanence le ghetto de Rome. Bien sûr, elle reviendra ici, mais ce sera pour se marier.

Se marier... Le mot fait rêver la petite fille. Elle est sûre qu'elle aura le plus beau et le plus aimant des maris. Pas un tyran comme son père, un être épris et doux. Et elle le mérite. N'a-t-elle pas, malgré son jeune âge, un charme déjà piquant et vif, avec ses beaux cheveux bruns coiffés en bandeau, ses grands yeux sombres et sa bouche parfaitement dessinée ? Oui, en ce jour de 1587, au moment de quitter les siens, Béatrice Cenci décide qu'elle sera heureuse !

1594. Béatrice a dix-sept ans, elle est en âge de se marier et, comme promis, après sept ans de couvent, elle retrouve sa famille et le monde. Bien des choses ont changé au palais Cenci. D'abord son père s'est remarié. Sa nouvelle femme, Lucrezia, ressemble à la première, elle est blonde, ronde de formes et indolente. Tout aussi noble qu'Ersilia, bien plus riche encore, elle appartient à la famille Petroni, une des plus huppées du Latium.

Francesco Cenci n'est pas là quand Béatrice revient au palais. Il est en déplacement dans des propriétés qu'il possède près de Naples. Alors, en attendant de le revoir, elle fait connaissance avec sa belle-mère et elle s'entend tout de suite avec elle. Elle la domine aussi. Lucrezia est une femme faible, comme son père les aime, alors qu'elle-même tient, au contraire, de ce dernier. C'est une vraie Cenci. Elle est de la lignée de ceux qui assassinent les papes ou pillent leurs trésors.

Au bout de quelques jours, Lucrezia Cenci est entièrement à sa dévotion. Béatrice en est satisfaite : elle se dit que cela pourra peut-être lui servir un jour.

Elle fait aussi connaissance de ses frères, qu'elle n'a pour ainsi dire pas connus. L'un, Giacomo, a trois ans de plus qu'elle, l'autre, Bernardino, trois de moins. Et ce qu'ils lui disent est terrible. Ils n'en peuvent plus ! Les débauches de leur père ont atteint un degré insupportable. En ce moment, tout est calme parce qu'il est absent, mais quand il est à Rome, c'est l'enfer. Des orgies ont lieu en permanence au palais, souvent accompagnées de violences et, plus d'une fois, de meurtres. Francesco Cenci est un véritable tyran, vivre en sa compagnie représente un danger de tous les instants. Et Giacomo conclut :

– Il faut nous débarrasser de lui, sinon, c'est lui qui aura raison de nous !

Béatrice a du mal à croire une pareille chose. Elle aime, malgré tout, ce père qui lui ressemble. Elle ne se fait aucune illusion à son sujet : c'est un être dépravé, sans foi ni loi, prêt à tout sacrifier à ses appétits de jouissance. Mais, à côté de cela, elle ne peut s'empêcher de l'admirer. C'est un grand seigneur, un homme qui en impose, elle garde de lui une image presque fascinante...

Quand Francesco Cenci rentre au palais, elle se précipite à sa rencontre. Mais elle est aussitôt cruellement déçue. Son père a changé, il a vieilli, ce qui est après tout normal, mais il a mal vieilli. Il n'a plus cet air noble et dominateur que lui donnaient sa barbe et ses cheveux très noirs, son regard aigu. Son visage s'est empâté, ses yeux sont à présent profondément enfoncés dans leurs orbites, ce qui lui confère un air à la fois sournois et cruel... Au début, il répond avec froideur et indifférence à ses saluts et ses embrassades, et puis il s'approche d'elle.

– Mais tu es une femme, maintenant !

Il lui prend le menton. Son expression change... Elle recule, effrayée. Il a un sourire.

– N'aie pas peur, ma colombe. Qu'est-ce que tu crains ?

Mais Béatrice est partie en courant. Elle se réfugie dans sa chambre, dont elle ferme la porte à clé. Hors d'haleine, elle contemple, depuis la fenêtre, les silhouettes au chapeau jaune qui s'entassent derrière le mur gris. La vision du ghetto de Rome est bien moins terrible que celle du visage de son père. Giacomo et Bernardino ont raison : sa présence est un danger pour eux tous. Il faut faire quelque chose...

Et Giacomo, à qui sa sœur a tout dit, passe sans plus tarder à l'action. Il dénonce son père auprès du pape, pour une orgie qui s'est passée au palais et au cours de laquelle un jeune homme a été poignardé. La démarche est risquée, car le pape Clément VIII appartient à une famille rivale des Cenci et risque de se retourner aussi bien contre le fils que contre le père. Mais tout se passe comme Giacomo l'avait espéré. L'ennemi mortel de Clément est avant tout Francesco Cenci et il est trop heureux de saisir ce prétexte pour l'abattre. Le chef de la maison Cenci est arrêté et incarcéré au château Saint-Ange, la sinistre prison papale.

Au palais, les frères et la sœur respirent. Giacomo a fourni toutes les preuves de ce qu'il avançait et les faits sont assez graves pour envoyer leur père au bûcher. Il ne pourra jamais se sortir d'une situation pareille... Mais c'est compter sans la combativité et surtout sans les moyens de Francesco. Les magistrats religieux sont tous achetés, les rapporteurs corrompus, les témoins menacés, les gardes subornés, les dépositions falsifiées. Près de la moitié de la fortune des Cenci est engloutie dans cette opération, mais au bout seulement d'un mois leur père peut sortir, non sans avoir été condamné à une amende de cent mille écus d'or.

Inutile de dire qu'une fois au palais il ne songe qu'à

prendre sa revanche. C'est une véritable atmosphère de guerre qui s'installe. Francesco Cenci n'ose pas s'en prendre à ses fils, qui ne se promènent qu'armés et en cuirasse, alors il se rabat sur les femmes. Son épouse est giflée, battue et enfermée. Quant à Béatrice, elle vit dans la terreur. Elle se barricade dans sa chambre, craignant qu'il ne se livre à un attentat contre elle. Elle n'en sort qu'accompagnée de l'un de ses frères.

Mais le chef des Cenci ne se contente pas de faire régner la terreur chez lui, il prépare sa contre-attaque judiciaire. À son tour, il dénonce Giacomo à la justice papale, l'accusant de tentative d'empoisonnement contre sa personne. Clément VIII, toujours à l'affût de ce qui peut porter un coup à ses ennemis, écoute la dénonciation d'une oreille complaisante. Giacomo est arrêté, emprisonné à son tour au château Saint-Ange et soumis à la question. Mais il a, lui aussi, le courage indomptable des Cenci. Malgré la torture, il n'avoue rien et, comme il n'existe pas la moindre preuve contre lui, il est libéré après cinquante jours d'incarcération.

Cette fois, il ne rentre pas au palais où il estime être trop exposé. Il va s'installer ailleurs dans Rome, ainsi que Bernardino, qui a prudemment pris la même décision... Les deux frères décident de continuer leur combat sur le plan judiciaire, certains que Clément VIII est plus hostile à leur père qu'à eux-mêmes. Ils intentent contre lui une action pour dilapidation et réclament qu'il soit placé sous tutelle.

Le pape est toujours aussi empressé de profiter des désunions de la famille pour lui porter ses coups et sa justice déclare recevable la procédure. Cette fois, pourtant, Francesco Cenci a senti le danger et il réagit. Emmenant de force avec lui sa femme et sa fille, il trouve refuge à Petrella, sur la route d'Avezzano à Rieti, à 60 kilomètres de Rome. Il s'installe dans un château que lui a loué le prince Martino Colonna, un de ses compagnons de débauche, qui a été plus d'une fois son complice dans le crime.

L'initiative de Francesco, bien loin d'être une dérobade, est une réplique très justement calculée. On ne peut pas plaider contre une personne de son rang en son absence et, du fait de son départ, la procédure tombe d'elle-même. Mais il vient aussi de faire changer le cours des événements. En s'enfermant dans ce milieu clos entre sa femme et sa fille, il a créé toutes les conditions d'un drame et celui-ci ne va pas tarder à éclater.

Le cadre de la future tragédie est grandiose. Plus qu'un château, la résidence des Colonna est une citadelle, un nid d'aigle. C'est un ouvrage médiéval, qui domine le village de Petrella de ses clochetons effilés ; il est bordé par un ravin et on y accède par le classique pont-levis.

La place est administrée par un gouverneur, Olimpio Calvetti, quarante-cinq ans. L'homme ne manque pas de prestance, mais son aspect est pour le moins impressionnant : une carrure d'athlète, un regard dominateur, des cheveux et une barbe si noirs qu'on y voit des reflets bleus. Sa personnalité correspond d'ailleurs à son physique : c'est un repris de justice, deux fois poursuivi pour meurtre. Mais à Petrella, il n'a rien à craindre. Il bénéficie de la protection des Colonna, la plus puissante famille italienne, et aucune loi, aucun magistrat ne peut l'atteindre.

Dans cet endroit fermé où il jouit d'une totale impunité, Francesco Cenci peut laisser libre cours à ses pires penchants. Il commence par séquestrer son épouse et sa fille. Elles sont mises dans l'impossibilité de communiquer avec l'extérieur. Elles ne disposent que d'un appartement de quatre pièces, dont les fenêtres sont masquées avec des planches clouées, sauf l'extrémité supérieure, afin qu'un peu de lumière puisse passer. La porte est rigoureusement close et les domestiques leur apportent la nourriture par un guichet.

Les deux femmes ne réagissent pas de la même manière face à cette réclusion. Lucrezia s'y accoutume sans trop de mal. C'est dans son caractère, à la fois indolent et soumis, et puis, elle ne s'intéresse pas outre mesure à tout ce qui arrive. Dans cette lutte entre Francesco et ses fils, elle est pour ainsi dire neutre. Elle se dit que le meilleur moyen d'éviter les désagréments est de se faire aussi discrète que possible. Elle plie l'échine et se tait.

Pour Béatrice, au contraire, il ne saurait être question de soumission. D'abord, c'est à l'opposé de sa nature fière, combative et, surtout, à la différence de Lucrezia, elle a tout à craindre de Francesco. Elle n'est pas sa femme, elle est sa fille ! Et elle sait bien quelle idée a en tête le débauché, le luxurieux qu'il est. Ce ne sont pas les lois des hommes, les lois de la nature, les lois de Dieu qui l'arrêteront et, dans cette forteresse, elle est à sa merci. Pour l'instant, il n'a fait encore aucune tentative, mais il va sûrement passer à l'action : il faut qu'elle-même agisse avant.

Elle a remarqué que le domestique qui vient leur porter la nourriture par le guichet, un beau garçon qu'elle entend parfois jouer à la guitare sur le chemin de ronde, n'est pas insensible à son charme. Plusieurs fois, il lui a souri : il y a sans doute une possibilité de son côté... Elle entame la conversation. C'est un paysan du village, du nom de Marzio Caetano ; il a été engagé au château il y a peu.

Convaincre Marzio n'est pas facile, car, malgré le désir qu'il aurait de venir en aide à la belle recluse, il a peur de perdre sa place, voire pire. Francesco Cenci est capable de tout, il a déjà assassiné des domestiques, alors on comprend qu'il hésite. Mais le charme de Béatrice est quand même le plus fort. Marzio accepte de faire porter une de ses lettres à son frère.

Ce qui aurait pu être la délivrance pour la jeune fille marque, au contraire, le début de son calvaire. Francesco Cenci est méfiant, il fouille Marzio et découvre la lettre. Le malheureux croit sa dernière heure arrivée, mais, curieusement, le maître des lieux le laisse tranquille. Non seulement il ne lui inflige aucun mauvais traitement, mais il ne le renvoie même pas. C'est sa fille seule, qui va payer.

Francesco Cenci fait irruption comme un forcené dans l'appartement des deux femmes. Il se rue sur Béatrice et l'emmène de force dans sa chambre. Et là, il se produit ce à quoi elle avait désespérément essayé d'échapper : il la met nue, la roue de coups et la viole. Béatrice reste ainsi enfermée trois jours, pendant lesquels il continue à la frapper et à abuser d'elle.

Une existence terrible commence pour Béatrice Cenci. Elle se trouve entièrement au pouvoir de son monstre de père, dans un lieu coupé du monde, où les lois ne s'appliquent pas. Heureusement, Francesco Cenci s'absente souvent. Non pas pour des affaires, il a laissé cela à des intendants et revenir à Rome serait trop dangereux pour lui, mais pour se livrer à la débauche. Sa fille lui plaît, mais elle ne lui suffit pas, il en faut plus pour ses appétits !

Bien sûr, dès qu'il est parti, Béatrice met tout en œuvre pour échapper à ce cauchemar. Fuir, il n'en est pas question. C'est une véritable forteresse, plus hermétiquement close que bien des prisons d'État. Le pont-levis est relevé et ne s'abaisse qu'une fois par jour, pour livrer le passage aux provisions. C'est à l'intérieur qu'elle doit trouver des complicités pour le projet qui est d'ores et déjà le sien : tuer son père.

Lucrezia lui est totalement soumise, mais Béatrice se méfie d'elle. Elle est tellement faible que, si elle la mettait au courant de ses intentions, elle serait capable de tout répéter à son mari sous l'effet de la peur. Marzio Caetano pourra peut-être lui être utile le moment venu mais, pour l'instant, il ne fera rien. Il estime s'en être tiré à bon compte après l'échec de sa tentative et il exécute fidèlement tous les ordres de Francesco.

Reste le gouverneur du château, Olimpio Calvetti. Il y vit avec sa femme et sa fille et, visiblement, il s'ennuie. Béatrice entreprend de faire sa conquête et ce d'autant plus facilement qu'il lui plaît. Ce genre d'aventurier, de condottiere, est son type d'homme. Sans compter qu'il est deux fois meurtrier et qu'il ne reculera pas lorsqu'elle lui dévoilera son projet.

Béatrice Cenci met tout son charme dans la balance et elle n'en manque pas. C'est la noblesse qui la caractérise le mieux. Elle a tout de la grande dame italienne. Avec l'ovale parfait de son visage, ses yeux, son nez et sa bouche parfaitement dessinés, elle semble sortie tout droit d'un portrait de Léonard de Vinci et Olimpio Calvetti n'y résiste pas. Il tombe éperdument amoureux...

La vie s'organise donc à Petrella. Quand Francesco est là, Béatrice ne peut échapper aux horribles séances dans sa chambre. Mais, heureusement, il quitte le château de plus en plus souvent et, en son absence, le couple Béatrice-Olimpio se reforme. Comme celui-ci doit se cacher de sa propre femme, il vient dans la chambre de Béatrice, qui est aussi celle de Lucrezia, celle-ci les laissant seuls pour la circonstance.

Trois mois passent ainsi... Nous sommes à l'été 1598 et Béatrice Cenci fait une découverte terrible : elle est enceinte ! Il lui est impossible de savoir si c'est de son père ou d'Olimpio, mais dans un cas comme dans l'autre, elle est obligée de précipiter les choses. Si elle ne dit rien de ses relations avec le gouverneur, son père pensera que l'enfant est de lui. Supportera-t-il alors que naisse le fruit de son crime ? Ne sera-t-il pas plutôt tenté de la tuer, pour faire disparaître toute preuve ? Mais si, au contraire, elle avoue la liaison avec Olimpio Calvetti, sa colère et sa jalousie vont se déchaîner. Elle risque tout autant la mort. La décision de Béatrice est prise : il faut que son père disparaisse, sinon elle est perdue !

Sous ses dehors féroces, Olimpio Calvetti est beaucoup plus timoré qu'il n'y paraît. C'est que sa condition est précaire. À Petrella, il ne risque rien, mais il suffirait que Francesco Cenci le renvoie pour qu'il se retrouve dehors, pourchassé par la justice, qui finirait tôt ou tard par mettre la main sur lui. Alors, quand Béatrice lui parle pour la première fois de meurtre, il recule. Son regard dominateur se fait apeuré.

— Tu n'y penses pas ! C'est de la folie !

— Tu oublies comment il se conduit avec moi ? Tu crois qu'il mérite autre chose ?

— Je ne suis pas chargé de faire la justice...

Béatrice se rend compte qu'elle n'obtiendra rien en faisant appel au sens moral de son amant, qui n'est sans doute guère développé. Elle change d'argument.

— Francesco mort, ce sont mes frères et moi qui héritons. Et les Cenci sont la plus riche famille d'Italie.

Cette fois, la jeune femme se rend compte qu'elle a touché juste : une lueur de cupidité s'allume dans le regard d'Olimpio. Mais il reste réticent.

— Il n'empêche, c'est risqué.

— Je te couvrirai d'or !

— Ma vie vaut plus que de l'or...

Alors, puisque ni les exhortations ni les promesses ne sont efficaces, Béatrice passe à la menace.

— Si tu ne le fais pas, je dis à mon père que je suis enceinte de toi ! Tu imagines sa réaction ?

— Mais c'est te perdre toi aussi !

— Cela m'est égal. De toute façon, je suis perdue. Alors, ta réponse ?

Cette fois, le terrible barbu brun est vaincu. Il baisse la tête.

– C'est oui...

Survient alors un coup de théâtre. Soit coïncidence, soit qu'il ait surpris quelque chose, Francesco Cenci renvoie Olimpio Calvetti. Il le fait sans lui donner la moindre explication et en lui intimant l'ordre de partir sur-le-champ. Olimpio a pourtant le temps d'aller trouver Béatrice. En apprenant la nouvelle, elle se croit perdue. Elle est désormais seule face à son père, sans espoir de trouver un quelconque allié. Mais, pour une fois, son amant fait preuve de combativité.

– Je ne m'éloignerai pas. Je reviendrai et j'accomplirai ce que je t'ai promis !

– Comment le pourras-tu ? On ne te laissera jamais entrer.

– Je connais un passage secret. Cela ne posera pas de problème.

– Alors, va d'abord trouver mes frères et dis-leur tout. Il faut qu'ils sachent ce que me fait mon père et notre projet...

Olimpio Calvetti obéit. Il se rend à Rome et informe les fils Cenci de la situation. Ceux-ci sont horrifiés et approuvent entièrement le meurtre. Ils décident même de venir en aide à leur sœur. Giacomo donne à Olimpio une fiole d'opium. Elle servira à droguer Francesco ; il sera beaucoup plus facile de le tuer une fois qu'il sera endormi.

Olimpio Calvetti reprend sans tarder le chemin de Petrella, entre sans difficulté dans la place par le passage secret et retrouve Béatrice. Là a lieu entre eux un dialogue décisif. Francesco Cenci est au château, mais, exceptionnellement, il a laissé sa fille tranquille. Il a même invité Lucrezia à partager sa chambre, ce qui n'était pas encore arrivé depuis leur installation à Petrella.

Olimpio met Béatrice au courant de son entrevue

avec ses frères et lui montre la fiole d'opium. La jeune femme approuve.

– Il prend une potion avant de dormir, Lucrezia la versera dedans.

L'ancien gouverneur de Petrella est surpris.

– Ta belle-mère est avec nous ?

– Oui. J'ai pensé qu'elle pourrait nous être utile. Je lui ai tout dit.

– Et elle ne va pas nous trahir ?

– Non. Elle m'obéira, j'en suis certaine. Et Marzio Caetano est des nôtres aussi.

– Tu l'as mis au courant ?

– Il le fallait. Sinon, il risquait de nous surprendre au moment du meurtre... Je lui ai promis beaucoup d'argent. Il fera le coup avec toi...

Ils sont donc maintenant quatre dans l'entreprise criminelle. Elle est décidée pour le lendemain, qui se trouve être le 8 septembre. Au matin, Béatrice Cenci vient trouver sa belle-mère. Elle lui dit tout et lui tend la fiole. Mais Lucrezia pousse les hauts cris.

– Pas aujourd'hui, malheureuse ! C'est la Nativité de la Vierge. Nous serions tous damnés.

Béatrice argumente, mais elle se voit opposer un refus absolu. Elle préfère s'en tenir là. Elle craint qu'en insistant Lucrezia ne change d'avis. C'est la date qui la fait reculer, pas le crime. L'affaire est remise au lendemain.

Et le lendemain 9 septembre, tout se passe selon les plans des conjurés. Le soir, Lucrezia Cenci verse l'opium dans le bol de Francesco, qui ne se doute de rien. Il s'endort immédiatement et, vers minuit, des coups sont frappés à la porte. Lucrezia va ouvrir. Elle tremble de tous ses membres. Béatrice entre la première :

– Tout s'est bien passé ?

– Oui.

Olimpio et Marzio se tiennent derrière elle, avec les

armes qu'ils ont choisies. Ce sont des instruments barbares, qui ne peuvent qu'occasionner un meurtre particulièrement sanglant : un marteau et un rouleau à tarte. À cette vision, Lucrezia pousse un cri horrible et s'enfuit. Béatrice ne cherche pas à la retenir. Elle a fait ce qu'on attendait d'elle et, en restant, elle ne pourrait que les gêner... Mais son cri a réveillé Francesco Cenci. Malgré l'opium qu'il a absorbé, il se dresse sur le lit.

– Qu'est-ce que c'est ?

Béatrice ne s'y attendait pas, mais elle éprouve une joie sauvage à le voir éveillé. S'il était mort dans son sommeil, il n'aurait rien su, mais il va savoir !

– C'est la vengeance de ta fille ! Meurs, bête immonde !

Sur un geste d'elle, les deux hommes se précipitent. C'est une scène de carnage. Le marteau, manié par Olimpio, lui écrase le nez, le front et la tempe, et le rouleau à tarte, tenu par Marzio, lui enfonce un œil à l'intérieur de l'orbite. Francesco Cenci se débat comme un forcené, poussant des cris épouvantables. Puis ses cris deviennent des râles et il finit par s'immobiliser dans une mare de sang. Sa fille lance un ordre bref :

– Au trou d'aisances !

Le trou d'aisances, situé tout près de la chambre, est un vestige de l'ancien mâchicoulis, qui perçait le chemin de ronde et qui permettait autrefois de jeter des projectiles sur les assaillants. Depuis, le mâchicoulis a été obstrué, à l'exception de ce seul trou, qui a été laissé pour que ceux qui dorment dans la chambre puissent se soulager en cas de besoin urgent.

L'orifice est largement suffisant pour que le cadavre y passe tout entier. La besogne est vite expédiée. Il y a un bruit mou et la victime gît maintenant dans le ravin, quelques dizaines de mètres plus bas. Béatrice conclut :

– Demain matin, nous donnerons l'alerte au village...

Au petit jour, l'alerte est donnée et les villageois de Petrella se mobilisent aussitôt. Ils ne connaissaient guère Francesco Cenci, qui ne faisait que passer parmi eux à distance dédaigneuse, mais il habitait au château des Colonna et tout ce qui touche aux Colonna passe avant le reste. Une battue est organisée et le corps est découvert sans peine dans le ravin sous le château.

Il est dans un état affreux, vu la chute horrible qu'il a subie. Mais une fois les plaies nettoyées, chacun se rend compte que la mort n'est pas naturelle : les blessures à la face ne ressemblent pas à celles qu'il se serait faites en heurtant les rochers. Pourtant, personne ne dit rien. Une messe funèbre est célébrée à la va-vite et Francesco Cenci est enterré au cimetière du village.

Deux jours après, les frères Cenci sont là. Ils ne font pas semblant d'éprouver un chagrin que, de notoriété publique, ils ne ressentent pas. Ils ne vont pas sur la tombe de leur père. Ils restent un jour au château, le temps de donner sa récompense à Marzio Caétano. Celui-ci, outre la bourse pleine d'or qu'il obtient, demande un riche manteau ayant appartenu à la victime et qu'il convoitait depuis longtemps. Les frères le lui donnent avec quelque légèreté, car il pourrait constituer plus tard une pièce à conviction. Mais qu'importe, toute la famille repart pour Rome, avec Olimpio Calvetti, dont la liaison avec Béatrice est devenue officielle.

Pour la seconde fois, Béatrice retrouve le palais Cenci. Tout est changé depuis qu'elle l'avait quitté, prisonnière de son père. C'est à présent Giacomo, vingt-cinq ans, qui est le chef de famille. Pour obéir aux convenances, chacun s'empresse de prendre le deuil. Pour Béatrice, c'est une circonstance particulièrement bien venue, car, pour les femmes, cela signifie s'enfermer trois mois chez soi sans sortir. Elle peut ainsi poursuivre sa grossesse jusqu'à son terme en toute discrétion. L'accouchement se passe sans problème. C'est un fils, qu'elle remet à une amie, Catherine de Sanctis, en lui faisant promettre de ne jamais lui révéler son identité.

Au palais, après la naissance, l'atmosphère se dégrade. Il faut dire que la vie n'a jamais été facile dans ce lieu confiné et gardé par des soldats armés jusqu'aux dents. Dans l'immédiat, le conflit vient de la présence d'Olimpio Calvetti. Giacomo ne s'entend pas avec lui. Il n'a jamais apprécié ce roturier qu'ils ont été forcés d'accueillir en raison du crime qui les lie et il craint que Béatrice ne se mette en tête de l'épouser.

Mais celle-ci finit par avoir assez d'un homme à qui l'a unie seulement une passion charnelle. Olimpio est un être fruste, sans conversation ni raffinement. Elle finit par faire part de sa lassitude à Giacomo et le départ de l'ancien gouverneur de Petrella est décidé. Seulement, il n'est pas question qu'un homme qui en sait aussi long puisse un jour parler... Giacomo vient le trouver en lui disant que la justice est à ses trousses pour ses deux premiers meurtres. Il doit se réfugier auprès du prince Colonna, qui lui offre une nouvelle fois sa protection. Très alarmé, Olimpio Calvetti quitte Rome sur-le-champ. Mais il a à ses trousses les spadassins payés par Giacomo et on retrouvera un peu plus tard son corps sans tête.

Les Cenci pensent que la terrible aventure qu'ils viennent de vivre est terminée. Ils se trompent. Petrella est dans la juridiction de la justice papale et une enquête est en cours sur la mort suspecte de Francesco Cenci.

Jusque-là, elle a été menée de manière assez molle et n'a rien donné. On s'est contenté d'interroger les villageois, qui ont dit ne rien savoir ; pas un seul n'a parlé des blessures étranges que portait le corps. Mais l'instruction n'est pas close et, brusquement, très certainement sous l'impulsion de Clément VIII, qui a décidé soudain d'en finir avec les Cenci, l'exhumation de Francesco est ordonnée. Elle est décisive. L'un des yeux est profondément enfoncé dans son orbite, refoulé jusqu'au cerveau. Cela n'a pu être fait qu'à l'aide d'un instrument contondant, du type bâton, et, en aucun cas, lors de la chute sur les pierres du ravin. Il n'y a pas de doute, il s'agit d'un meurtre !

Les événements se précipitent... Au même moment, Marzio Caetano est retrouvé avec le manteau ayant appartenu à Francesco Cenci. Arrêté, interrogé, il affirme que le vêtement lui a été donné par Béatrice Cenci en aumône, parce qu'il ne pouvait plus servir à son père. L'explication est plausible, mais il reste en prison en attendant qu'une décision soit prise à son sujet.

Celle-ci intervient au début 1599. Encore une fois, les instructions viennent du plus haut, puisque c'est Ulysse Moscati, le procureur papal en personne, qui se rend dans sa prison pour l'interroger. Ulysse Moscati est le bras droit de Clément VIII, l'exécuteur de ses hautes et basses œuvres. S'il a été mis sur l'affaire, c'est qu'elle ira jusqu'au bout... Et il ne perd pas son temps. Mis à la torture, l'ancien domestique de Petrella avoue tout.

Maintenant, il faut agir avec la plus extrême rapidité pour que les Cenci n'apprennent pas la nouvelle et n'aient pas le temps de se mettre à l'abri. Dès le lendemain, 6 février 1599, Lucrezia, Béatrice et Giacomo sont arrêtés au palais. Et ils sont tout naturellement enfermés au château Saint-Ange, l'ancien mausolée de l'empereur Hadrien, transformé par les papes en forteresse et en prison.

Béatrice, horrifiée, fait connaissance avec ce lieu épouvantable. Elle croyait que rien n'égalerait en horreur ce qu'elle avait vécu à Petrella, elle se trompait. Pour entrer dans sa cellule, elle a dû se plier en deux, tant la porte est basse. Les ténèbres sont presque complètes, avec seulement une unique et mince ouverture très haut. Le premier jour, elle découvre une trappe dans le sol. Elle l'ouvre, espérant trouver quelque passage secret. Une odeur pestilentielle lui saute au visage et des dizaines de squelettes apparaissent à ses yeux. Elle comprend que c'est ainsi, depuis des siècles, qu'on se débarrasse des prisonniers qui sont morts dans ces lieux et que c'est peut-être le sort qui l'attend.

Elle comprend aussi qu'elle est en face d'un adversaire aussi cruel et impitoyable que son père et que tout comme dans la sinistre citadelle de Petrella, elle est entièrement à sa merci. Elle se trouve entre les griffes de Clément VIII, qui ne lâchera pas sa proie. Elle est perdue !

Elle ne se trompe pas. Tandis qu'elle est assaillie de ces sombres pressentiments, tout à côté, dans la chambre de tortures, Giacomo est en train de subir le supplice de l'estrapade. Entièrement dénudé, il a été allongé sur un chevalet et les bourreaux tirent, à l'aide de treuils, sur des sangles passées à ses bras et ses jambes. Il hurle et résiste pendant des heures. Malgré l'horrible souffrance, il reste confiant. Après tout, il a déjà subi la même chose ici même, quand son père l'avait faussement accusé de l'avoir empoisonné, il avait réussi à tenir bon et les bourreaux avaient dû renoncer.

Mais, à présent, tout est différent. Cette fois, la justice du pape sait qu'il est coupable, c'est lui le chef de la famille dont elle a décidé sa perte, il n'a aucune chance de s'en sortir.

Effectivement, lorsqu'il n'est plus qu'un corps désarticulé, il demande qu'on le détache et il avoue tout. Et il n'a pas prononcé le dernier mot de sa confession que des cris lui parviennent. C'est Lucrezia, que les gardes amènent sans ménagement et qui prend place sur l'instrument de torture qu'il vient de quitter. Par respect pour son âge, elle n'est pas dévêtue mais c'est la seule faveur dont elle bénéficie. Les treuils se mettent en marche avec la même implacable efficacité et elle passe des aveux complets elle aussi.

Lorsque Béatrice se retrouve devant le procureur Moscati, tout est déjà joué. C'est d'ailleurs la première chose qu'il lui dit :

— Giacomo et Lucrezia, vos complices, ont avoué. Nous savons que c'est vous qui avez formé le projet de tuer votre père et nous savons pourquoi : il s'était rendu coupable d'inceste à votre égard. Parlez, vous éviterez la torture...

Béatrice Cenci secoue sa jolie tête.

— Vous mentez !

— Votre père ne vous a pas violée ? Vous n'avez pas été enceinte de lui ?

— Jamais ! Il n'avait que respect pour moi...

Et Ulysse Moscati a beau insister, Béatrice continue à nier. Obstinément, contre l'évidence, elle défend ce père qui était un monstre et qu'elle haïssait. C'est une Cenci et elle n'est pas décidée à capituler devant ce représentant d'une famille ennemie de la sienne. C'était le meilleur des hommes, jure-t-elle, il est mort accidentellement et jamais il ne se serait rendu coupable d'une telle horreur.

Le procureur papal pousse un soupir.

— Quel dommage d'abîmer un si beau corps !...

À son tour, elle est mise nue et soumise à l'estrapade. Elle résiste tant qu'elle peut, mais la souffrance intenable finit par avoir raison d'elle.

— Messire, détachez-moi, je vais vous dire toute la vérité.

Et elle avoue à son tour. Mais seulement le meurtre. Elle a le courage, même devant la menace d'être remise à la torture, de refuser de reconnaître l'inceste. Elle ne veut pas que les turpitudes paternelles soient étalées au grand jour. Elle défend jusqu'au bout l'honneur des Cenci... Ulysse Moscati n'insiste pas. Après tout, il a fait son travail. Il en a appris assez pour qu'ils soient tous perdus.

Ils sont perdus, en effet. Peu après, Béatrice Cenci est condamnée à mort, de même que Giacomo et Lucrezia. Bernardino, le plus jeune frère, est innocenté, mais il devra assister au supplice de sa famille.

Ce verdict révolte l'opinion. De toute l'Italie, des suppliques sont envoyées au pape Clément VIII pour implorer la grâce des condamnés. Mais ce dernier, qui porte bien mal son nom, répond que gracier un parricide, quelle qu'en soit la raison, serait laisser la porte ouverte à tous les débordements. En fait, il venge une vieille rivalité familiale et c'est le moyen, pour la papauté, de confisquer la fortune des Cenci.

Le 11 septembre 1599, la cloche surplombant le château Saint-Ange sonne le glas. On l'appelle « le glas de la Miséricorde », car il ne se fait entendre que pour les exécutions capitales. En bas, devant le bâtiment, une foule immense est venue témoigner sa commisération à la jeune femme, dont le sort bouleverse le pays.

Accompagnée par deux frères pénitents revêtus de la cagoule noire, Béatrice gravit d'un pas ferme la rampe hélicoïdale qui fait le tour du château Saint-Ange. Elle est conduite à la chapelle des condamnés pour entendre sa dernière messe. Elle a une faiblesse quand elle voit son frère Giacomo couvert de plaies sanglantes sur la poitrine : les juges l'ont une dernière fois torturé pour lui arracher d'ultimes révélations. Bernardino est présent lui aussi : il pleure. Lucrezia est, comme à son habitude, prostrée.

L'office est vite expédié et tout le monde se retrouve devant le château, face à la foule, sur l'estrade où va avoir lieu l'exécution publique. Bernardino y prend place. Les soldats lui tiennent la tête pour le contraindre à voir la totalité du supplice.

Lucrezia passe la première ; elle a perdu connaissance quand le bourreau la décapite. Béatrice passe en second, au milieu des larmes et des cris déchirants d'une foule immense. Elle meurt courageusement, sans prononcer une parole. Deux fois, Bernardino s'est évanoui à la vue du spectacle, deux fois, les soldats l'ont ranimé avec du vinaigre. C'est enfin au tour de Giacomo. Il crie :

– Je suis innocent !

Mais il est tiré par les cheveux et, par un raffinement aussi affreux qu'inédit, il n'est pas décapité, mais écrasé à la masse. Sa tête explose littéralement et son jeune frère est éclaboussé de sa cervelle et de son sang.

Ainsi s'est terminée la terrifiante histoire des Cenci. Mais jamais les Romains ne l'ont oubliée. Pendant des années et des années, pendant des siècles même, chaque 11 septembre, dans l'église San Tomasso, la plus proche du palais familial, une messe de requiem a été dite pour le repos de l'âme de Béatrice.

Cette messe, un homme l'a peut-être entendue et il a peut-être mêlé ses prières à celles des autres fidèles, sans savoir qu'il priait pour sa propre mère. C'était le fils de Béatrice, mais il se croyait celui de Catherine de Sanctis et il l'a cru jusqu'au bout, celle-ci ayant été fidèle à son serment et lui ayant caché la vérité sur sa naissance.

Elle a eu raison. Car s'il était bien le fruit de l'inceste, le sang des Cenci coulait doublement dans ses veines et on frémit en pensant à ce qu'aurait été alors sa vengeance...

LA RISÉE DU VILLAGE

– Je suis la risée du village !

Germain Blondeau repose avec violence son verre de blanc sur le comptoir du café. Autour de lui, quelques consommateurs s'attardent encore, bien qu'il soit plus de vingt heures et que leurs femmes les attendent pour dîner. Mais ils en ont l'habitude, ce sont les piliers du bistrot et ce que leurs épouses peuvent penser ou dire, ils s'en moquent royalement. Derrière son comptoir, le patron intervient, d'une voix manquant de conviction.

– Il ne faut pas dire ça, Germain...

– Et moi, je le dis ! Ça te plairait, toi, d'avoir un fils pédé ? Ça te plairait qu'il habite le village avec son petit ami ?

– Ça non, bien sûr.

– Et que ta femme soit toujours fourrée chez eux, qu'elle leur cuisine des gâteaux, qu'elle leur tricote des pulls ?

– Écoute, ne te mets pas dans des états pareils...

– Un pédé... Mon fils est un pédé ! Je suis sûr que c'est comme ça que tout le monde m'appelle ici : « le père du pédé » ! Un bon à rien qui n'est même pas capable de travailler la terre et qui vend des fringues en ville...

Germain Blondeau siffle le restant de son ballon de blanc et s'essuie les lèvres d'un revers de la main.

– Mais ça va changer, c'est moi qui te le dis ! Et pas plus tard que tout de suite !

Sur ces mots, il quitte le café en claquant la porte, qui tremble un bon moment avec un bruit de grelots. Le patron pousse un soupir en s'emparant du verre vide pour le laver.

– Ça va mal se terminer, cette histoire...

Un des consommateurs intervient.

– Mets-toi à sa place. Moi, si j'avais un fils pédé, je le tuerais !

Le patron secoue la tête.

– Non, toi, je te connais, tu ne le ferais pas. Mais Germain, je le connais aussi et, lui, il le fera.

Oui, on connaît bien Germain Blondeau, à Vic-sur-Aire, un gros bourg de la Meuse, pas très loin de Verdun. Et comment en serait-il autrement ? Il y est né, cinquante ans plus tôt, un peu après la Seconde Guerre mondiale et il n'en a jamais bougé. Vingt ans plus tard, il a épousé une fille également originaire du village, Jeanine Legrand, jolie, mais réservée et un peu effacée. Elle était issue d'un milieu beaucoup plus aisé que le sien, puisque ses parents faisaient partie des deux ou trois plus gros agriculteurs de Vic-sur-Aire. Son beau-père leur a proposé de vivre à la ferme, de travailler avec lui et de reprendre l'exploitation plus tard, mais Germain a refusé. Il ne voulait à aucun prix dépendre de la famille de sa femme. Il préférait être pauvre, mais vivre par ses propres moyens.

M. et Mme Legrand n'ont tout de même pas voulu que le couple soit dans la misère et ils lui ont acheté une petite ferme à l'écart du village. Mais du fait qu'elle venait de ses beaux-parents et que, d'ailleurs, elle appartenait à sa femme, Germain Blondeau a refusé d'y travailler. Depuis, tandis que Jeanine exploite seule la ferme, il occupe un emploi d'ouvrier agricole à la coopérative, poste peu qualifié, qui ne lui rapporte qu'un salaire médiocre, mais qui lui permet de ne rien devoir à personne.

En 1970, le couple a un fils, Michel. Malheureusement, l'accouchement se passe mal et Jeanine ne pourra plus avoir d'enfant. Son mari, bien loin de la prendre en compassion, se désintéresse d'elle du jour au lendemain. Ainsi qu'il aime à le dire : « Une bonne femme, ça sert à faire des mômes », et maintenant qu'elle n'en est plus capable, il la délaisse. Il prend l'habitude de passer ses soirées au café du village. Il rentre de plus en plus tard et comme il se lève à l'aube pour son travail à la coopérative, Jeanine et lui ne se voient pour ainsi dire plus.

Il serait faux de dire que Germain Blondeau ne se soucie pas de sa famille, car son fils reste l'objet de toutes ses attentions. Il est certain qu'il va lui ressembler, qu'il partagera ses deux passions : la chasse et les filles, qu'il saura comme lui, selon une de ses expressions favorites, « tirer tous les bons coups ». Car Germain Blondeau est un homme à femmes. Même après son mariage, il a connu de nombreuses aventures féminines, ce dont non seulement il ne se cache pas, mais dont il se vante dans tout Vic-sur-Aire.

Pourtant, c'est alors que les choses prennent une tournure qu'il n'avait pas prévue. Le premier incident se passe à la chasse. Dès que Michel est en âge de marcher ou presque, il l'emmène avec lui, mais bien loin d'y prendre plaisir, celui-ci se montre terrorisé par les coups de feu, gémit en voyant les lapins et les perdreaux morts et déteste les longues randonnées. Bref, il pleure tant, il y met tant de mauvaise volonté, que son père finit par renoncer.

Et il en est de même pour tous les exercices physiques : Michel a horreur des sports quels qu'ils soient, il ne s'intéresse pas au travail des champs. Ses passions sont la lecture et la musique et il adore aider sa mère à la cuisine ou aux travaux de couture. C'est quand il surprend son fils en train de jouer avec une poupée qu'il s'est confectionnée lui-même avec des chiffons que Germain Blondeau comprend. Et les corrections qu'il lui inflige, les sermons qu'il lui fait n'y changent rien : à la puberté, Michel est attiré par les garçons, pas par les filles.

Après son bac, il va à Paris suivre une école de commerce, car il a définitivement rejeté le travail à la campagne. Lorsqu'il revient, deux ans plus tard, son père espère le trouver guéri de sa maladie, comme il le dit. C'est l'inverse qu'il découvre : Michel a pris de l'assurance, il ose affirmer son homosexualité. Du coup, c'est l'affrontement, puis la rupture. Germain le chasse purement et simplement de chez lui. Ce qu'il va devenir, il s'en moque, il n'est plus son fils !

Mais c'est alors qu'il se produit quelque chose qu'il n'aurait jamais imaginé : Jeanine se manifeste. Jeanine, jusque-là insignifiante et soumise, fait, pour la première fois, entendre son point de vue, et ce point de vue est exactement à l'opposé du sien. Elle lui dit, d'une voix douce mais ferme :

– Michel est mon fils quand même. Bien sûr, j'aurais préféré avoir des petits-enfants, mais puisque le bon Dieu en a décidé autrement, je l'accepte tel qu'il est.

Et elle joint les actes à la parole. Ses parents viennent de mourir et elle se trouve à la tête d'un héritage important. Avec une partie de l'argent, elle achète une grande maison à Vic-sur-Aire même, afin que Michel puisse continuer à habiter près d'eux. Et, un peu plus tard, comme celui-ci a toujours dit que sa vocation était la vente des vêtements, elle lui achète un fonds de commerce de mode à Verdun.

C'est peu après que Michel se met en ménage avec Christophe, un jeune homme qu'il a rencontré en ville et avec lequel il fait désormais fonctionner la boutique.

Pour Germain Blondeau, c'est l'abomination, l'horreur absolue.

Mais, contrairement à ce qu'il s'imagine, il n'est pas la risée du village. Nous sommes alors en 1995 et les mentalités ne sont plus ce qu'elles étaient avant. Michel et Christophe sont bien élevés, d'un contact agréable et ils sont acceptés par tout le monde. Personne ne trouve Germain Blondeau ridicule à cause d'eux, personne ne le traite de « père de pédé », d'ailleurs personne ne traite les jeunes gens de « pédés » ni même d'« homos » ; on les appelle Michel et Christophe, tout simplement. Il n'y a guère que le petit cercle des habitués du café pour être choqué de la présence du couple, avec, à leur tête, Germain Blondeau lui-même, bien entendu !

Telle est la situation, lorsque Germain Blondeau sort du bistrot, après avoir annoncé que tout allait changer. Ce ne sont pas, dans l'immédiat, Michel et Christophe qui sont l'objet de sa colère. Il s'occupera d'eux après. Pour l'instant, il y a quelqu'un qu'il ne peut plus supporter, c'est Jeanine, et celle-là, il va se débarrasser d'elle !

À peine est-il entré chez lui qu'il l'apostrophe vivement, lui désignant la porte.

— Toi, tu t'en vas !
— Qu'est-ce que tu veux dire ?
— Je veux dire que j'en ai assez ! Je ne veux plus te voir chez moi. Fais tes valises et débarrasse le plancher !

Depuis quelque temps, Jeanine Blondeau a pris de l'assurance. Elle ne tremble pas devant la colère, pourtant impressionnante, de son mari. Elle lui réplique, de sa voix calme habituelle :

— Tu n'es pas chez toi, tu es chez moi, mais ce n'est

pas grave. Tu as raison, moi aussi j'en ai assez : je m'en vais !

Et peu après, elle traverse le village, une valise dans chaque main, et va demander l'asile à Michel et Christophe, qui, bien entendu, le lui accordent avec empressement.

À Vic-sur-Aire, du jour au lendemain, les attitudes changent envers Germain Blondeau. Jusqu'à présent, on l'avait plutôt plaint. On ne partageait pas ses préjugés, mais on se mettait à sa place. Avec les opinions qui étaient les siennes, c'est vrai que cela ne devait pas être drôle à vivre.

Mais sa conduite envers sa femme est unanimement désapprouvée. Les manifestations de sympathie envers cette dernière se multiplient. Chacun tient à lui rendre visite à son nouveau domicile, chez son fils et Christophe, à lui faire des petits cadeaux, on l'invite même en compagnie des jeunes gens qu'elle appelle affectueusement « mes deux enfants ».

Inutile de dire que tout cela est devenu insupportable à Germain Blondeau. Il est de plus en plus souvent au café et il boit de plus en plus. Il ne fait que ruminer d'interminables vengeances contre sa femme et « les deux pédés ». Ses compagnons de beuverie, bien qu'ils partagent ses sentiments, essayent de le modérer. Ils sentent que, comme l'avait dit le patron, tout peut très mal tourner. Pour cela, il suffirait d'une étincelle qui mettrait le feu aux poudres.

L'étincelle arrive quelques semaines plus tard sous la forme d'une lettre recommandée : Jeanine demande le divorce. Germain Blondeau n'en est pas autrement surpris. Depuis un moment, Jeanine n'est plus la même, ce sont Michel et Christophe qui l'ont montée contre lui. Il n'est pas surpris, mais il a peur. Il a beau ne pas être très instruit et ne rien connaître aux lois, il sait une chose : la ferme qu'il habite appartient à sa femme, s'ils divorcent il devra partir et il ne sait pas où aller.

Sa lettre recommandée en main, Germain Blondeau comprend qu'il a perdu. Il se croyait le plus fort, mais se trompait. Ce sont les autres, tous coalisés contre lui et acharnés à sa perte, qui vont l'emporter. Il se sent sur le point de céder au désespoir, et puis il se ressaisit. Non, ils n'ont pas encore gagné ! Ils vont voir tous qui il est...

Le lendemain matin, à l'heure où il part pour la chasse, il prend son fusil. Mais son gibier ne se trouve pas dans la forêt d'Argonne où il va d'habitude, il se cache à Vic-sur-Aire même. Germain Blondeau sait que Christophe part très tôt chaque jour pour Verdun. Il se poste devant la maison où il habite avec son fils et maintenant sa femme et il attend.

Au bout d'un quart d'heure, la grille s'ouvre et la camionnette arborant la raison sociale de leur maison de prêt-à-porter sort lentement. Placé comme il est, Germain sait qu'il ne peut manquer sa proie. Il fait feu trois fois. La vitre explose et le véhicule, après une embardée, s'immobilise contre un arbre. Il se précipite. Le jeune homme est inanimé contre le volant. Mais il est décidé à ne pas lui laisser la moindre chance. Il lui met le canon de son fusil dans la bouche et tire une nouvelle fois : la tête explose.

Ensuite, il se rue dans la maison. Il ne sait pas s'il va tuer d'abord sa femme ou son fils, sans doute le premier qu'il rencontrera. Mais il met un certain temps pour ouvrir la grille, ce qui permet à Michel d'alerter les gendarmes et de s'enfuir.

La maison possède deux issues : la grille, face à la route, mais aussi une petite porte dans le mur d'enceinte, qui donne sur les champs. C'est par là que

Michel a choisi de fuir, en direction de la maison de sa tante et de son oncle maternels, qui est toute proche.

Malheureusement, en agissant ainsi, il met ces derniers en danger de mort. Germain Blondeau se précipite à son tour et arrive au moment où son beau-frère vient de faire entrer son fils. Sans un mot, sans une sommation, il tire. Le beau-frère s'abat.

À présent, c'est sa belle-sœur, la sœur de Jeanine, qu'il voit en train de prendre la fuite à travers champs. Le chasseur qu'il est ne peut rater une cible aussi facile : il l'abat comme un lapin. Il songe sans doute, à ce moment, à entrer dans la maison pour tuer Michel, mais les gendarmes ont réagi avec une remarquable rapidité : il entend la sirène de leur voiture et s'en va droit devant lui.

Il ne va pas loin, mais il sait que c'est là que se trouve son meilleur refuge. La forêt d'Argonne entoure de tous côtés Vic-sur-Aire. Elle est profonde, accidentée et il la connaît comme sa poche. Il y a tant et tant de fois chassé. Il y a tant de fois pris l'affût dans les endroits stratégiques d'où on peut voir sans être vu. Alors, les gendarmes peuvent venir, ils seront bien reçus !

Et les gendarmes doivent savoir à qui ils ont à faire, car ils manifestent la plus grande prudence. Ils ne sont pas loin d'une centaine à lui donner la chasse, avec gilets pare-balles, des chiens et même un hélicoptère. Malgré tout, il parvient à se montrer plus dangereux encore qu'on ne le pensait. Comme l'un d'entre eux s'avance à découvert, il le blesse à la jambe et comme son adjudant se précipite pour lui porter secours, il l'abat.

Germain Blondeau, quatre fois meurtrier, est pourtant arrivé au bout de sa sanglante fuite en avant. On le retrouvera peu après mort, une balle dans la tête. Il avait choisi de se faire justice.

Ainsi s'est terminée la lamentable histoire de celui

qui se croyait la risée du village, alors qu'il n'en était rien. Les autres étaient plus ouverts et généreux que lui, mais c'était une chose qu'il ne pouvait concevoir. Et quand l'intolérance et la bêtise s'associent chez un individu, elles deviennent malheureusement bien souvent criminelles.

LES DEUX SŒURS

Le sergent Barnes, de la police de San Francisco, stoppe sa voiture de service à proximité d'un véhicule arrêté en contrebas de la route menant vers le sud de la ville. Il ne fait pas chaud, ce 6 février 1983, d'autant qu'il est trois heures du matin. Il braque ses phares en direction de l'automobile et s'avance, revolver pointé.
– Sortez de là ! Mains en l'air !
Mais personne ne sort. Il s'approche prudemment, regarde sur le siège du conducteur, du passager, la banquette arrière, et s'immobilise... Et pour cause : une femme est allongée de tout son long, mais elle ne dort pas ; on ne dort pas dans cette position, les bras en croix, la tête renversée. D'ailleurs, elle a la ceinture de son jean autour du cou.

Après avoir appelé des renforts par radio, le sergent Barnes procède lui-même aux premières constatations. L'identification de la victime ne pose pas de problème puisque ses papiers sont dans la boîte à gants. La jeune femme, noire, âgée de trente ans, s'appelait Loren Jackson, domiciliée à San Francisco. C'est dans sa propre voiture qu'elle a été assassinée.

L'examen du corps est tout aussi révélateur. Loren Jackson était en train d'avoir des rapports sexuels : son soutien-gorge est retiré, son tee-shirt tout froissé, son jean à moitié baissé. Tout semble indiquer une tentative de viol qui aurait mal tourné. Sur le plancher de la voiture, le sergent retrouve une boîte d'allumettes portant l'adresse du Moonlight, un dancing de Fairfield, une bourgade de la périphérie de la ville.

À lui tout seul, cet indice va conduire au meurtrier. Au Moonlight, le patron reconnaît parfaitement la victime sur la photo qu'on lui présente. Elle y était la nuit du crime. Il ne l'avait jamais vue avant. Elle a fait la connaissance d'un garçon qu'au contraire il connaît bien : Allan Hall, quarante ans, un ancien du Vietnam. Ils ont beaucoup parlé ensemble, beaucoup bu aussi, et ils sont partis vers deux heures du matin.

Retrouver Allan Hall ne pose aucun problème. Il n'a pas quitté son domicile, à Fairfield même. C'est un grand rouquin, qui paraît bien davantage que sa quarantaine. Visiblement, l'alcool et peut-être la drogue l'ont vieilli prématurément. Après le Vietnam, il ne s'est jamais vraiment réadapté à la vie civile. Il n'a pas de profession précise ou plutôt il en fait trente-six, des petits boulots ici et là. Il commence par nier, mais il ne tient pas longtemps. Au bout d'un moment, il pousse un soupir et hausse les épaules avec un air fataliste.

– Oui, c'est moi ! Mais c'est de sa faute, aussi...
– Elle s'est refusée à vous et vous l'avez tuée ?
– Non. Elle était d'accord. Ce n'était pas le genre de fille difficile. Seulement voilà... Je n'y suis pas arrivé. J'ai eu une panne, quoi ! Et elle s'est moquée de moi. Elle a éclaté de rire. Elle m'a dit : « Eh bien, pour un ancien du Vietnam ! » Ça, je n'ai pas supporté. Le Vietnam, je n'ai pas supporté...

C'est ainsi que se termine cette banale enquête criminelle, mais le procès qui suit va sortir davantage de l'ordinaire. Il aboutit, en effet, à un verdict d'une rare clémence.

Il faut dire que tous les éléments étaient réunis pour qu'Allan Hall bénéficie de l'indulgence des jurés. Il y a d'abord son passé au Vietnam, où il s'est montré très brillant, presque héroïque. Et on pouvait faire confiance à son avocat pour mettre ses états de service en avant : il lui a été fourni et payé par l'Association des anciens combattants de Californie. C'est une vedette, un ténor du barreau. En outre, il y a aussi la personnalité de la victime. Loren Jackson n'était pas une prostituée à proprement parler, mais, depuis son divorce, elle semblait complètement déstabilisée. Elle aussi exerçait des emplois passagers ici et là et elle se rendait le soir dans des boîtes de nuit, à la recherche d'une compagnie masculine.

Bref, leur rencontre, qui devait tourner au drame, était celle de deux paumés, de deux êtres qui, dans le fond, se ressemblaient. Avec deux différences, pourtant : l'un s'était couvert de gloire à la guerre, pas l'autre et, ce qui était sans doute aussi important, Allan Hall était blanc, Loren Jackson noire...

Devant le tribunal criminel de San Francisco, les débats sont rapidement expédiés. L'accusé reconnaît sa culpabilité et le patron du Moonlight vient répéter son témoignage. Les faits étant établis, c'est sur les plaidoiries que tout va se jouer. La partie civile n'est pas représentée. La famille de Loren Jackson n'est pas assez riche pour se payer un avocat. D'ailleurs, elle semble se désintéresser totalement d'elle et personne n'est présent dans la salle, à part sa sœur Brenda.

Dans son réquisitoire, le procureur se montre particulièrement modéré. Il demande une condamnation, bien sûr, mais il accepte par avance les circonstances atténuantes, en raison du passé militaire de l'accusé. Dans ces conditions, la tâche de l'avocat de la défense est grandement facilitée. Il n'a plus qu'à évoquer, avec de larges effets de manches, la conduite héroïque d'Allan Hall pendant la guerre et à raconter sa difficile réinsertion civile, comme ce fut le cas pour beaucoup d'anciens héros.

Mais il ne s'en tient pas là. Il s'en prend aussi, en

termes véhéments, à Loren Jackson, à tel point qu'on en oublie presque que c'est elle la victime. Il fustige cette femme de mauvaise vie, qui traînait dans les bars pour débaucher les hommes, cette nymphomane, toujours prête à se vautrer sur sa banquette arrière. Enfin, il revient sur la raillerie, qui, selon Allan Hall, a provoqué son geste meurtrier :

– Elle n'a pas hésité à s'en prendre à son passé de soldat, elle a souillé l'honneur des combattants du Vietnam, en mauvaise Américaine, en anarchiste qu'elle était ! Alors ce geste, c'est en grande partie elle qui en est responsable !

Les débats s'arrêtent sur ces mots et le jury, composé de dix Blancs et deux Noirs, se retire pour délibérer. Il revient peu après avec son verdict : Allan Hall est condamné à huit ans de prison. La condamnation est indulgente mais l'application de la peine le sera tout autant. Allan Hall, détenu sans histoire, est libéré au bout de quatre ans pour bonne conduite, en mars 1987.

Quatre ans pour une vie humaine, cela ne fait pas très cher. Mais ce n'est pas ce que dit le journaliste qui a consacré un petit article à l'événement, dans un quotidien local. Sous le titre « Bienvenue parmi nous, Allan », avec comme illustration une photo de la petite fête qu'ont organisée les anciens combattants en son honneur, il lui souhaite bonne chance pour la vie qui s'ouvre à nouveau devant lui.

Cet article, une jeune femme tombe dessus par hasard et, quand elle le lit, elle est bouleversée. Brenda Jackson, la sœur de Loren, avait été scandalisée par le jugement, mais, cette fois, c'en est trop. Puisque visiblement la justice et la société ont pris parti contre sa sœur, elle va se substituer à elles. Elle va venger Loren.

La vengeance est un plat qui se mange froid, dit-on et, dans le genre, Brenda Jackson ne fait pas les choses à moitié. Elle attend près de dix ans – neuf exactement – pour passer à l'acte. Tout de suite après la libération d'Allan Hall, elle s'est refusée à agir. Elle ressemble beaucoup trop à sa sœur et elle a eu peur qu'en la voyant il se méfie. Elle a préféré laisser passer du temps. Seulement, ses obligations professionnelles l'ont brusquement obligée à déménager en Floride et elle n'est rentrée à San Francisco qu'au début 1997.

Mais, intérieurement, elle n'a jamais renoncé. Ce n'était que partie remise, elle y pensait chaque jour ou presque. Elle s'était juré que le moment viendrait où Loren serait vengée et elle savait exactement de quelle manière elle allait procéder.

Toutefois si ses intentions n'ont pas changé, il n'est pas certain qu'elle puisse les mettre à exécution. Peut-être Allan Hall n'habite-t-il pas au même endroit, auquel cas il lui sera très difficile, voire impossible de le retrouver ; peut-être même est-il tout simplement mort. La première chose à faire est de se rendre à Fairfield, la localité qu'il habitait à cette époque.

Sur place, Brenda Jackson se dit que le dieu des vengeurs doit être avec elle, car elle tombe presque nez à nez avec celui qu'elle cherche. Il a beaucoup vieilli, il a maintenant cinquante-quatre ans, il s'est empâté, il a le cheveu rare, mais c'est lui.

Elle n'insiste pas davantage et se dirige vers le Moonlight, le dancing où tout s'est joué. Peut-être existe-t-il encore et, si c'est le cas, elle espère que le meurtrier de sa sœur y va toujours car c'est là qu'elle a projeté de le rencontrer. La chance lui sourit toujours : l'établissement est encore là. Il ne payait pas de mine il y a treize ans, il n'a pas été entretenu depuis et il tombe presque en ruine, mais il n'y a pas de doute, il est ouvert. Cette fois, le second acte du drame va pouvoir avoir lieu et elle a bien juré qu'il ne ressemblerait pas au premier.

Le samedi suivant, à onze heures du soir, Brenda Jackson fait son entrée au dancing, serrant contre elle son sac à main, qui contient un couteau à longue lame, soigneusement aiguisée. Elle n'a pas fait trois pas que son cœur fait un bond dans sa poitrine : Allan Hall est là, accoudé au bar, en train de siroter un bourbon.

Elle se dirige à son tour vers le bar. Pour atténuer sa ressemblance avec sa sœur, qui laissait sa chevelure à l'état naturel, elle s'est fait défriser. Ses beaux cheveux noirs tombent de chaque côté de son visage couleur d'ébène, ce qui produit un effet des plus réussis. Elle a juste quarante ans et elle n'a rien perdu de son charme, bien au contraire. Le tout est qu'Allan Hall s'imagine qu'il est encore capable de séduire une femme dans son genre. Elle n'est pas plus tôt installée à ses côtés qu'il se tourne vers elle et lui demande, d'une voix engageante :

– On peut vous offrir quelque chose ?

Elle le regarde avec attention... Est-ce qu'il l'aurait reconnue et jouerait-il la comédie pour l'attirer dans un piège ? Tout bien réfléchi, elle conclut que non. Au procès, il n'a pratiquement pas regardé dans sa direction et c'était il y a treize ans. Il est là, à attendre sa réponse, avec un sourire bête, essayant de dissimuler le désir qu'elle lui inspire. Elle lui sourit à son tour.

– Ce n'est pas de refus...
– C'est quoi, votre petit nom ?
– Brenda, et vous ?
– Allan...

La suite ne présente pas la moindre difficulté pour Brenda Jackson. Elle n'a qu'à laisser parler Allan, veiller à ce qu'il boive beaucoup, tout en s'efforçant de ne pas trop boire elle-même. Le temps passant, elle voit son compagnon s'animer de plus en plus. Visiblement, elle lui plaît beaucoup, ce qui n'a rien d'étonnant puisqu'elle ressemble à Loren. Ce doit être son genre de femme...

Vers une heure du matin, il lui propose de l'emmener chez lui, ce qu'elle accepte sans se faire prier. Elle monte dans sa voiture à lui, plutôt que dans la sienne, ce qui pourrait lui rappeler des souvenirs et déclencher un déclic chez lui.

Ils ont à peine fait deux kilomètres qu'il s'arrête sur le bas-côté et coupe le contact.

– Ça te dirait de passer sur la banquette arrière ?
– Et comment !...

Enhardi par une réponse aussi prometteuse, Allan Hall ne fait ni une ni deux : il baisse sans plus attendre son pantalon. Brenda Jackson n'attendait que cela. De son sac qu'elle avait gardé dans la main, elle sort son couteau et, avant qu'il ait compris ce qui lui arrivait, elle lui tranche le sexe !

Car telle est la vengeance qu'elle méditait depuis des années : Allan Hall avait tué sa sœur parce qu'elle s'était moquée d'une défaillance, d'une panne qu'il avait eue ; eh bien, défaillant, il le serait, en panne, il le serait et pour toujours !...

Allan crie, se débat, tente de la frapper, mais la surprise et l'alcool lui font perdre ses moyens. Brenda, de son côté, a ses forces décuplées sous l'effet de la rage, de la haine. Puis elle s'enfuit dans la nuit. Il tente de se mettre à sa poursuite en hurlant, mais il se prend les pieds dans son pantalon baissé et s'effondre dans une mare de sang.

Brenda Jackson a été rapidement arrêtée. Le patron du Moonlight avait fait d'elle une description précise et la police l'a retrouvée sans trop de mal. Elle a avoué et elle est passée en jugement pour coups et blessures.

Allan Hall devait venir témoigner, mais il a eu trop honte de paraître devant les nombreux journalistes que l'affaire avait attirés. Il faut dire que, depuis la perte de sa virilité, il n'était plus que l'ombre de lui-même. Il se sentait la risée de tout le monde et il n'avait pas entièrement tort. Dans le milieu très masculin des anciens du Vietnam qu'il fréquentait, si on le plaignait, on ne pouvait s'empêcher de lui manifester son mépris, tant pour n'être plus un homme que pour s'être fait posséder de la sorte par une femme.

Il s'est suicidé deux jours avant le procès de Brenda. Celle-ci, de son côté, a été condamnée à quatre ans de prison, le maximum légal pour coups et blessures. Bien sûr, on pouvait trouver la peine légère, pour lui avoir infligé de telles souffrances physiques et morales et avoir causé indirectement sa mort, mais c'était le prix exact qu'avait payé Allan pour la vie de Loren.

LA FERME AUX ŒILLETS

La ferme Garange, à une dizaine de kilomètres de Blida, dans le département d'Alger, est une exploitation plus que prospère en cette année 1899. Il ne s'agit pas d'une vigne ou d'une plantation d'agrumes, comme pratiquement toutes celles qui l'entourent, mais d'œillets. Une petite partie est destinée à la vente horticole et va alimenter les fleuristes de la région, mais la plupart sont distillés sur place pour fournir une essence très appréciée en parfumerie.

Oui, vraiment, la ferme Garange fait bien dans le paysage. On la voit de loin, dans l'agréable campagne vallonnée qui entoure Blida. La tache rouge vif que forment ses cinq hectares de fleurs est devenue un des éléments du décor. Et c'est pourtant cet endroit splendide qui va servir de cadre à une des plus épouvantables affaires criminelles.

La ferme Garange comporte d'importantes installations, regroupées autour d'une cour centrale. D'abord un long corps de bâtiment, élégamment crépi de rose : la maison des patrons. Puis, sur les trois autres ailes, les logements des ouvriers, car le traitement des œillets nécessite beaucoup de main-d'œuvre. Il y a donc en permanence une dizaine de familles, soit une bonne quarantaine de personnes, en comptant les enfants.

Au centre de la cour, qui est très vaste, se dresse ce qui constitue le cœur de l'exploitation : l'alambic. Il s'agit d'un vaste bassin bétonné et entièrement recouvert. Il est chauffé nuit et jour par un feu de bois, de manière que ses eaux restent perpétuellement bouillantes. On y jette les œillets par une porte de bois située à environ deux mètres de hauteur, à laquelle on accède par un escalier.

Parmi les familles d'ouvriers agricoles qu'abrite la ferme, la famille Salvador est un peu à part. Cela vient de ce que la mère est morte en donnant naissance à son deuxième enfant. Le père, Jose, un Espagnol, travaille toute la journée aux œillets et, pendant ce temps, c'est sa fille aînée, Teresa, qui s'occupe du foyer. C'est elle qui fait le ménage, la cuisine, la lessive et qui s'occupe de son frère René, âgé de six ans. Car, quand le père a fini sa journée, il rentre harassé et s'endort aussitôt après dîner.

Teresa Salvador a treize ans. C'est une gamine charmante, une brunette plutôt frêle, toujours souriante. C'est pour cela et aussi pour le malheur qui l'a frappée que les époux Garange l'ont prise en affection. Émilienne Garange, la patronne, lui apporte souvent des friandises, lui confectionne des gâteaux. Peu à peu, Teresa est devenue le second enfant de la famille, aux côtés du petit Étienne, trois ans, le fils des Garange. Teresa vit autant dans la vaste demeure de ses patrons que dans le petit logis ouvrier des Salvador.

Aussi est-ce tout naturellement que, ce 18 mai 1899, Émilienne Garange appelle Teresa, en fin de matinée. Son mari est à Blida pour des négociations avec les parfumeurs et elle-même doit aller dans les champs surveiller la récolte. La gamine ne tarde pas à arriver.

– Qu'y a-t-il, madame Garange ?
– Teresa, je m'en vais une heure ou deux. Je te confie Étienne.

— Bien, madame. On va se promener tous les trois avec René. Ne vous inquiétez de rien.

— N'allez pas trop loin. Ne dépassez pas le petit bois et n'allez pas sur la route.

— Il n'y a pas de danger. Je n'y vais jamais.

— Ne vous approchez pas non plus de l'alambic.

— Je ferai bien attention. Faites-moi confiance.

Mme Garange acquiesce d'un sourire. Pendant qu'elle parlait, son petit Étienne est arrivé et il a pris la main de celle qu'il considère comme sa grande sœur. De son côté, René, le jeune frère de Teresa, vient les rejoindre à son tour. Mme Garange considère le charmant tableau qu'ils forment tous les trois et elle s'en va rassurée.

Elle revient à l'heure du déjeuner et elle trouve Teresa et René en train d'écosser des fèves dans la cour.

— Tout s'est bien passé, Teresa ?
— Oui, madame.
— Où est Étienne ?
— Je ne sais pas.
— Comment cela tu ne sais pas ? Je t'avais demandé de le surveiller !
— Il n'est pas loin. Cela ne lui plaisait pas d'écosser les fèves, alors il est parti.
— Il y a longtemps ?
— Une minute ou deux. Il doit être à la maison...

Émilienne Garange s'y rend, mais elle a beau tout visiter, il n'y a personne. Elle revient vers la fillette et son frère.

— Il n'est pas là !

Teresa Salvador se lève et repose ses fèves dans le panier.

— Il ne peut pas être bien loin. Je vais vous aider à le chercher. Viens, René !

Et, à trois, ils explorent les environs. Teresa, tandis qu'ils cherchent, en criant le nom de l'enfant, explique à Mme Garange ce qu'ils ont fait. Ils ont été se promener, ils ont cueilli des fleurs. Ils n'ont pas dépassé le petit bois ni la route ; ils ne se sont pas approchés de l'alambic. Elle n'a jamais perdu Étienne de vue, sauf à la fin, quand il a dit que cela ne l'intéressait pas d'écosser les fèves et qu'il est parti.

Mais il faut se rendre à l'évidence : Étienne n'est pas là. Sa mère fait dire aux ouvriers d'arrêter leur travail aux champs pour l'aider aux recherches, tandis qu'elle envoie quelqu'un chercher son mari à Blida. Cette fois, ce sont une cinquantaine de personnes qui explorent tous les environs, mètre par mètre, qui fouillent les fossés, les buissons, les bois. Mais l'enfant reste introuvable.

Au milieu de l'après-midi, M. Garange arrive, terriblement inquiet. Il n'y a toujours pas la moindre trace de son fils. Alors, il prend la décision d'appeler les gendarmes.

Les recherches se poursuivent en vain jusqu'à la nuit où elles doivent être interrompues. Mais elles reprendront le lendemain, avec des renforts de gendarmerie venus de Blida et des chiens. Tandis qu'Émilienne Garange, brisée par la fatigue et l'émotion, pleure à chaudes larmes, son mari questionne encore une fois les enfants Salvador, mais en vain.

Teresa maintient obstinément qu'elle n'y comprend rien, qu'elle n'a rien vu, et son jeune frère, visiblement très éprouvé par l'événement, confirme en tremblant que ce que dit sa sœur est vrai, qu'il ne sait rien non plus.

19 mai 1899. Une journée magnifique s'annonce sur Blida et sa région, mais à la ferme Garange, c'est une aube tragique qui se lève. M. et Mme Garange, qui

n'ont pas dormi de la nuit, se forcent à prendre un petit déjeuner dans la salle à manger de leur ferme, en prévision des épreuves qui les attendent, lorsqu'ils entendent des petits coups frappés à la porte. Ils vont ouvrir. C'est René Salvador. Le gamin de six ans se tient la tête baissée, sans oser entrer.

– Qu'est-ce qu'il y a, René ?

L'enfant, tout d'abord, ne répond pas et puis, il dit, d'une toute petite voix :

– Étienne est dans le bassin. C'est Teresa qui l'a mis.

– Qu'est-ce que tu dis ?

– C'est Teresa qui a jeté Étienne dans l'eau. Elle l'a pris sous son bras, elle est monté à l'escalier, elle a ouvert la porte et elle l'a jeté.

Et il ajoute :

– Au début, il a crié, mais elle lui a dit que c'était un jeu, alors il n'a plus crié.

Émilienne Garange l'attrape par les épaules et le secoue de toutes ses forces.

– Mais ce n'est pas possible ! Ce n'est pas vrai ! Si c'était vrai, tu l'aurais dit hier...

René Salvador renifle bruyamment.

– Ma sœur m'a dit que si je parlais, elle m'en ferait autant. Mais quand je vous ai vue pleurer, j'ai eu peur. J'ai compris que c'était trop grave.

Les deux époux Garange se ruent vers l'alambic au milieu de la cour. M. Garange escalade l'escalier quatre à quatre et ouvre la porte de bois. Une bouffée de chaleur, accompagnée d'une forte odeur parfumée, lui parvient. Il se penche... Évidemment, l'intérieur est aussi noir qu'un four. Il hurle à sa femme :

– Va me chercher une fourche !

Celle-ci revient avec l'outil demandé et le lui tend. Pendant des minutes qui semblent interminables, il explore à l'aveugle le bassin, se penchant sur l'eau bouillante, au risque d'y tomber. Enfin, il accroche quelque chose. Il tire et manque de tomber à la renverse.

La chose sans nom qu'il ramène au bout de sa fourche est le corps de son fils. Cela, il le sait à cause des vêtements, car il n'aurait pas été possible de l'identifier autrement. Le séjour dans une eau à plus de quatre-vingts degrés a entraîné une décomposition accélérée. Le visage n'a plus de traits. Mme Garange s'évanouit.

Mise en présence du corps quelques minutes plus tard, Teresa Salvador le regarde sans faiblir, alors que même les gendarmes ont du mal à soutenir le spectacle. Après un moment de silence, elle déclare :

— Oui, c'est moi. C'est une idée qui m'est passée par la tête...

Émilienne Garange, revenue de son évanouissement, s'adresse à elle d'une voix blanche.

— Mais pourquoi as-tu fait cela ? Pourquoi ?

La fillette soutient son regard et répond simplement :

— Il fallait que je le fasse...

Les gendarmes s'emparent de Teresa tant pour l'arrêter que pour la protéger d'une éventuelle agression de M. et Mme Garange ou de leurs ouvriers, et ils la conduisent à Blida. Là, un problème se pose. En raison de son jeune âge, on ne peut pas la mettre dans la prison de la ville, mais on ne peut pas la laisser en liberté non plus. Dans ces conditions, les autorités décident de la conduire à l'hôpital où elle sera enfermée seule dans une chambre et gardée nuit et jour.

Le juge d'instruction Palmigère est chargé de l'enquête. C'est un magistrat chevronné et, pourtant, il n'a jamais eu à traiter un cas semblable durant toute sa carrière. Quand il ouvre le dossier, qui contient entre autres la photo de la petite victime au sortir de l'alambic, il a la certitude que jamais on ne pourra aller plus loin dans l'horreur.

Et pourtant il se trompe. Le plus horrible dans cette affaire ne s'est pas encore produit. Et c'est à lui qu'il sera réservé de le découvrir !...

Le juge Palmigère est un homme mesuré et sage. Quand il reçoit pour la première fois la jeune meurtrière dans son bureau, il n'est animé que d'une seule intention : comprendre. Il a oublié l'atrocité des faits et il ne s'intéresse qu'à une chose : la personnalité de cette fille de treize ans et les raisons qui l'ont conduite à un tel acte.

Et, dès le début, Teresa Salvador lui fait des révélations terribles. Invitée à parler de son crime, elle lui avoue, sans manifester d'émotion particulière, que celui-ci a été froidement prémédité.

— Cela faisait plusieurs jours que j'avais envie de tuer Étienne. J'avais voulu le jeter dans l'abreuvoir, qui est près de l'écurie, mais des ouvriers sont arrivés. Mais l'autre jour, tout s'est bien passé. Personne ne m'a vue, sauf mon frère. Je croyais qu'il ne parlerait pas, qu'il avait peur de moi. Mais je me suis trompée...

Le juge la regarde bien en face.

— Mais pourquoi as-tu fait cela ?
— Une idée que j'avais.
— C'était peut-être juste pour voir ? Tu avais peut-être l'idée de le plonger dans l'eau et de le retirer après ?
— Non, c'était pour qu'il meure. Je voulais le tuer...
— Il t'avait fait quelque chose ?
— Non. J'aimais bien Étienne. Il était rigolo...

Le juge Palmigère fixe la brunette qui lui fait face. Pour elle, le petit Étienne était « rigolo ». Elle a dit cela sans trembler, sans faiblir. Il a encore présente à l'esprit la photo de son visage défiguré par l'eau bouillante, un visage que Teresa elle-même a vu. Elle est folle, il ne peut pas en être autrement. Telle est la seule clé, la seule explication de cet épouvantable drame !

Malheureusement, Teresa Salvador n'est pas folle. C'est en tout cas ce qu'affirment les docteurs Rouby et Cardier, de la faculté de médecine d'Alger, qui ont examiné la prévenue et qui font parvenir au juge leur rapport peu après. Il est formel : « Les nombreux et longs interrogatoires que nous lui avons fait subir nous ont prouvé l'intégrité de son état mental. L'intéressée ne présente aucun signe de folie. Sa mémoire est sans faille ni diminution, son raisonnement est parfait. Le mobile de son acte n'est pas apparent, mais il n'est pas d'origine pathologique. Si elle n'en parle pas, ce n'est pas parce qu'il lui échappe, c'est, à notre avis, parce qu'elle le cache... »

Cette dernière phrase sonne pour le juge Palmigère comme un reproche. Oui, cette raison existe, mais il ne l'a pas encore découverte. Il doit faire preuve de plus de ténacité et il trouvera.

Il ordonne une enquête approfondie de son environnement et les résultats qu'il recueille apportent effectivement un éclairage nouveau sur la jeune meurtrière. Malgré son physique avenant et son comportement souriant, elle n'a pas une vie heureuse, c'est le moins qu'on puisse dire.

La mort de sa mère l'a profondément marquée. Et son père est loin d'être un réconfort pour elle. Certes, il n'est pas alcoolique. Bien au contraire, il ne boit pas du tout, mais il est agressif et brutal. Quand il rentre le soir, il lui est arrivé plus d'une fois de battre sa fille parce qu'il ne trouvait pas la maison assez bien entretenue.

Tout cela compose un tableau plutôt sombre et différent de ce que les époux Garange, qui étaient assez loin de ces réalités, pouvaient imaginer. D'ailleurs, depuis quelque temps, Teresa se livrait, semble-t-il, à des vols dans le domaine, des vols purement gratuits d'objets sans valeur ou inutilisables, mais en s'arrangeant pour faire porter les soupçons sur d'autres, des domestiques, des ouvriers.

Cette fois, le juge Palmigère pense avancer dans la bonne voie. Un début d'explication s'offre à lui pour, non pas justifier, mais faire comprendre ce crime abominable : Teresa Salvador, malgré son apparence souriante et le calme de son comportement, est un être profondément malheureux et perturbé. Elle n'est pas folle, comme l'ont dit certainement à juste titre les médecins, mais elle n'est, malgré tout, pas tout à fait normale et c'est dans cette voie qu'il faut chercher.

Pourtant, ces conclusions, qui semblent la logique même, vont être balayées quelques jours plus tard par un coup de théâtre.

Le juge d'instruction n'attendait rien de particulier de la seconde expertise médicale, celle des médecins généralistes, qui devait compléter celle des psychiatres. Teresa Salvador, visiblement, n'était atteinte d'aucune maladie, mais il fallait faire cet examen, prévu par la loi.

Et, effectivement, le rapport des docteurs Cochez et Rey de la faculté de médecine d'Alger confirme que Teresa est en parfaite santé. Simplement, il mentionne que, bien qu'elle n'ait que treize ans, elle n'est plus vierge !

Du coup, le juge Palmigère revoit toute l'affaire d'une manière entièrement différente. Il repense aux rapports des enquêteurs à propos du père de Teresa, ce père violent, qui la battait. Cet homme, qui en rentrant chaque jour de son travail, avait fini par considérer celle qui tenait sa maison, qui s'occupait de son plus jeune fils, comme sa femme. Alors, de là à exercer sur elle les droits d'un mari...

Bien sûr, cela n'explique pas un acte aussi horrible

ni qu'elle s'en soit pris au fils de ses patrons, qu'elle avait jusque-là tendrement aimé et qui n'était pour rien dans ce drame. Mais le juge, en tout cas, pense être dans la bonne direction. Cet acte horrible cache une autre horreur...

Aussi est-ce avec beaucoup de douceur qu'il interroge Teresa lors de leur entrevue suivante.

— Tu ne m'avais pas tout dit, Teresa...
— Je ne sais pas ce que vous voulez dire.
— Je vais t'aider. Tu n'es plus vraiment une petite fille. Tu sais ce que c'est que les hommes...

Pour la première fois, Teresa Salvador se ferme devant le juge. Elle baisse la tête, avec une expression hostile. Son interlocuteur poursuit :

— Les hommes sont violents, ils sont méchants, même. Et je suis sûr qu'ils t'ont fait souffrir.

La jeune fille ne répond rien. Elle regarde toujours par terre.

— On leur fait confiance, parce qu'on les aime et quand on découvre qui ils sont, il est trop tard.

Teresa gardant obstinément le silence, le juge Palmigère décide de parler ouvertement.

— Tu n'es plus vierge, Teresa. Alors, il faut que tu me dises qui t'a fait cela. Parce que, vois-tu, je pense que c'est ce qui explique ton acte.

Teresa Salvador regarde pour la première fois son interlocuteur. Celui-ci sent qu'elle est sur le point de parler.

— Il faut que tu parles, Teresa. Qui que ce soit... Tu m'entends bien : qui que ce soit !

Cette fois, la jeune fille réfléchit longuement. Puis, elle prend une profonde inspiration et lance :

— C'est Giuseppe.

Le juge d'instruction ne s'attendait pas à une réponse de ce genre. Pourtant, bien qu'il se soit trompé dans ses déductions, il est soulagé de voir s'éloigner le spectre de l'inceste.

– Qui est Giuseppe ?

– Giuseppe Oroni. Un Italien. C'était un domestique de M. et Mme Garange. Un jour, à la fin de l'année dernière, il m'a emmenée dans son habitation, qui était juste à côté de la nôtre.

– Et là, il t'a prise dans ses bras...

– Oui.

– Tu t'es défendue, mais malgré cela...

– Non, je ne me suis pas défendue. Giuseppe était gentil, il était doux. J'ai aimé ce qu'il m'a fait, je lui ai demandé qu'il recommence. Et nous avons recommencé souvent. J'étais bien auprès de lui. Cela a duré trois mois. Mais M. et Mme Garange n'auraient pas dû. Non, ils n'auraient pas dû !

Le juge d'instruction Palmigère sent son corps se glacer des pieds à la tête. Il est en train d'imaginer une vérité abominable, innommable...

– Pas dû quoi ?

– Le renvoyer ! Un soir, il m'a dit qu'il était obligé de partir parce que les comptes n'étaient pas en règle... Je me suis retrouvée toute seule. Je n'avais plus personne. J'avais mal, je pleurais. Alors j'ai voulu que M. et Mme Garange aient mal aussi, qu'ils pleurent aussi...

Pour la première fois, Teresa Salvador, qui était restée jusque-là si maîtresse d'elle-même, s'anime. Elle devient violente, ses yeux lancent des éclairs. Elle dit enfin la vérité, une vérité qui n'a à voir ni avec un dérangement mental, ni avec une enfance malheureuse et encore moins avec de quelconques violences sexuelles. Il s'agit d'une vengeance, d'une abominable et implacable vengeance, d'un crime longuement et froidement prémédité dans la cervelle d'une fillette de treize ans !... Elle poursuit sa confession.

– C'était à Étienne que M. et Mme Garange tenaient le plus, alors j'ai décidé que c'est lui que je tuerais.

Quand je l'ai jeté dans l'alambic, j'ai pensé à Giuseppe.

Tels sont les aveux que Teresa Salvador a passés devant le juge d'instruction Palmigère.

La suite judiciaire de cette hallucinante affaire ne pouvait qu'être banale par rapport aux faits et à leur motivation. Étant âgée de treize ans au moment des événements, Teresa Salvador n'était pas justiciable de la peine de mort ni même de la prison. Jugée en assises le 5 mai 1900, elle s'est vu condamner à sept ans de réclusion dans une maison de correction, un verdict qui n'avait pas grande signification. Rien ne pouvait avoir de signification face à ce qui s'était passé, tant ce qu'avait fait cette frêle adolescente, un jour de mai 1899, dans la ferme aux œillets, défiait l'entendement et les lois.

LA VENGEANCE DE L'HOMME EN NOIR

L'homme affiche une grimace sinistre, seul dans son bureau de l'hôtel particulier qu'il habite, rue Barbette, à Paris. Le cadre est à l'image de l'importance sociale qui est la sienne : des livres somptueusement reliés qui remplissent trois des murs de la pièce, le dernier étant occupé par une porte-fenêtre donnant sur un balcon, des meubles en bois précieux, un sol de marbre.

Il faut dire que Nicolas Ferron n'est pas n'importe qui. En cette année 1530, la quinzième du règne de François Ier, il occupe la position enviable d'avocat au Parlement de Paris. Son éloquence redoutable, son esprit vif, son intelligence aiguë lui ont valu des succès retentissants. On se dispute sa clientèle et sa fortune, déjà rondelette lorsqu'il a hérité de ses parents, est à présent considérable.

Il est, de plus, fort bien fait de sa personne : grand, élancé, très brun, le front haut, le regard dominateur. La fermeté de son caractère et son esprit supérieur se lisent sur son visage : c'est assurément quelqu'un qui en impose. Quelqu'un d'austère aussi. Il est vêtu de noir des pieds à la tête, habitude dont il ne se départit jamais quelles que soient les circonstances.

Ce n'est pas tout. Comme si ses qualités, tant intellectuelles que physiques, et sa réussite sociale ne suffisaient pas, son mariage a fait de lui un des hommes les plus en vue de la capitale. Son épouse Gabrielle a la réputation méritée d'être la plus jolie femme de Paris. Dans les nombreuses réceptions où ils sont conviés, elle attire tous les regards. Bref, en apparence, Nicolas Ferron est un homme comblé.

En apparence seulement, car la vilaine grimace qu'il affiche en cet instant se transforme en cri de rage. Il frappe violemment du poing la table de travail et envoie promener une pile de parchemins, tandis que cette phrase lui échappe :
– Il le paiera !

Oui, Nicolas Ferron a un souci, un problème qui l'obsède, qui lui ôte le sommeil et lui empoisonne la vie, c'est justement sa si belle, si séduisante, si désirable épouse. Son charme est tel que même François Ier n'y a pas résisté : Gabrielle Ferron est la maîtresse du roi !

Depuis que la chose s'est faite, il y a un peu plus de six mois, on ne parle plus que d'elle à la cour. À tel point qu'on lui a trouvé un surnom, en s'inspirant de son patronyme : la « Belle Ferronnière ». Tout le monde la courtise, espérant par elle accéder à la faveur du souverain ; elle a droit à toutes les attentions, tous les honneurs. On prétend même que Léonard de Vinci, dont François Ier s'est attaché les services, va faire son portrait.

Le visage de Nicolas Ferron devient blême à force de rage. Cocu, il est cocu ! Bien sûr, il partage cette situation avec beaucoup d'autres maris, mais l'infortune de ces derniers ne dépasse pas le cadre de leur entourage, tandis que, dans son cas, tout le monde le sait. Gabrielle est la femme la plus en vue de France, et lui il est le cocu le plus célèbre du royaume !

Il s'en rend bien compte quotidiennement à son travail. Quand il arrive au Parlement, des conversations à voix basse se produisent dans son dos. Il plaide toujours autant, car chacun connaît son expérience et son talent, mais cela ne change rien. Il est certain qu'en cachette tous, clients et adversaires confondus, ne l'appellent plus autrement que « le cocu »...

Nicolas Ferron s'empare d'une dague qui traîne sur son bureau et qui lui sert de coupe-papier et il la serre dans sa main jusqu'à rendre ses phalanges toutes blanches. Il a une autre différence avec le reste des maris trompés, c'est qu'eux peuvent se venger, laver leur honneur dans le sang, mais pas lui. Que peut-on faire quand son rival est le roi de France ? Le provoquer en duel ? Évidemment non. Le tuer ? C'est possible en théorie.

Et Nicolas Ferron est si follement jaloux, si cruellement blessé, qu'il y a effectivement songé. Mais il y a renoncé. Outre que la réussite du projet est aléatoire, car le souverain est presque toujours entouré de gardes qui sont là pour empêcher un attentat, il y a le châtiment. Ferron ne pense pas manquer de courage, mais l'écartèlement, franchement, c'est au-dessus de ses forces. Avoir les membres tirés par quatre chevaux, jusqu'à se trouver en cinq morceaux, non, il ne peut pas.

L'homme en noir arpente fiévreusement son bureau. Il doit garder son calme. La nature l'a gratifié de toutes les ressources de l'imagination, il doit s'appliquer, réfléchir et il trouvera. Pendant de longues minutes, il reste la tête dans les mains, le front plissé, le regard vague et puis, soudain, une expression de triomphe se lit sur son visage. Mais oui, il existe un moyen de tuer son rival lorsque celui-ci est un roi ! Il suffit, pour cela, d'un petit peu de courage et de beaucoup d'ingéniosité.

La nuit venue, l'avocat se retrouve dans les rues de Paris. Pour cette escapade imprévue, il n'a pas eu de prétexte à donner à sa femme. Gabrielle, la Belle Ferronnière, n'est pas à la maison, elle est au Louvre avec son amant, comme toutes les nuits ou presque.

Pour une fois et par extraordinaire, Nicolas Ferron n'est pas en noir. Par-dessus son pourpoint, il a passé une cape grise, attirant aussi peu l'attention que possible. C'est qu'il ne tient pas à se faire remarquer, la discrétion est indispensable à la réussite de son projet. À présent, il traverse la Seine, pénètre dans l'île de la Cité. Il passe devant Notre-Dame. Va-t-il pousser la porte de la cathédrale ? Est-ce cela son idée : la prière ? Va-t-il demander à Dieu d'exercer une vengeance qu'il est lui-même incapable d'accomplir ?... Non. Nicolas Ferron est croyant, mais pas crédule. Son plan est beaucoup plus concret et beaucoup plus sûr !

Tout près de Notre-Dame se trouve la rue Glatigny, qui a pour particularité d'abriter la plupart des maisons closes de Paris. C'est là qu'il se rend, précisément dans celle d'Émeline Leblond. Cette tenancière d'un des établissements les plus importants de la capitale est aussi riche que dénuée de scrupules. Elle a été mêlée, il y a quelques années, à une affaire de chantage impliquant des gens importants. Arrêtée, traduite en justice, elle risquait gros, peut-être sa vie. C'est Ferron qui l'a défendue et il a si bien su s'y prendre qu'elle a été lavée de toute accusation. Émeline Leblond ne l'a jamais oublié. Bien qu'elle lui ait payé très cher ses services, elle estime toujours lui être redevable et c'est pour cela qu'il est venu la trouver.

Nicolas Ferron pousse la porte de la maison de plaisir, découvrant à l'intérieur un cadre raffiné : des meubles rares, des tapis persans et des peaux de bêtes sur le sol, des soieries aux murs, le tout éclairé par des chandeliers d'argent. Émeline Leblond trône derrière une sorte de comptoir. Elle n'a pas changé depuis que l'avocat la défendait : une forte femme habillée avec un chic voyant. En apercevant celui-ci, elle a un sursaut de surprise, puis un air de vive inquiétude.

– Que se passe-t-il ? Un rebondissement fâcheux ?

Ferron s'exprime à voix basse.

— Non, rassurez-vous, tout va bien. Je suis ici pour une affaire personnelle. Je cherche une fille...

Cette fois, Émeline Leblond passe de la surprise à la stupeur. Jamais elle n'aurait imaginé que l'homme en noir ait de telles faiblesses. Mais elle se ressaisit aussitôt. Elle arbore son sourire le plus professionnel.

— À votre service, Maître Ferron. Toutes mes pensionnaires sont à vous. Gratuitement, bien entendu.

— Ce n'est pas cela... Je cherche une fille pas comme les autres, une fille qui ait... le mal des Amériques.

En entendant ces mots, la tenancière ouvre des yeux ronds.

— Vous n'y pensez pas !... Mais pourquoi ?

— Ne posez pas de questions. Si vous voulez me rendre service, répondez-moi sans chercher à comprendre.

— Eh bien... justement, une de mes anciennes pensionnaires, Rosette de Neuilly, en est atteinte. Quand je m'en suis aperçue, je l'ai tout de suite chassée, évidemment.

— Où peut-on la trouver ?

— Trois maisons plus loin en direction de la Seine. Elle habite une mansarde.

— Je vous remercie, dame Émeline. Et, pour l'amour du ciel, pas un mot à personne !

Émeline Leblond le raccompagne jusqu'à la porte. Elle n'est visiblement toujours pas revenue de sa surprise, mais elle ne lui répond pas moins :

— Ne vous inquiétez pas, je serai un tombeau.

Nicolas Ferron se retrouve dehors. Il rajuste sa cape par-dessus son habit noir et presse le pas en direction de l'adresse indiquée. Le mal des Amériques est une maladie récente, qu'on appelle aussi vérole ou syphilis. Son surnom lui vient de ce qu'elle n'existait pas en Europe avant la découverte du Nouveau Monde. Les conquistadors l'ont attrapée avec des Indiennes et l'ont rapportée à leur retour.

Comme toutes les maladies nouvelles, l'affection s'est répandue avec une rapidité extraordinaire. Les médecins se sont montrés impuissants et l'épidémie a fait des ravages.

En cette année 1530, ce qu'on sait du mal des Amériques se résume à peu de chose. Il s'attrape en faisant l'amour et son apparition se manifeste par une lésion sur les parties sexuelles, le chancre. Le chancre ne tarde pas à disparaître et, à partir de là, l'affection continue son évolution, qui est très lente. Elle se manifeste par divers symptômes et de graves atteintes nerveuses, parfois la folie. Elle se termine le plus souvent, mais pas toujours, par la mort.

La mort... Tel est l'incroyable calcul de Nicolas Ferron ! Il avait un moyen, un seul, de porter à François Ier un coup fatal, un moyen ignoré de tous, secret, intime : sa femme, la Belle Ferronnière ! Dans un premier temps, il se ferait contaminer. En agissant ainsi, il risquait sa vie, mais cela ne comptait pas. Ensuite, il allait inoculer le mal fatal à Gabrielle qui elle-même contaminerait le roi. Après quoi, il n'y aurait plus qu'à attendre la lente progression de la maladie, qui s'étendait sur des années, et, si le destin lui était favorable, il verrait son rival perdre la vie avant lui.

Rosette de Neuilly, depuis qu'elle a été chassée de chez Mme Leblond, est contrainte, comme les prostituées de bas étage, de racoler dans la rue. Elle attend le client devant la façade de son immeuble. L'avocat l'aborde.

– C'est combien ?
– Six sols. J'ai ma chambre au dernier étage.
– Comment t'appelles-tu ?
– Rosette.
– Eh bien, montons, Rosette !

Tout en grimpant l'escalier vermoulu, l'avocat a un

large sourire. Sa vengeance, l'une des plus extraordinaires qu'un homme ait jamais inventée, est en marche. Le roi de France et sa maîtresse, qui sont en train de batifoler en ce moment même dans une alcôve du Louvre, l'ignorent, mais leurs jours sont comptés !

À partir de ce moment, Nicolas Ferron attend, il guette l'apparition du symptôme sur son anatomie. Toutes les nuits ou presque, il revient trouver Rosette. La pauvre fille croit à un miracle, devant ce riche client qui veut bien d'elle dans l'état où elle se trouve, car même si elle fait tout pour le cacher, les traces de son mal sont bien là. Et puis, un jour, le riche client disparaît. Elle ne le reverra jamais. Ferron a obtenu ce qu'il voulait, il s'est inoculé le mal des Amériques, l'arme qui va tuer le roi est en lui.

Il doit passer à présent à la seconde étape de son plan, qui est sans conteste la plus difficile : convaincre sa femme de reprendre leurs rapports conjugaux. Car, depuis qu'elle est la maîtresse de François Ier, la Belle Ferronnière le délaisse complètement. Elle est tombée follement amoureuse du souverain : il est beau, il est spirituel et, bien entendu, c'est le roi. Elle lui a dit qu'il devait une fois pour toutes renoncer à l'approcher et elle s'en tient là.

Ferron se met donc à supplier Gabrielle de lui accorder quelques moments d'intimité, ce qu'elle refuse farouchement. Ces démarches lui sont particulièrement pénibles, car il doit s'abaisser, s'humilier devant elle, feindre la passion la plus dévorante, alors que, depuis sa trahison, il la hait et souhaite tout autant sa mort que celle du roi. Mais il tient bon, la réussite est à ce prix.

Il finit par emporter la victoire et de la manière qu'il aurait le moins imaginée : grâce au roi lui-même ! Un jour, au sortir d'un de leurs galants entretiens, François Ier voit une expression de contrariété sur le joli visage de Gabrielle.

– Que vous arrive-t-il, ma mie ? Pourquoi cette sombre mine ?

La Belle Ferronnière hésite un instant et puis décide d'avouer la vérité.

– C'est Ferron qui m'insupporte. Il veut que je satisfasse à mes devoirs conjugaux.

– Pourquoi ne pas le lui accorder ?

– Je n'en ai nulle envie.

– Eh bien, moi, je vous le demande. La chose n'est pas si difficile et vous retrouverez votre sourire.

Ainsi est fait. Le triangle fatal est constitué. Il n'y a plus, maintenant, qu'à attendre le verdict de la mort. Qui va-t-elle choisir pour première victime : l'un des deux amants ou le jaloux lui-même ?

Elle met du temps à rendre sa décision, mais elle finit par le faire. Dix ans exactement plus tard, par un triste jour de novembre 1540, Gabrielle Ferron rend le dernier soupir. Il aurait été difficile de l'appeler encore la Belle Ferronnière. La maladie a fait d'elle un objet de dégoût et d'horreur. Tout son visage est couvert de plaies purulentes et nauséabondes et sa raison a chaviré : elle est incapable de prononcer autre chose que des sons inarticulés. Son mari a tenu jusqu'au bout à lui prodiguer les soins lui-même, prétendument par dévouement, en réalité pour ne rien perdre de son épouvantable agonie.

Reste le roi. Nicolas Ferron est aux aguets. Il doit faire preuve de patience, mais il est sûr de lui : Gabrielle est morte, François mourra... Et il pousse un véritable cri de joie, lorsqu'il apprend, au début de 1546, que le roi a lancé la mode des perruques. Bien que tout ait été fait pour le cacher, la raison ne tarde pas à en être connue : il est devenu subitement chauve, de même qu'il a perdu sa barbe et tous les poils de son corps. Or cette pelade est un des symptômes principaux de la maladie.

Dès lors, la fin est inéluctable et elle survient le 3 mars 1547. François, premier du nom, roi de France, meurt au château de Rambouillet, à l'âge de cinquante-trois ans. Il est également le premier à mourir du mal des Amériques et à être la victime de son rival en amour.

Quant à ce dernier, il expirera à son tour de la même manière, quelques années plus tard, entièrement vengé et l'âme en paix.

LE VALET DE PIQUE

La première qualité d'un voyant est de ne pas croire à la voyance. Cela peut paraître absurde, mais c'est parfaitement logique. S'il disait sans sourciller ce qu'il a cru voir dans ses cartes, sa boule de cristal ou son marc de café, il pourrait déclencher de véritables catastrophes. Admettons qu'il annonce froidement à son client : « Vous allez mourir demain ! », on peut imaginer les conséquences pour le malheureux et son entourage. Le bon voyant, au contraire, doit s'efforcer de dire des choses suffisamment vagues et anodines pour que chacun les interprète à sa manière et s'en reparte satisfait.

Ce n'est pas le cas de Mme Zulma. Elle, elle y croit dur comme fer aux signes et aux présages. De son vrai nom Germaine Petit, elle a toujours eu pour passion de tirer les cartes. Du temps de son mari, employé du gaz à Strasbourg, qui considérait ces choses-là comme des fadaises, elle se contentait d'en faire son passe-temps. Mais après la mort de celui-ci, en janvier 1958, elle se décide à franchir le pas.

Profitant d'un physique très méditerranéen, elle se prétend gitane, se rebaptise « Madame Zulma », passe une petite annonce dans la presse du cœur et elle attend, pleine de confiance, dans son appartement du centre de Strasbourg, transformé en salon de voyance.

Contrairement à ce qu'elle imaginait, son premier

client n'est pas une dame mais un monsieur de son âge aux allures de brave homme. Il doit avoir la soixantaine. Il se présente : Gérard Delorme, commerçant, et commence par des explications gênées.

– Je suis tombé par hasard sur la revue que lit ma femme et j'ai vu votre annonce, alors...

Germaine Petit, très à l'aise dans son rôle tout neuf de gitane, a un geste rassurant qui fait tinter ses bracelets dorés.

– N'en dites pas plus, cher monsieur, vous avez frappé à la bonne porte. Que voulez-vous savoir ?

– Eh bien, je ne sais pas, mon avenir... un peu tout, quoi.

La voyante prend sans un mot son jeu de cartes, le fait couper plusieurs fois et retourne une figure.

– La dame de cœur... C'est votre femme...

Chez Gérard Delorme, on perçoit une légère surprise. Il ne s'attendait visiblement pas à des révélations dans ce domaine. Sans prêter attention à lui, Mme Zulma tire une autre carte et annonce, imperturbable :

– Le valet de cœur : elle a un amant !

Le commerçant bondit de son siège.

– Rosemonde ? Mais c'est impossible ! Nous sommes mariés depuis quarante ans. Il n'y a jamais eu le moindre nuage entre nous.

Germaine Petit-Zulma secoue avec assurance sa longue chevelure brune.

– Elle vous trompe. Les cartes ne mentent jamais. Voulez-vous savoir avec qui ?

Le malheureux client se rassied, défait sa cravate, bredouille quelque chose qui peut passer pour un oui, la voyante retourne une nouvelle carte et annonce, toujours aussi péremptoire :

– Le valet de pique : c'est votre frère !

Nouveau bond et nouvelle exclamation de son vis-à-vis.

– C'est impossible !

– Vous n'avez pas de frère ?
– Si, mais cela fait vingt ans que je ne l'ai pas vu.
– Vous, peut-être, mais votre femme l'a vu et elle le voit encore.
– Mais il habite Perpignan, à mille kilomètres d'ici !
– Ils se voient quand même. Les cartes ne mentent jamais ! Voulez-vous une preuve ? Je vais vous faire une prédiction et, si elle se réalise, vous serez obligé de reconnaître que j'ai raison.

Cette fois, Gérard Delorme est incapable de dire ni oui ni non. Il s'affale sur sa chaise, tremblant de tous ses membres. Mme Zulma, au contraire, parfaitement maîtresse d'elle-même, tire l'as de pique, le place à côté de la dame de cœur et déclare calmement :

– Votre femme va mourir dans l'année.

Puis, dans un grand silence, elle conclut :

– C'est cinq cents francs !

Lorsqu'il rentre chez lui, Gérard Delorme est attendu impatiemment par sa femme, Rosemonde. N'osant lui avouer qu'il se rendait chez une voyante, il lui avait dit qu'il ne se sentait pas bien et qu'il allait voir le médecin. Aussi, dès qu'il a franchi la porte, elle lui demande :

– Alors, comment ça va ? Tu n'as rien ?

Mais à sa stupeur, sans prendre la peine de lui répondre, il lui réplique :

– Et toi ?
– Moi ?
– Oui. Tu es sûre que tout va bien ? Tu n'as pas de malaises, de douleurs ?

Rosemonde Delorme est abasourdie.

– Mais enfin, Gérard, c'est toi qui es allé voir le docteur. Moi, je me porte comme un charme. Et pourquoi me regardes-tu comme cela ? On dirait que tu me vois pour la première fois. Gérard, qu'est-ce que tu as ?

10 août 1958. Un cortège chemine dans les rues de Strasbourg. Malgré la canicule, les hommes sont en costume et cravate. Hommes et femmes sont en noir, car c'est d'un enterrement qu'il s'agit, celui de Rosemonde Delorme, décédée brutalement d'une congestion cérébrale.

Au premier rang, Gérard Delorme a du mal à marcher ; on doit le soutenir. Mais ce n'est pas le chagrin qui le bouleverse, ce n'est pas la perte de son épouse, avec laquelle il avait connu une union de quarante ans sans le moindre nuage, comme il l'a dit à Mme Zulma. Ce qui l'anéantit, c'est ce que signifie cette mort.

Ainsi donc, c'était vrai ! Les cartes n'avaient pas menti. Contre toute attente, contre toute vraisemblance, l'inimaginable trahison était vraie !... Bien sûr, depuis sa consultation chez la voyante, il n'avait cessé d'épier Rosemonde. Il avait ouvert son courrier, il s'était dissimulé pour entendre ses coups de téléphone, il l'avait filée dans la rue, dans les magasins. Il n'avait pas découvert quoi que ce soit. En apparence, Rosemonde était la plus irréprochable des femmes.

Mais en apparence, car il y a cette mort, foudroyante, en pleine santé ! Il y a deux jours, à dix heures du matin, Rosemonde lui a dit :

– Je vais promener le chien.

Il a attendu une minute pour la prendre en filature, comme il faisait toujours. Il l'a suivie dans les rues et il l'a vue tomber sur le trottoir. Il a couru. Elle ne bougeait plus. Quand les pompiers sont arrivés, ils lui ont dit qu'elle était morte.

« Je vais vous faire une prédiction et, si elle se réalise, vous serez obligé de reconnaître que j'ai raison... » Comment douter, à présent ? S'il n'a rien découvert en espionnant sa femme, c'est que son frère et elle devaient prendre des précautions diaboliques. Leur trahison n'en est que plus ignoble. Non, ce n'est pas du chagrin que Gérard Delorme éprouve en cet instant. Rosemonde n'a eu que ce qu'elle méritait, le bon Dieu l'a punie. C'est de la haine qu'il ressent, un immense désir de vengeance, qui le submerge tout entier !

Et sa haine est d'autant plus forte que son frère est là. Michel, son frère aîné, Michel, le traître... Oui, il a osé. Il a fait les mille kilomètres qui séparent Perpignan de Strasbourg pour le narguer, à moins que ce ne soit pour pleurer sa maîtresse, ou les deux... Mais non, il n'a pas fait mille kilomètres. Il était tout près, dans leur lieu de rendez-vous que, malgré tous ses efforts, il n'a pas réussi à découvrir.

Michel Delorme, justement, s'approche de lui et, comme il vacille légèrement sur un pavé, se précipite pour le soutenir. Alors, Gérard Delorme n'y tient plus. Il avait réussi à se contenir jusque-là, mais il explose. Il le repousse avec violence et se met à le frapper, en hurlant :

– Salaud ! Salaud !

On le maîtrise, on l'entoure, on répète autour de lui :
– C'est le chagrin... Il n'a pas supporté, le pauvre.

Gérard ne réplique rien. Il se laisse faire. Mais il a pris sa décision : il va se venger. Pour l'instant, toutefois, il ne peut rien faire ; il doit jouer la comédie. Il s'excuse auprès de son frère. Après l'enterrement, il va même s'expliquer auprès de lui.

– Je ne sais pas ce qui m'a pris. J'ai perdu la tête. Et puis, je t'en voulais un peu de ne pas être venu nous voir, Rosemonde et moi, depuis vingt ans.

Michel Delorme prononce des paroles de circonstance, avec beaucoup d'émotion. Gérard ne peut s'empêcher d'admirer ses talents d'acteur. Cet air de sincérité, cette compassion : n'importe qui le croirait sincère. Heureusement que les cartes l'ont démasqué. Sa haine contre lui s'accroît encore.

Michel repart pour sa lointaine ville du Midi et oublie bien vite l'incident du cimetière. Gérard

Delorme, lui, ne pense qu'à sa vengeance. Il retourne chez Mme Zulma pour la remercier de lui avoir ouvert les yeux, mais il n'y a plus de plaque à son nom sur la porte et la femme qui lui ouvre, si c'est bien la même, n'a plus ni bracelets dorés ni robe bariolée. Elle lui explique :

— J'ai arrêté la voyance. Les gens n'admettaient pas que je leur dise la vérité.

Il lui raconte alors toute son histoire. Elle n'en paraît pas surprise. Elle conclut simplement :

— Les cartes ne mentent jamais.

Lui n'ajoute rien et ils se séparent sur ces mots.

La vengeance de Gérard Delorme est simple : tuer son frère, et le moyen tout aussi simple : une arme à feu. Il en possède une de collection, un vieux revolver datant de la Première Guerre mondiale ; il emploie ses loisirs à le remettre en état de marche et, lorsque la chose est faite, il prend le train pour Perpignan.

Il y débarque le 1er septembre 1958. Il se rend aussitôt à l'adresse de Michel Delorme, une modeste villa de banlieue, et il attend. Michel ne tarde pas à sortir. Il accourt, tout joyeux, vers lui :

— Tu es venu ! Comme c'est gentil ! Mais tu aurais dû prévenir.

Gérard sort son arme.

— Le moment de payer est venu ! Mais avant, je veux savoir comment vous avez fait.

Michel écarquille les yeux. Il a l'air absolument sincère. Quel comédien il est ! Quels comédiens ils étaient tous les deux !

— Écoute, Gérard...

— Réponds !

— Mais je ne comprends rien ! Payer quoi ? Fait quoi ?

Dans la rue, des gens ont vu la scène et un agent

s'est mis à courir. Il n'est plus possible d'attendre. Gérard Delorme tire deux fois et son frère s'écroule dans une mare de sang.

Michel Delorme n'est pas tué sur le coup. Transporté en réanimation, il agonise longuement, en répétant toujours le même mot :
– Pourquoi ?

Aucun de ceux qui étaient présents, sa femme, ses enfants, le personnel médical, n'a apporté de réponse à cette question. Comment l'auraient-ils pu ? Comment auraient-ils pu deviner que Michel Delorme était la victime d'une vengeance absurde, d'une vengeance sans objet ? Tout cela à cause d'un valet de pique et surtout de la bêtise, de l'incommensurable bêtise humaine.

LA DISPARUE DE FOMBREUSE

Comme beaucoup de localités du Val-de-Loire, Fombreuse a son château. Pas de la taille de Chambord, mais tout de même. Construit au XVIIe siècle, il se laisse deviner plus que voir. On aperçoit sa silhouette depuis sa grille, au bout de l'interminable allée qui traverse le parc : deux étages, un corps central flanqué de deux tours, le tout couvert d'ardoise.

Le château appartenait à l'origine aux comtes de Fombreuse, mais la famille a disparu à la Révolution. Vendu comme bien national, il a été acheté par un riche bourgeois de la région, Horace Dufour, et, depuis, de génération en génération, les Dufour en ont gardé la propriété. Faut-il dire que le château est la fierté de tous les habitants de Fombreuse ? Même s'il ne se visite pas, il est inscrit sur la plupart des guides, qui le décrivent comme une demeure de caractère, et les villages d'alentour, qui n'ont pas ce privilège, en sont tous jaloux.

Pourtant, en ce début des années cinquante, le château de Fombreuse va faire parler de lui d'une tout autre manière. Il va être le cadre de la plus étrange des histoires...

À cette époque, le propriétaire des lieux s'appelle Maxime Dufour. C'est un personnage pour le moins particulier et, pour tout dire, peu sympathique. C'est un ours, qui déteste le monde et ses semblables. À part pour son service militaire et les quatre ans de la Grande Guerre, il n'a pas quitté le château. Il y est né et il y a vécu, sans jamais travailler, subsistant de ses rentes. Il s'est marié sur le tard, à quarante ans passés, avec une femme beaucoup plus jeune que lui, qui lui a donné deux filles, Suzanne et Amélie. Elle est morte en donnant le jour à la dernière. Si elle avait accouché à la maternité, peut-être aurait-elle pu en réchapper, mais Maxime avait exigé que cela se passe au château.

En cette année 1952, Maxime Dufour, qui vient d'atteindre ses soixante-cinq ans, vit donc seul, avec ses deux filles de vingt et dix-huit ans. Elles n'ont, tout comme leur père, jamais quitté le château ; elles n'ont pas été à l'école, un précepteur s'est chargé de leur instruction. Mais vont-elles supporter longtemps cette solitude, à l'âge où naissent les grands sentiments ? C'est de cette question que va naître tout le drame.

C'est tout naturellement Suzanne, la plus âgée, qui franchit le pas la première. Maxime Dufour ne se préoccupe guère des distractions de ses filles, mais il n'est tout de même pas un monstre, elles ne sont pas coupées du monde. Elles vont dans des réceptions données par les familles aisées des environs et lui-même organise une fois par an un bal au château. Y être invité constitue un privilège recherché, car le cadre est exceptionnel. Les danseurs évoluent dans la grand-salle du rez-de-chaussée, les musiciens viennent de l'orchestre symphonique de Tours, qui prête traditionnellement son concours pour la circonstance, les robes du soir et les habits sont de rigueur.

C'est au cours du bal de juin 1952 que se produit l'événement.

Chacun peut remarquer que Suzanne Dufour danse plusieurs fois de suite et fort tendrement avec le même cavalier, un jeune homme de son âge, d'ailleurs très beau garçon. Maxime Dufour finit par s'en rendre compte à son tour. Le jeune homme s'appelle Sylvain Berlier, il est étudiant en mathématiques. Le châtelain a invité ses parents, parce que ce sont des notables très en vue, mais les deux familles ne s'entendent pas. Au cours des décennies précédentes, des questions d'intérêt les ont opposées. Au sortir d'une valse, Maxime prend à part sa fille aînée et l'interroge sèchement.

– Vous vous connaissez depuis longtemps sans me le dire ou tu as pris l'habitude de tomber dans les bras du premier venu ?

Malgré la dureté du ton et l'acidité des propos, Suzanne Dufour tient tête à son père, ce qui ne lui arrive pas souvent. Elle a de grands yeux bleus, de longs cheveux blonds, une expression un peu mélancolique, tout à fait l'aspect qu'on attribue à l'héritière d'un château.

– Nous nous sommes rencontrés dans une réception. Il me plaît beaucoup.

– Eh bien, pas à moi. Tu vas me faire le plaisir de ne plus l'approcher de la soirée !

Mais l'aînée des Dufour, jusque-là effacée, n'est pas décidée à se laisser faire. Elle s'exprime avec fermeté.

– Tu n'as pas compris, papa, je l'aime et il m'aime aussi. Il vient de me demander de l'épouser.

– Je te l'interdis !

– Pourquoi ?

– Parce qu'il ne me plaît pas, je te dis !

– C'est cette vieille histoire entre nos familles ?

– Je n'ai pas de raison à te donner. Tu es mineure, tu dois m'obéir.

– Jamais !

– Puisque tu le prends comme cela, je t'ordonne de quitter le bal sur-le-champ. Monte dans ta chambre !

Suzanne Dufour refuse et le ton monte encore entre eux. Ils se mettent bientôt à crier. Tous les invités assistent à l'altercation. Les Berlier, pour éviter un incident, se retirent en compagnie de leur fils ; quant à Suzanne, elle s'enfuit en larmes et va se réfugier dans sa chambre, comme son père le lui avait demandé.

Et c'est cette vision de l'héritière du château, en robe du soir blanc et rose, le visage en pleurs, que garderont tous les témoins de la scène, car, à partir de là, plus personne ne revoit Suzanne Dufour.

Les Dufour n'ont jamais été très familiers avec les gens du village. Le père, on ne le voit jamais, mais les filles s'y rendent presque quotidiennement pour faire les courses. Ce sont elles, en effet, qui s'en chargent et non Leopolda, la vieille domestique presque aveugle. Or, à partir de ce fameux bal de juin 1952, il se produit un fait troublant : c'est Amélie toute seule qui vient faire les commissions.

Une drôle de fille, d'ailleurs, Amélie... Bien qu'elle n'ait que dix-huit ans, elle semble l'aînée de sa sœur. Elle est aussi brune que Suzanne est blonde, aussi bien bâtie qu'elle est frêle. Il y a quelque chose de terrien dans sa personnalité, de dur aussi, avec ses traits fortement marqués. Amélie Dufour n'est pas quelqu'un de commode, cela se voit tout de suite. D'ailleurs, elle ressemble à son père, alors que Suzanne tiendrait plutôt de sa mère, au dire de ceux qui se souviennent d'elle.

Et Amélie impressionne tellement ceux qui l'approchent que trois mois se passent sans que personne ose lui poser la moindre question, ni l'épicier, ni le boucher, ni le boulanger... Les conversations vont pourtant bon train, à Fombreuse. Le maire, Gilles Verger, est pressé par ses administrés de leur faire connaître la vérité. Car ils étaient plusieurs personnes au village, dont le maire lui-même, à avoir assisté à la dispute et cette disparition qui y fait suite ne peut pas être une coïncidence.

Finalement, Gilles Verger décide d'interroger la

sœur de Suzanne, puisque personne n'ose le faire à sa place. Un jour qu'Amélie entre chez le boulanger, il y entre à son tour et engage la conversation.

– Belle journée, mademoiselle Dufour ! Tout le monde va bien au château ?

Malgré son jeune âge, Amélie Dufour a une voix grave, sèche et dégageant une forte autorité.

– Tout le monde va bien, je vous remercie.
– Votre sœur aussi ? On ne la voit plus guère.

Pas de réponse.

– Elle va bientôt avoir vingt et un ans. Elle devrait passer à la mairie pour s'inscrire sur les listes électorales. Dites-le-lui.
– Ce ne sera pas possible, elle est partie.
– Comment cela, « partie » ?
– Partie, c'est tout.
– Mais quand ? Avec qui ?
– Il y a trois mois. Toute seule. Maintenant, excusez-moi, je suis attendue. Ce sera un pain et demi.

Et l'air buté, sans ajouter un mot de plus, se contentant d'un bref salut de la tête au maire et aux nombreux clients – car une bonne partie du village est entrée dans la boutique –, Amélie Dufour s'en va, avec sa marchandise sous le bras.

Dès qu'elle est partie, avant même que le tintement de la clochette de la porte ait cessé, tout le monde se met à parler à la fois et les avis sont unanimes. Partie, Suzanne ? Ce n'est pas possible, à cause, justement, de ce que sa sœur vient d'emporter ! Un pain et demi, c'est exactement ce qu'elles achetaient avant, Suzanne et elle. De même, Amélie se fait remettre la même quantité de nourriture chez le boucher et l'épicier. Il y a donc le même nombre de personnes au château. Elle ment, Suzanne est toujours là.

C'est alors qu'un villageois émet une autre hypothèse.

— À moins que, tout à l'heure, elle aille le donner aux cygnes et aux canards, le demi-pain en trop !

Le maire questionne, surpris :

— Qu'est-ce que cela veut dire ?

— Cela veut dire que Suzanne est peut-être au château, mais qu'elle n'a plus besoin de manger... Enfin, au château, pas tout à fait : dans le parc, le petit bois ou la pièce d'eau...

Du coup, il se fait un grand silence dans la boulangerie. Une voix demande :

— Qu'est-ce qu'on peut faire ?

Et Gilles Verger répond, d'une voix sombre :

— Rien.

On ne peut rien faire : c'est ce que ne cesse de se répéter le maire de Fombreuse, dans les mois qui suivent. Personne n'a plus vu Suzanne Dufour depuis la dispute avec son père. Vraisemblablement celui-ci la séquestre, avec la complicité de son autre fille Amélie. Quoiqu'il soit possible, évidemment, que la sinistre éventualité formulée par un de ses administrés soit la bonne : Maxime Dufour a tué sa fille et l'a enterrée quelque part chez lui...

Mais tout cela, ce ne sont que des suppositions. Pour agir d'une manière ou d'une autre, il faudrait un élément concret ou une plainte. Or il n'y a ni l'un ni l'autre. Bien sûr, il arrive que, dans ces cas, les gendarmes se déplacent quand même pour voir. Mais ce qui est possible pour un citoyen ordinaire ne l'est pas pour le propriétaire du château. Dufour est riche et influent. Il connaît tout ce qui compte dans la région ; à son bal annuel, il y a le député et le préfet... Non, Gilles Verger ne fera rien. Il n'est pas un héros, il sait très bien que, s'il se mêlait de cela, il pourrait dire adieu à sa réélection.

Le temps passe encore. Au mois de juin 1953,

Maxime Dufour ne donne pas, pour la première fois, son bal annuel. C'est peut-être un aveu ou, du moins, un indice, mais il faut dire que, s'il avait lancé ses invitations, personne ne s'y serait rendu. La réprobation qui entoure la vraisemblable séquestration de Suzanne est unanime dans la région. Maxime et Amélie Dufour sont traités comme des pestiférés, des parias. Mais ils s'en moquent l'un comme l'autre. Le père ne sort pas plus du château que par le passé et la fille méprise royalement les gens du village. D'ailleurs, maintenant qu'elle a dix-neuf ans, elle a passé son permis de conduire et va faire ses courses à Tours, dans une quatre-chevaux toute neuve qu'elle s'est achetée.

Un événement ayant un lien indirect avec ces faits vient y apporter une note tragique et renforcer encore la colère générale. Sylvain Berlier, le jeune homme éconduit, désespéré de se voir refuser la main de Suzanne, s'est engagé dans l'armée. L'armée, à l'époque, c'est la guerre d'Indochine. Mais le malheureux jeune homme ne parviendra pas jusqu'à la lointaine colonie : il meurt d'une fièvre, sur le bateau.

Un an a encore passé. Nous sommes en juin 1954, exactement deux ans après le bal fatidique où on a vu Suzanne Dufour pour la dernière fois. À Fombreuse, en apparence, rien n'a changé. C'est toujours le charmant et élégant village du Val-de-Loire, avec son château du XVIIe que lui envient ses voisins, mais dans les esprits, c'est l'effervescence. Il règne une atmosphère irrespirable. Le châtelain et sa fille cadette sont haïs de toute la population et le maire, qui ne veut rien faire, est considéré comme leur complice. Un « Comité pour la vérité » s'est constitué ; on y parle d'entrer de force dans le château pour perquisitionner. À plusieurs reprises, des groupes ont été vus, rôdant devant les grilles. Pour l'instant, il ne s'est rien passé, mais l'incident peut éclater d'un instant à l'autre.

Devant cette situation, Gilles Verger se décide enfin

à agir. C'est tout autant pour connaître le sort de Suzanne que pour des motifs, il faut le dire, tout à fait égoïstes. Il avait pensé jusque-là que, s'il se mêlait de l'affaire, Maxime Dufour était capable d'empêcher sa réélection, maintenant il se rend compte que, s'il ne fait rien, ses administrés ne voteront jamais pour lui. Alors, un beau jour de fin juin, ayant mis un costume neuf et réuni tout son courage, il sonne à la porte du château.

C'est Amélie qui lui ouvre. Elle est aussi peu aimable qu'à l'ordinaire.

– Vous désirez ?

Mais Gilles Verger est décidé à ne pas reculer. Il répond avec énergie :

– Voir votre père, de la part de toute la population.

Amélie ne réplique rien et le conduit à la bibliothèque, au rez-de-chaussée. Maxime Dufour s'y trouve, un livre en main. Il accueille le maire d'une manière tout aussi bourrue que sa fille, mais celui-ci n'en a cure.

– Je n'irai pas par quatre chemins, monsieur Dufour. Il s'agit de votre fille Suzanne. Pouvez-vous me dire où elle se trouve ?

Le châtelain répond sans s'émouvoir.

– Amélie vous l'a dit, je crois : elle a disparu le lendemain du jour où nous nous sommes disputés.

– Comme cela ?

– Comme cela.

– En emportant ses affaires ?

– Non. Elles sont toujours là.

– Et depuis, aucune nouvelle ?

– Pas la moindre. Elle n'a pas daigné me donner un seul signe de vie.

– Cela ne vous inquiète pas ? Vous n'avez fait faire aucune recherche pour la retrouver ?

Pour la première fois, Maxime Dufour, qui avait

jusque-là affecté la plus grande indifférence, s'anime. Son visage se durcit.

– Jamais ! Elle m'a défié, elle ne m'intéresse plus. Qu'elle soit morte ou vivante, cela revient au même. Pour moi, elle est morte !

Malgré le peu de sympathie qu'il éprouve pour lui, Gilles Verger ne peut s'empêcher d'admirer le courage ou l'inconscience du châtelain, qui n'hésite pas à adopter une attitude aussi compromettante. Il garde, pour sa part, tout son calme.

– Dans ce cas, vous ne m'empêcherez pas de visiter les lieux, afin de vérifier vos dires.

– Il n'en est pas question. Je vous prie même de partir sur-le-champ !

– Je ne partirai pas, monsieur Dufour. À moins que vous ne préfériez que les gendarmes viennent à ma place.

– Vous êtes fou ? Vous n'avez pas le droit !

– Non seulement j'en ai le droit, mais c'est mon devoir de maire. On ne parle que de la disparition de votre fille à Fombreuse. La moitié du village vous accuse de la séquestrer, l'autre moitié de l'avoir tuée. Un comité s'est même formé et menace de passer à l'action. C'est un trouble à l'ordre public et je n'ai qu'un seul moyen de le faire cesser : perquisitionner chez vous. Alors, les gendarmes ou moi, choisissez !

Maxime Dufour reste un moment bouche bée et devient tout pâle. C'est sans doute la première fois que quelqu'un ose lui parler sur ce ton. Mais il retrouve vite la maîtrise de lui-même. Il hausse les épaules.

– Eh bien faites ! Amélie vous accompagnera.

Et il reprend son livre et sa lecture.

Suivi de la cadette des Dufour, Gilles Verger commence donc son exploration. Son cœur bat très fort. Il va enfin connaître la vérité que tout le monde attend au village ! Quoique, dans le fond, ce ne soit pas certain. Ces vieilles demeures ont des passages secrets, des pièces cachées. Mais il se promet d'être attentif au moindre détail, de tout vérifier, malgré la présence d'Amélie, qui est visiblement là pour l'empêcher de trouver ce qu'il cherche.

La visite du rez-de-chaussée ne donne rien. Il ne comprend que la cuisine et les pièces de réception, où il est impossible de séquestrer quelqu'un. Mais le premier étage, où se trouvent les chambres, se révèle beaucoup plus intéressant. Et d'abord la chambre de Suzanne. Maxime Dufour n'avait pas menti : elle n'a emporté aucune de ses affaires. Tout est là : ses robes, ses objets de toilette, ses bibelots familiers et même un livre, sur la table de nuit, celui qu'elle devait être en train de lire, avec un marque-page encore en place. La vie semble s'être arrêtée, figée, ce soir de juin 1952. L'impression qui s'en dégage est des plus inquiétantes et même tragique.

Gilles Verger explore en long et en large cette pièce, qui contient peut-être la clé de l'énigme. Il frappe contre les parois, tape du pied sur le plancher, inspecte les placards, pour découvrir un réduit quelconque. Mais non, tout sonne plein, tout est normal. Pendant ce temps, immobile quelques pas derrière lui, Amélie Dufour ne fait pas le moindre commentaire, elle reste muette, impénétrable.

La visite des autres chambres, menée par le maire avec la même minutie, ne donne rien non plus. Il ne lui reste plus à voir que le deuxième étage et les caves, qu'il s'est réservés pour la fin... En arrivant en haut, il a une surprise : il se trouve dans un long couloir semblable à celui du premier étage, mais la poussière recouvre le plancher, la peinture s'écaille un peu partout, des toiles d'araignées pendent du plafond. Pour la première fois, Amélie Dufour prend la parole :

– L'étage est inhabité depuis la mort de maman.

Le maire de Fombreuse se sent étrangement mal à l'aise. Cet environnement est sinistre au possible. C'est tout à fait l'endroit où on s'attendrait à rencontrer un fantôme. Et, soudain, il sent son corps se glacer des pieds à la tête : une des portes est en train de s'ouvrir, lentement, en grinçant, exactement comme dans les livres ou les films d'épouvante. Et, l'instant d'après, c'est pire encore : Suzanne Dufour apparaît devant lui. Elle est exactement telle qu'elle était lorsqu'elle a quitté le bal en larmes. Elle porte la même robe du soir blanc et rose...

– Je savais que vous viendriez un jour.

Gilles Verger s'adosse au mur et déboutonne le col de sa chemise. Il a les pieds sur terre, c'est un esprit rationnel, mais pour l'instant, il est totalement dépassé par la situation. La disparue s'approche de lui. Elle lui parle avec douceur.

– Rassurez-vous, je ne suis pas un fantôme. Regardez-moi. Je ne suis ni pâle ni squelettique. Je n'ai rien d'un spectre.

Le maire de Fombreuse retrouve l'usage de la parole.

– Mais que faites-vous ici ?
– C'est là que je vis depuis deux ans.
– Vous êtes séquestrée ?
– Vous avez bien vu que non...

Gilles Verger considère alors Amélie Dufour. Depuis qu'est apparue sa sœur, elle n'a pas manifesté la moindre surprise. Il la regarde avec des yeux ronds.

– Mais vous étiez au courant de tout !
– Oui.
– Alors, je ne comprends plus rien !
– Venez dans ma chambre. Je vais vous expliquer...

Les jambes tremblantes, il entre dans la pièce par la porte que la jeune femme vient d'ouvrir. L'endroit est très correctement aménagé, avec un lit, une armoire, un meuble de toilette, un bureau. Sur celui-ci, une assiette avec les restes d'un repas.

Le maire se laisse tomber sur une chaise. Suzanne

Dufour s'assied sur son lit. Elle parle d'une voix calme. Et elle lui apprend enfin l'extraordinaire vérité. C'est l'histoire d'une vengeance qui ne ressemble à aucune autre, une vengeance purement féminine, faite de passivité, d'abstention et, pourtant, terrible !...

— Lorsque a eu lieu ce scandale au bal, j'ai compris que Sylvain était perdu pour moi. Jamais mon père n'aurait accepté une union contraire à sa volonté. Je le connaissais. Il aurait trouvé n'importe quoi pour la faire échouer. Si j'avais été plus forte, j'aurais pu l'affronter, le braver. Mais je savais que je n'étais pas de taille. Alors, puisque j'avais perdu, j'ai décidé de le faire payer !

Le maire de Fombreuse regarde, fasciné, cette jeune femme en robe du soir blanc et rose, aux grands yeux bleus, aux longs cheveux blonds et à l'allure mélancolique qui a entrepris devant lui une terrible confession.

— J'ai décidé de me cacher au château et de n'en plus bouger. À la fin, on allait croire que mon père m'avait séquestrée ou m'avait tuée. Ainsi, je jetterais le déshonneur sur lui et il ne s'en relèverait jamais !

— Mais votre sœur était d'accord ?

Suzanne a un regard affectueux vers Amélie, qui lui renvoie un sourire complice.

— Sans elle, rien n'aurait été possible. Nous en avons parlé toute la nuit. Au matin, notre plan était au point. J'irais au deuxième étage où notre père n'allait jamais. Elle m'apporterait à manger et s'occuperait de toutes les nécessités de mon existence. C'est ainsi que nous avons vécu pendant deux ans. Puisque vous êtes ici, je suppose que nous avons réussi, qu'on s'inquiète à Fombreuse.

— On s'inquiète effectivement, mademoiselle, et pas seulement à Fombreuse, dans toute la région... Maintenant, puis-je vous demander ce que vous comptez faire à présent ?

– Descendre au rez-de-chaussée, retrouver mon père et lui raconter ce que je viens de vous dire.
– Vous n'avez pas peur du choc que vous allez lui causer ?

La disparue de Fombreuse se met en marche, elle commence à descendre l'escalier.

– Il arrivera ce qui arrivera...

Le maire se met en marche lui aussi. Il serait pourtant de son devoir d'empêcher ce qui ressemble à une tentative de meurtre. Il sait que le châtelain a déjà eu un incident cardiaque. Mais c'est plus fort que lui, il ne fait rien. Il est fasciné par cette extraordinaire volonté, cette extraordinaire haine. Une question vient sur ses lèvres :

– Est-ce que vous êtes restée dans votre tenue de bal pendant deux ans ?

Suzanne Dufour a, pour la première fois, un sourire.

– Non, bien sûr. Amélie s'occupait de m'habiller. Elle achetait du tissu en ville et me confectionnait des vêtements. Elle a toujours été une excellente couturière. Il n'y a que ma robe du soir que je gardais ici. Je la mettais de temps en temps, en souvenir de ma dernière danse avec Sylvain. Vous êtes arrivé à l'un de ces moments.

Le trio est arrivé au rez-de-chaussée. Suzanne passe devant les deux autres, pousse elle-même la porte de la bibliothèque et s'immobilise dans l'encadrement. Son père lève les yeux de son livre et... il ne se passe rien !

Le sang-froid de Maxime Dufour dépasse l'entendement. Non seulement il ne porte pas les mains à sa gorge ou à sa poitrine, ne se précipite pas à la fenêtre pour chercher de l'air, mais il n'a même pas une réaction de surprise. En découvrant Suzanne dans la tenue où il l'avait vue pour la dernière fois, deux ans auparavant, il se contente de dire :

– Ah, c'est toi !...

Le maire de Fombreuse est plus fasciné que jamais. Il regarde cet homme, en apparence impassible. Il croyait pourtant sincèrement que sa fille s'était enfuie. Il n'avait pas le moindre soupçon de sa présence au deuxième étage. Avec le temps, son repli hors du monde s'était étendu au château lui-même ; il n'en fréquentait plus qu'une partie. Et pourtant, devant cette incroyable réapparition, il reste indifférent, dédaigneux. Sa fille le regarde toujours fixement. Il finit par lui lancer :

— Tu es revenue, cela ne change rien. Pour moi, tu es morte.

Suzanne se met alors à parler. Elle lui fait le même récit qu'elle vient de faire un instant plus tôt, récit que son père écoute toujours sans broncher. À la fin, elle conclut :

— Cela change tout de même quelque chose, papa : je vais vivre avec toi, maintenant. Tu vas devoir supporter ma présence. À moins que tu ne me chasses, bien entendu.

— Je ne te chasse pas.

En rentrant du château, Gilles Verger raconte l'extraordinaire épilogue de cette histoire. Tout Fombreuse se réjouit de la réapparition de Suzanne Dufour et applaudit à sa machination. Mais les gens font à peu près tous la même réflexion :

— Je n'aimerais pas être au château. Cela doit être terrible !...

Au château, effectivement, une terrible cohabitation s'installe entre les deux sœurs complices et leur père. C'est un affrontement muet, sans un cri, sans un éclat de voix, sans même un mot ou un geste agressif, mais d'une intensité inouïe, tant la haine est grande de part et d'autre.

Maxime Dufour n'y résiste pas longtemps. Il meurt

moins de six mois plus tard, d'une crise cardiaque. Les deux sœurs ont gagné, elles lui ont fait payer jusqu'au bout la vie brisée de Suzanne.

Mais la mort de leur père ne désarme pas leur colère. Elles ne viennent pas à son enterrement. Seuls sont présents le curé, ses deux enfants de chœur et le maire, par obligation envers le châtelain du lieu. La cérémonie est vite expédiée, presque bâclée. Sur la tombe du défunt, il n'y a pas une fleur. Il n'y en jamais eu depuis.

Aujourd'hui, Suzanne et Amélie Dufour vivent encore. Elles habitent toutes les deux le château. Alertes septuagénaires, elles ont vécu, contrairement à ce qu'on pourrait imaginer, une vie pleine d'entrain, sortant souvent de leur demeure pour des séjours en France et dans le monde entier. Elles ne se sont pourtant mariées ni l'une ni l'autre. Elles seront les dernières des Dufour et mourront sans héritier.

D'ailleurs, il n'y aura rien à hériter. Elles ont, dans leur testament, légué le château à l'État. Après leur disparition, il s'ouvrira enfin aux visiteurs. Alors, peut-être ceux-ci pourront-ils aller au deuxième étage et contempler la porte par laquelle était apparue une jeune femme en robe de bal blanc et rose, la disparue volontaire de Fombreuse.

DES KANGOUROUS ET DES HOMMES

— Je suis désolé, monsieur Drummond, tant qu'il sera là-bas, nous ne pouvons rien contre lui. S'il quitte le désert, bien sûr, nous interviendrons. Nos hommes à Halls Creek ont son signalement et des instructions précises.

Le lieutenant Davids, de la police du district de Kimberley, au nord-ouest de l'Australie, affiche une mine fermée. Il vient d'essuyer un échec et il a horreur de cela. Mais il faut dire que l'affaire n'est jamais simple chaque fois qu'il s'agit d'indigènes.

Un membre d'une tribu habitant près de Halls Creek a tué d'un coup de boomerang Henry Drummond, inspecteur du gouvernement provincial et chargé, à ce titre, de visiter les tribus de la région. Après ce meurtre, l'homme, un certain Larriki, a pris la fuite dans le désert et, depuis six mois que se sont produits les faits, il n'a pas réapparu. Il est peut-être mort, mais plus vraisemblablement, il est ravitaillé secrètement par les siens.

En face du lieutenant, Bob Drummond, vingt-huit ans, est rouge de colère et d'indignation. Il faut dire que la victime est son propre père et qu'il peut être légitimement furieux de voir son assassin échapper à la justice. Mais, de toute manière, la mesure et la sérénité ne sont pas ses qualités dominantes. C'est une force de la nature, un colosse. Il fait 1,95 mètre, pèse

130 kilos, il a un cou de taureau, des mains comme des battoirs, il chausse du 46 et il est contraint de s'habiller sur mesure.

Les grands, en général, sont sûrs de leur force et dotés d'une nature paisible, mais Bob Drummond fait exception à la règle. Il est non pas bagarreur, car il n'a jamais trouvé quelqu'un d'assez fou pour en découdre avec lui, mais d'esprit querelleur. Faute d'adversaire, il se contente de se défouler chaque week-end au rugby où il joue pilier et où il est chaque fois la terreur de l'équipe adverse.

Bob Drummond frappe avec violence sur la table de sa salle à manger, qui en tremble du plancher au plafond. Nous sommes chez lui, dans le petit pavillon qu'il habite en célibataire à Fitzroy, au nord-ouest de l'Australie.

– Vous avez des voitures, des avions et il est tout seul à pied, ce petit moricaud !

Le lieutenant Davids éponge la sueur qui lui coule sur le visage. Il fait très chaud. C'est le plein été austral, ce 16 janvier 1958.

– C'est un aborigène, monsieur Drummond. Ces gens-là ont un savoir que nous n'avons pas. Ils connaissent les points d'eau cachés, ils sentent à l'avance les tempêtes de sable. Non, je regrette, le poursuivre aurait été mettre la vie de mes hommes en danger. D'ailleurs, la décision ne vient pas de moi, mais du gouvernement provincial.

Un nouveau coup de battoir ébranle la pièce.

– Ah, c'est comme ça ? Eh bien, on va voir ce qu'on va voir !

Le lieutenant Davids ne réplique rien et prend congé de manière assez précipitée. Il a hâte d'être dehors, car il n'est pas du tout certain que sa qualité de policier serait suffisante pour le protéger d'un mauvais coup.

Une fois seul, Bob Drummond pousse un soupir qui ressemble à un rugissement, tandis qu'une très vilaine grimace déforme ses traits. Il est en train de revivre l'histoire de sa famille, qui, il faut le dire, est particulièrement tragique, particulièrement répétitive aussi.

Il semblerait que les Drummond, des immigrants d'origine écossaise, subissent une malédiction avec les indigènes australiens, car, de père en fils, ils ont été leurs victimes.

Tout commence avec le premier des Drummond à avoir foulé le sol australien, celui qui a quitté la patrie du whisky pour celle du kangourou, Fennimore Drummond. À son arrivée dans le pays, en 1872, il s'engage sur le chantier du chemin de fer, qui doit relier le pays d'est en ouest, en traversant notamment les réserves indigènes. C'est à l'intérieur de l'une d'elles qu'il trouve la mort, en 1875, au cours d'un accrochage, d'une flèche dans la gorge.

Son fils, Orville Drummond, s'engage lui aussi sur un grand chantier. Nous sommes, cette fois, en 1912 et il ne s'agit plus de chemin de fer, mais de télégraphe. Par rapport à son père, Orville a pris du galon, car il est, lui, chef d'équipe. Il a plusieurs centaines d'hommes sous ses ordres et il se distingue par une particulière brutalité. Pour l'itinéraire, il ne connaît qu'un seul principe : le plus court chemin, la ligne droite. Il ne tient compte d'aucune autre considération. C'est le cas, en particulier, lorsque le tracé se trouve passer sur un point d'eau aborigène. Non seulement il ne dévie pas le trajet d'un pouce, mais pour plus de commodité, il fait assécher le point d'eau. On retrouvera le lendemain son corps percé de cinq sagaies.

Enfin le troisième et dernier acte de la tragédie, du moins pour l'instant, a lieu en 1957. Henry Drummond, fils du précédent, a pour mission, en tant qu'inspecteur du gouvernement ouest-australien, de contrôler l'état sanitaire des indigènes. Il est curieux, à ce propos, de noter que, malgré les deux fâcheux précédents, il a choisi une profession qui le met en contact avec les aborigènes. S'il avait été épicier à Sydney ou fonctionnaire à Canberra, il n'aurait eu pratiquement aucune chance d'en rencontrer un seul au cours de toute sa vie, mais non, il décide étrangement de se consacrer à ces gens qui ont tué son père et son grand-père et que, forcément, il n'apprécie guère.

La disparition de ces derniers avait eu lieu dans des circonstances assez imprécises, mais la mort d'Henry Drummond, consignée dans le procès-verbal de l'enquête, est connue dans tous les détails. En hiver 1957, c'est-à-dire au mois de juillet, il entreprend une tournée sur la rive orientale de l'Old River, dans le dictrict de Kimberley. À cette époque, il y a encore des hommes qui vivent à l'âge de pierre dans des cavernes. C'est dans l'une d'elles que va se nouer le drame.

Un groupe de familles, en tout une centaine d'individus, y vivent entièrement nus autour d'un feu entretenu jour et nuit. Ce n'est évidemment pas le confort moderne, mais les conditions d'hygiène sont satisfaisantes. Henry Drummond s'apprête à le consigner dans son rapport, lorsqu'il découvre un chien tout galeux et couvert de poux. Il s'écrie à la cantonade :

– Il est à qui, ce chien ?

Un petit homme s'approche. Il est maigre, mais élancé, avec la peau noire tirant un peu sur le gris, comme ses semblables. Il doit avoir entre vingt-cinq et trente ans. Il sourit de toutes ses dents, qu'il a très blanches.

– Il est à moi, monsieur l'inspecteur.
– Tu t'appelles comment ?
– Larriki.
– Eh bien Larriki, tu vas chasser cette bête.

Henry Drummond désigne d'un geste de la tête la population de la grotte, où plusieurs femmes sont en train d'allaiter.

— Tu ne vois pas qu'il y a des bébés ici ? Ton cabot a de la gale et des poux. C'est un danger pour eux. Mets-le dehors !

— Je ne peux pas, monsieur.

— Comment, tu ne peux pas ?

— C'est mon chien. Je ne peux pas lui faire ça. Je l'ai depuis toujours. Et puis, il est vieux. Il va mourir bientôt, vous en serez débarrassé.

— Tu refuses ?

— Je ne peux pas, monsieur.

— Comme tu voudras.

Henry Drummond sort alors le revolver qu'il a, dans un étui, à la ceinture, vise le chien, qui était en train de tourner autour de lui en remuant la queue, et l'abat d'une balle en pleine tête. Il déclare posément :

— Maintenant, c'est fait.

Après quoi, il remet son arme en place et quitte la grotte. Il n'a pas le temps de faire dix mètres. Le boomerang que Larriki lance dans son dos l'atteint à la nuque et lui fait exploser le crâne comme un œuf.

C'est là que s'arrête le récit des enquêteurs. Après, le meurtrier s'est enfui dans le Grand Désert australien, tout proche. Sa tribu jure qu'il n'a pas reparu, mais les policiers pensent qu'il revient de temps en temps pour prendre des vivres et aussi revoir sa femme et ses enfants.

Bob Drummond fait craquer entre elles ses énormes phalanges. Il pense aussi que Larriki est vivant. Ce salaud se cache quelque part dans le désert, mais puisque la police n'est qu'un ramassis de trouillards, il va faire le travail à sa place. Il n'est pas dit que le meurtre de son père, après celui de son grand-père et de son arrière-grand-père, restera impuni. Il va y aller, lui, dans le Grand Désert, et il le trouvera, ce moricaud ! Larriki va payer pour tous les autres. À travers lui, il va venger trois générations de Drummond !

– N'y allez pas, c'est de la folie ! En août, à la rigueur. La température est encore supportable, mais, en février, c'est de la folie !

Combien de fois a-t-on lancé cet avertissement à Bob Drummond, dans la petite ville de Halls Creek, alors qu'il se renseignait auprès des uns et des autres pour savoir s'ils n'avaient pas vu un aborigène revenant du désert et qu'il leur faisait part de son désir d'aller l'y chercher ?

Mais il n'a tenu aucun compte de ces prophéties de malheur. Il avait tout son mois de congé pour se livrer à sa traque. On était en février 1958, le mois où, comme chaque année, il prenait ses vacances.

Bien sûr, partir au moment le plus chaud pouvait sembler une aberration, s'agissant d'affronter un des endroits les plus caniculaires de la planète. Mais Bob Drummond n'avait pas le choix. Il savait que son entreprise ne lui aurait pas accordé ses vacances à un autre moment. Pour partir à une période plus clémente, il lui aurait fallu démissionner et il n'en avait pas les moyens. Bien que son métier de cantonnier ne lui fasse pas gagner des mille et des cents, il avait quelques économies et, avec celles-ci, il a pu louer une Land Rover, le véhicule le plus approprié au désert.

Et c'est au volant de ce véhicule qu'il quitte Halls Creek, sur une route poudreuse qui s'enfonce dans les solitudes. Il sait que, dans quelques dizaines de kilomètres, elle va devenir une piste et que, deux ou trois cents kilomètres plus loin, elle va tout simplement cesser d'exister, disparaître au milieu des sables.

Mais Bob Drummond s'en moque. Tous les gens de Halls Creek se trompent, il est sûr de réussir. Il a préparé son expédition dans les moindres détails. Dans sa voiture, il n'a gardé que le siège du conducteur. Tout l'espace ainsi dégagé, il l'a rempli de bidons d'eau et d'essence. Il a de quoi boire et rouler pendant des milliers de kilomètres !

Le géant australien, ses deux énormes mains sur le volant, a un large sourire. Oui, il réussira, et moins grâce à tous ses préparatifs que parce qu'il le veut de tout son être ! Il réussira parce qu'il a un compte à régler avec ces sauvages, qui, de génération en génération, ont massacré les siens. Son meilleur carburant, ce n'est pas l'essence qu'il emporte avec lui par bidons entiers, c'est la haine qui coule dans ses veines. Elle lui fera tout supporter : la soif, la fatigue, le découragement, le désespoir et, à la fin, elle le fera vainqueur !

Les premiers jours de son aventure et, bientôt, les premières semaines sont un total échec. Le Grand Désert australien, deux fois plus étendu que la France, fait alterner les paysages de dunes ressemblant au Sahara et de rares oasis où on trouve de la végétation et des animaux, principalement des kangourous. C'est dans l'une d'elles que se cache Larriki. Mais laquelle et où se trouve-t-elle ? Car aucune carte ne pourrait l'indiquer. Les oasis se déplacent d'année en année, en fonction des rares précipitations, des vents et d'autres phénomènes météorologiques plus complexes. Pour se diriger dans le Grand Désert, il n'y a que le hasard, la chance.

Et, un beau matin, le hasard, ou la chance, ou le dieu des vengeurs, sourit à Bob Drummond ! Alors qu'il errait totalement perdu, au milieu de dunes où il s'était plusieurs fois enlisé, soudain le sol devient plus ferme, la chaleur moins éprouvante et, peu après, il se retrouve dans une oasis.

Elle est beaucoup plus dense que toutes celles qu'il a rencontrées jusque-là. Une véritable végétation s'y dresse, avec des arbres, des prairies. Pour un peu, on croirait que le désert est fini. Mais il suffit de faire quelques mètres dans une direction ou dans une autre pour se rendre compte qu'il n'en est rien. L'oasis, de forme ronde, ne fait pas un kilomètre de circonférence. C'est un îlot au milieu de l'immensité désertique.

Bob Drummond coupe le contact et continue d'avancer silencieusement en roue libre. Il vient d'arriver en vue du point d'eau central et un homme, un indigène, y est en train de boire. À ses côtés, son gibier et ses armes, qu'il a abandonnés : un lapin, un arc, des flèches, deux sagaies et un boomerang.

Sans savoir pourquoi, Bob Drummond est certain qu'il s'agit de celui qu'il cherche. Il correspond tout à fait à la description qui figure dans le procès-verbal de l'enquête : « maigre, élancé, la peau noire tirant sur le gris, entre vingt-cinq et trente ans ». Mais surtout, c'est son instinct qui lui dit, qui lui crie que c'est lui !

Il décide de faire jouer l'effet de surprise. Alors que l'autre, toujours occupé à boire, ne l'a ni vu ni entendu, malgré l'instinct qu'on attribue habituellement aux indigènes, Bob Drummond sort de son véhicule, prend sa carabine en mains et lance à pleins poumons :

– Larriki !

L'aborigène fait un bond sur lui-même et se retourne dans sa direction. En le voyant, il se met à trembler et lève les mains en l'air. C'est bien lui... Et Bob Drummond a la certitude que Larriki, lui aussi, a compris devant qui il se trouve. Quelque chose de paniqué dans son regard ne trompe pas. Il est vrai qu'il ressemble à son père. Il lui ressemble même trait pour trait, la carrure en plus.

Le géant s'avance lentement, la carabine pointée vers la poitrine de son adversaire. Il savoure intensément ces instants qu'il attendait depuis si longtemps et que, dans le fond de lui-même, il n'était pas sûr de voir un jour se produire.

– Tu sais qui je suis ?

Larriki ne répond pas. Ses bras levés au ciel tremblent comme deux branches sous la bourrasque. Bob

Drummond s'approche encore et lui enfonce le canon de son arme dans les côtes.

– Alors ? Tu ne sais toujours pas ?
– Non, je ne sais pas, monsieur...
– Regarde-moi bien. Je ne te rappelle personne ?

L'agilité des aborigènes n'est pas un vain mot. En un bond, aussi vif et rapide que celui du dingo, le chien du désert, Larriki a disparu dans la végétation très dense de l'oasis. Bob a tiré, mais son coup de feu n'a rencontré que le vide. Alors, il se met à sa poursuite. Lui aussi est agile. Au rugby, malgré sa stature, il lui est arrivé d'échapper aux ailiers les plus rapides et de marquer l'essai.

Il fonce droit devant lui. Il écarte et fracasse la végétation qui lui fait obstacle, tandis que le fuyard s'y faufile. Les deux hommes jettent toutes leurs forces dans cette poursuite, le premier sous l'effet de la panique, le second sous l'effet de la rage. À un moment, Larriki se retourne pour voir où est son adversaire. Cette erreur lui est fatale : il se prend les pieds sur une racine qu'il n'avait pas vue, il tombe et, l'instant d'après, il reçoit cent trente kilos de muscles sur le dos.

Larriki sent sur sa nuque le souffle puissant de son ennemi. Sa dernière heure est arrivée. Celui-ci va-t-il l'étrangler, l'assommer à mains nues, reprendre son fusil et l'abattre comme du gibier ? Mais non, il le soulève par le cou, d'une seule main et le reconduit ainsi, à bout de bras, jusque devant sa voiture. Là, il se saisit d'une corde et l'attache à un arbre souple, qui se trouvait non loin. Il accomplit tout cela dans le plus grand silence. Ce n'est que lorsque l'aborigène est étroitement ligoté qu'il lui adresse de nouveau la parole.

– L'homme que tu as tué à cause de ton chien, c'était mon père. Tu l'avais compris ?
– Oui, monsieur.

– Tu l'as tué et maintenant je vais te tuer. Avec quoi l'as-tu tué ?

Bob Drummond approche ses énormes mains tout près du visage de Larriki. Celui-ci comprend que, s'il ne veut pas être réduit en bouillie, il doit répondre. Il prononce dans un souffle :

– Avec un boomerang...

– C'est exact. Tu as fracassé le crâne de mon père avec un boomerang, l'arme dont on se sert pour les kangourous.

Bob Drummond éclate d'un rire sonore.

– Eh bien, tu vas les retrouver, les kangourous, et tu vas mourir avec eux !

Et, sans rien ajouter d'autre, tandis que Larriki, suant à grosses gouttes, se prépare à un sort qu'il n'imagine pas bien, mais qu'il pressent horrible, Drummond se rend au point d'eau et attend.

Il attend qu'arrivent des kangourous, certain que, tôt ou tard, il en viendra pour boire. Et il ne se trompe pas. Une heure environ plus tard, un gros mâle et trois femelles, avec des petits dans leur poche, s'approchent du trou d'eau. Bob va alors, sans se presser, dans sa voiture et met le contact. Il pose sa carabine à l'emplacement du siège du passager, occupé par des bidons d'essence vides. Il n'a aucune intention de tirer. C'est vivant qu'il veut le kangourou, pour le rôle très particulier qu'il a l'intention de lui faire jouer.

Le bruit du moteur fait détaler la petite troupe. Il se met à la poursuite du mâle, le seul qui l'intéresse. L'animal court vite, mais que peut-il faire contre un moteur ? Après une dizaine de minutes de course, le kangourou se laisse tomber, épuisé. Bob Drummond arrête son véhicule, sort avec une corde et lui ficelle les pattes de derrière. Puis, il soulève sans difficulté ses cent kilos et le jette dans la Land Rover. Tout est prêt pour la vengeance à laquelle il rêve depuis si longtemps !

Il retourne à l'oasis. Toujours avec la même dérisoire facilité, il dépose le kangourou aux pieds de Larriki, ficelé à son arbre. Et, sans un mot, il se met en devoir de mettre la dernière main à son horrible plan.

Il détache l'indigène de l'arbre et lui lie les mains en avant. Puis, il détache également les pattes arrière du kangourou et lui passe une corde au cou, qu'il fixe à la ceinture de Larriki. Telle est, en effet, la vengeance qu'il a inventée : le kangourou va s'enfuir et cette bête puissante qui court à cinquante kilomètres-heure en effectuant des bonds de cinq mètres en longueur va entraîner dans son sillage le frêle indigène. Celui-ci va connaître une mort horrible, finir déchiré, en lambeaux...

Les préparatifs sont achevés. L'homme et la bête sont liés l'un à l'autre et la chevauchée fatale peut commencer. Seulement, il se produit quelque chose que Bob n'avait pas prévu. Peut-être encore épuisé ou alors figé par la peur, le kangourou ne bouge pas d'un pouce. Bob a beau l'encourager, l'injurier, il se refuse obstinément à avancer. Il regarde l'aborigène, qui le regarde aussi, comme s'il existait une complicité entre eux, comme si les deux habitants du désert faisaient cause commune contre cet étranger qui a fait irruption chez eux.

Bob Drummond a alors une idée : il retourne à la Land Rover et actionne frénétiquement le klaxon. Et, cette fois, il réussit. Totalement paniqué par ce bruit inconnu, le kangourou se lance dans une fuite éperdue. Bob met la voiture en marche et le suit. Il rit à gorge déployée en contemplant le spectacle. C'est mieux encore que ce qu'il avait imaginé ! Sous la traction de la bête apeurée, le corps du petit homme noir décrit des arabesques compliquées avant de retomber au sol. Puis le petit homme cesse d'être noir pour devenir rouge. Le colosse australien jubile : bientôt, il n'y aura plus rien au bout de la corde, Larriki sera réduit en bouillie en se cognant sur les pierres et la terre qui, autour de l'oasis, est dure comme du ciment.

— Ah, non !

Bob Drummond vient de pousser un cri et d'étouffer un juron. Sa belle mécanique s'est s'enrayée brusquement. La corde s'est prise dans un buisson épineux et le kangourou, brutalement stoppé dans sa course et déséquilibré, est tombé la tête la première. À présent, il reste au sol, comme un boxeur KO.

L'Australien descend de voiture et s'approche de l'animal haletant.

— Tu vas te relever ? Tu vas avancer, oui ?

Et joignant le geste à la parole, il lui décoche un formidable coup de pied dans les côtes. C'était une erreur. Le kangourou était seulement étourdi et il réplique instantanément avec son arme la plus redoutable : une ruade de ses pattes arrière, munies de terribles griffes. Malgré ses cent trente kilos, Bob Drummond fait un vol plané et retombe inanimé à côté de l'indigène, le ventre ouvert, les intestins dehors.

Du coup, la situation est totalement inversée. Larriki, dont les blessures étaient miraculeusement superficielles, a la force d'aller jusqu'à la voiture et parvient à couper ses liens en les frottant contre le pare-chocs. Puis il revient vers son bourreau inanimé. Il se penche sur lui, les mains en avant. Va-t-il l'étrangler, prendre une pierre et l'achever en lui fracassant le crâne ? Va-t-il y avoir une quatrième génération de Drummond tuée par un aborigène ?

Non. Larriki examine la plaie fort vilaine que Bob a au ventre. Il lui retire sa chemise et va chercher dans l'oasis quelques plantes qu'il sait utiles en cas de blessure. Lorsqu'il revient, le kangourou, enfin remis de son choc et de ses émotions, a disparu. Alors, avec la chemise et les herbes, il fait un pansement, puis il se rend au point d'eau, prend son lapin, son arc, ses flèches, ses sagaies, son boomerang et s'en va. On ne le reverra jamais...

Bob Drummond s'est sorti, lui aussi, de l'aventure. Il a repris conscience, il est remonté dans sa voiture et il a trouvé dans sa constitution exceptionnelle les forces nécessaires pour regagner Halls Creek où tout le monde le croyait mort.

Malgré son peu de goût pour la réflexion, il n'a cessé, depuis, de méditer sur le geste de ce prétendu sauvage qui avait opposé l'amour à la haine, le pardon à la vengeance et il a enfin compris. La preuve : il s'est fait pasteur. Oui, pasteur ! Il s'est remis aux études, ou plutôt il s'y est mis, il est entré dans les ordres et il est resté des dizaines d'années à la tête d'une paroisse, toujours dans le nord-ouest de l'Australie. À ses ouailles, bien sûr, il racontait souvent cette histoire et les engageait à faire en toutes circonstances ce qu'il n'avait pas fait lui-même : respecter les hommes. Et même les kangourous !

VACANCES AU PORTUGAL

Tous les samedis soir, François Perret, vingt-huit ans, a une habitude : après dîner, il passe la soirée entre amis, dans un bar près de chez lui, situé dans une rue populaire de Lille. Bien qu'il soit marié et qu'il ait deux enfants, il a gardé cette habitude héritée du temps où il était célibataire. Sa femme Evelyne ne dit rien. Il ne peut pas recevoir ses amis à la maison : les petits sont encore en bas âge. Alors elle lui accorde bien volontiers cette détente hebdomadaire.

Et Evelyne Perret a, en apparence, raison de le laisser faire. Il ne se passe rien de méchant lors de ces soirées entre hommes : ils évoquent des souvenirs, ils parlent de choses et d'autres, ils jouent aux dés ou aux cartes. Pourtant, le bar en question n'est pas toujours bien fréquenté. Certains personnages peu recommandables y font de temps à autre une apparition et, en premier lieu, Vasco Oliveira.

Vasco Oliveira, comme son nom l'indique, est portugais. C'est une figure du quartier et pas la plus intéressante, loin de là ! Âgé de vingt-huit ans lui aussi, il roule les mécaniques au propre comme au figuré. Il s'exhibe dans sa grosse voiture, une Jaguar, certes achetée d'occasion, mais qui n'est quand même pas à la portée de tout le monde ; il arbore des chaînes et des gourmettes en or et s'habille chez les meilleurs tailleurs.

D'où lui vient l'argent nécessaire à ce train de vie ? Dans le quartier, personne n'a le moindre doute à ce sujet : Vasco Oliveira est un dealer, il est même à la tête de tout un réseau de drogue, avec plusieurs revendeurs sous ses ordres. La police, elle aussi, a des soupçons, mais jusqu'à présent elle n'a rien pu faire contre lui. Vasco Oliveira s'est montré assez malin et assez prudent pour bénéficier de l'impunité.

Le moins qu'on puisse dire c'est que François Perret et Vasco Oliveira ne s'aiment guère. Les deux garçons ne se ressemblent pas. François est tout le contraire d'un voyou. Mécanicien dans un garage, il travaille dur dans l'espoir de se mettre un jour à son compte. Il est resté simple et il déteste le luxe clinquant dont s'entoure le Portugais.

Et puis, il y a entre eux une vieille rivalité, qui date de loin. Ils se sont toujours connus. Ils ont grandi ensemble, ils ont été à l'école ensemble. Dans la cour de récréation, ils avaient chacun leur bande et, avec l'âge, les chemins divergents qu'ils ont empruntés n'ont fait que renforcer leur antagonisme.

Ce soir-là, un soir de février 1994, François Perret est en train de jouer au 421 avec Jean-Michel, son meilleur ami, lorsqu'on entend au-dehors le moteur d'une grosse voiture, qui ronfle bruyamment et s'arrête brusquement. Il y a un claquement de portière et Vasco Oliveira fait son entrée dans le bar.

Les conversations s'arrêtent. Vasco Oliveira fait peur et il le sait. On murmure certaines histoires effrayantes à son sujet, il a une réputation sinistre qu'il entretient soigneusement, qu'elle soit justifiée ou non... Tout le monde lève un regard plus ou moins craintif dans sa direction, tout le monde, sauf François Perret qui, lui, n'a pas quitté des yeux son jeu de dés et lance, d'un ton agacé, à son camarade :

— Eh bien, qu'est-ce que tu attends, joue !

Jean-Michel s'exécute, mais il est visiblement terrorisé par Oliveira. Celui-ci vient s'installer près d'eux au comptoir, faisant tinter ses gourmettes. Il les dévisage et questionne :

— Ça va les filles ?

Ignorant l'insulte, François Perret continue à jouer, mais Vasco Oliveira poursuit ses provocations. Il reste planté devant lui, à chaque coup qu'il perd, il ricane ostensiblement. L'affrontement est inévitable et il a lieu. François Perret se tourne d'un coup vers lui.

— Casse-toi ! Tu n'es qu'un marchand de mort. Tu serais capable de tout pour du fric, même de mettre ta femme sur le trottoir !

Vasco Oliveira blêmit sous l'insulte. Il serre les poings, mais il ne bouge pas. Il sait qu'il ne peut rien contre son rival. À la récréation, c'était toujours lui qui avait le dessous et, depuis, le rapport des forces est encore plus déséquilibré entre eux, car François Perret s'est mis à la boxe et, dans ces conditions... Le Portugais s'en va et tout le monde croit l'incident terminé.

Mais une demi-heure plus tard, le même ronflement caractéristique de moteur se fait entendre. François Perret, fidèle à son attitude, ne se retourne pas. Il reste attablé au comptoir et continue à jouer avec Jean-Michel, comme si de rien n'était. Il ne voit pas Vasco Oliveira se diriger vers lui, il ne le voit pas sortir un revolver de gros calibre de sa poche. Celui-ci prononce en tout et pour tout deux mots :

— Désolé, François !

Et il lui tire dans le dos à cinq reprises. François Perret, littéralement déchiqueté par les balles, fait un bond contre le comptoir et glisse au sol. Une violente odeur de poudre emplit le café. Le Portugais promène le canon de son arme sur les consommateurs. Il leur lance :

— Vous n'avez rien vu !

Et il s'engouffre dans sa Jaguar, qui démarre dans un bruit d'enfer.

Non, ils n'ont rien vu, ceux qui étaient ce soir-là dans le café... C'est du moins ce qu'ils disent tous à l'inspecteur Moreno, chargé de l'enquête. Ainsi, Jean-Michel, celui qui jouait aux dés avec son ami François :

– Comment savoir, inspecteur ? Il avait une cagoule.

– Il était grand, petit ?

– Je ne sais pas. Cela s'est passé si vite...

– Et comment est-il venu ? En voiture ?

– Peut-être... Peut-être aussi à pied. Comment savoir ?

Et c'est ce que disent aussi le patron du bar et tous les autres consommateurs présents ce soir-là : François Perret a été assassiné par un mystérieux inconnu porteur d'une cagoule... Bien sûr, Evelyne Perret parle de la rivalité qui opposait son mari à Vasco Oliveira, mais c'est une simple opinion, ce n'est pas un témoignage. Bien sûr, le Portugais, que la police a toujours dans son collimateur, est interrogé de manière serrée, mais il nie avec assurance, il joue les outragés et on est bien forcé de le laisser repartir tranquille.

Les semaines passent sans rien apporter de nouveau, l'enquête piétine et c'est alors qu'un témoin se manifeste enfin. Il s'appelle Jérôme Leprince, c'est un habitant du quartier. Contrairement à ceux qu'on avait interrogés, lui n'était pas à l'intérieur du bar, il se trouvait dans la rue comme simple passant. Mais il a vu Vasco Oliveira arrêter sa Jaguar, il l'a vu entrer dans l'établissement, il a entendu les coups de feu et il l'a vu s'enfuir en voiture.

Cette fois, tout est changé ! La police va pouvoir arrêter Oliveira et, dès qu'il sera sous les verrous, on peut penser que les autres témoins, rassurés, reviendront sur leurs déclarations et diront enfin la vérité. Le jeune voyou a perdu la partie !

Malheureusement, il l'a parfaitement compris lui-même et il a pris les devants. Lorsque les policiers se présentent à son domicile, ils trouvent porte close. Le nid est vide, l'oiseau s'est envolé, Vasco Oliveira est rentré au Portugal.

Ce nouvel échec, alors qu'on semblait toucher au but, a pour effet de décourager totalement Evelyne Perret, la femme de la victime. Déjà très ébranlée par le drame, elle baisse définitivement les bras. Le meurtre de François ne sera jamais puni, elle en prend son parti. Elle se doit d'abord à ses deux enfants en bas âge, qu'elle est seule à élever.

Mais ce renoncement, une autre femme ne le partage pas et c'est maintenant elle qui va entrer en scène.

Laetitia Perret, la mère de François, est une femme de caractère, plus même : une femme indomptable. Dans sa jeunesse, elle était funambule. Elle a accompli alors des exploits extraordinaires, rien ne lui faisait peur, rien ne la faisait reculer, comme traverser la Tamise sur un fil ou les arènes de Nîmes dans le sens de la longueur. Un accident a malheureusement mis fin à sa carrière. Mais à l'intérieur d'elle-même, même si elle a maintenant cinquante-sept ans et si elle est grand-mère, elle n'a pas changé. Elle est prête à affronter tous les dangers pour ce qui lui tient à cœur. Et qu'est-ce qui pourrait lui tenir plus à cœur que de venger la mort de son fils ?

Depuis le début de l'enquête, elle est folle de colère contre la lâcheté des camarades de François. Elle a dit et répété à l'inspecteur Moreno que les clients du bar étaient coupables de faux témoignage, qu'il fallait les arrêter, celui-ci lui a répondu qu'en l'absence de preuve il ne pouvait rien faire. Alors, après la fuite d'Oliveira, elle retourne le voir.

— Il faut faire quelque chose ! Demandez son extradition, pour qu'il soit jugé et condamné.

Mais l'inspecteur secoue la tête.

— C'est impossible. Pratiquement tous les pays refusent d'extrader leurs ressortissants et le Portugal ne fait pas exception à la règle. On ne nous rendra pas Vasco Oliveira.

— Alors, on ne peut plus rien contre lui ?

— Si. Il reste la possibilité qu'il soit jugé chez lui. Pour cela, il faut transmettre les éléments de l'enquête par Interpol et espérer que la justice portugaise se saisisse de l'affaire.

— Et cela peut être long ?

— Au mieux, cela peut prendre quelques mois, au pire, cela peut ne jamais se produire, si les charges ne sont pas jugées suffisantes. Je comprends vos sentiments, madame Perret, mais il vous faudra être patiente.

Laetitia Perret possède bien des qualités, le courage, par exemple, mais la patience ne fait pas partie du nombre. Ah non, elle n'attendra pas les bras croisés que la procédure échoue ou qu'elle aboutisse en fonction du bon vouloir d'un fonctionnaire quelconque ! D'autant qu'elle sait où Vasco Oliveira est allé. Ce n'est pas un mystère : il s'en est assez vanté dans tout le quartier. Il a acheté une boîte de nuit à Braga, dont il est originaire, et il a dit à qui voulait l'entendre qu'un jour ou l'autre, il rentrerait au pays pour l'exploiter.

On sait où est l'assassin, on a les preuves pour le faire condamner et il risquerait d'échapper à son sort ? Cela, jamais ! Laetitia Perret, la presque sexagénaire, Laetitia Perret la grand-mère, redevient soudain celle qu'elle était à vingt ans, celle qui stupéfiait tout le monde par son audace, celle qui défiait la mort dans son collant à paillettes, celle pour qui les mots prudence, sagesse, raison n'avaient pas de sens. Elle va prendre les choses en main. Pour l'instant, elle ne peut rien, elle travaille, comme tout le monde, mais dès que viendra la période des congés, elle va prendre ses vacances, direction le Portugal !

Et, le 1er juillet 1994, Laetitia Perret prend effectivement ses vacances. Elle part seule, au volant de sa vieille deux-chevaux, avec laquelle, depuis bien longtemps, elle n'allait pas plus loin que les environs de Lille. Elle a peu de bagages, elle n'a besoin ni de belles toilettes ni d'affaires de plage, mais, dans la boîte à gants, elle emporte un revolver qu'elle s'est procuré auprès d'un petit truand qu'elle a réussi à rencontrer. Il est de calibre 9 mm, celui qui a tué son fils.

Ce que Laetitia Perret a en tête n'est pas facile, cela relève même de l'exploit. Contrairement à ce qu'on pourrait croire, elle n'a pas l'intention de tuer Vasco Oliveira. Ce n'est pas une banale et brutale vengeance qu'elle médite. Elle veut, sous la menace de son arme, forcer l'assassin à se constituer prisonnier auprès des policiers portugais. C'est extrêmement hasardeux et extrêmement dangereux, car Oliveira risque d'être armé lui-même et il n'hésite pas à tirer : il l'a déjà prouvé...

Sa deux-chevaux lui fait la gentillesse de l'amener jusqu'à Braga mais, là, elle n'est pas au bout de ses peines, c'est, au contraire, à ce moment que les difficultés commencent vraiment. Elle doit d'abord localiser sa cible, car la ville est grande, pas moins de cent mille habitants. Pour cela, elle recourt au moyen le plus simple : un détective privé. Et ce dernier ne tarde pas à lui donner le renseignement qu'elle voulait : la boîte de nuit de Vasco Oliveira ne se trouve pas à Braga même, mais à Viera de Minho, un village des environs.

Cela dit, comment faire ? Il doit être entouré d'hommes de main, être constamment sur ses gardes et se présenter à sa boîte de nuit l'arme à la main risque d'être suicidaire. Elle serait pourtant prête à risquer le tout pour le tout si le détective ne la retenait au dernier moment, en lui donnant un conseil de bon sens :

– Allez d'abord à la police. Elle est peut-être sur le point de l'arrêter. Si vous tenez absolument à risquer votre vie, ne le faites qu'après.

Et bien lui en prend, car, après avoir longuement parlementé, elle parvient à être reçue par le commissaire principal de Braga. Celui-ci, qui parle un excellent français, l'accueille fort aimablement.

– J'ai une excellente nouvelle pour vous, madame. La procureur de Braga vient de donner suite à la demande transmise par votre pays. Nous nous préparions à opérer l'arrestation.

– Cela veut dire qu'il va être jugé ?

– Exactement. Et si le témoin mentionné dans l'enquête vient ici, il a toutes les chances d'être condamné.

C'est dans un tout autre état d'esprit que Laetitia Perret fait le voyage du retour. Ses vacances au Portugal auront été les plus belles de sa vie ! Elle a réussi, même si, en fait, elle n'y est pas pour grand-chose. Tout se serait, à vrai dire, passé de la même manière sans qu'elle se déplace.

Elle revient à Lille, elle annonce la nouvelle aux uns et aux autres et c'est alors que tout bascule de nouveau. Elle va trouver Jérôme Leprince, le passant qui s'était manifesté à la dernière minute. Elle lui annonce la nouvelle sur un ton de triomphe, mais lui n'a pas l'air triomphant du tout. Elle peut le voir se décomposer à mesure qu'elle parle et, quand elle s'est tue, il lui annonce, d'une voix défaite :

– Je n'irai pas...

– Qu'est-ce que vous dites ?

– Je n'irai pas. Témoigner ici, j'étais prêt à le faire. Mais chez lui, au milieu de ses amis, de son clan, de ses hommes de main, je ne peux pas. Je suis désolé. Je tiens trop à la vie.

Laetitia Perret pourrait argumenter, faire appel à ses sentiments, à son sens moral, mais elle y renonce. Elle se rend compte que cela ne servirait à rien. Elle s'en va, retourne à sa voiture et revient. Mais, cette fois, elle a à la main son revolver... Jérôme Leprince écarquille les yeux en la voyant.

– Qu'est-ce que vous voulez faire ?

– Pour l'instant rien. Je ne sais pas si vous risquez votre vie en allant témoigner à Braga, mais je sais une chose : si vous n'y allez pas, si le procès s'ouvre sans que vous y soyez, je vous tuerai. Vous aurez beau vous faire protéger par la police, par qui vous voudrez, je vous tuerai. J'y mettrai le temps qu'il faudra, mais je vous tuerai !

Jérôme Leprince la regarde avec terreur. Il sait qu'elle dit la vérité, il comprend que cette mère qui se bat pour que son fils soit vengé est plus dangereuse que tous les dealers de la terre. Elle est prête à tout, y compris à laisser sa vie dans l'aventure et, contre cela, aucune puissance ne peut rien. Il baisse la tête.

– Qu'attendez-vous de moi ?

– Que vous veniez avec moi au procès. Car c'est moi qui vais vous conduire. Je veux être sûre que vous ne vous arrêterez pas en chemin.

Et la terrible Laetitia Perret ne s'arrête pas là ! Tout de suite après, elle va trouver Jean-Michel, l'ami de son fils qui jouait aux dés avec lui et elle lui tient exactement le même langage : ou il vient avec elle à Braga ou elle le tue ! Et Jean-Michel, tout comme Jérôme Leprince, terrorisé, accepte...

C'est ainsi qu'une semaine avant l'ouverture du procès de Vasco Oliveira, Laetitia Perret reprend le volant de sa vénérable deux-chevaux. La justice portugaise a bien fait les choses : l'instruction a duré exactement un an et c'est le 1ᵉʳ juillet 1995 qu'elle repart pour ses secondes vacances au Portugal. Elle a toujours dans sa boîte à gants son revolver 9 mm, du même calibre que celui qui a tué son fils. La seule différence est que, cette fois, elle a deux passagers, deux jeunes gens tremblants...

À Braga, pourtant, tout se passe bien. Jean-Michel et Jérôme peuvent témoigner au procès sans être inquiétés et leur récit précis, accablant, emporte la conviction des jurés. À l'issue des débats, Vasco Oliveira est condamné à seize ans de prison.

En entendant le verdict, l'ancienne funambule n'a rien dit. Elle a fermé les yeux, exactement comme autrefois, lorsqu'elle était arrivée au bout de son fil et de son numéro. Et c'était peut-être son numéro le plus dangereux qu'elle venait de réussir. Elle n'avait cessé de faire de l'équilibre entre la vie et la mort, la justice et la vengeance, la légalité et l'illégalité. Maintenant, c'était fini, mais les bravos, comme jadis, ne montaient pas vers elle. Il n'y avait qu'un grand silence et c'était bien ainsi. Là-bas, dans un cimetière de Lille, un innocent, son fils, pouvait dormir en paix.

LA COLLECTION DE TIMBRES

Mathias Vermeulen avance d'un pas rapide dans les rues de Liège. Il fait beau, en ce début de printemps 1999, mais il ne s'en rend pas compte. Il ne se rend compte de rien. Il va, le visage fermé, la mine crispée. Ceux qui le croisent ne peuvent s'empêcher de le regarder, étonnés, un peu craintifs aussi.

Il faut dire qu'il possède un physique impressionnant. À trente ans un peu passés, Mathias Vermeulen mesure 1,85 mètre pour 100 kilos. Il est large d'épaules, il a le buste puissant, des bras et des mains de déménageur. « Celui-là serait capable de tuer un homme avec ses poings », pensent peut-être les passants en l'apercevant. Et, s'ils le pensent, ils ont raison. C'est exactement ce que Mathias Vermeulen s'apprête à faire : il va tuer un homme avec ses poings !

En cet instant, Mathias Vermeulen ne voit rien, n'entend rien. Il est tout entier dans son passé, un passé qui lui colle à la peau. Il ressasse les mêmes et éternels souvenirs...

Tout a commencé par une question banale :

– Tu aimes les timbres ?

Mathias Vermeulen avait alors treize ans. Il était bon élève. D'un naturel sage, un peu timide, il avait une enfance et une scolarité sans histoire. Tous les dimanches, il était enfant de chœur à l'église de sa paroisse. C'étaient ses parents, très pratiquants, qui l'y avaient incité, mais lui-même n'avait rien contre. Il aimait bien l'atmosphère de la grand-messe, les gens endimanchés et il aimait bien le curé aussi.

La première fois qu'il avait rencontré Jean Wouters, le curé de sa paroisse, c'était au début de son catéchisme. Wouters était un prêtre moderne : très sportif, les cheveux en brosse, le langage direct, des manières un peu bourrues, mais sympathiques. Mathias s'est tout de suite senti à l'aise avec lui, beaucoup plus qu'avec ses professeurs, qui restaient malgré tout distants.

— Tu aimes les timbres ?

C'est après la grand-messe, alors qu'ils étaient ensemble dans la sacristie, que Jean Wouters a prononcé la phrase fatidique, tout en se défaisant de ses ornements sacerdotaux. Mathias n'avait jamais eu de passion particulière pour les timbres, mais pour faire plaisir au curé, il lui a tout de même répondu :

— Oui, mon père.

— Alors, suis-moi au presbytère. J'ai une chouette collection, tu vas voir !

Le presbytère était attenant à l'église, ils y ont été en quelques minutes. Mathias Vermeulen connaissait déjà le logement du curé. C'était là qu'avait lieu le catéchisme, dans la salle à manger, autour de la longue table en bois ciré. Après être entré, il s'est arrêté tout naturellement à cet endroit, mais Jean Wouters a eu un sourire.

— Non, ce n'est pas là qu'est ma collection. Viens par ici...

Docilement, il l'a suivi. « Par ici », c'était sa chambre. Il n'y était jamais venu et il a été un peu impressionné de se trouver dans la chambre du curé. Elle était telle qu'il l'imaginait : sobre, austère, avec un lit surmonté d'un grand crucifix où était accrochée une branche de buis, un missel sur la table de nuit, des rideaux de dentelle à la fenêtre, des penderies aux boiseries sombres.

– Assieds-toi sur le lit.

Mathias Vermeulen a obéi, un peu surpris. Le sourire du curé s'est accentué. Il le regardait, il ne bougeait pas, il n'allait pas chercher sa collection de timbres. Enfin, il s'est approché.

– Tu ne trouves pas qu'il fait chaud ? Tu devrais te mettre à l'aise.

Alors, il a commencé à le déshabiller.

– Laisse-toi faire...

Mathias s'est laissé faire. Il ne comprenait pas, il ne pouvait pas comprendre. La suite horrible est gravée à jamais dans son esprit. Elle fait plus que le hanter, elle imprègne tout son être, de sa honte, de sa salissure.

Tout a disparu, ce jour-là, pour Mathias Vermeulen : son innocence, sa joie de vivre, sa foi dans le genre humain. La trahison était complète. Jean Wouters avait toute sa confiance, il était pour lui comme un grand frère ou comme un père. D'ailleurs, c'était ainsi qu'il l'appelait : « mon père ». Et puis, c'était l'homme de Dieu. C'est lui qui lui disait ce qui était le bien et ce qui était le mal. C'est lui qui lui avait enseigné l'horreur du péché et l'amour du prochain.

L'amour du prochain, c'était donc cela ?... Tout n'était que mensonge ! L'homme de Dieu était en réalité le diable et sa demeure l'enfer. L'enfer, c'était la chambre du curé, l'enfer, c'était ce qui se passait derrière les rideaux de dentelle, entre le grand crucifix décoré de buis et le livre de prières sur la table de nuit.

Et cela a continué pendant des années. Mathias était tellement perdu, tellement terrorisé par ce qui lui arrivait, qu'il s'est laissé imposer cette liaison horrible. Jean Wouters lui avait dit la première fois :

– Tu dois obéir à ton curé et ne jamais en parler. C'est aussi secret que la confession !

Il a obéi. Il n'en a pas dit un mot à ses parents ; il

avait trop honte, il avait trop peur. Il en a parlé pourtant à une seule personne, à l'autre enfant de chœur, car ils étaient deux à la paroisse. Réunissant tout son courage, il lui a tout raconté à la récréation. Et l'autre lui a avoué alors :

— C'est pareil avec moi...

Le cauchemar s'est arrêté lorsque Mathias Vermeulen a quitté le lycée, après son bac. Mais c'était trop tard, il était souillé à jamais, détruit à jamais, non pas en totalité, mais dans une partie de son être. C'était comme s'il avait perdu un bras ou une jambe, son âme était amputée. C'est sans doute pour cela qu'à trente-deux ans il est toujours célibataire. Ce ne sont pas les aventures qui lui ont manqué, mais il n'a voulu demander à aucune de ses compagnes de devenir sa femme : il ne s'en sentait pas digne.

Il a fini pourtant par réagir. Il y a quelques années, il a fait des recherches pour retrouver celui qui avait été enfant de chœur avec lui. Il lui a demandé :

— Si je porte plainte, est-ce que tu le feras avec moi ?

Celui-ci lui a répondu oui et il a ajouté :

— Nous ne sommes pas les seuls. Je sais qu'il y en a d'autres, beaucoup d'autres, des enfants de chœur, des élèves du catéchisme.

Ensemble, ils se sont mis en devoir de les retrouver et ils ont réussi. Oui, ils étaient nombreux, des dizaines et des dizaines. Certains ont refusé de s'associer à eux, mais la plupart ont accepté et une plainte collective pour viol a été déposée devant la justice.

Le verdict vient d'être rendu par un tribunal de Liège. Le prêtre a été reconnu coupable mais, conformément à la loi belge, aucune peine n'a été prononcée contre lui, les faits étant prescrits.

Aucune peine !... Cela, Mathias Vermeulen n'a pu

l'admettre. Et peu lui importe que le curé, enfin démasqué publiquement, ait subi la honte d'un procès, que son nom se soit étalé dans les journaux, qu'il soit, à présent, l'objet de la réprobation et de la condamnation unanimes. Peu lui importe que l'évêque de Liège l'ait suspendu de ses fonctions, lui ait interdit de célébrer la messe en public et d'approcher les jeunes gens. Il ne voit qu'une seule chose : Jean Wouters est libre. Pour les crimes qu'il a commis, pour toutes les vies qu'il a brisées, il n'encourra aucune peine !

Mathias Vermeulen serre ses poings massifs, jusqu'à en rendre les articulations toutes blanches. Il est arrivé à destination : un porche, qui débouche sur une cour au bout de laquelle se dresse un bâtiment noirci par le temps. C'est une chapelle. Il a appris que, tous les jeudis, Jean Wouters y célébrait une messe privée. C'est là qu'il a décidé d'agir.

Mathias pousse la porte de la chapelle. Elle est toute petite. L'officiant est de dos, tourné vers l'autel. L'assistance est composée d'une dizaine de personnes, des femmes âgées pour la plupart. Il s'arrête et se plante au milieu de l'allée. Il attend que Jean Wouters se retourne. Il veut qu'il le voie, il veut qu'il comprenne et, alors seulement, il agira !

Le prêtre se retourne, s'immobilise. Mathias Vermeulen le voit devenir soudain blanc comme la nappe de l'autel ; il a les yeux écarquillés de terreur, ses lèvres balbutient quelque chose qui ressemble à : « Non !... » Son ancien enfant de chœur se rue en avant, avec un cri sauvage, et, tandis que les fidèles s'enfuient en courant, il le frappe de toutes ses forces à la tête, à la poitrine, aux membres, au thorax et, lorsqu'il tombe, il s'acharne encore sur lui. Enfin, quand sa victime ne bouge plus, sans qu'il sache exactement ce qui le fait agir ainsi, il s'empare des bancs et des chaises pour barricader la porte.

Ensuite, brisé par l'émotion, il reste totalement prostré. Il ne répond pas aux injonctions de la police. Il ne réagit pas, lorsqu'elle donne l'assaut. Les policiers, qui le croient armé, lui tirent une balle dans l'épaule. Il se laisse emmener, regardant sans mot dire son sang couler. Quant au curé, il est visiblement dans un état bien plus grave ; il gît, inconscient, au pied de l'autel.

Tous deux ont été conduits au même hôpital, l'un dans l'attente de la prison, l'autre du cimetière. Jean Wouters, qui était atteint d'une fracture au bras, d'une fracture de la hanche, de plusieurs traumatismes crâniens et de multiples contusions internes, est décédé, en effet, trois jours plus tard, sans avoir repris connaissance.

Et, en apprenant cette nouvelle, qui faisait de lui un meurtrier, Mathias Vermeulen a eu cette phrase terrible :

– Je suis soulagé !

Le pardon des offenses appartenait à la partie manquante de son âme mutilée.

LES SEPT FAUTEUILS

Rosa Casale a un petit rituel, chaque matin. Avant de partir de chez elle pour se rendre chez ses patrons où elle exerce la profession de femme de ménage, elle regarde le début de l'émission de télévision quotidienne « Réveillez-vous dans la bonne humeur ». Puis elle prend sa bicyclette et accomplit le court trajet qui la sépare des Ormeaux, la villa où elle travaille. Là, elle trouve ses patrons, les Costi, eux aussi en train de regarder le même programme et, tout en commençant à préparer leur petit déjeuner, elle peut voir la fin de son émission.

Ce 18 mai 1975, il fait beau à Vercelli, une coquette petite ville de l'Italie du Nord, pas très loin de Milan. Rosa Casale est d'humeur joyeuse en enfourchant son vélo. Le programme de « Réveillez-vous dans la bonne humeur », qui alterne les chansons, les histoires drôles et les conseils pratiques, était particulièrement distrayant. Il lui tarde d'en voir la fin chez ses patrons.

Elle est bientôt arrivée devant la grille des Ormeaux, elle l'ouvre avec sa clé, donne une caresse à Rex et Rita, les deux dobermans qui l'accueillent en remuant la queue, et enfourche de nouveau son véhicule pour parcourir l'allée, qui est assez longue. Enfin, la silhouette cossue de la villa se dresse devant elle. Et c'est alors qu'elle éprouve une sensation très désagréable : les volets sont fermés.

En dix ans de service, c'est la première fois. Les Costi sont très matinaux, ils sont toujours levés à cette heure-ci et, de toute manière, le jeune Emilio devrait être debout pour aller à l'école. Très inquiète, elle se dirige vers l'entrée. Là, elle constate que l'alarme est mise. Elle la débranche, puis ouvre la porte, non sans éprouver une vive appréhension.

Une fois à l'intérieur, elle est accueillie par un éclat de rire en provenance du salon. Elle comprend aussitôt : c'est l'émission de télévision, sur laquelle le poste est branché. Cela, c'est normal. Mais ce qui ne l'est pas, c'est que tout soit fermé et que l'électricité soit allumée, alors qu'il fait plein jour.

De moins en moins rassurée, elle se dirige vers le salon. À part les volets clos, tout semble en ordre. La télévision lui fait face sur le mur du fond. Devant elle, sept fauteuils, qui lui tournent le dos. À part le programme qui continue, il n'y a rien d'autre à voir ici. Rosa Casale se prépare à s'en aller et c'est alors qu'elle tressaille des pieds à la tête !

Elle vient d'apercevoir une main qui pend le long d'un des fauteuils et, en regardant mieux, elle en voit une seconde un peu plus loin. Surmontant l'horreur qui l'envahit, elle fait un pas, puis un autre, s'arrête, regarde...

Toute la famille est là, alignée en face du poste : Sergio Costi, le chef de famille, quarante-cinq ans, sa femme Erminia, quarante-trois ans, M. Costi père, soixante-dix-neuf ans, et sa femme Ernestina, soixante-quinze, enfin, le jeune Emilio, âgé de treize ans. Les deux autres fauteuils, disposés dans l'alignement des autres, sont vides.

Les cinq téléspectateurs ont des poses diverses ; certains sont tournés vers le récepteur, les yeux grands ouverts, l'air attentif, d'autres, la tête penchée sur le côté et les paupières closes, semblent s'être endormis. Mais ils ne dorment pas plus que les autres ne sont attentifs : ils sont morts tous les cinq et leurs sièges sont maculés d'une large tache de sang à hauteur de la nuque.

– Et je vous dis maintenant, chers téléspectateurs, à demain, pour un nouveau réveil dans la bonne humeur !

Le présentateur vient de conclure son émission, au milieu d'une salve de bravos. Rosa Casale s'est arrêtée devant le dernier fauteuil, celui qu'occupe le jeune Emilio. Il lance vers elle un regard vide. Normalement, elle devrait être en train de lui faire le chocolat qu'il prend avant de partir pour l'école. Mais ce n'est plus la peine, Emilio n'ira plus jamais à l'école.

Rosa Casale se sent prise d'un immense vertige, sa vue se brouille et elle tombe évanouie d'une seule masse, juste à côté, dans le sixième fauteuil.

Peu après, la police est là, avec une équipe médicale et les meilleurs spécialistes de l'identité judiciaire venus de Milan. Vu la gravité de l'affaire, c'est une petite armée qui a investi la villa Les Ormeaux, sous la direction du commissaire Cesare Rivero.

Les premières constatations écartent un crime crapuleux. Cette hécatombe n'a pas été commise pour de l'argent. Le sac à main d'Erminia Costi, la maîtresse des lieux, se trouve sur la commode de l'entrée ; il n'a pas été ouvert et contient une forte somme d'argent. De même, son mari avait sur lui un portefeuille rempli de billets de banque. Et, d'une manière générale, que ce soit dans le salon ou dans les autres pièces, l'ordre le plus parfait règne, rien n'a été touché.

C'est forcément un familier qui est en cause. Les chiens n'ont pas bougé, or ce sont des bêtes féroces. Face à un inconnu, elles se seraient battues et il n'y a pas trace d'une lutte quelconque autour de la maison.

De même, il n'y a pas le moindre signe d'effraction ni à la grille ni à la porte d'entrée où l'alarme était mise.

Mais, bien évidemment, les constatations les plus sensationnelles concernent le crime lui-même. Les cinq victimes ont été tuées sur place, pendant qu'elles regardaient la télévision. Il est exclu qu'elles aient été assassinées ailleurs et que leurs corps aient été amenés ensuite dans la pièce. On a retrouvé les douilles par terre et les fauteuils sont percés des trous causés par les balles. Pour chacune des victimes, le criminel a tiré une seule fois dans la nuque, par-derrière, à travers le dossier de velours.

Un scénario extraordinaire se présente donc au commissaire Cesare Rivero et aux enquêteurs. Les cinq personnes présentes dans le salon ont été tuées les unes après les autres, pendant qu'elles regardaient la télévision. Pas une d'elles n'a fait un geste pour se défendre, pas une d'elles n'a eu la moindre réaction, quand son voisin s'est effondré, une balle dans la tête. Ils ont tous attendu leur tour sans bouger !... À moins, évidemment, qu'ils n'aient été tués en même temps. Mais, dans ce cas, il faudrait supposer qu'il y ait eu cinq tireurs. Il faudrait imaginer cinq tueurs venus d'on ne sait où prenant place silencieusement derrière les cinq fauteuils et faisant feu tous ensemble, ce qui paraît encore plus surréaliste.

Placé à côté du téléviseur, le commissaire contemple la famille Costi, les grands-parents et le fils, qui lui font face. C'est un vieux de la vieille, il en a beaucoup vu, au cours d'une carrière bien remplie, mais cela, jamais ! C'est un spectacle terrifiant et la vision des deux derniers fauteuils vides l'est peut-être tout autant. Qui les occupait, il y a quelques heures ? Qui a fait semblant de partager avec la famille Costi ce moment de détente en commun et s'est levé pour aller accomplir cet acte effroyable ?

La télévision, qui a été laissée allumée en attendant

que les empreintes soient relevées, continue à diffuser son programme devant ses cinq spectateurs immobiles et il n'y a rien de plus tragique que ces propos de vivants qu'elle adresse à des morts. Elle leur parle de pluie ou de soleil qu'ils ne verront pas, de fêtes à souhaiter qu'ils ne souhaiteront pas, de spectacles où ils n'iront pas, elle leur parle de menaces de guerre, de mariages mondains, des cours de la Bourse ou du résultat des courses, elle leur raconte les grands et petits événements d'un monde qui continue sans eux.

C'est avec soulagement que le commissaire entend les spécialistes lui dire qu'ils n'ont plus besoin d'examiner les corps. Il se hâte d'ordonner à ses agents de les emmener. De même, les hommes de l'identité judiciaire en ont fini avec le téléviseur et il met le même empressement à aller le fermer lui-même. Le cauchemar s'estompe un peu, même si la terrible réalité de l'enquête est toujours là.

La première chose à faire est d'interroger Rosa Casale, la domestique. Profondément choquée, elle a été prise en charge par l'équipe médicale et elle est encore très faible, mais vu la gravité de la situation, le commissaire reçoit la permission de lui poser brièvement quelques questions.

Il la trouve au soleil, sur la pelouse de la villa, allongée dans une chaise longue. Elle est recouverte de plusieurs couvertures, ce qui ne l'empêche pas d'être agitée de tremblements. Il s'exprime d'une voix douce.

– Vos patrons recevaient hier soir ?

– Pas à ma connaissance. Je n'avais préparé aucun dîner et ils me le demandent toujours quand ils ont du monde. Madame n'aime pas... enfin, n'aimait pas faire la cuisine...

Rosa Casale se met à trembler plus encore. De toute évidence, elle est à bout de nerfs. Le commissaire Cesare Rivero décide d'abréger son interrogatoire, en lui posant la question la plus importante.

— Les Costi avaient-ils encore de la famille ?
— Leur fille aînée Doretta. Elle a dix-huit ans.
— Elle ne vit pas avec eux ?
— Non, à Milan. Elle est étudiante.
— Elle les voit souvent ?
— Très peu. Ils se sont fâchés à cause de son fiancé. Un certain Elio. Madame ne l'aimait pas...
— Et hier soir, elle est venue chez eux ?
— Je n'en sais rien, je vous l'ai dit...

Le commissaire laisse tranquille la malheureuse. Il en sait assez et ce qu'il sait est terrible. Doretta et son fiancé Elio : cela fait deux. Qui d'autre qu'eux a pu entrer sans déranger les chiens, être accueilli par les Costi, regarder la télévision en famille, occuper les deux fauteuils vides ?

L'adresse de la jeune femme n'est pas difficile à découvrir : on la trouve dans le bureau de M. Costi, sur une facture de loyer du studio qu'il lui payait à Milan. Mais il n'y a pas de photos d'elle, ni dans le sac à main de sa mère, ni dans le portefeuille de son père, ni dans la chambre à coucher du couple, preuve que le malaise qui existait entre eux était profond. On en trouve pourtant chez son frère. Le jeune Emilio avait épinglé deux photos de sa sœur dans sa chambre. On la voit faisant du cheval et du tennis. C'est une adolescente aux allures distinguées, blonde, mince, mais à la mine fermée. Malgré son jeune âge, il y a quelque chose d'un peu revêche dans sa personne.

Le commissaire Cesare Rivero met les photos dans sa poche et monte dans sa voiture pour faire route vers Milan, sirène hurlante. En apparence, cette affaire est une des plus faciles dont il ait jamais eu à s'occuper. Les suspects sont tout trouvés, il ne peut même pas, en apparence, y en avoir d'autres : ce sont Doretta Costi et son fiancé Elio.

Malgré tout, il ne peut y croire et cela, à cause de deux chiffres : dix-huit et cinq... Doretta n'a que dix-huit ans et il y avait cinq morts sur les fauteuils du salon, dont son frère Emilio, qui, malgré le différend familial, l'aimait au point de conserver ses photos dans sa chambre. Et elle les aurait, avec ou sans la complicité d'Elio, froidement abattus dans le dos ? La réponse ne peut être que non. Et d'ailleurs, pour quelle raison ? Même si matériellement la chose est possible, voire logique, humainement, elle ne l'est pas.

Doretta Costi n'est pas chez elle, pas plus qu'à la faculté, bien qu'il y ait des cours. Le commissaire apprend par sa concierge qu'elle doit se trouver chez son coiffeur, un des plus chics et des plus chers de Milan. Il s'y rend sans perdre un instant et c'est là qu'effectivement il la découvre. Elle vient juste de sortir du shampooing ; elle a la tête enroulée dans une serviette.

— J'ai une très mauvaise nouvelle à vous apprendre, mademoiselle...
— Qui êtes-vous ?
— Commissaire Rivero.

Au nom de « commissaire », l'adolescente n'a pas de réaction particulière, pas plus que devant la petite escorte qui entoure ce dernier. Elle lève un sourcil interrogateur.

— Quelle nouvelle ?

Cesare Rivero sait qu'il devrait faire preuve de ménagements dans une circonstance aussi dramatique, mais c'est plus fort que lui, devant l'attitude de Doretta Costi, il annonce les choses de la manière la plus brutale.

— Vos parents et vos grands-parents sont morts, votre frère aussi.

Dans le salon de coiffure où il s'est fait un attroupement, des cris horrifiés retentissent. Doretta, elle, ne crie pas, ne défaille pas. Elle se contente de hocher sa tête recouverte d'une serviette.

– C'est... terrible !

– Vous ne me demandez pas comment ils sont morts ?

– Si, bien sûr...

– Ils ont été assassinés chez eux, devant leur poste de télévision.

Cette fois, elle n'ouvre même pas la bouche. Elle regarde son interlocuteur d'un œil froid et sec. Dans ces conditions, Cesare Rivero n'hésite pas.

– Je vais vous demander de me suivre, mademoiselle. J'ai des questions à vous poser...

Au commissariat, la même conversation déconcertante se poursuit. L'adolescente de dix-huit ans s'installe sur le siège que le commissaire lui désigne. Elle n'a toujours pas versé une larme.

– Étiez-vous chez vos parents hier soir ?

– Non. Nous sommes fâchés. Nous ne nous voyons plus.

– Pour quelle raison ?

– Ils n'aimaient pas mon fiancé.

– Qui s'appelle ?

– Elio...

Le commissaire lui demande l'identité précise et l'adresse de cet Elio, afin qu'on aille le chercher lui aussi. Doretta Costi s'exécute, toujours sans émotion apparente. Au point où il en est de son enquête, le commissaire a malheureusement une certitude : la jeune fille qu'il a en face de lui, une jeune fille de bonne famille, est la pire criminelle qu'il ait eu à fréquenter durant toute sa carrière ! Sans doute n'a-t-elle pas tué elle-même sa famille et a-t-elle fait faire la besogne par cet Elio, mais cela revient au même.

Tandis qu'il a donné des ordres pour qu'on aille chercher son complice présumé, il la regarde attentivement, presque avec fascination. Elle a une petite frimousse sèche, un peu ingrate, une mine dédaigneuse. Elle a l'air contrarié, oui, seulement contrarié, comme si la mort de toute sa famille ne représentait pour elle qu'un contretemps dans l'emploi du temps de sa journée. Une chose est certaine, en tout cas : si elle est bien coupable, elle n'est pas comédienne pour deux sous, son attitude n'est même pas loin de la provocation !

Le jeune Elio, dix-neuf ans, ne tarde pas à faire son entrée dans le bureau du commissaire. Bien qu'il soit étudiant également, lui non plus n'était pas à l'université, c'est sur un court de tennis que les policiers l'ont trouvé. Il est d'ailleurs en tenue de sport, short et chemisette. Le commissaire le considère attentivement. Ils se ressemblent tous les deux. Ils ont la même attitude lointaine, méprisante. En réponse à ses questions, lui aussi nie catégoriquement s'être trouvé la veille chez les Costi.

– Qu'est-ce que j'aurais été faire là-bas ? Je vous le demande un peu !

– C'est moi qui vous le demande.

– Je n'y ai pas été. Les parents de Doretta ne m'aimaient pas. Pour rien au monde je n'aurais mis les pieds chez eux.

À ce moment de son interrogatoire, le commissaire Rivero est interrompu par un coup de téléphone. C'est le médecin légiste, qui a traité son affaire en extrême urgence et qui est déjà en mesure de lui communiquer ses résultats.

– Les victimes ont été tuées par deux armes différentes, deux revolvers de gros calibre, vraisemblablement munis de silencieux.

– Vous en êtes certain ?

– Absolument. Je vous envoie le dossier.

Le commissaire raccroche et contemple le couple qui lui fait face. Le dégoût qui n'avait cessé de l'habiter depuis le début de cette affaire le submerge à présent tout entier. Ainsi donc, Doretta n'est pas seulement complice. Elle n'a pas seulement invité son fiancé chez elle afin qu'il tue sa famille pour une raison qui reste à découvrir, mais elle a participé elle-même au meurtre. Elle a tué de sa main son père, sa mère, peut-être son frère de treize ans !... Il la regarde dans les yeux.

— Je viens d'apprendre qu'il y avait deux tueurs. Ils sont devant moi !

En entendant cette phrase, Doretta Costi a pour la première fois une réaction. Elle bondit de son siège.

— Ah, non ! Moi, je n'ai pas tué !
— Qui alors, puisque vous étiez deux ?
— Nous n'étions pas deux, nous étions trois. Guido nous accompagnait.
— Qui est Guido ?
— Guido Gentile. C'est mon amant...

C'est au tour de son compagnon d'avoir un violent sursaut. Ignorant sa réaction, Doretta, cette jeune fille de bonne famille qui, à dix-huit ans, a déjà un fiancé et un amant, s'adresse au commissaire.

— Elio n'est pas au courant de mes relations avec Guido.
— Et il a accepté qu'il vous accompagne ?
— Ils sont amis tous les deux. C'est comme cela que j'ai connu Guido.

Et Doretta raconte... Elio et Guido, qui appartiennent tous les deux à la meilleure bourgeoisie milanaise, se donnent des airs de durs. Ils fréquentent par jeu des endroits louches où d'authentiques mauvais garçons se donnent rendez-vous. Comme ils ont de l'argent plein les poches, ils ont été acceptés dans le milieu. C'est ainsi qu'ils ont pu acheter deux armes de professionnels, des revolvers à silencieux. Ils les lui ont montrés l'un et l'autre et c'est ce qui lui a donné l'idée de se servir d'eux pour l'extermination de sa famille. Elle le leur a proposé, sur l'oreiller pour l'un comme pour l'autre, et ils ont accepté.

La veille au soir, ils se sont présentés tous les trois aux Ormeaux, dans la voiture d'Elio. Le père de Doretta a d'abord refusé de leur ouvrir, mais il a fini par céder. Pour expliquer la présence de Guido, Doretta lui a dit qu'il s'agissait du frère d'Elio et il l'a cru.

Il était 20 h 30. Les Costi venaient de terminer de dîner. Une discussion s'est engagée entre Elio et eux. Mme Costi a reproché à Elio son manque de sérieux dans ses études et les bruits de mauvaises fréquentations qui couraient à son sujet. Il a promis de s'amender. L'atmosphère s'est un peu apaisée et M. Costi a proposé que tout le monde regarde la télévision. Doretta s'est installée dans le sixième fauteuil, à côté de son frère, et Elio sur le septième. Guido est resté sur le canapé, un peu plus loin.

Et Doretta Costi continue sa terrifiante confession :

– J'avais dit aux garçons d'attendre un moment où la télé ferait du bruit. Le film qu'on regardait était un western. Quand les Indiens ont attaqué, cela s'est mis à tirer de tous les côtés. Ils se sont levés en même temps et ils en ont profité.

Le commissaire Cesare Rivero vient d'écouter, blême, ces aveux énoncés d'un ton égal par une jeune fille de dix-huit ans. Pourtant, il n'a encore rien entendu. Le plus extraordinaire, le plus monstrueux reste à venir. Il s'entend demander, d'une voix cachant mal son émotion :

– Mais pourquoi avez-vous fait cela ? Qu'est-ce qui vous a fait tuer père et mère, vos grands-parents et un enfant de treize ans ?

À cette question, il voit le visage fermé de Doretta Costi s'animer vraiment pour la première fois.

– C'était pour me venger de ma mère !
– Qu'est-ce qu'elle vous avait fait ?

— Elle m'avait giflée devant tout le monde, le jour de mes dix-huit ans, pendant ma réception d'anniversaire. Et cela, je ne le lui ai pas pardonné, je ne le lui pardonnerai jamais !

Cesare Rivero aura beau faire et, plus tard, le juge d'instruction aura beau insister à son tour, personne ne pourra obtenir de Doretta Costi un autre mobile pour son crime abominable : sa mère l'avait giflée en public le jour de ses dix-huit ans.

Ce que l'Italie, frappée d'horreur, avait appelé « l'affaire des sept fauteuils » s'achevait d'une manière plus terrible encore qu'elle n'avait commencé.

Table

Avant-propos 5

1. La maison d'abattage 7
2. Nitocris la vengeresse 24
3. Le carnaval 36
4. Le vengeur des esprits 46
5. Le nourrisseur de punaises 56
6. La tête de veau 65
7. La ballade de Guilhem et de Marguerite 74
8. Les deux retraités 89
9. Le secret de Louis-Joseph 96
10. Le carnet d'alibis 105
11. Vengeance atomique 113
12. La plus horrible des vendettas 119
13. Médée 127
14. L'encre n'était pas sèche 133
15. La fontaine sanglante 142
16. « Bon pour un meurtre » 151
17. La route rouge 158
18. C'était ma maison ! 164
19. Le feu d'artifice 171
20. Le HLM 177
21. Les oiseaux de proie 190
22. Les diamants d'Angela 198
23. La guerre des deux reines 209
24. Machiavel à l'hôpital 236
25. L'ordre des médecins 243

26. Boris le Terrible	249
27. La Bête	258
28. L'atelier d'écriture	266
29. L'institutrice et le milliardaire	279
30. Le fils de Béatrice	289
31. La risée du village	311
32. Les deux sœurs	320
33. La ferme aux œillets	328
34. La vengeance de l'homme en noir	340
35. Le valet de pique	349
36. La disparue de Fombreuse	356
37. Des kangourous et des hommes	371
38. Vacances au Portugal	384
39. La collection de timbres	394
40. Les sept fauteuils	400

DÉJÀ PARUS
AUX ÉDITIONS ALBIN MICHEL

Instinct mortel
70 histoires vraies

Les Génies de l'arnaque
80 chefs-d'œuvre de l'escroquerie

Instant crucial
Les stupéfiants rendez-vous du hasard

Tragédies à la une
La Belle Époque des assassins, par Alain Monestier

Possession
L'étrange destin des choses

Issue fatale
75 histoires inexorables

Le Carrefour des angoisses
Les Aventuriers du XXe siècle, t. 1
60 récits où la vie ne tient qu'à un fil

Ils ont vu l'au-delà
Les Aventuriers du XXe siècle, t. 2
60 histoires vraies et pourtant incroyables

Journées d'enfer
Les Aventuriers du XXe siècle, t. 3
60 récits des tréfonds de l'horreur
au sommet du sacrifice

L'Enfant criminel

Les Amants diaboliques

L'Empreinte de la bête
50 histoires où l'animal a le premier rôle

Composition réalisée par NORD COMPO

IMPRIMÉ EN ESPAGNE PAR LIBERDUPLEX
Dépôt légal édit. : 29069-01/2003
LIBRAIRIE GÉNÉRALE FRANÇAISE - 43, quai de Grenelle - 75015 Paris
ISBN : 2-253-15401-6   ◈ 31/5401/0